어리석은 자의 독

GUSHA NO DOKU

어리석은 자의 독

우사미 마코토 장편소설
이연승 옮김

블루홀6

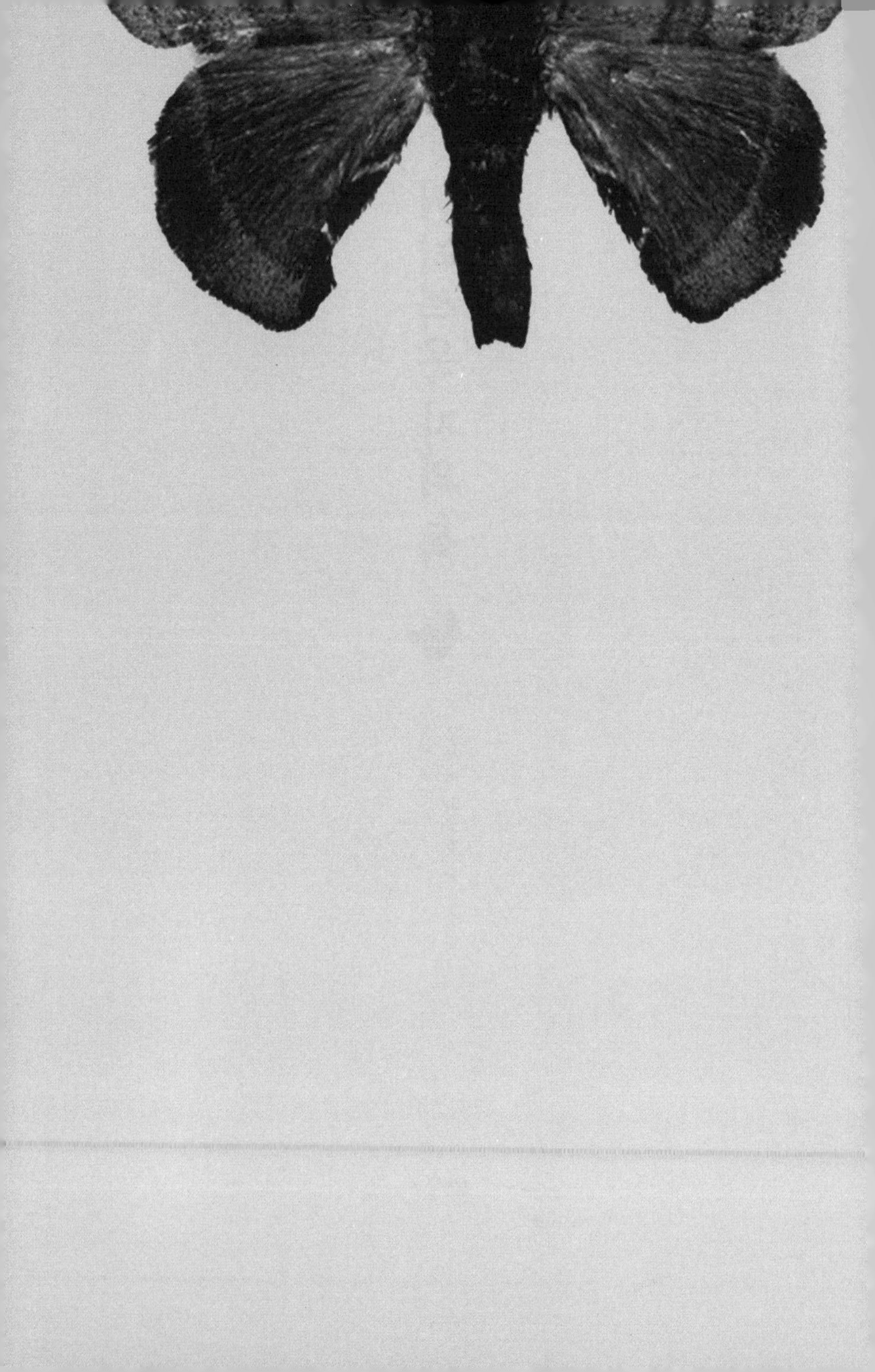

차례

파도 소리가 들린다.
보이지 않는 바다에서 들리는 소리.
단조롭고 풍요로운 태고로부터의 반복.

일러두기

본문의 각주는 전부 독자의 이해를 돕기 위한 옮긴이 주입니다.
원문의 지쿠호 지방 사투리는 문화적 배경 및 분위기를 두루 살펴 경상도 지방 사투리로 옮겼습니다.

1장

무사시노의 그림자

◦ 2015년 여름 ◦

바람이 거세다.

멀리 보이는 바다는 온통 하얀 삼각파도로 뒤덮여 있다.

화물선이 먼바다를 지나간다.

지팡이를 짚고 일어선다. 지금은 통증이 없지만 대퇴골에 부담이 가지 않도록 주의해야 한다.

일어서서 다시 한번 창밖을 봤다. 민트색 화물선은 속도가 별로 빨라 보이지 않는다.

바다 근처로 온 선택이 옳았다.

여기서 보는 풍경은 질리지 않는다. 탁 트인 드넓은 바다는 몇 시간이든 보고 있을 수 있다.

이곳의 시간 흐름은 다른 곳과 다를 것이다. 너무도 한가로워서 심지어 내가 살아 있는지 죽었는지도 헷갈린다.

'아직 예순다섯밖에 안 됐는데' 하고 속으로 웃음을 터뜨렸다.

여기서는 비교적 젊은 나이다.

이즈반도 시모다에 위치한 초고급 유료 노인 요양원. 그 이름 하여 '라이프리치 유즈키'.

작년에 원인 불명의 대퇴골두 무혈성 괴사라는 병을 얻었다. 왼쪽 대퇴골두 일부의 혈류 흐름이 원활치 않아서 괴사 중이라고 했다. 치료는 수술이 일반적이지만 아직 괴사가 그다지 진행되지 않았고 통증도 별로 없어서 보존 요법으로 상태를 지켜보고 있다.

다만 무거운 물건을 들거나 오래 걷는 것은 금물이고 몸에 부담을 줄이기 위해 지팡이를 써야 한다고 했다. 그렇게 해도 병의 진행을 완전히 막을 수는 없으니 나중에 수술은 해야 할 것이다.

이전처럼 도쿄에 있는 아파트에서 그대로 살아도 큰 지장은 없었다.

원래 나는 그리 활동적인 사람이 아니니까.

그러나 병을 얻음으로써 노후를 걱정하게 됐고 결국 남편에게 부탁해 이곳에 입주하게 됐다. 자식이 없는 우리는 그 누구에게도 의지하지 않고 살아갈 방법을 찾아야 한다.

남편은 도쿄에서 일하고 주말을 이곳에서 보낸다.

방에는 침대가 두 개 있고 방 크기도 부부가 함께 살아도 될 만큼 넓다. 모든 방에 작은 부엌이 딸렸고 욕실에서는 온천물도 나온다. 인터폰을 들면 곧장 직원이 달려올 뿐만 아니라 다양한 여가 생활을 즐길 수도 있어 지루할 틈이 없다.

더없이 쾌적한 시설이다. 바로 옆에는 입주자 전용 병원도 있다. 혼자 힘으로 지내기 어려운 입주자를 위한 빈틈없는 요양 보호 서비스를 받을 수 있다.

건물 바로 아래에 있는 잔잔한 후미*를 내려다봤다. 그곳은 유즈키 입주자만 들어갈 수 있는 프라이빗 비치로 외부인은 출입 금지다. 오후 늦은 시간이라 그런지 사람은 보이지 않았다.

나는 자연 상태 그대로 사납게 파도치는 바깥 바다도, 이 잔잔한 후미도 좋아했다.

내가 여기서 마주하는 것은 바다와 나의 과거다.

◦ 1985년 봄 ◦

"생년월일이……."

면접 담당자가 이력서로 고개를 떨궜다.

이미 여러 번 겪은 상황인데도 이럴 때는 꼭 안절부절못하게 된다.

"1949년 9월 1일생, 35세. 맞나요?"

"네."

이렇다 할 자격증이나 특기도 없는 내게 나이는 그야말로 큰 약

* 바다의 일부가 육지 안으로 깊숙이 들어간 곳.

점이다. 하지만 애써 태연한 척했다. 상대는 “흐음” 하고 고민하는 듯한 몸짓을 보이고 왼손으로 안경테를 살짝 들어 올린다. 안경알에 빛이 반사돼 그의 눈동자가 잘 보이지 않았다. 나는 그 안에서 뭔가를 읽기를 포기했다. 신이시여, 제발 이 회사가 절 채용하게 해 주세요. 머릿속에 공과금 청구서 다발이 떠올랐다. 지난달부터는 내가 사는 다세대 주택의 월세도 밀리고 있다.

“하루 종일 서서 하는 일인데 괜찮겠어요?”

“네. 괜찮습니다!”

힘차게 대답했다. 대답하고서 조금 여유로운 척을 해야 했나 하고 속으로 후회했다.

직업소개소에서 소개해 준 일은 의류 공장의 검품 업무였다. 지난번 면접을 보러 갔던 사무 기계 제조사에서는 나이가 너무 많고 경리 경험이 없다는 이유로 떨어졌다. 그전에는 방문 판매를 하는 화장품 회사의 면접을 봤고 그전에 본 면접은 아마 헬스클럽의 접수처 직원이었을 것이다. 전부 채용되지 않았다.

초조했다. 그 초조함이 대답에도 배어났다.

“지금 무지 바빠.”

담당자는 이력서에서 고개를 들지 않고 말했다. 그렇게 꼼꼼히 읽을 만한 내용이 적혀 있지는 않다. 나는 운전면허조차 없으니까.

“네.”

“시기적으로.” 그제야 그는 나를 봤다. “교복을 대량 납품해야 하고 이제 곧 하복 제작도 시작되니까.”

"네. 알겠습니다. 열심히 할게요."

이번에는 침착하게 대답할 수 있었다.

"모집 공고에도 적혀 있을 텐데 요즘은 야근도 많아."

"네?"

"공장을 풀로 돌리고 있으니." 담당자는 당황하는 나를 무시하고 담담히 말을 이었다. "바쁠 때는 밤 9시 정도까지 퇴근 못 할 때도 있는데, 뭐 수당은 확실히 지급해."

그제야 내 표정이 굳은 것을 그도 알아본 듯했다.

"무슨 문제라도?"

"저……." 침을 꿀꺽 삼켰다. "야근은 못 하고 정시에 퇴근하는 일이어야 해요. 집에 어린아이가 혼자 있어서요. 직업소개소 측에도 전달했을 텐데요."

"뭐라고?" 상대는 호들갑스럽게 놀라워했다. "우리는 그런 이야기 못 들었는데."

"그럴 리가……."

그는 다시 한번 이력서를 확인했다.

"당신 이시카와 씨 맞지? 이시카와 기미 씨."

"네? 아뇨. 아니에요." 무슨 일이 생긴 건지 이해할 수 없었다. "전 가가와 요코에요."

"어쩐지 이상하더라. 사진 속 얼굴과 전혀 달라. 그런데 여자들은 어떻게 찍느냐에 따라 인상이 제법 달라지기도 하니."

담당자가 내민 이력서에는 다른 여자의 이름이 적혀 있었다.

이력서 사진도 헤어스타일은 나와 비슷하지만 전혀 다른 사람이었다.

중간에 어떤 착오가 생겨서 다른 사람이 와야 할 면접에 내가 와 버린 듯했다. 그제야 모든 상황을 이해했다. 이번 면접이 헛수고로 끝나리라는 것을 알게 되자 온몸에서 힘이 쭉 빠졌다. 나는 한숨을 깊이 내쉬었고 상대는 혀를 칫 찼다.

얼마 전까지 다니던 우에노의 직업소개소 직원이 초보적인 실수를 저지른 바람에 서로 쓸데없이 시간만 낭비해 버렸다.

그가 책상 위로 던진 이력서를 멍하니 바라봤다.

작은 증명사진 속 여자가 왠지 낯익었다. 직업소개소에서 몇 번인가 만났던 여자다. 나보다 훨씬 예쁜 여자.

그 사람의 이름이 이시카와 기미였구나. 나는 화낼 힘도 없이 그런 생각을 했다.

"아이고, 이거 미안합니다."

직업소개소 직원은 별로 미안하지 않은 것처럼 말했다. 그 증거로 얼굴은 히죽히죽 웃고 있다.

"이력서는 제대로 보냈는데 두 분께 안내할 곳을 착각해서."

"그런 게 어딨어요!"

내 옆에 앉은 여자가 가라앉은 목소리로 또박또박하게 외쳤다.

순식간에 주변의 술렁거림이 잦아들었다. 카운터 너머에 있는 직원들이 무슨 일인지 의아해하며 고개를 들어 우리 쪽을 보고 있다. 40대 담당 직원은 조심스럽게 뒤를 둘러봤다. 상사의 시선이 신경 쓰일 것이다.

"저기요." 내 옆에 있는 여자(지금은 이 사람의 이름이 이시카와 기미라는 것을 알지만)는 아랑곳하지 않고 카운터에서 몸을 앞으로 뻗어 그를 노려봤다. "한시라도 빨리 일을 구해야 하는 저희를 시간 낭비하게 해 놓고 그 태도는 뭐예요?"

이시카와 씨는 원래 내가 봐야 할 면접에 갔다. 당연히 나와 그리 다르지 않은 이상한 상황을 겪었을 것이다.

"두 분, 생년월일이 똑같죠?"

직원은 나와 이시카와 씨의 얼굴을 번갈아 보며 물었다.

"그리고 이름이……."

"이름이?"

이시카와 씨는 분을 삭이지 못하고 하나하나 따지고 들었다.

"이름이, 그게……." 직원은 입을 다물고 도와 달라는 듯이 나를 봤다. "두 분 이름이 이시카와 씨와 가가와 씨. 그러니까 두 분 다 이름이 일본의 현縣 이름과 똑같아서."

"세상에!" 이시카와 씨는 의자를 박차고 벌떡 일어섰다. "그런 수준으로 잘도 이런 곳에서 일하시네요. 평소에도 사람 이름을 기호 같은 걸로만 생각하시죠?"

그녀는 갑자기 내 팔꿈치를 잡아끌고 나를 일으켜 세웠다.

"됐어. 가요."

이시카와 씨에게 이끌려 넓은 직업소개소의 출구 쪽으로 향했다. 혼잡한 구역에서 구인표를 살피며 면담 순서를 기다리던 사람들이 성큼성큼 걸어가는 이시카와 씨와 끌려가는 나를 보고 길을 터 주었다.

밖에 나가서도 이시카와 씨는 화를 주체하지 못했다. 인도를 3백 미터 정도 더 걷고 나서야 멈춰 서서 내 팔을 놓아 주었다.

"진짜 기분 더러워!"

이시카와 씨는 '그렇지?' 하고 묻는 것처럼 나를 봤다.

나는 완전히 기가 눌려서 "네" 하고 대답하는 게 고작이었다.

"아, 목말라. 뭐라도 마시러 갈래?"

이시카와 씨는 내 대답을 듣지도 않고 곧장 근처 찻집에 들어갔다.

녹초가 돼 있었고 머릿속도 뒤죽박죽이었다. 깊게 생각하지 않고 그녀를 뒤따라 가게에 들어갔다.

딸랑 하고 카우벨 소리가 울렸다. 집에서 나를 기다릴 다쓰야의 얼굴이 순간 머릿속에 떠올랐지만 안쪽 자리에 앉으려는 이시카와 씨를 보며 생각을 떨쳐 냈다. 마음을 굳게 먹고 이시카와 씨의 맞은편에 앉았다. 곧 웨이트리스가 다가와서 이시카와 씨는 커피를, 나는 홍차를 주문했다.

찻집을 찾은 건 오랜만이었다. 모차르트의 선율이 낮게 흐르고 원두 볶는 향기가 부드럽게 감돌고 있다. 잔뜩 날이 서 있던 마음이 가라앉는 게 느껴졌다. 그제야 나는 눈앞에 있는 여자를 천천히 관찰했다.

또렷한 이목구비. 완벽한 달갈형 얼굴과 하얀 피부. 상대를 똑바로 쳐다보는 흑요석 같은 눈동자. 자기 생각을 똑부러지게 말하는 사람에게 어울리는 외모다. 복장도 화려하지는 않지만 제법 값나가는 것들을 걸쳤음을 알 수 있었다.

색 바랜 내 맨투맨 티셔츠 소매를 손으로 잡아당겼다. 이시카와 씨는 테이블 위에서 팔꿈치를 괴고 내 얼굴을 빤히 쳐다봤다. 이제야 이런 상황이 재미있는지 억지로 웃음을 참는 표정이다. 나도 덩달아 미소 지었다.

"당신, 가가와 씨 맞지? 가가와 요코 씨."

"네. 그쪽은 이시카와 씨시죠? 이시카와 기미 씨."

우리는 함께 소리 내어 웃었다.

"1949년 9월 1일생."

"이백십일*이죠."

"간토 대지진이 일어난 날."

"방재의 날."

"민간 라디오 방송 시작 기념일."

또다시 웃음을 터뜨렸다. 지금껏 오랫동안 이렇게 웃어 보지 못했다.

우리 둘 사이에 커피와 홍차가 놓였다. 이시카와 씨는 설탕과

* 입춘 후 210일째 되는 날로 양력 9월 1일 또는 2일을 뜻한다.

크림을 넣지 않고 잔을 입에 가져갔다. 그런 모습도 왠지 세련돼 보인다. 나는 쓴 것을 잘 마시지 못했다.

이렇게 아름답고 머리도 똑똑해 보이는 사람이 왜 공장 검품 같은 일에 지원하는 걸까.

"지금 따로 하시는 일이 없는 거예요?"

내 질문에 이시카와 씨는 커피 잔을 받침 위에 내려놓고 말없이 미소 지었다.

"그렇게 정중하게 묻지 않아도 돼. 우린 동갑이잖아."

"죄송해요."

"또 그런다." 이시카와 씨는 깔끔하게 묶은 머리를 손으로 쓸어 올렸다. "난 이직이야. 지금은 변호사 사무실에서 근무하고 있어."

"네? 그렇게 좋은 곳에서 왜 이직을?"

이시카와 씨는 커피 잔을 다시 들고 두 손으로 감쌌다.

"뭐 이런저런 사정 때문에."

나는 또다시 죄송해요, 라는 말이 튀어나올 것 같아서 손으로 입을 가렸다.

그 직원에게 감사해야 한다.

그가 우리 두 사람을 착각해 준 덕분에 진정으로 마음을 터놓을 친구를 얻었으니까.

그날 이후 직업소개소에서 얼굴을 마주할 때마다 우리는 마음

편히 수다를 즐기는 사이가 되었다. 대부분 서서 잡담하는 수준이었지만 자판기에서 산 캔 음료를 손에 들고 기미와 대화하다 보면 마음이 풀렸다.

기미는 이케노하타池之端에 있는 아파트에 산다고 했다. 이케노하타가 있는 우에노온시 공원 일대는 주변보다 높은 평지에 있고 미술관과 박물관이 많다. 고즈넉한 분위기로 다이토구의 부촌 같은 느낌이다. 어머니는 그곳을 '우에노의 산'이라며 아래에 있는 서민 마을과 구분 지어 불렀다. 분쿄구와 경계에 있는 이케노하타는 '연못 끝'이라는 뜻 그대로 시노바즈 연못 옆에 있고 고급스러운 이미지다. 꼭 단독 주택뿐만 아니라 아파트도 많았다.

그녀에 대해 더 깊이 캐묻지는 않았다. 나도 지금 나를 둘러싼 상황을 상대가 묻지 않기를 바랐기 때문이다.

나는 여동생 부부가 세상을 떠나면서 남은 다섯 살배기 조카 다쓰야를 맡아 키우고 있었다. 아이를 보육원에 맡기고 일을 나가려면 저녁 정해진 시간에 꼭 퇴근하고 주말에는 반드시 쉴 수 있어야 한다. 발달 장애가 있는 다쓰야의 상태를 고려하면 절대 양보할 수 없는 조건이지만 내 상황에 맞춰 주는 직장은 좀처럼 찾을 수 없었다.

나이를 서른다섯이나 먹고도 인생의 막다른 골목에서 헤매고 있었다. 하는 일이 없고 안정적으로 살 곳도 구하지 못한 채 그저 어린아이를 등에 업고 망연자실해 있었다.

"응? 뭐야! 얼굴이 왜 그래?"

오랜만에 만난 기미가 놀란 듯이 목소리를 높였다. 며칠 전부터 사랑니가 부어 욱신거리는 것을 그대로 내버려 뒀더니 볼까지 부어오르며 열이 났다.

"치과에 가야지. 그냥 둔다고 낫는 게 아니야."

"응."

돈이 없어서 병원에 가지 못한다고는 차마 말 못 하고 대충 얼버무렸다. 국민 건강 보험에도 들지 못한 지금 상황에서는 도무지 치료비를 낼 수가 없지만 참는 것에도 한계가 있다. 이런 얼굴로는 면접을 보러 갈 수도 없었다.

기미는 지난번 때처럼 내 팔을 잡아끌고 직업소개소 밖으로 나갔다.

"저기 치과 보이지? 얼른 다녀와."

기미가 도로 맞은편을 손가락으로 가리켰다.

"하지만……."

여전히 망설였다. 그러자 기미는 가방을 확 열더니 자기 보험증을 꺼냈다.

"이걸 써."

"응?"

"보험증 없잖아. 어차피 누군지 모를 거야. 그리고." 기미는 분홍색 립스틱을 바른 입술로 큭 하고 웃었다. "생년월일까지 똑같으니까."

어쩜 이렇게 눈치가 빠를까. 변호사 사무소에서 일해서일까.

보험증 사업소란에는 '가토 요시히코 변호사 사무소'라고 적혀 있었다.

더 고민하지 않고 호의를 받아들이기로 했다. 결국 사랑니를 뽑고 부기가 가라앉기까지 열흘이 걸렸다. 초진 때 제출한 기미의 보험증 덕분에 어떻게든 치료비를 낼 수 있었다.

기미가 사랑니를 뽑은 기념으로 점심을 사겠다고 했다. 나는 옆집 할머니에게 맡겨 두었던 다쓰야를 데리고 함께 외출했다. 내가 이런 제안에 응했다는 것을 스스로도 믿기 어려웠다.

이제는 넌더리가 난 것이다. 옴짝달싹도 할 수 없는 나 자신의 상황에.

의지할 가족과 친척이 없고 지인들과도 소원해진 채 매일매일 걱정만 하는 삶. 만약 일을 구해서 조금이나마 숨통이 트인다고 해도 나와 다쓰야의 삶에 큰 변화는 없을 것이다. 우리에게는 오직 파탄 난 가정의 생존자다운 우울한 미래만이 보장됐다. 예쁘고 싹싹한 기미와의 만남은 기미처럼 삶을 즐겼던 예전의 나를 다시 떠올리게 하는 계기가 되었다.

"안녕?"

기미가 말을 건네자 다쓰야는 겁을 먹고 내 치마 뒤로 몸을 숨겼다.

야외 자리에 앉자 안뜰에 있는 벚나무가 보였다. 꽃이 진 벚나무다. 벚꽃 만개 시기가 지났다는 것을 이제야 깨달았다. 올해는 벚꽃을 구경할 여유도 없었다. 이탈리안 원플레이트 런치를 주문

했다. 다쓰야 것으로는 아동용 런치를 시켰다. 새우튀김과 햄버그, 치킨라이스가 올라간 접시가 도착하자 다쓰야는 신기한 것처럼 접시를 멀뚱히 바라보고 손을 뻗으려 하지 않았다.

"다쓰야, 먹으렴."

아동용 포크를 억지로 손에 쥐여 줬다. 다쓰야는 소시지에 포크를 찔러 넣고 빤히 쳐다보기만 했다. 조금 애간장이 탔다. 이 아이에게는 욕구라는 것이 없다. 식욕이 없고 물욕이 없는 것은 물론 자기 과시욕도 없다. 어떤 의미에서는 손을 타지 않는 아이라 할 수 있다. 가만히 내버려 둬도 문제를 일으키지 않고 울거나 소리치지도 않는다. 희미하게 미소 짓는 것, 얼굴을 찌푸리는 것만이 이 아이의 감정 표현법이다. 분명 다른 사람에게 사랑받고 싶은 마음도 없을 것이다.

"맛있니?"

그제야 좋아하는 토마토를 한입 베어 문 다쓰야에게 기미가 물었다. 기미의 밤색 머리카락에 연분홍빛 벚꽃 잎이 한 장 붙어 있다. 나는 조심스럽게 입을 열었다.

"얘는 말을 안 해. 한 마디도."

"응? 그래?"

기미는 별로 놀라지 않았다. 다른 사람들처럼 이유를 묻거나 동정하지도 않았다.

다섯 살 아이가 말을 못 하는 것은 물론 드문 일이다. 전문의는 다쓰야에게 정신 지체 장애가 있다고 했다. 제대로 된 훈련을 받으면 간단한 말 정도는 할 수 있게 될 거라고도 했다.
내 어머니는 단호하게 의사의 진단을 인정하지 않았다.
"그런 일이 있었으니 아이도 충격이 컸겠지. 말이 조금 늦어져도 어쩔 수 없어."
사랑하는 손자가 언젠가 말할 수 있게 될 거라 믿어 의심치 않았던 어머니는 작년 5월에 세상을 떴다. 누구보다 정신적 충격이 컸던 사람은 어머니였다. 둘째 딸 부부가 죽자 지병인 당뇨병이 악화해 매일 누워서 지냈다. 그러다가 뇌에 혈전이 생겨서 결국 목숨을 잃었다.
기분 좋은 오후였다. 기미는 점심을 먹으며 지난번에 받은 직무 적성 검사 이야기를 즐겁게 떠들고 있다. 질문들이 영 별로였다며 신뢰도에 문제가 있다고 했다.
"너처럼 예쁜 아이가 왜 취직이 안 되는지 잘 이해가 안 돼."
기미의 말이 잠시 끊겼을 때 입을 열었다.
"예쁘다고?" 기미는 눈을 이리저리 굴리더니 치즈가 든 오믈렛을 한입 먹었다. "나, 실은 손을 좀 댔어."
'손을 댔다'라는 게 무슨 뜻인지 바로는 이해하지 못했다. 기미는 입안에 있는 음식을 우물거리며 또다시 태연하게 말했다.
"눈에는 쌍꺼풀을 집었고 광대를 깎았어. 그리고 여기……" 하며 손으로 오른쪽 볼을 가리킨다. "큰 점이 있었는데 그것도 뺐어."
말문이 막혔다. 기미는 과거에 성형수술을 받은 것이다. 그리고 그런 사실을 전혀 숨기려 하지 않았다.

이 사람은 도대체. 나는 턱을 괸 채 미소 짓는 기미를 바라봤다. 외모에 집착하는 사람은 아닐 것이다. 본능적으로 그렇게 느꼈다. 그런데 왜 얼굴을 고쳤을까. 이직하려고? 설마.

난 이 사람에 대해 아무것도 모른다. 불현듯 그런 생각이 들었다.

늘 그러듯 식후 블랙커피를 마시는 기미에게 약간 흥미가 동했다. 그리고 이런 감정 역시 오랜만이라는 것을 깨달았다. 다른 사람에게 관심을 느끼는 것.

기미는 상당히 똑부러진 여자처럼 보인다. 전에는 그런 모습을 '세련됐다'라고 느꼈지만 지금은 '노련하다'라는 말이 더 맞는 것 같았다. 내가 속으로 그런 생각을 하는 줄도 모르고 기미는 뭔가 할 말이 있는 것처럼 나와 다쓰야를 번갈아 봤다.

"저기……."

기미는 아동용 런치를 거의 먹지 않고 얌전히 있는 다쓰야를 보며 말했다.

"내가 너한테 일을 하나 소개해 줄 수 있을 것 같아."

◆

"이게 선생님이 싫어하는 음식 목록."

후지와라 씨가 내민 종이를 나는 꼼꼼히 훑어봤다.

"많네요."

아스파라거스와 가지, 피망, 생선알, 치즈 등 다양한 식재료.

거기에 게살 크림 크로켓과 중식 냉면 등의 요리 이름.

"그렇지? 하지만 이제 와서 말해 봐야 바뀌지 않으니 맞춰 드릴 수밖에."

그야 그럴 것이다. 난바 선생은 올해로 나이가 예순여섯이다.

그리고 오랫동안 이 집에서 가정부로 일해 온 후지와라 씨는 일흔다섯 살이다. 내게 일을 넘기고 곧 딸이 사는 사가현의 오쓰로 떠난다고 했다.

기미가 소개해 준 일은 바로 이곳 난바 저택의 가정부 일이었다. 그것도 더부살이. 다쓰야와 함께 살아도 괜찮다고 했다. 생각지도 못한 일자리였다.

이야기를 듣고 바로 그다음 주에 기미와 함께 난바 저택을 찾았다. 집안에서는 후지와라 씨의 후임을 빨리 정해야 해서 내 신상에 대해 깊이 캐묻지 않았다. 조후시에 있는 진다이지에서 오랫동안 대대로 살아온 옛집이었다.

"이런 자잘한 것들은 머잖아 자연스럽게 외워질 거고."

후지와라 씨는 "그보다 더 명심해야 하는 건" 하고 손을 멈추고 말했다. 절구 안에는 쑥이 완전히 으깨져서 선명한 녹색 죽이 되어 있다. 선생이 좋아하는 쑥떡을 언제든 만들 수 있도록 초봄에 따 온 쑥을 데쳐서 얼려 뒀다고 했다.

"선생님이 지금껏 협심증 발작을 두 번 일으켰다는 거야. 관상동맥 확장술을 받았지만 의사 선생님이 또다시 발작을 일으키면 생명이 위험해질 수도 있다고 했어. 그러니 매일 드시는 약은 절대 잊으면 안 돼. 그리고 격렬한 운동을 피할 것. 그렇다고 해서 운동 부족도 금물. 수분을 자주 섭취할 것. 뭐 이 정도만 외워 두면 큰 문제는 없으려나."

후지와라 씨가 또다시 절굿공이를 움직이기 시작해 재빨리 절구를 손으로 붙잡았다.

이 집안 당주인 난바 히로카즈 씨를 '선생님'이라고 부르는 건 그가 중학교 교사를 하다가 정년 퇴임해서라고 한다. 후지와라 씨의 딸도 난바 선생에게 배웠다고 했다.

통통한 체형에 성품이 온화한 난바 선생은 직접 봐도 그야말로 학교 선생님다운 분위기를 풍겼다. 오늘 내가 다쓰야와 함께 이 집에 왔을 때 선생은 집 안의 높은 천장과 넓은 정원을 보며 놀라서 어쩔 줄 모르는 다쓰야를 눈을 가늘게 뜬 채 내려다봤다. 보통 아이들과 다른 다쓰야에 대해서는 기미를 통해 미리 전했지만 그래도 그때는 긴장이 됐다.

"이야. 당신이 다쓰야 씨입니까!"

선생은 볼록한 배를 내밀며 다쓰야에게 다가갔다. 다쓰야는 선생이 다가오는 거리만큼 뒷걸음질 쳤다.

"어린 생명체들은 참으로 부럽지요. 앞으로 어떻게 될지를 예상할 수 없으니."

선생이 이과 선생님이었다는 것은 나중에 들었다. 생물과 지구과학, 천체와 자연사 등에 정통하며 뭔가를 관찰하고 고찰하는 데 익숙했다. 내 뒤에서 막대기처럼 꼿꼿이 서 있는 다쓰야에게 선생이 다음으로 건 말은 "누에를 구경하겠어요?"였다.

후지와라 씨의 이야기에 따르면 선생은 부인과 결혼해 난바 집안에 데릴사위로 들어왔다. 장인이 오랫동안 사장을 맡아 온 섬유 관련 회사의 후계를 잇는 명목이었다. 그래서 선생은 언젠가 교직에서 내려올 각오를 하는 것처럼 보였지만 막상 장인이 세상을 뜨자 선생의 아내 가요코 부인은 남편을 제치고 아들 유키오 씨에게 회사를 맡겼다. 학생을 가르치고 바른길로 이끄는 게 천직이라 할 수 있을 만큼 교육에 열정적인 남편을 정년까지 일하게 하고 싶다. 그리고 정년 이후에는 여유롭게 학자의 길을 걷게 하고 싶다. 부인이 그렇게 강하게 원했다고 후지와라 씨는 말했다.

거기에는 약간 복잡한 사정도 얽혔다. 부인과 선생은 재혼이었고 유키오 씨는 부인이 전 남편과 낳은 아들이다. 이혼하고 이미 20년 이상 따로 떨어져 살았지만 부인은 항상 아들을 그리워했다. 그래서 선친의 사망으로 회사의 후계 문제가 불거졌을 때 아들을 찾아서 의향을 묻고 남편의 동의까지 얻어 회사를 맡긴 것이다. 선생은 핏줄이 다른 자식을 기꺼이 자신의 아들로 받아들였다고 한다. 그런 일화에서도 난바 선생의 포용력이 돋보였다.

부인의 결단은 좋은 효과를 내어 아들 유키오 씨가 사장이 된 이후 회사의 경영 실적은 나날이 개선됐다고 한다. "선생님이 회사를 맡았다면 그렇게 잘 될 수도 없었겠지"라고 후지와라 씨는 단언했다. 양말을 짝짝이로 신은 것도 눈치 못 채는 선생이 회사를 경영한다는 것 자체가 말이 안 된다고도 했다.

세상 물정에 어두운 나는 난바 집안이 경영한다는 '주식회사 난바테크'의 이름을 들어 보지도 못했지만, 후지와라 씨의 설명에 따르면 고가네이 시내에 공장과 연구소를 갖춘, 업계의 중견 기업이라고 한다. 유키오 씨가 회사를 맡게 된 이후 섬유 분야뿐 아니라 의료 소재와 건축 자재 등으로 사업의 폭을 넓혀 상당한 이윤을 냈다. 부동산, 투자 부문도 신설해 경영의 다각화를 꾀했고 재작년에는 도심지로 본사를 옮겼다.

울창한 숲에 둘러싸인 저택의 규모만 봐도 부유한 집안이라는 것을 쉽게 상상할 수 있었다. 지은 지 백 년이 지난 튼튼한 단층 목조 주택을 부인의 취향에 맞게 리모델링해 옛집의 장점을 그대로 살리면서도 쾌적하고 살기 좋은 세련된 구조의 집으로 탈바꿈했다.

선생은 약속대로 자신이 기르는 누에를 다쓰야에게 구경시켜 줬다. 무사시노의 고지대에서는 예로부터 양잠이 번성했고 난바 집안도 가업으로 제사製絲와 직물업을 한 것이 지금의 섬유업의 시작이었다. 아주 오래전부터 일본 농가에서는 부업으로 양잠을 했다. 교감직을 마지막으로 중학교 교단에서 내려온 선생은 넓은 정원 한쪽에 양잠실을 옮겨 지었다. 이웃 농가의 구석에 처박혀 있던 것을 물려받았다고 했다. 뽕밭도 만들어 누에를 기르기 시작했다. 선생도 처음 하는 일이라 몇 번인가 실패를 거듭했지만 원체 동식물을 좋아하고 한번 시작하면 좀처럼 포기하지 않는 끈기도 있어 그럭저럭 질 좋은 누에고치를 만드는 수준까지 도달했다. 지금은 근처 초등학교에서 선생님이 아이들을 데리고 견학도 온다고 했다.

다쓰야는 입을 한일자로 꾹 다물고 홀린 것처럼 그 하얀 애벌레를 봤다. 평소 표정 변화가 거의 없지만 가슴속에서 또 다른 감정이 샘솟은 것처럼 보였다. 지금껏 '흥미'나 순수한 '놀람' 같은 감정의 한 조각이 보일 때도 있었지만, 대부분 또렷한 형태를 이루기도 전에 소멸했다. 그러나 이 아이에게 그런 감정의 싹이 튼다고 해서 무슨 의미가 있을지 알 수 없었다. 아이를 낳아 보지 못한 상황에서 억지로 떠맡게 된 '어머니'라는 역할에 나는 늘 당황할 뿐이었다.

"왜 이 벌레는 입에서 실을 토할까요? 어떻게 곤충의 몸에서 섬유를 얻을 수 있을까요? 신기하지요?"

난바 선생이 다쓰야에게 물었다. 물론 다쓰야는 대답하지 않지만 선생은 신경 쓰지 않는다. 선생은 누구에게든 정중하게 경어를 썼다. 아들, 그리고 가정부인 후지와라 씨와 내게도. 부인 앞에서 역시 똑같았고 학교에 있을 때는 학생들에게도 그랬다고 후지와라 씨는 말했다. 선생은 지위나 나이 등으로 사람을 판단하지 않고 늘 상대의 존엄을 중시한다고 했다.

양잠실에서 돌아온 선생은 부엌에서 보이는 밝고 넓은 거실의 소파 끝에 앉아 웃는 얼굴로 '작은 생명체'인 다쓰야를 바라봤다.

나는 부엌에서 후지와라 씨를 도우며 저녁을 준비했다.

보잘것없이 나이만 먹었어도 오랜 세월 어머니와 함께 일본 전통 과자점을 한 경험이 있어 부엌일을 비롯한 가사는 어렵지 않았다. 요리도 잘하는 편이라고 생각했다.

후지와라 씨는 음식을 만들며 내게 난바 집안에 대한 이런저런 이야기를 들려주었다.

난바 가는 대대로 이 마을의 촌장을 맡아 왔다. 에도 시대부터 무사시노 고지대에 있는 쇼군*의 사슴 사냥터를 관리해 온 격식 있는 가문이었다. 후지와라 씨는 가요코 부인과 함께 오랫동안 만들어 온 집 안 정리법과 가사와 관련해 꼭 알아야 할 다양한 업자들도 가르쳐 주었다. 외워야 할 게 너무 많아서 저녁 식사 준비를 마친 틈을 타 대학 노트를 가져와 그것들을 꼼꼼히 적었다. 첫 장에는 후지와라 씨가 내게 준, 선생이 싫어하는 음식 목록을 붙였다. 다음 장에는 선생의 건강 관리에 관한 사항을 메모했다.

“선생님은 어린아이 같은 면모도 있어.” 후지와라 씨는 후훗, 하고 웃었다. “곤충과 꽃을 보다가 식사 시간을 잊어버릴 때가 가끔 있거든.”

그 뒤로 가요코 부인이 5년 반 전 세상을 뜬 이야기가 나와서 자세를 가다듬었다.

* 전근대 일본의 국가 실권을 쥔 통치자.

"마음이 좋지 않네요. 아직 한창이실 나이에."

"응. 여행을 좋아하는 활발한 분이었는데 자궁암에 걸려서……. 한때는 완치한 것처럼 보이기도 했는데 오래 앓으셨지. 좋아지고 나빠지기를 반복하면서."

후지와라 씨는 잠시 손을 멈추고 허공을 바라보다가 한숨을 내쉬고 고개를 저었다. 부인은 선생보다 두 살 많았는데 그렇다고 해도 이른 죽음이었다.

후지와라 씨는 부인이 친아들인 유키오 씨를 찾으려고 결심한 것도 병 때문이었다고 했다.

"슬슬 마지막이 가까워지고 있다는 걸 느끼셨던 것 같아. 회사를 아들에게 물려주고 남편도 마음 편하게 교직을 이어 가기를 바라셨지. 뭐든 깨끗하게 정리해 둘 생각이셨던 거야. 무엇보다 돌아가시기 전까지 피를 이어받은 아들을 만나고 싶어 하셨어."

후지와라 씨는 앞치마 자락을 들어 눈물을 닦았다. 유키오 씨도 어머니의 뜻을 받들어 필사적으로 회사 경영법을 배웠다. 재능이 있었던 그는 부인과 난바테크의 이사들의 도움을 받아 회사를 계승해 나갔다.

"유키오 씨를 찾아 준 사람은 가토 선생님이야."

기미가 근무하는 변호사 사무소의 가토 요시히코 변호사는 난바테크와 난바 집안의 고문 변호사도 맡고 있었다. 막대한 자산을 관리하려면 변호사나 세무사 같은 사람들이 필요하다고 하는데 나는 어차피 들어도 뭐가 뭔지 모를 것이다.

유키오 씨와 기미는 어렸을 때부터 알고 지내는 사이였고, 그가 난바테크의 사장에 취임한 이후 기미는 유키오 씨의 소개로 가토 변호사 사무소에 들어갔다고 한다. 오랜만에 만난 유키오 씨가 성이 바뀌었고 꽤 큰 중견 회사의 사장 자리에 오른 걸 알게 되자 기미는 그에게 일자리 소개를 부탁했다. 나는 후지와라 씨를 통해 조금씩 그런 사정을 듣게 되었다. 가정부로서 집안일에 대해서는 얼추 알아 둬야 한다고 생각했다.

"부인의 첫 번째 결혼은 축복받지 못했어. 상대를 보고 아버지가 강력하게 반대하는 바람에 당시 젊었던 부인이 집을 뛰쳐나가 버렸거든. 결국 결혼 생활이 잘 풀리지 않아서 친정으로 다시 돌아가게 되자 시어머니는 아이를 줄 수 없다고 했고, 친정에서도 아버지가 딸 혼자 돌아오는 걸 용납하지 않았대. 너무하지? 그래도 부인은 결국 행복하게 돌아가셨을 거야. 난바 선생을 만났고 친아들을 데려와 난바 집안의 후계 문제도 해결했으니."

후지와라 씨는 그 뒤로도 "응, 부인은 행복했어"라고 여러 번 말했다.

첫날 저녁 식사 테이블에는 난바 선생과 유키오 씨, 후지와라 씨, 그리고 나와 다쓰야가 모였다.

"북적거려서 좋네요!"

선생은 천진난만하게 기뻐했다. 후지와라 씨는 눈썹 끝을 살짝 올렸다. 새로운 가정부와 다섯 살 아이까지 식탁을 둘러쌀 것을 예상하지 못한 듯했다. 나는 일을 마치고 돌아온 유키오 씨를 보며 긴장하고 있었다.

그는 말수가 없는 사람이었다. 키가 훤칠한데 등은 살짝 굽었다. 말투는 침착하고 정중했다. 기미의 어린 시절 친구라고 하니 나와 나이가 비슷할 테지만 아버지와 함께 사는 것을 보면 아직 결혼은 하지 않은 듯했다.

식사 자리에서는 거의 선생 혼자 떠들었다. 나는 원래 이럴 때 대화에 끼지 못해서 입을 열지 않았지만 아무래도 평소 식탁 풍경도 오늘과 비슷할 것 같았다. 선생은 과장된 몸짓을 섞어 가며 말하다가 음식물을 자주 흘렸다.

"유키오 씨는 어떻게 생각해요?"

선생은 이따금 아들에게 그런 질문을 던졌다. 그러면 유키오 씨가 침착하게 대답하는 상황이 여러 번 펼쳐졌다. 가요코 부인이 세상을 뜬 뒤에도 핏줄이 다른 두 사람은 좋은 관계를 이어 가는 듯 보였다.

새로운 하루에 지쳤는지 다쓰야가 의자에 앉은 채로 꾸벅꾸벅 졸기 시작했다. 내가 황급히 자리에서 일어나 다쓰야를 품에 안자 선생과 유키오 씨는 흥미로운 듯이 아이를 지그시 바라봤다.

그렇게 난바 저택에서의 나와 다쓰야의 삶이 시작됐다.

잡다한 생활 소음으로 가득한 서민 마을과 달리 이곳에서는 매일 아침 작은 새의 지저귐이나 바람 소리에 눈을 떴다. 매일 새벽

5시쯤 앞치마를 입고 후지와라 씨 옆에 서면 그야말로 평화로운 분위기에 마음이 가라앉았다. 후지와라 씨는 언제 내가 지쳐서 이 일을 포기할지 걱정하는 듯했지만 이 정도는 아무것도 아니었다.

이른 기상 시간에도 익숙해졌다. 과자 가게에서 단팥용 팥을 삶던 어머니는 늘 이보다 더 일찍 일어났다. 지금도 가끔 팥 삶는 냄새가 코끝을 스치는 것 같을 때가 있다. 지금은 잃어버린 행복의 잔해다. 젊어서 남편을 먼저 떠나보낸 어머니는 우리 자매를 키우며 가쓰시카구 신코이와에서 일본 전통 과자점을 했다. 독채 1층 부분의 구조만 바꿔서 만든 작은 가게였지만 단골손님이 꽤 많았다.

후지와라 씨도 일을 잘하는 사람이었다. 집안일을 아주 꼼꼼하게 했다. 선생과 유키오 씨가 일어나기 전부터 아침 식사를 완벽히 준비하고 복도 창문을 활짝 열어서 신선한 공기를 집 안에 들인 다음 현관을 깨끗이 쓸고 닦고 물을 뿌렸다. 유키오 씨는 차를 직접 운전해 회사에 갔다. 선생은 낮에 정원을 거닐거나 주변을 산책하면서 몸에 지장을 주지 않는 가벼운 운동을 게을리하지 않는 듯했다. 자연 보호 단체 모임이나 지역 역사학자들이 모인 자리에 불려 갈 때도 있었다.

선생은 고가네이에 있는 난바테크 연구소에도 정기적으로 얼굴을 내밀었다. 언덕 아래에 있는 정류장까지 걸어가 느리게 달리는 버스를 타고 간다. 연구소에서 개발한 섬유 제품 중에는 선생의 아이디어로 만들어진 것도 있다고 했다. 특히 식물성 소재로 만든 채소 재배용 우레탄 시트 등은 큰 인기를 끌었는데 사용 후 그대로 흙으로 돌아가니 번거롭게 따로 치우지 않아도 되었다. 이런저런 특허도 취득했다고 했다. 명주실 속 단백질을 이용해 수술용 실을 만들거나 화장품으로 개발하는 연구도 진행 중이다. 선생은 본인 입으로는 '연구원들을 방해하러 간다'라고 웃으면서 말했다.

나는 지시받은 일들을 연이어 해치워 나가며 잡생각에 사로잡히지 않았다.

후지와라 씨의 지시로 바닥을 닦고 커튼을 걷어 세탁하고 정원에 자란 잡초를 뽑고 식재료를 사러 나가기도 했다. 후지와라 씨는 차를 운전하지 않아서 걸어서 근처 슈퍼마켓과 상점에 갔다. 짐이 무거울 때는 마지마 씨라는 일흔이 넘은 영감님께 부탁하면 경트럭을 몰고 와 줬다. 마지마 씨는 정원사로 일하며 난바 저택의 뜰에 있는 나무 가지치기 등을 오랫동안 도맡아 온 사람이라고 했다.

"선생님은 나뭇가지를 자르는 걸 싫어하시지. 자연 그대로가 좋다는 분이어서 일할 때 얼마나 눈치가 보이는지 원."

체구가 작은 노인은 짐을 내려 주면서 내게 말했다.

"정원에 뽕밭을 만들기도 했고 모르는 새 자란 옻나무마저 베지 말고 그대로 두라고 하실 정도야."

난바 저택에 오고 나서 열흘 동안은 유키오 씨와 말을 섞을 일이 거의 없었다. 그는 휴일에 집에 있으면서 음악을 듣거나 책을 읽었다. 오른쪽 눈 바로 옆에 오래돼 보이는 흉터가 있는데 고개를 숙이면 유독 눈에 띄었다. 날카로운 뭔가에 베인 듯한 험한 상처는 성품이 온화한 그에게 어울리지 않았다. 저택에서 지낸 지 얼마 되지 않아 그가 평소 술을 마시러 나가거나 또래 친구들과 어울리지 않는 사람임을 알게 되었다.

그는 선생과 달리 과묵하고 왠지 가까이하기가 어려웠다. 이따금 거실에 있는데 알아채지 못해서 깜짝 놀랄 때도 있었다. 산속에서 파란 하늘을 비추며 조용히 드리워져 있는 호숫가 같은 사람이라고 생각했다. 실례되는 말이지만 다른 사람에게 어필할 만한 강렬한 개성은 없었다. 색과 향기가 없다고 해야 할까. 집에 있는 모습은 중견 회사를 경영하는 사람으로는 도무지 보이지 않을 정도로 매사가 조심스럽고 소박했다.

그래도 조금씩 함께하는 시간이 늘자 그런 면모가 좋아 보였다. 가장 큰 이유는 평소 다른 사람들과 거리를 두고 자신의 고치 안에 틀어박힌 다쓰야가 유키오 씨 앞에서는 유독 그런 모습을 보이지 않는다는 점이다. 유키오 씨도 갑작스럽게 집에 나타난 어린아이에게 별반 관심이 없었고 적극적으로 다가가지도 않고 그저 자연물로서 가만히 옆에 두는 느낌이었다. 서로를 의식하지 않는데도 책을 읽는 유키오 씨의 다리 옆에서 다쓰야가 바닥에 앉아 정원에서 가져온 둥근 돌멩이를 나란히 늘어놓고 있을 때도 있었다. 그래서 나도 필요 이상 신경 쓰지 않고 유키오 씨와 자연스럽게 이따금 말을 주고받게 되었다.

가토 변호사는 점잖고 교양 있는 중년 남자였다. 나이는 아마 40대 중반쯤이고 머리카락에 흰머리가 섞였다. 그는 난바테크의 선대 사장에게도 큰 신뢰를 받았다고 한다. 가요코 부인이 종적을 감춘 친아들을 찾는 일을 그에게 부탁한 것도 그런 이유에서였다.

가토 변호사는 종종 난바 저택을 찾아와 선생에게 서류를 보여주면서 뭔가를 설명하거나 지시를 듣고는 했다. 그는 기업 법무 전문가지만 집안의 당주이자 부동산과 재산을 소유한 난바 선생을 위해서도 일했다.

"아, 괜찮습니다. 그건 유키오 씨와 상의하세요."

선생은 대부분 비슷한 말을 입에 담았다. 집안과 회사와 관련된 수많은 복잡한 절차를 전부 아들에게 양보하는 식이었다. 가토 변호사의 말을 듣고 기미가 서류 가방에서 파일을 꺼냈다. 기미는 비서 역할을 맡는 듯했다. 늘 가토 변호사가 몰고 다니는 벤츠 조수석에 타고 왔다.

이렇게 가끔 기미와 만날 수 있어서 기뻤다. 우리는 종종 다쓰야를 데리고 저택 근처를 산책했다. 난바 저택은 무사시노 고지대의 끝부분에 있는데 이웃 주민들은 이곳을 '성산'이라 부른다고 했다. 중세 시대부터 대대로 호족이 살던 곳이고 주변 길은 완만한 내리막길이다. 나는 기미, 다쓰야와 함께 구불구불한 길을 한

가롭게 걸었다. 일대는 언덕과 벼랑이 있고 벼랑 아랫부분부터 급격히 저지대가 되는 지형이다. 그리고 벼랑 아래에는 계곡이 흐른다. 무사시노의 고지대에 스며든 물이 벼랑 아래에서 솟구쳐 흐름을 만드는데 그것이 모여 작은 계곡을 이뤄 다마강으로 흘러간다. 벼랑 아래에 있는 주택가에는 울창하게 우거진 숲이 드문드문하게 있다. 무사시노의 대명사인 잡목림이다.

이 일대에서 으뜸가는 성산은 진다이지 성터가 있는 언덕이지만 그쪽은 천태종인 진다이지 사찰과 진다이 식물 공원이 있어 찾는 사람이 많고 북적거렸다. 그곳에서 조금 떨어진 성산 위 난바 저택은 조용하고 한적한 분위기였다.

기미는 그야말로 자유분방했다. 고용주인 가토 변호사를 따라와서는 그를 내버려 두고 우리와 함께 산책을 즐겼다. 주 고객인 유키오 씨의 의뢰로 가토 변호사는 기미를 고용해야 했으니 따로 맡은 일 없이 그저 함께 돌아다니는 것인지도 모른다. 기미는 그런 삶에 만족하는 스스로에게 불만을 품고 이직을 생각한 걸까. 가능성은 있어 보였다.

기미는 유키오 씨를 '유키오'라고 불렀다. 그리고 그때마다 후지와라 씨는 눈살을 찌푸렸다. 위세 있는 난바 집안의 정식 후계자를 스스럼없이 부르는 기미가 마음에 들지 않을 것이다. 물론 기미는 그런 건 전혀 신경 쓰지 않았다.

"유키오는 사람 대하는 게 서툴다기보다는 관심이 없다는 게 맞아"라든지 "유키오는 무뚝뚝하지만 너희가 오고 나서 안심하는 것 같아"라는 말을 태연하게 했다.

"아버지와 둘이서만 사는 삶이 영 따분했을 테니."

가족에 후지와라 씨를 포함하지 않는 것도 그야말로 기미다웠다.

그 무렵까지 우리는 서로를 성으로만 불렀지만 서서히 '기미', '하코'라고 부르게 됐다. 내 이름인 '요코葉子'를 '하코*'로 읽은 것이 별명이 됐다고 기미에게 알려 준 뒤부터다. 선생과 유키오 씨도 기미를 따라서 나를 '하코 씨'라고 불렀다.

내가 떠안고 있는 사정은 단순하면서도 흔한 것이었다.

여동생인 가나 부부가 진 빚 때문에 모든 것을 잃었다. 조금 남아 있던 저금과 어머니와 꾸려 나가던 과자점 '아사히'도 모조리 빚쟁이들이 빼앗아 가버렸다. 늘 자유분방하고 매사 대범했던 가나는 고생만 해 온 어머니와 소심한 내게는 밝은 태양 같은 존재였다. 가나의 남편 쓰지모토 신타로가 회사를 관두고 당시 유행하는 세련된 카페바를 열려고 했을 때도 가나가 더 적극적이었다.

처음에는 잡지 등에 가게가 소개돼 손님이 꽤 많았지만, 두 사람 다 지나치게 낙천적이고 씀씀이가 커서 눈 깜짝할 사이에 가게가 기울기 시작했다. 소상공인 전용 무담보 대출을 받아 개업

* 일본어로 '葉'는 '하'로도 '요'로도 읽을 수 있다.

자금을 마련했다고 하지만 그들은 적자가 날 때마다 가게 임대료, 인건비, 재료비 등을 아무렇지 않게 빚으로 메꿨다. 처음에는 은행 대출과 신용카드 론, 다음으로 제2 금융권 등을 거치다가 어느덧 제대로 된 곳에서 돈을 빌릴 수 없게 되자 사채에 의지하게 됐다. 소비자 금융 규제법이 생기기 전이라 부채는 순식간에 눈덩이처럼 불었고 고리대금업자들이 '아사히'에도 찾아왔다.

그들은 위협적으로 가게 안을 돌아다니다가 아무렇지 않게 집 안에 들어와 버티고 앉았다. 멋대로 냉장고를 열어 음료를 마시던 이들에게 나와 어머니는 반강제적으로 신타로 명의의 빚보증을 섰다.

결국 카페바는 2년도 되지 않아 문을 닫았다. 신타로는 넋이 나간 것 같았고 삶을 다시 시작할 의욕과 가족을 부양해야 한다는 의무감도 전혀 없었다. 오로지 가나만 미친 사람처럼 돈을 구하러 이리저리 뛰어다녔다. 그러나 아무도 가나를 상대해 주지 않았고, 나조차 지긋지긋했다. 모든 건 방종하게 살아온 자신들 탓 아닌가. 모질게 마음먹고 동생의 부탁을 거절하자 가나는 울면서 내게 매달렸고 서로 험한 말을 하며 말다툼도 벌였다. 내가 지갑에서 꺼낸 지폐 한두 장을 낚아채듯 들고 사라진 동생은 더는 예전의 가나가 아니었다.

검소와 성실함을 신조로 살아온 우리에게는 도무지 이해되지 않는 세계였지만 당시 뉴스에서는 '사채 지옥'이라는 말이 떠들썩하게 나왔다. 어머니는 그저 "다쓰야가 딱해"라는 말만 거듭했다.

"앞으로 오지 마. 너희가 진 빚은 너희 스스로 어떻게든 해결해."

내일까지 이자를 마련하지 못하면 큰일 난다는 가나에게 나는 냉정하게 내뱉었다. 지금껏 같은 구실로 대체 얼마를 쥐여 줬을까. 현금이 없을 때는 가나의 간청으로 무인 대출기에서 몇만 엔을 빌려 오기도 했다. 손님의 발길이 뜸해진 '아사히' 수입으로는 변제할 수 없었다. 카페바의 오너가 되어 지금껏 마음 내키는 대로 화려하게 살아온 주제에. 어깨를 늘어뜨린 채 사라지는 가나의 뒷모습을 보며 속으로 고소하다는 생각마저 했다.

그날 밤, 가나와 신타로가 살던 집이 불타올랐다. 동반 자살을 꾀한 것이다. 둘 중 누가 먼저 불을 붙였는지는 알 수 없었다. 살아갈 의욕을 잃은 신타로였을까. 아니면 매일매일 화를 내며 초조해하던 가나였을까.

당시 일은 잘 기억나지 않는다. 지금도 떠올리려 할 때마다 극심한 두통에 시달린다. 소방차 사이렌 소리, 밤하늘을 그을리던 불기둥, 어머니의 비명, 구경꾼들이 소리치는 소리. 인적 없는 병원 복도에서 가나와 신타로의 사망 소식을 들었다. 정신을 잃은 어머니는 그 병원에 그대로 입원하는 처지가 되었다. 이웃이 불길 속에서 다쓰야만은 구조해 냈다는 소식을 들어도 감정이 마비되어서 기쁜지 어떤지 알 수 없었다.

오랫동안 꾸려 온 과자점은 결국 처분할 수밖에 없었다. 어머니와 나, 다쓰야 세 사람은 지은 지 40년 된 오래된 다다미 여섯 장짜리 단칸방으로 이사했다.

어머니는 그전까지 사랑스럽게 옹알거리던 다쓰야가 입을 완전히 닫게 된 것을 눈치채고 아픈 몸을 이끌며 아이를 병원에 데려갔다. 의사의 권유로 뇌 검사를 받았는데 의사는 생후 대뇌 손상으로 '후천성 실어증'이라는 증상이 나타날 수 있다고 했다. 어쩌면 화재 사고 때 머리를 심하게 다쳤을지도 모른다며 어머니는 노심초사했다. 결과는 선천적, 후천적으로도 기질적 이상은 없었고 결국 의사가 입에 담은 병명은 '정신 발달 지체'였다. 어머니는 그 진단을 완고하게 인정하지 않았지만 큰 충격을 받은 건 사실이었다. 자신의 지병보다 다쓰야 일 때문에 더 쇠약해졌고 몸 상태는 시간이 갈수록 눈에 띄게 악화했다.

과자점을 처분해도 어머니와 내가 보증을 선 막대한 채무는 사라지지 않았다. 우리 세 사람이 간신히 몸을 맡긴 작은 단칸방에도 비정한 사채업자들이 들이닥쳤다. 삶을 이어 나가려고 아르바이트를 하러 간 곳까지 시도 때도 없이 독촉 전화를 걸며 괴롭혔다. 심지어 공동 주택 게시판에 우리 가족을 비방하는 글이 붙은 적도 있는데 경찰에 신고해도 민사 불개입의 원칙을 이유로 들며 오히려 '빌린 사람이 나쁘다'라는 식으로 말했다.

늘 꿋꿋하던 어머니에게 전적으로 의지하며 살아온 내가 난생처음 내 의지로 행동하게 된 것도 바로 그때였다.

야반도주를 한 것이다. 평소 신세를 진 상점가 이웃들에게 비밀로 하는 것으로 모자라 어머니가 사적으로 빌린 지인들의 빚까지 고스란히 남겨 두고 우리는 도망쳤다.

간신히 전과 비슷한 크기의 낡은 집을 찾아서 들어갔다. 다이토구 미스지라는 곳이었다. 서민들이 많이 사는 지저분한 동네인데 도쿄 대공습 당시 10대였던 어머니는 이 일대에서 살았던 바 있었다. 기와지붕이 달린 집과 상점이 다닥다닥 붙어 있던 거리가 순식간에 화염에 휩싸였다. 화마를 피해 도망친 어머니는 간신히 목숨을 건졌지만 부모와 형제를 모두 잃었다. 그런 곳에 다시 돌아와서 살게 되었지만 다부진 어머니는 금세 마음을 다잡고 우리에게 이렇게 말했다.

"하코. 여기는 빈털터리가 된 사람이 재출발하기에 아주 좋은 곳이야. 셋이 다시 힘을 합쳐 열심히 살아 보자꾸나."

그러나 그 바람을 이루지 못하고 결국 어머니는 반년도 되지 않아 세상을 떴다. 그 뒤로도 빚쟁이들이 우리가 있는 곳을 찾아올 때마다 나는 다쓰야를 데리고 다이토구 안을 전전했다. 살아도 사는 것 같지 않았다. 나와 다쓰야의 진정한 재출발의 장소는 바로 이곳 진다이지인 것이다.

진다이지에 처음 왔을 때는 시간의 흐름마저 뒤바뀐 느낌이었다. 도쿄에서 이토록 한가로운 풍경을 볼 수 있을 줄은 몰랐다. 잡목림이 주택가가 되고 초가지붕 농가가 철거돼 신식 건축재로 지은 집이 들어섰다고 해도 내게는 자연을 만끽할 수 있는 장소처럼 느껴졌다.

높낮이가 다양한 언덕 사이에 논과 밭이 있고 움푹 파인 땅과 연못도 있다. 민가가 밀집된 곳조차 무사시노의 풍광이 느껴져 은은한 정취가 있었다. 서로 겹쳐 있는 먼 산의 능선은 청회색으로 흐려져 있고 봄 안개는 태어나서 처음 봤다. 서민 동네에서는 자주 광화학 스모그 주의보가 떨어졌는데 지대가 높은 이 일대는 그런 것과도 무관해 보였다.

난바 저택에 온 뒤에도 집안일을 하는 내 옆에 멍하니 있거나 자기 방 안에서 얌전히 있던 다쓰야도 관심이 생기는 대상에 끌리는 듯한 형태로 점차 내 곁을 벗어나 행동하게 됐다. 현란하게 뒤바뀌는 환경 속에서 세상과 접촉을 피하던 아이는 이곳에서는 안심할 수 있다고 판단했을지 모른다.

"다쓰야 씨. 이리 오세요."

난바 선생은 자기 아들에게 그러는 것처럼 다쓰야를 부를 때도 이름 뒤에 꼭 '씨'를 붙였다. 선생은 정원에 떨어진 백목련 꽃잎과 화려한 색상의 송충이를 가리키며 다쓰야에게 뭔가를 설명했다. 중학생을 상대로 수업하는 것처럼 중간중간 전문 용어가 섞였다. 다쓰야가 이해할 리 없어요. 이 아이는 장애가 있으니까요. 그런 말이 몇 번이나 목구멍에 차올랐지만 말하지 않았다. 베테랑 교육자인 선생에게 굳이 그런 말을 보태는 건 무의미해 보였다. 끊임없이 설명하는 선생과 말없이 이야기를 듣는 다쓰야. 나이 차가 60살 이상 나는 두 사람은 시간이 갈수록 기묘한 신뢰 관계로 엮이는 것처럼 보이기도 했다.

선생은 다쓰야에게 누에를 돌보게 했다. 간토 지역에서는 대부분 5월 초순부터 봄누에가 시작된다고 했다. 대규모 양잠이 아니라 뽕밭이 그리 넓지는 않았다. 선생이 원예용 가위로 뽕잎을 가지째 자르면 다쓰야가 그것을 하나씩 들어 밭 밖으로 던졌다. 아직 몸집이 작은 다쓰야는 가지치기한 뽕나무 아래를 걷기에 안성맞춤이었다.

선생은 대답하지 않는 다쓰야에게 계속 말을 걸었다. 누에치기를 얼추 마치고 몸을 웅크린 채 흙장난을 하는 다쓰야에게 한 줌의 흙 안에 어마어마한 미생물이 숨어 있으며 그것이 땅을 얼마나 비옥하게 하는지를 설명했다.

"눈에 보이지 않는 생물이라고 해서 보잘것없다고 생각하면 안 됩니다. 이 세상에 불필요한 것은 단 하나도 없으니까요. 모든 것은 서로 이어져서 각자를 떠받치고 있답니다."

반응 없는 다쓰야를 보고 겸연쩍어서 내가 대신 끼어들었다.

"선생님, 이 아이는 왜 말을 하지 않는 걸까요?"

"그야 말하고 싶지 않아서겠죠. 다쓰야 씨는 상대가 하는 말은 잘 이해합니다. 느긋하게 기다리는 수밖에요."

선생은 대수롭지 않다는 듯이 말했다.

말은 이해하면서도 대답은 하지 않는 마땅한 이유가 있을까. 순간 가슴 깊숙한 곳이 저릿한 느낌을 받았다. 그건 혹시 상대가 나라서?

가나가 죽은 후 어머니가 살아 있는 동안에는 다쓰야를 사랑으로 보살피고 아이의 장래를 걱정하는 것까지 전부 어머니의 역할이었다. 나는 마음 아프기는 해도 방관자처럼 옆에 있는 '이모'에 불과했다. 이모. 이 얼마나 어색하고 낯간지러운 단어일까. 물론 그런 호칭조차 다쓰야의 입을 통해서 들은 적은 한 번도 없지만. 또다시 사소한 기억이 되살아났다. 다쓰야가 막 태어났을 때 나는 아이에게 나를 '이모'가 아닌 '하코'라고 부르게 하겠다며 가나를 미소 짓게 했다. 그런 평화로운 시절도 있었음을 까맣게 잊고 있었다.

다쓰야는 화재 사고로 등에 심한 화상을 입었다. 한 달 반 정도 입원 치료를 받아야 했다. 화상 자국은 보기 흉한 켈로이드*가 되어 남았다.

다쓰야가 퇴원하던 날 몸이 좋지 않은 어머니 대신 내가 다쓰야를 데리러 갔다. 입원용품이 든 보스턴백을 들고 다른 손으로는 다쓰야의 손을 잡아끌며 콘크리트 제방에 둘러싸인 강 옆을 걸어 집으로 향했다.

뜨거운 계절이 어느덧 저물어 가고 있었다.

나는 다쓰야에게 상냥한 말 한마디 건네지 않고 그저 말없이 걸었다. 당시 머릿속에는 앞으로 갚아야 할 빚 걱정뿐이었다. 조금 전에 내고 온 입원비도 타격이 컸다. 아이를 기르는 것은 돈이 드는 일임을 새삼 다시 깨닫게 되었다.

다쓰야는 걸음걸이가 느렸다. 무표정하게 앞을 보며 걷는 다쓰

* 피부의 결합 조직이 이상 증식해 단단하게 융기하는 증상.

야를 내려다보며 이 아이는 왜 엄마 아빠와 함께 죽지 않았을지를 떠올렸다. 가나가 이 아이를 남기고 간 것도 나를 힘들게 할 의도 아닐까. 살아 있는 동안에 그토록 나와 어머니에게 민폐를 끼쳤는데 죽고 나서도 그런 걸까.

그때였다. 저 먼 강 위에서 어렴풋이 빛나는 뭔가가 떠오르는 게 보였다.

내가 깜짝 놀라 발걸음을 멈추자 그것은 석양 속에서 우리를 향해 쓱 다가왔다. 처음에는 둥근 형태였던 것이 시간이 갈수록 물 흐르듯 길게 늘어나며 우리를 질질 쫓아 왔다.

온몸이 얼어붙었다. 순간 가나라고 생각했다. 가나가 도깨비불이 되어 돌아온 것이다.

냉정하고 못된 언니에게 자기 아이를 주고 싶지 않아서.

"다쓰야, 뛰렴!"

거칠게 다쓰야의 손을 잡아당겨 뛰기 시작했다. 강 옆의 좁은 길을 벗어나 경사로를 내려갈 때 발을 헛디디는 바람에 하마터면 다쓰야가 도깨비불에 잡아먹힐 뻔했다. 순식간에 온몸에서 핏기가 가셔서 보스턴백을 내던지고 다쓰야를 품에 안고 정신없이 뛰었다. 지나가는 사람들이 깜짝 놀라 멈춰 서는 것이 보였다.

인파가 많은 교차로까지 가서야 뒤를 돌아봤다. 도깨비불은 어느새 사라지고 없었다.

나는 그날의 일을 어머니를 비롯해 그 누구에게도 말하지 않았다. 가나는 죽어서까지 나를 저주하고 있다. 마지막으로 만났을 때 조금이라도 돈을 손에 쥐여 줬다면 가나 부부가 목숨을 끊지 않았을지도 모른다는 생각은 나를 줄곧 괴롭혔다. 그리고 나 역시 이런 영원한 고통을 내게 안긴 채 결국 죽음의 길을 선택한 가나를 증오했다.

◦ 2015년 여름 ◦

누군가가 방문을 두드렸다. 대답하고 문을 열자 문 앞에 요양 보호사인 시마모리 씨가 서 있었다. 배가 남산만 하게 불렀다. 이제 곧 첫 아이를 출산한다고 들었다.

"저, 다음 주부터 산휴라 인사드리려고요."

"어머, 그래요? 예정일은 언제예요?"

"8월 말인데 조금 앞당겨질 수도 있대요."

시마모리 씨는 내가 이 요양원 '유즈키'에 들어온 이래 나를 계속 담당해 온 요양 보호사다. 젊음과 실력을 겸비한 그녀에게 지금껏 많은 신세를 졌다. 터질 것처럼 빵빵한 볼이 항상 빨갰고 빠릿빠릿하게 움직이는 모습이 보기 좋은 사람이었다.

"새로 임시 요양 보호사가 들어온다고 하니 조만간 사무장님이 직접 소개하실 거예요."

시마모리 씨는 아이를 보육원에 보내게 되면 다시 돌아오겠다고 덧붙였다.

"건강하게 잘 낳기를 바랄게요"라고 하자 시마모리 씨는 "네!" 하고 기쁜 듯이 대답했다. "낳고 나서 아이와 함께 꼭 한번 찾아뵐게요."

시마모리 씨를 따라 식당에 가자 가가 씨가 우리를 향해 손을 들어 보였다. 미리 약속한 건 아니지만 어느덧 그녀와 함께 식사하는 게 정해진 규칙처럼 돼 버렸다.

"저기, 그거 알아?"

가가 씨는 무슨 이유인지 나를 마음에 들어 했다. 나이가 나보다 열 살은 많다고 들었는데 그것과 상관없이 나를 대했다. 가가 씨는 요코하마에 있는 유명 병원 원장의 부인이다. 남편은 요코하마에서 바쁘게 일하느라 아직 노인 요양 시설 같은 곳에 들어올 마음이 없다고 했고 그래서 아내를 별로 찾지도 않는 듯했다. 그녀는 따분하게 지내며 평소 말 상대로 말수가 적은 내가 좋았는지, 아니면 내가 어지간히 아는 게 없고 만만해 보이는지 자주 말을 걸었다.

'그거 알아?' 뒤에는 대부분 재미없는 자랑이나 뒷소문 정도가 이어지지만 나도 시간이 남아도는 만큼 무심코 귀 기울이게 됐다.

우리는 항상 앉는 동쪽 창가 자리에 앉았다. 식당이라고 하지만 내부는 고급 레스토랑 같다. 높은 천장에 호화로운 샹들리에가 여러 개 달렸고 실내에 조용한 음악이 흐르며 잘 훈련받은 서빙 직원이 돌아다녔다. 요양 보호가 필요한 입주자에게는 또 다른 식당이 마련돼 있고 여기는 주로 식문화를 즐기는 입주자들이 이용하는 곳이다. 오늘은 리처드 지노리* 식기에 음식이 담겨 나왔다.

"저 아이는 배가 저렇게 불렀는데도 일하고 있네."

가가 씨는 수프를 입에 가져가며 시마모리 씨를 가리켜 말했다. 칭찬으로 하는 말은 아니다. 임신부의 모습이 별로 보기 좋지 않고 출산일이 다가오는 아내에게 계속 일을 시키는 남편이 있다는 걸 믿을 수 없다는 의미가 담겨 있다. 1년 조금 넘게 알고 지내며 가가 씨의 인품은 이미 충분할 정도로 파악했다. 그래도 괜한 갈등을 빚고 싶지 않아서 이 오만불손한 노파에게 맞춰 주고 있다.

이보다 더 바보 같을 수 없겠지만 이런 시설 안에도 파벌이 있다. 가가 씨는 자신처럼 도쿄에서 산부인과 몇 군데를 경영하는 병원 원장의 부인인 하야미 씨와 그녀의 주변인들을 질색했다. 하야미 씨 일파는 항상 서쪽 창가 자리에 앉는데 지금도 그쪽에서 새된 웃음소리가 들린다. 가가 씨는 이글거리는 눈빛으로 내 등 뒤를 노려봤고 나는 모르는 척하며 수프를 떠먹었다. 저염식과 당뇨식 등 입주자 개개인에게 맞춤형 식사가 제공되지만 내게는 양이 너무 많아서 늘 절반 정도밖에 먹지 못했다.

일부러 돌아보지 않아도 키 작고 몸집이 통통한 하야미 씨가 사

* 이탈리아의 명품 자기 브랜드

신을 따르는 이들 안에서 시끄럽게 웃는 모습이 눈에 선했다. 자라목을 파고들듯 걸친 목걸이와 반지에는 값나가는 보석이 반짝거릴 것이다.

"저기, 그거 알아?" 또다시 가가 씨가 말버릇처럼 물었다. "하야미 씨네 남편은 젊은 애인을 셋이나 거느리고 있대. 그러니 여기 별로 얼굴을 비치지 않는 거겠지."

그런 정보는 또 어디에서 들었을까. 어정쩡한 미소로 대화를 끝마치려 했지만 그녀는 말을 멈추지 않았다.

"그래도 뭐, 불평할 수는 없겠지. 저 사람도 후처라고 하니까. 전 부인을 내쫓고 들어갔대."

그러고 나서 또 그 전 부인이라는 사람에 대해 실컷 떠든다. 전직 간호사인데 훌륭한 사람이었다고 했다. 가가 씨가 거기서 위안을 받는다는 것을 깨달았다. 가가 씨도 간호사로 일하다가 지금 남편을 만났으니까. 하야미 씨가 간호사 출신을 바보 취급하는 이야기가 들려서 배알이 뒤틀린 것이다.

"그 점에서만큼은 당신이 부러워." 불현듯 화제가 내게로 향했다. "남편이 매주 쉬지 않고 찾아오니."

"아, 네."

"남편 집에서 가정부를 했댔지?"

꼭 이렇게 다른 사람을 업신여겨야 직성이 풀리는 걸까. 나는 조용히 한숨을 내쉬었다.

얼른 내 방으로 돌아가 바다를 보고 싶었다. 밤바다도 좋을 것이다.

◦ 1985년 봄 ◦

가요코 부인은 가마쿠라 칠기* 제작이 취미였다고 한다.

다다미 여덟 장 넓이의 침실 뒤에는 널빤지가 깔린 부인의 작업실이 있었다. 책상 위에는 색이 칙칙해질 때까지 오래 쓴 나무 손잡이 조각칼 세트가 투명한 상자 안에 담겨 있다. 납작한 서랍이 여러 개 달린 캐비닛에는 도안이 잔뜩 꽂혔다. 정원과 들에 피는 화초, 새와 작은 동물, 풍경 등을 부드러운 필치로 그린 스케치북도 있다. 삼면경 틀에 새긴 석남꽃장식도 부인이 직접 만들었다는 이야기를 듣고 감탄했다.

선생의 서재에도 문갑과 펜 받침, 보조 탁자 등에 부인이 직접 만든 장식이 여러 개 붙어 있었다. 무엇보다 걸작은 서재 벽에 걸린 가로로 긴 액자였다. 세로는 60센티미터 정도지만 가로가 2미터쯤 될 텐데 그곳에는 나뭇가지 위에 있는 다양한 모습의 작은 새들이 새겨져 있었다. 물까치와 검은머리방울새, 멧새 등이 고개를 살짝 기울이고 몸을 맞대고 있는 모습이 그야말로 장관이다.

* 조각한 바탕에 검은 옻칠을 하고 그 위에 붉은 옻으로 장식을 만드는 일본 전통 칠기.

이 무사시노에 서식하는 작은 새들을 그대로 옮겼다. 먼 곳에는 굽이굽이 흐르는 강이 그려져 있는데 그것도 어쩌면 무사시노를 흐르는 노가와강일지 모른다. 이곳에서 나고 자란 부인이 사랑하는 풍경을 새긴 것이다.

선생은 평소 서재에서 검게 윤이 나는 옻칠 액자를 올려다보며 눈을 붙였다. 부인이 세상을 뜨자 둘이 함께 쓰던 침실에서 자지 않고 서재에 이불을 깔고 책들에 둘러싸인 채 잠들게 됐다며 후지와라 씨가 한탄했다. 두꺼운 도감이나 자연 과학 전문 서적이 압도될 만큼 잔뜩 꽂힌 책장 앞에서. 혹시라도 발작을 일으켰을 때 혀 밑에 투여하는 아질산제만은 머리맡에 두고 자도록 후지와라 씨가 입에서 단내가 날 만큼 주의했지만 선생은 가끔 잊을 때가 있다고 했다.

역시 난바 저택에서 좀처럼 발걸음이 떨어지지 않는지 후지와라 씨는 한 달이 지나도 사가현에 가지 않았다. 그러다가 마침내 기다리다 지친 후지와라 씨의 딸이 직접 데리러 오자 후지와라 씨도 체념했다. 후지와라 씨의 딸은 어머니를 쏙 빼닮아 통통한 체구에 말수가 많은 사람이었다. 딸의 제안으로 우리는 마지막으로 저택 현관 앞에 나란히 서서 기념사진을 찍었다. '어머니가 사가현에서 이곳 생활을 가끔 추억할 수 있도록'이라는 구실로 처음부터 카메라를 가지고 온 듯했다. 사진을 찍을 무렵 마침 가토 변호사와 기미도 벤츠를 타고 왔다. 두 사람이 거절하는데도 후지와라 씨의 딸이 억지로 함께 찍자고 권했다. 그래서 난바 선생과 유키오 씨, 후지와라 씨, 가토 씨와 기미, 그리고 나와 다쓰야까지 모두 나란히 섰고 후지와라 씨의 딸은 카메라 셔터를 여러 번 눌렀다.

"이렇게 많은 분들께 신세를 졌다니, 엄마도 이제 여한이 없겠네."

"앞으로도 살아갈 날이 창창한데 그게 무슨 소리니."

모녀가 그런 대화를 나눠서인지 나중에 편지로 도착한 사진 속의 우리는 모두 웃는 얼굴이었다.

후지와라 씨가 사라져도 일상은 변하지 않고 계속됐다. 건너편 방에 이제는 후지와라 씨가 없다는 사실이 약간 쓸쓸하기는 했지만 곧 익숙해졌다.

복도 너머에서 조용히 집 뒷문이 닫히고, 밖에서 몰래 문을 잠그는 소리가 들렸다. 자갈을 밟는 발소리가 점차 멀어진다. 유키오 씨가 차를 대는 차고는 뒷문에서 몇 미터 떨어져 있다. 잠시 후 시동을 거는 소리가 들렸다.

그렇게 유키오 씨는 이따금 혼자서 밤에 외출을 했다. 그의 방에는 전용 전화기가 있다. 그 전화가 울리면 유키오 씨는 밤늦은 시간에 목적지를 알리지도 않고 집을 나갔다. 누구에게 불려 가는지 궁금했다. 여자일까. 젊은 사업가인 유키오 씨에게 애인이 있어도 이상할 건 없다. 오히려 지금껏 독신인 것이 부자연스럽다.

어차피 나 같은 사람이 개입할 문제는 아니다. 나는 잠옷으로 갈아입고 다쓰야 옆에 누웠다. 반쯤 벌어진 다쓰야의 입을 바라보는 동안 나도 잠이 들었다. 꿈에서 고등학생인 가나와 나란히 서서 자전거를 밀며 걸었다.

"언니. 이번 축제 때 우리 반은 단팥죽이랑 인절미를 만들기로 했어. 엄마한테 특별 훈련을 받으러 친구가 올 거야."

나는 "그거 기대되네" 하고 꿈속에서 미소 지었다.

후지와라 씨가 사라지자 이제는 거리낄 게 없는지 기미는 저택에 더 자주 찾아왔다. 부엌에 가서 직접 커피도 끓여 마셨다. 유키오 씨와 집 안에서 마주칠 기회도 많아졌지만 그때마다 두 사람은 그야말로 소원해 보였다. 물론 기미가 유키오 씨를 '유키오'라고 부르는 건 아주 자연스러웠고 특별히 의식하는 것 같지는 않았다. 유키오 씨는 먼저 기미를 부르는 일이 거의 없었는데 꼭 불러야 할 때는 '기미' 하고 이름으로 불렀다.

기미는 이곳 조후시에만 오면 뭔가 나른해진다면서도 여기 오는 것을 즐기는 것처럼 보였다. 기미는 함부로 사람을 가까이하는 것 같지 않지만 배려심이 깊다. 또 무엇이든 미련이 없는 것 같으면서도 가끔 묘한 집착을 보일 때가 있었다. 직업소개소에서 처음 만났을 때 느낀 인상 그대로 종종 남을 신랄하게 비판하지만 나와 다쓰야에게는 따뜻하게 대해 줬다. 누구에게나 그렇지는 않고 관심이 없는 상대에게는 냉정할 정도로 무심했다. 그렇게 기미는 도통 속을 알 수 없는 성격의 소유자였다.

기미 같은 사람은 수많은 친구들에게 둘러싸여 있어도 이상하지 않을 거라 생각했다. 그러나 기미는 다른 사람과 어디를 가거나 뭘 했다는 이야기는 단 한 번도 하지 않았다. 그러고 보니 내가 난바 저택에 온 이후부터는 이직 활동에 대한 언급도 끊겼다. 기미는 평소 유행하는 옷은 입지 않았다. 당시에는 각선미가 드러나는 옷을 입고 어깨를 으쓱거리며 거리를 활보하는 여자가 많았고 또 모두가 레이어 커트 머리에 핀힐이 달린 펌프스를 신었다. 항상 다른 사람 눈을 의식하는 그들의 빈틈없는 패션은 보기에도 답답하고 획일적이고 개성 없어 보였다.

반면 기미는 항상 자신만의 시크한 느낌의 값비싼 옷을 걸치고 다녔다. 유행에는 등을 돌린 채 늘 자기가 입고 싶은 옷만 입었다. 기미의 그런 대범한 모습이 부러웠다. 차분한 색조와 자연스러운 코디는 전부 계산된 것처럼 보였는데 그 모든 게 좋은 조화를 이뤄 기미의 아름다움을 더 돋보이게 했다. 나는 기미를 만날 때마다 매번 놀라는 동시에 반했다. 비록 얼굴에는 손을 댔다고 해도.

그러고 보니 기미가 성형수술을 받은 이유에 대해서는 아직 알지 못했다. 이제는 사이가 꽤 돈독해진 것 같지만 기미는 일절 언급하지 않았다. 타고난 얼굴을 바꾸는 건 중대한 일처럼 느껴지는데 기미에게는 싹 그렇지도 않은 걸까. 그저 충동적인 선택이었을까. 이 사람의 본질은 무엇일까. 나는 가끔 보이는 기미의 변덕스러운 감정과 성격에 휘둘렸다. 서로 잘 알고 있다고 생각하는 상대에게서 골탕을 먹는, 그런 느낌이었다.

그러나 나 역시 내 자세한 사정은 숨기고 있었다. 다쓰야를 맡게 된 이유는 동생 부부가 화재로 죽어 아이 혼자 남아서라고 솔직히 털어놓았지만 내가 큰 빚을 지고 야반도주를 했다는 사실은 숨겼다. 그런 걸 알았더라면 난바 집안에서도 나를 고용하지 않았을 것이다.

후지와라 씨는 때때로 그림엽서를 보내 왔다. 개성적인 각진 글씨로 '비와 호수에서 부는 바람이 거세서 힘들어'라든지 '딸과 함께 미이데라 절에 다녀왔어' 같은 짧은 내용이 적혀 있었다. 나도 답장을 썼는데 주로 선생과 유키오 씨에 관한 이야기가 중심이었다. 후지와라 씨도 궁금해할 거라고 생각했다. 지난번에 유키오 씨와 나 사이에 생긴 작은 에피소드도 쓰려고 했지만, 고민하다가 관두었다. 그럴 일은 없겠지만 후지와라 씨가 내 마음에 생긴 미묘한 변화를 눈치채면 안 된다고 생각했다.

책을 읽는 유키오 씨의 옆얼굴이 마음에 들었다. 키가 크고 마른 그가 허리를 약간 숙인 자세로 열심히 책에 적힌 글자를 읽는 모습을 이따금 넋을 잃고 구경했다. 그의 오른쪽 눈 바로 옆에 있는 오래된 상처에 눈길이 갔다. 부드러운 피부 위에 새겨진 또렷한 상처는 요철이 되어 일종의 그림자 같은 것을 늘어뜨리고 있었다. 깊은 사고와 근심, 괴로움, 자제심. 그는 금욕적인 수행자를 연상시켰다.

후지와라 씨에게 듣기로는 가요코 부인이 밥상 위에서 사과 껍질을 깎고 있을 때 어린 유키오 씨가 갑자기 달려들었고 그때 과도가 얼굴을 스쳐 깊게 베였다고 했다. 그 일 때문에 시어머니에게 호된 질책을 듣고 고부 관계가 악화했다. 수상한 신흥 종교에 빠져 있던 시어머니는 애당초 종교에 별 관심을 보이지 않는 며느리를 마음에 들어 하지 않았다. 그날 생긴 상처는 결국 어른이 된 유키오 씨를 찾아낸 단서가 되었다. 가토 변호사가 유명한 흥신소에 의뢰해 거주지를 찾았고 호적 등 서류도 전부 확인했다고 하지만, 가요코 부인은 무엇보다 상처를 보며 유키오 씨가 자기 아들임을 확신하고 남몰래 눈물을 훔쳤다고 한다.

나는 시간이 조금 걸리기는 했지만 서서히 유키오 씨와 친해졌다. 일상에서 일어난 일과 뉴스를 통해 들은 정보, 읽은 책 이야기, 선생과 다쓰야에 대한 이야기 등을 거리낌 없이 주고받는 사이가 되었다. 기미와 난바 선생에 이어 대화를 나눌 수 있는 상대가 늘었다는 것이 기뻤다. 여동생 사건 이후 내 삶과 마음은 항상 살벌했다.

그러다가 지나치게 긴장이 풀린 걸까. 터무니없는 실언을 입에 담고 말았다. 다쓰야를 어떻게 키워야 좋을지 모르겠다는 말을 한 직후였다.

"유키오 씨. 앞으로 다쓰야의 아버지 역할을 맡아 주시지 않겠어요?" 순식간에 말도 안 되는 소리를 했다는 것을 깨달았다. "아, 그러니까…… 큰 의미가 있는 건 아니에요. 이런, 느닷없이 실례되는 말을……."

나는 황급히 상황을 수습하려 했다.

유키오 씨는 잠시 멍하니 있었다. 그러다가 퍼뜩 내 말을 이해했는지 당황하는 표정을 지어 보였다.

"아버지……? 내가?"

나는 점점 더 몸 둘 바를 몰랐다. 얼굴에서 불이 뿜어져 나오는 것 같았다. 단순히 다쓰야에게도 아버지가 필요할 것 같다고 생각했다. 그래도 그 역할을 다른 남자에게 맡기는 것은 내 인생의 파트너가 돼 달라고 상대에게 넌지시 부탁하는 거나 마찬가지 아닌가. 지나친 생각일 수 있지만 애초에 남자와 얼굴을 맞대고 그런 말을 하거나 들은 적이 없어서 당황하고 말았다.

유키오 씨는 분명 내 어리석은 말실수를 눈치챘을 테지만 "그런가……. 다쓰야에게도 아버지가 필요하군" 같은 말을 중얼거리며 모르는 척해 주었다. 나는 결국 견디지 못하고 집 안쪽으로 들어가 버렸다.

그날 이후 유키오 씨는 평소보다 다쓰야를 더 신경 써 주었다. 나는 그저 면목이 없어서 바쁜 그가 다쓰야를 위해 시간을 내어 함께 놀아 주거나 가끔 다쓰야가 좋아할 만한 과자를 사 오면 주절주절 감사 인사를 늘어놓았다. 외국에서 만들었다는 값비싼 세발자전거를 사 줬을 때는 이런 건 받을 수 없다며 거절해 그를 곤란하게 했다.

선생은 "좋은 일 아닌가요?" 하고 대수롭지 않게 말했고, 기미는 "유키오가 그런 행동도 하는구나" 하고 웃어넘겼다.

결국 세발자전거는 다쓰야의 것이 되었다. 자전거를 탈 줄 모르는 다쓰야에게 유키오 씨는 정중하게 타는 법을 가르쳐 줬다. 다른 사람에게 선물을 받은 적이 없는 다쓰야는 별로 고마워하는 내색도 하지 않고 유키오 씨가 시키는 대로 페달을 밟았다. 그동안 경제적으로 궁핍했던 우리 가족은 다쓰야에게 제대로 된 장난감 하나 사 주지 못했다.

정원에서 유키오 씨의 목소리와 웃음소리에 괴성이라고 할 수밖에 없는 다쓰야의 목소리가 섞여서 들렸다. 다쓰야는 이따금 도무지 알아들을 수 없는 큰 소리를 지르곤 했는데 흥분이든 거절이든 오직 그것만이 아이의 감정 표현 같았다. 두 사람이 내는 소리를 듣고 있으면 정말로 아버지와 아들이 장난을 치는 것 같아서 말로 표현할 수 없는 행복감에 휩싸였다. 지금까지의 삶이 너무도 가혹했으니 더욱 그랬다.

유키오 씨가 아빠, 내가 엄마가 되어 다쓰야를 함께 키우는 환상에 잠겼다. 완벽한 가족. 내가 잃어버린 가장 작은 형태의 사회. 너무도 그리고 또 바라던 것이다. 그런 공상 속 가족을 가지는 것 정도는 허락되지 않을까. 다른 사람에게 딱히 민폐를 끼치는 것도 아니다. 모두에게는 비밀인 나만의 가족. 그러는 동안 내 안에서 작은 변화도 생겼다.

만약 유키오 씨와 결혼할 수 있다면. 그야말로 엉뚱한 발상이었다.

후지와라 씨에게 보내는 편지에 그런 이야기는 절대 적을 수 없었다. 엄격한 그 예전 가정부는 화를 낼 게 분명했다. 이것은 나만의 작은 동경이다. 절대 실현될 리 없는 희망. 나는 갈수록 유키오 씨를 의식하게 되었다. 아무리 친해졌다고 해도 기미 앞에서조차 털어놓을 수 없는, 삼십 줄에 들어선 한 여자의 비밀스러운 연모였다.

밤늦게 전화를 받고 나가는 유키오 씨는 어떤 표정을 짓고 있을까. 애인은 어떤 사람일까. 분명 세련되고 똑똑한 여자일 것이다. 한창때이니 결혼을 염두에 두고 있을 수도 있다. 아마 성대한 결혼식을 올리고 도심지의 고급 아파트에서 신혼 생활을 시작하지 않을까. 그래도 나는 아무것도 바뀔 것이 없다. 당분간은 풀 죽을지 모르지만 체념에는 이미 익숙하다. 그렇게 완전한 끝이 오기 전까지는 나만의 상상 속 연애를 즐겨도 죄가 되지 않을 것이다.

내 감정을 알 리 없는 유키오 씨는 다쓰야의 아버지 역할을 열심히 해 주면서 나를 만족시켜 주었다. 그는 원체 진지하면서도 성실한 사람이었다. 내가 무심코 입에 담은 말을 가볍게 흘려들을 수도 없는 걸까. 아니면 일에 쫓기는 삶 속에서 찾은 작은 즐거움일까. 유키오 씨는 집에 돌아왔을 때 '잘 다녀오셨어요' 하고 맞아 주지도 않는 다쓰야를 기꺼이 귀여워해 줬다.

그러던 어느 날, 유키오 씨가 문득 깨달은 것처럼 말했다.

"다쓰야는 왜 유치원에 안 보내지? 그럴 나이도 되지 않았나?"

"네. 맞아요. 하지만 보다시피 이 아이는 말을 못 해서 평범한 유치원에서는 받아 주지 않을 거예요."

거짓말이었다. 우리의 주민 등록 주소지는 여전히 다이토구의 미스지였다. 다쓰야를 유치원에 보내려고 전입 신고를 해서 사채업자들에게 현 거주지가 밝혀지는 상황이 두려웠다. 물론 유키오 씨 앞에서 그런 말은 할 수 없었다. 유키오 씨는 그럼 다쓰야 같은 아이가 갈 만한 시설을 찾아서 보내야 한다고 나를 다그쳤다. 회사에 복지 시설을 잘 아는 직원이 있으니 찾아보겠다고도 했다. 나는 속에서 쓰디쓴 것이 올라오는 느낌이었다.

◦ 2015년 가을 ◦

9월 1일에 예순여섯 번째 생일을 맞았다. 이날이 올 때마다 마음이 우울해진다. 유즈키에서는 매달 넓은 레크리에이션 룸 안에 입주자와 직원이 모여 생일 축하 파티를 한다. 휠체어를 탄 입주자와 산소 호흡 장치를 달고 있는 사람까지 직원의 안내를 받아서 온다.

하야미 씨도 생일이 9월이라 멋지게 옷을 차려입고 가운데 자리에 앉았다. 나는 제일 끝자리에서 몸을 움츠리고 있었다. 유즈키 전속 파티시에가 만든 사각 케이크는 색색의 베리류를 장식했고 양주가 든 잼을 듬뿍 발라 싱싱함을 돋웠다. 하야미 씨가 생일을 맞은 이들을 대표해 케이크를 잘랐는데 그녀의 팔찌에 박힌 보석이 케이크 위 베리만큼 반짝거렸다. 조각낸 케이크를 사람들에게 나눠 줬다.

그때 별안간 "앗!" 하는 외침이 들렸다. 하야미 씨 무릎 위에서 케이크가 담긴 접시가 뒤집힌 것이다. 애써 차려입은 레이스 달린 정장이 생크림으로 범벅되고 말았다.

"죄, 죄송합니다!"

신입 요양 보호사가 천 냅킨을 들어 황급히 옷을 닦으려고 했다. 그러나 천으로 문지르자 생크림이 레이스 틈새에 파고들어 더 수습할 수 없게 됐다. 유니폼 가슴가에 '와타나베'라는 명찰을 매단 젊은 남자 요양 보호사는 시마모리 씨 자리에 충원된 임시 직원 세 사람 중 한 명이었다.

"뭐 하는 거야!"

팀장이 소리치며 젖은 수건을 들고 달려왔다.

"됐어!"

하야미 씨는 화가 난 얼굴로 벌떡 일어섰다.

"죄송합니다. 지금 당장 세탁을……."

사무장까지 달려왔다. 하야미 씨는 최상층 특별실에 입주한 VIP 중의 VIP다. 남편이 유즈키의 모기업에 돈을 투자했다는 소문도 돌았다.

하야미 씨는 요란하게 발소리를 울리며 방을 나갔다. 가가 씨가 웃음을 참는 듯한 표정을 지어 보였다. 결국 생일 축하 모임은 중간에 찬물을 끼얹은 모양새로 용두사미로 끝났다. 모두 말없이 어색하게 케이크만 먹었다. 바보 같은 노래자랑이나 다른 이벤트가 취소돼 내심 안도했다.

와타나베 씨는 사무장을 따라 방을 나갔다. 아마 하야미 씨의 방에 찾아가 넙죽 엎드릴 것이다. 가가 씨는 새로 온 와타나베 씨가 어리숙하다는 이야기가 관내에 이미 다 퍼졌다고 속삭였다. 그래도 아무렇지 않게 일하는 것을 보면 집념이 강한 걸까, 아니면 그저 둔한 걸까. 정보 수집력이 뛰어난 가가 씨에 따르면 그는 일본에서 일하면서 돈을 모아 전 세계를 여행하는 생활을 한다고 했다.

“오, 백패커인가 봐요. 젊음이 부럽네요” 하고 내가 무심코 말하자 가가 씨는 화를 버럭 냈다.

“백패커라니. 그런 건 그냥 부랑자랑 똑같아.” 가가 씨는 딱 잘라 말했다. “아무리 임시 직원이더라도 그런 사람을 고용하다니, 유즈키도 이제 볼 장 다 봤네.”

가가 씨는 “어차피 여기서도 조금 일하다가 돈이 모이면 또 어디론가 훌쩍 떠나 버릴 게 분명해”라고 했다. 요즘은 그런 근본 없는 젊은이들이 많아서 큰일이라는 말도 빠트리지 않았다.

나는 축하 선물로 받은 작은 꽃다발을 손에 들고 일어나 다모토 씨를 따라서 방에 돌아갔다. 다모토 씨는 원래부터 있던 요양 보호사인데 시마모리 씨가 휴직한 이후 내 담당을 맡았다.

“모처럼 열린 생일 축하 파티인데 이렇게 돼 버려서 죄송할 따름이에요. 기분 많이 상하셨어요?”

마흔이 넘은 베테랑 요양 보호사 다모토 씨가 나를 배려하며 물었다.
"아뇨, 전혀."
"와타나베 씨가 악의적으로 그러는 건 아니겠지만 그래도 실수를 저지르고 반성하는 것 같지 않아서 큰일이에요. 또 비슷한 실수를 반복할 거예요."
"괜찮아요. 원래 젊은이들은 그러면서 성장하잖아요."
"과연 성장할까요, 그 아이."
나는 다모토 씨의 말투가 왠지 우스워서 미소 지었다.
무사태평한 와타나베 씨는 주로 입주자 대신 물건을 사 오거나 다른 직원이 시키는 잡일을 한다고 하지만 평소에 특별히 풀 죽어 있지는 않았다. 방에서 다모토 씨가 조금 전 내가 받아 온 꽃다발로 꽃꽂이를 해 주었다. 노란 장미다. 꽃말은 '우정'. 왜 하필 오늘 같은 날 노란 장미일까. 다모토 씨가 나가자 방 안에서 노란 장미의 은은한 향이 감돌았다.
지팡이를 짚고 옷장 앞에 섰다. 문을 열고 안에 있는 캐비닛 서랍에서 납작한 쿠키 상자를 꺼낸다. 한 손에 쿠키 상자, 다른 손에 지팡이를 들고 느릿느릿 거실로 돌아가 의자에 앉아 테이블에 상자를 올렸다. 녹슬어 볼품없는 상자 표면을 손바닥으로 살며시 쓰다듬는다.
창밖에 펼쳐진 가을 바다. 높은 하늘 아래에서 낮게 파도치고 있다.
한숨을 한 번 내쉬고 오래된 쿠키 상자 위에 손을 얹었다. 여기

처음 입주할 때 갖고 있던 물건들을 많이 버렸지만 이것만은 버릴 수 없었다. 이 안에는 내 과거가 담겨 있다. 뚜껑이 찌그러진 탓에 잘 열리지 않아서 힘주어 상자 뚜껑을 열었다.

맨 위에 있는 것은 대학 노트다. 이미 수없이 펼쳐 봐서 표지와 속이 너덜너덜하고 누렇게 변색됐다. 첫 장을 펼치자 그곳에는 '선생님이 싫어하는 음식 목록'이 붙어 있었다. 내용을 꼼꼼하게 살핀다. 난바 선생은 어린아이처럼 호불호가 심한 사람이었다. 작고 각진 글씨로 선생이 먹지 못하는 음식이 정중히 나열돼 있다.

노트를 내려놓고 그 속을 뒤졌다. 사진 한 장. 벌써 30년도 더 됐다. 엽서 크기로 확대된 사진 한가운데에 있는 사람은 난바 선생과 후지와라 씨다. 나이 든 가정부가 집을 떠나던 날 아침에 그녀의 딸이 찍은 사진이다. 남편과 가토 변호사도 함께 찍혀 있다. 내 옆에는 다쓰야가 괴팍한 표정을 짓고 서 있다. 모두 웃고 있지만 이 아이만 입을 한일자로 꾹 다물고 있다. 다쓰야 옆에는 웃는 얼굴을 한 내 친구가 찍혀 있다.

그 얼굴을 지그시 바라보고 손가락으로 천천히 쓰다듬는다. 이 세상에 오직 하나뿐인, 마음을 터놓았던 소중한 친구.

나는 그런 그녀를 죽였다.

◦ 1985년 여름 ◦

장마철에 접어들었다. 비 오는 날이 계속되자 성산 위 저택도 나무와 흙냄새에 둘러싸였다.

유키오 씨의 말을 들은 이후 다쓰야의 문제를 정면에서 마주 보기로 했다. 보건소에서 주최하는 모자 교실에 비정기적으로 다니며 다쓰야의 상태를 관찰하기로 했다. 물론 이런 공적 서비스를 받으려면 조후시의 시민이 되어야 한다. 그리고 직업이 생기면 국민 건강 보험에 들고 세금도 내야 한다. 보건소의 권유로 그런 절차를 조심조심 밟아 나갔고 그 뒤로도 별문제는 일어나지 않아서 가슴을 쓸어내렸다. 빚쟁이들도 나 같은 사람의 얼마 안 되는 빚을 받아 내려고 집착하는 게 오히려 시간 낭비라며 포기한 듯했다. 경박한 광고에 속아서 충동적으로 빚을 지게 된 사람은 이 세상에 나 말고도 수두룩할 테니까.

보건소 전문의에게 어머니가 받게 한 다쓰야의 뇌 검사 결과를 전했다. 의사는 '언어 발달 지체' 가능성이 있다고 했다. 이번에도 '지체'다. 그저 늦어질 뿐일까. 늦어진다면 언젠가는 제 속도를 되찾을 수 있는 걸까. 아니면 평생 치명적인 장애를 안고 살아야 하는 걸까. 수많은 의문이 떠올랐지만 의사 앞에서 한마디도 할 수 없었다.

의사가 언어 발달 지체에는 가정 환경이 영향을 미치는 사례가 많다고 했기 때문이다. 언어 발달이 늦어지는 것은 언어 중추 성장 자체가 늦어지는 경우와, 부모와의 관계 등의 문제로 언어 습득이 늦어지는 경우가 있다고 했다. 두꺼운 안경 너머에서 내 얼굴을 살피던 의사는 암묵적으로 '당신 양육에 문제가 있다'라고 지적하는 듯했다.

그러나 모자 교실의 베테랑 보육 교사는 "다른 아이들과 비교하면 안 돼요. 아이의 성장에 일반적인 기준을 갖다 대 봐야 무의미하니까요. 이런 아이들이 갑자기 파도처럼 입이 트이는 경우도 있답니다"라고 해서 아주 조금 빛이 보이는 느낌이었다. 친엄마가 아닌 내가 아이를 돌보는 게 과연 옳은 일일까. 다쓰야는 어떻게 생각할까. 좋을까, 싫을까. 입을 다문 다쓰야의 마음속을 엿보고 싶었다. 이대로 영원히 말하지 못한다면 나는 영영 해답을 알 수 없을 것이다.

가끔 두렵기도 했다. 가나의 도깨비불이 다시 다쓰야를 데리러 오는 게 아닐까 하고.

그럴 때는 난바 선생과 유키오 씨의 관계를 보며 용기를 얻었다. 피를 나누지 않은 두 사람이 사이좋게 지내는 모습을 보고 나와 다쓰야도 언젠가 저렇게 되지 않을까 상상했다.

선생이 어느 날 '쓰쿠바 엑스포'에 가고 싶다는 말을 꺼내서 유키오 씨가 이틀 휴가를 내어 함께 가게 되었다. 3월부터 시작된 쓰쿠바 세계 박람회의 주제는 '인간, 주거, 환경과 과학 기술'로 지금껏 이과 선생님으로 일해 온 선생이 흥미를 느낄 만했다. 나는 선생이 약 복용을 잊지 않도록 아침, 점심, 저녁으로 나눈 약을 필

케이스 안에 넣었다. 참으로 사이좋은 부자지간이다. 세상을 뜬 뒤에도 가요코 부인이 하늘에서 두 사람의 사이를 중재해 주는 것 같았다. 선생은 생전 가요코 부인이 사랑하던 것에는 무엇이든 아낌없이 애정을 쏟았다. 무사시노의 자연과 아들, 그리고 이 저택과 회사에도.

나도 다쓰야를 그렇게 대하면 좋을 텐데 고집스러운 조카는 나를 항상 시험에 들게 했다. '무한한 사랑'이나 '모성'처럼 모호하면서도 종잡을 수 없는 감정은 내게 그저 공포였다. 나도 모르게 '나 혼자였다면 어떻게든 먹고살 수 있을 텐데' 하는 생각이 들었다. 엄마가 됐다는 실감이 없는 상태에서 한 아이의 인생을 책임져야 한다는 무게감에 짓눌릴 것 같았다.

선생은 엑스포를 보러 떠나며 "이제 신경 써야 할 사람도 없으니 푹 쉬세요"라고 했다. 그 말에 따라 기미와 함께 고가네이 신사의 액막이 행사에 다녀오기로 했다. 마침 장마가 끝났고 기미는 가토 변호사의 벤츠를 직접 빌려 왔다. 항상 조수석에만 앉던 기미에게 운전면허가 있다는 것조차 나는 모르고 있었다.

"이렇게 큰 차도 운전할 줄 아는구나."

차 같은 것에 문외한이지만 이 벤츠는 S클래스이니 뭐니 해서 가격이 천만 엔이나 한다고 듣고 화들짝 놀랐다. 이런 고급스러운 애차를 비서에게 선뜻 빌려주는 가토 변호사의 속내를 읽을 수 없었다. 일에서 베테랑인 만큼 배포도 두둑한 걸까.

성산을 내려가는 길은 구불구불해서 운전하기 어려워 보였지만 기미는 대수롭지 않게 핸들을 이리저리 움직였다. 운전에 익숙해 보였다. 다쓰야는 진짜 가죽으로 만든 뒷자리 시트에 그야말로 불안한 듯이 앉아 있다. 선생과 유키오 씨가 없어서 왠지 쓸쓸해 보이기도 했다.

고가네이 가도를 지나 고가네이 신사에 도착했다. 조금 떨어진 곳에 차를 세우고 천천히 걸어갔다. 이 일대에는 '하케의 길'이 많다. 소설가 오오카 쇼헤이의 〈무사시노 부인〉으로 유명해진 '하케'는 한자로 '골짜기 협峽' 자를 쓰며 가파른 절벽 지형에 파고든 작은 틈새 아래에서 물이 솟아 나오는 지형을 뜻한다. 이 주변에서 하케는 고쿠분지 완선을 뜻하는데 벼랑 아래 가장 낮은 곳을 노가와강이 흐르고 있다. 강을 따라 이어지는, 녹음이 우거진 좁은 길이 바로 '하케의 길'인 것이다. 그런 쪽은 정원사인 마지마 영감님이 정통했는데 그의 입에서는 '하케'나 '야토*'나 '토로**', '고마에***' 같은 무사시노 특유의 지형을 뜻하는 단어가 자연스럽게 나왔다. 난바 저택이 있는 언덕을 '성산'이라고 부른다는 것을 처음 알려준 사람도 마지마 씨였다.

유카타를 입은 여자와 아이들로 가득한 고가네이 신사 경내에는 큼지막한 지노와 고리****가 설치돼 있었다.

* 저지대에 있는 습지.

** 물이 깊어서 흐름이 완만해진 곳.

*** 구릉지가 침식돼 생긴 골짜기 모양 지형.

"아, 이거." 나는 고리를 가리키며 말했다. "여길 지나가면 오래 살 수 있는 거지?"

신고이와에 있는 작은 신사의 여름 축제 때 고리를 지나갔던 기억을 떠올렸다. 다쓰야의 손을 잡아끌고 고리를 지났다.

"8자 모양으로 돌아야 좋대." 고리를 들락날락하는 우리를 기미는 석조 등롱에 몸을 기댄 채 바라봤다. "기미도 같이 하자."

내가 권하자 기미는 팔짱을 끼고 "난 괜찮아"라고 했다. "별로 오래 살고 싶지 않거든."

깜짝 놀라 돌아봤다. 기미의 눈동자가 검은 그림자에 잠식된 것처럼 보였다. 이따금 기미는 이런 눈빛을 보일 때가 있었다. 슬픔과 분노, 또는 아픔으로도 읽히는 우울감을 담은 눈빛인데 볼 때마다 나는 가슴이 메었다. 기미가 일종의 각오 같은 걸 품고 있다는 생각이 들었다. 그게 구체적으로 무엇인지 가늠되지는 않지만, 이를테면 죽음을 앞둔 동물이 운명에 저항하지 않고 순순히 죽음을 받아들이는 듯한, 결연한 듯하면서도 처절한 감정 같았다. 어느 누구도 그 각오에 침범하지 못하게 선을 확실히 긋는 느낌이었다.

무사시코가네이역 근처의 마에하라자카 언덕 중간에 있는 찻집에서 점심을 먹었다. 열기를 뿜는 철판 위에 올라간 나폴리탄

****띠(茅)로 만든 고리. 지나가면 병을 피할 수 있다고 전해진다.

스파게티였다. 다쓰야는 신기한 것처럼 스파게티를 봤지만 덜어 주자 입 주변에 케첩을 잔뜩 묻히며 먹었다. 기미는 오늘도 역시 식후에 진한 블랙커피를 마셨다.

"진다이지에는 이미 가 봤지?"

집이 가까워 올 무렵에 기미가 물었다. 내가 고개를 흔들자 기미는 "여기 산 지가 벌써 몇 개월째인데" 하더니 핸들을 휙 꺾었다. 나와 다쓰야의 몸이 순간 문 쪽으로 밀렸다.

처음 가는 진다이지 사찰 앞은 짙은 녹음으로 장식돼 있었다. 이리저리 뻗은 나뭇가지가 시원한 나무 그늘을 만들고 있다. 메밀국수 가게가 많은 참배길에는 여러 사람들이 오가고 있어 관광지다운 분위기를 자아냈다. 주로 지역민들이 찾는 고가네이 신사의 축제와는 대조적인 활기가 느껴졌다.

"어차피 올 거였으면 여기서 메밀국수나 먹을걸."

"미안."

"또 그런다. 툭하면 사과하는 그 버릇!"

기미는 선물 가게에서 다쓰야에게 도기로 된 방울을 사 주었다. 이곳의 명물인 달마 모양을 한 방울인데 현대풍의 귀여운 얼굴이 그려져 있다. 다쓰야에게 선물을 건넬 때 딸랑 하고 청아한 소리가 울렸다. 다쓰야는 그 소리가 마음에 들었는지 여러 번 방울을 흔들었다. 벤자이텐 연못 한가운데에 있는 작은 바위 위에서 볕을 쬐는 거북이들을 볼 때도 손으로는 계속 방울 소리를 울렸다.

가만히 두면 영원히 거북이를 구경할 기세인 다쓰야를 재촉해 조금 더 걸었다. 경단과 쑥팥떡을 파는 가게를 보며 어머니가 건강할 때 열심히 일했던 '아사히'가 떠올랐다. 달콤한 팥소 냄새를 맡고 있기가 괴로워서 빠른 걸음으로 그 앞을 지나쳐 멋들어진 정문을 지나 경내에 들어갔다.

"유키오는 너희 두 사람을 보고 있으면 위안이 되나 봐."

기미가 느닷없이 진지한 얼굴로 말했다.

"설마. 유키오 씨에게 도움을 받는 쪽은 오히려 우린데."

"아니, 그런 뜻이 아니야." 기미가 나를 똑바로 쳐다봤다. 가볍게 흘려 넘기려다가 놀라서 입을 다물었다. "유키오는 너희가 온 뒤로 사람이 바뀌었어. 텅 비어 있던 그 속을 너희가 채워 주고 있는 거야."

무슨 뜻인지 이해가 안 돼서 나는 고개를 갸웃했다.

혹시 이 아이 때문일까. 다쓰야의 턱을 살짝 쓰다듬자 다쓰야는 깜짝 놀라 몸을 움찔했다.

본당 안쪽에서는 호마 기원 의식*을 하는 듯했다. 호마목을 태우는 불빛이 보이고 독경 소리가 울려 퍼졌다. 끊임없이 주변을 오가는 사람들에게 진력이 나서 우리는 참배길 밖으로 나갔다. 기미는 드문드문 자기 이야기를 꺼냈다. 부모님이 이혼해 아버지

* 불을 피워서 재앙과 악업을 불태워 없애는 의식.

손에 자랐고 형제와는 생이별을 한 후 소식이 끊겼다. 유키오와 중학교를 함께 다녔는데 당시 그는 할머니와 둘이 살았다. 종교 활동에 매진하던 할머니와 별로 사이가 좋지 않은 것처럼 보였다고 했다. 의지할 가족이 없다는 점이 통해서 두 사람이 지금껏 서로를 잊지 않고 기억해 온 걸까.

기미가 태어난 곳은 군마현의 마에바시시라고 했다. '아사히' 단골손님 중에서도 거기서 찾아오는 사람이 있었다. 개인 건축 사무소를 운영하는 남자의 부인이었는데 도쿄에 처음 시집왔을 때 말에 이상한 억양이 도드라지지는 않을까 신경 쓰여서 좀처럼 대화에 끼지 못했다고 했다.

기미와 유키오 씨가 이따금 대화를 주고받을 때 사투리 억양이 조금이라도 들린 적은 한 번도 없었다. 두 사람은 그야말로 완벽한 표준어를 구사했다. 마치 아나운서가 말하는 것 같았고 내가 아는 서민 동네 출신 사람들의 말투와도 달랐다. 기타간토 지역에서 태어났다는 두 사람의 말이 과연 사실일까. 문득 그런 의문이 가슴속에서 고개를 들기도 했다.

기미는 유키오 씨가 그저 어린 시절 친구이고 몇 년 전 다시 만나기 전까지는 서로 모르고 지냈다고 하지만, 말과 달리 유키오 씨를 깊이 이해하는 느낌이 들었다. 그러지 않으면 '유키오는 너희가 온 뒤로 사람이 바뀌었어' 같은 말을 꺼낼 리도 없었다.

옆에서 다쓰야가 또다시 방울 소리를 냈다. 얼굴 앞에 방울을 들어서 흔드는 탓에 눈동자가 살짝 가운데로 모였다.

선생과 유키오 씨는 처음 계획한 일정대로 쓰쿠바 엑스포를 즐기다가 돌아왔다.

다쓰야는 값비싼 세발자전거를 받을 때는 그렇게 기뻐하지 않았으면서 방울은 어지간히 마음에 드는지 자주 방울 소리를 냈다. 뭔가에 집착하는 모습을 처음 보는 것 같았다. 나는 다쓰야가 어깨에 메고 다니는 가방에 방울을 달아 주었다. 모자 교실에 갈 때 메는 가방이었다.

모자 교실에서는 아이와 함께할 수 있는 레크리에이션과 보호자들의 그룹 워크, 개별 상담 등을 했다. 다쓰야는 절대로 먼저 나서서 놀이에 참가하지 않았다. 다른 아이가 하는 것을 가만히 지켜보다가 보육사가 부르면 놀이의 규칙을 이해한 것처럼 움직이기는 했다. 그나마 이렇게 주변에 눈길을 향하게 된 것은 난바 선생 덕분일 것이다.

예상은 했지만 나 역시 그 교실 안에서는 고립돼 있었다. 실제 모자지간이 아닌데도 모자 교실에 다니는 것 자체가 말이 안 되는 농담처럼 느껴졌다. 여기서는 전문가가 충분한 관찰을 통해 종합적으로 아이의 상태를 파악하고 최대한 이른 시일 안에 보호자가 아이를 적절히 양육할 수 있도록 지도해 줬다. 다쓰야에게는 좋은 일일지 몰라도 내게는 상당한 스트레스였다.

모자 교실에 다녀올 때마다 유키오 씨가 "오늘 교실은 어땠어?"라고 일일이 확인해서 소홀히 할 수도 없었다. 그에게 아버지 역할을 맡아 달라고 부탁한 사람은 바로 나이기 때문이다.

기미 앞에서는 볼멘소리를 했다. 이럴 때 의지할 사람은 역시 기미밖에 없었다. 나는 요즘 매일 밤 손가락 뜨개를 할 때 쓰는 털실을 꺼냈다. 부엌 의자에 걸터앉아 손가락만으로 뜨개질을 하는 내 모습을 기미는 신기한 것처럼 바라봤다.

"가을 바자회 때 내놓을 걸 만들고 있어. 다른 아이 어머니한테 짜는 법을 배웠어."

"오, 그렇구나."

내가 만드는 것은 꽃 모양 장식이었다. 각자가 만든 꽃모양 장식을 전부 합쳐 방석이나 무릎 담요 등을 만든다고 했다. 세 손가락을 쓰는 릴리얀 뜨기 방식으로 35단을 뜨고 하나로 묶어서 꼭 조이면 꽃 모양이 된다. 처음에는 구경만 하던 기미가 "나도 가르쳐 줘" 하고 털실 뭉치를 집어 들어서 릴리얀 뜨개를 가르쳐 줬다. 나도 배운 지 얼마 안 돼서 서툴지만 이 단조로운 작업을 한번 시작하면 좀처럼 멈추지 못하고 버릇처럼 손가락을 움직이게 됐다. 둘이서 마주 보고 말없이 색색의 꽃을 만들고 있자 갑자기 기미가 고개를 숙인 채로 킥킥거렸다.

"나도 드디어 이런 걸 하기 시작했네."

그 말을 듣고 나도 우스워져서 둘이 함께 큰 소리로 웃음을 터뜨렸다.

기미는 나를 왜 난바 집안에 소개해 줬을까. 아니, 애초에 나 같은 사람과 친해진 이유는 뭘까. 기미를 알면 알수록 그녀가 나에게 두터운 우정을 쏟는다는 것을 알 수 있었다. 그러나 나는 기미에게 호감을 갖고 의지하면서도 기미라는 사람을 좀처럼 종잡을 수가 없었다. 이 사람의 본질은 무엇일까. 유키오 씨와는 어떤 관계일까. 모든 것이 수수께끼투성이였지만 속으로 이제는 그만 신경 쓰자고 생각했다. 외톨이였던 내게 먼저 손을 뻗어 준 사람이다. 그것으로 충분하지 않은가.

우리 둘의 거리가 더욱 좁혀질 사건이 그해 여름에 일어났다. 여느 때처럼 성산 근처를 산책하고 돌아오던 길에 나와 기미는 뒤처져서 따라오는 다쓰야를 기다리며 천천히 걸었다. 난바 저택 서쪽에 있는 화살나무 울타리 바로 옆이었다. 성산의 나무가 끊기는 곳인데 이곳에서는 바로 아래에 있는 농가와 신흥 주택가, 절과 신사, 운동장이 있는 학교, 섬처럼 분리된 구릉지와 잡목림, 중앙 자동차 도로, 멀리 있는 고층 빌딩 밀집지까지 훤히 보였다. 가옥 사이와 논밭 가운데를 노가와강이 석양을 비추며 굽이굽이 흘렀다.

그런 아름다운 광경을 보는데도 웬일인지 무시무시한 기억이 불현듯 떠올랐다. 다쓰야를 기다리려고 가만히 서 있는 동안 나도 모르게 "난 말이지. 실은 예전에 도깨비불을 본 적이 있어" 하고 입을 열었다. 일단 한번 이야기를 시작하자 모든 것을 토해 내지 않으면 성에 차지 않을 것 같았다. 나는 퇴원하는 다쓰야를 데리러 갔을 때 일어난 일을 단숨에 내뱉었다.

"온몸에 소름이 쭉 돋았어. 물가 위에서 푸르스름한 불덩이가 희미하게 빛나고 있었거든. 그게 갑자기 우리 뒤를 쫓아오기 시작한 거야. 정말 정신없이 뛰고 또 뛰었어."

말하면서 나도 모르게 쓸데없는 이야기까지 덧붙였다.

"화재로 죽은 여동생이라고 생각했어. 동생이 도깨비불이 되어 돌아왔다고 생각한 거야. 그 애는 날 미워했으니까."

그러자 그전까지 말없이 이야기를 듣던 기미가 놀라운 말을 입에 담았다.

"실은 나도 너처럼 불덩어리를 본 경험이 있어. 나도 죽은 사람에게 저주받을 만한 짓을 했거든. 무섭더라. 어둠 속에 나타나 내 등 뒤로 훅 다가왔을 때 울면서 도망쳤어."

이번에는 내가 입을 다물 차례였다. 설마 기미까지 똑같은 일을 겪었을 줄은 꿈에도 예상 못 했다.

그나저나 울면서 도망쳤다고? 기미답지 않게 느껴졌다. 언제쯤 겪은 일일까. 그때, 울타리 너머에서 부스럭거리는 소리가 들렸다. 곧장 기미가 뒤를 돌아봤고 나는 깜짝 놀라 하마터면 펄쩍 뛸 뻔했다. 난바 선생이었다. 그는 겸연쩍은 듯이 말했다.

"아, 딱히 엿들으려 한 건 아닙니다만." 선생이 퉁퉁한 몸을 움츠리며 말해서 가슴을 쓸어내렸다. "여기서 땅거미 둥지를 찾고 있었습니다."

선생은 얼마 전 다쓰야에게 땅거미 두 마리를 종이 상자에 십어 넣고 싸움 붙이는 놀이를 가르쳐 주었다. 땅거미는 땅속 나무뿌리 부근에 가늘고 긴 둥지를 짓는다. 선생의 손에 달린 땅거미 집을 보며 다쓰야가 "호이잇!" 하고 외쳤다. 명백한 기쁨의 환호성이었다. 요즘 다쓰야가 내는 다양한 소리를 통해 아이의 기분을 읽을 수 있게 됐다.

"그거, 아마 모기붙이일 겁니다."

"네?"

"그거요. 그러니까 여러분이 봤다는 그 불덩어리는 모기붙이 군집입니다."

기미는 무슨 말인지 모르겠다는 듯이 팔짱을 꼈다.

"여름이었죠? 그리고 강가 아니었나요?" 우리는 말없이 서로 마주 봤다. "모기붙이 세균이라는 발광 박테리아에 기생된 모기붙이 떼는 말이죠. 어둠 속에서 파랗게 빛납니다. '발광發光병'이라고 부릅니다."

서둘러 기억을 더듬었다. 다쓰야가 퇴원했을 때는 분명 여름이었고 둘이서 강가를 걷고 있었다. 기미의 얼굴을 살피자 기미도 허공을 보며 그날을 떠올리는 듯했다.

"네, 그렇습니다. 이 세상 대부분의 현상은 과학으로 규명할 수 있죠. 단순한 모기붙이 떼를 도깨비불처럼 보이게 하는 것은 바로 인간의 마음입니다."

순간 기미의 표정이 일그러지는 것처럼 보였다. 누구일까. 저주받을 만한 짓을 했다는 그 상대가. 이토록 굳세 보이는 기미에게도 두려운 게 있다니. 그러나 그 정체는 모기붙이였다. 우리는 오랜 세월 동안 빛나는 모기붙이 떼를 보고 겁먹어 있었던 것이다.

"모기붙이? 선생님, 그게 정말이에요?"

그렇게 되묻는 기미의 목소리가 떨리는 듯했다. 선생은 어색해 하며 고개를 끄덕였다.

"그렇구나, 그럼……."

황금빛으로 빛나는 석양이 기미의 얼굴을 절반 정도 비추고 있었다. 밝게 빛나는 절반과 그늘진 절반. 타고난 얼굴을 고친 기미의 과거.

"무서워할 일이 전혀 아니었네요."

기미는 스스로 되뇌듯 그렇게 내뱉었다.

기미도 나와 같은 생각을 해 왔다는 것을 깨닫고 온몸에서 힘이 빠졌다. 바보 같았다. 가나가 다쓰야를 데리러 왔다고 내 멋대로 단정했다. 우리는 난바 선생의 설명을 통해 우리를 덮친 과거의 망령을 쫓아내는 데 비로소 성공한 것이다. 나와 같은 체험을 한 기미가 더욱더 친근하게 느껴졌다. 전혀 다른 공간에 있었는데 같은 것을 보고 지금껏 두려워했다니. 우리는 마땅히 만날 만해서 만났다. 기미도 그렇게 생각해 주면 좋을 텐데, 하고 진심으로 바랐다.

선생은 흰머리가 섞인 머리카락을 긁적이며 건너편으로 걸어갔다. 다쓰야가 울타리 아래를 지나 그 뒤를 좇았다. 기미와 나는 저택 눈을 향해 말없이 걸었다. 둘 다 넋이 나간 것처럼 걸음걸이가 휘청거렸다. 지구 뒤편으로 가려는 태양이 이쪽을 향해 마지막 빛의 화살을 쏘았다. 그 아래로 달궈진 구름이 붉게 타올랐다.

우리가 진정 마음을 터놓은 순간이 바로 이때였을 것이다. 과거에 다른 누군가에게 원한을 샀을지도 모르지만 지금의 기미를 믿으면 그걸로 충분하다고 생각했다. 기미는 지금 내게 꼭 필요한 사람이었다.

무사시노의 여름이 지나고 있었다. 그해 8월 하네다에서 오사카로 향하던 일본 항공(JAL)의 점보기가 산속에 추락했다. 많은 이들이 죽었다.

그리고 9월 1일, 나와 기미는 서른여섯 번째 생일을 맞이했다. 그날은 대서양 바다 깊숙한 곳에 잠들어 있던 타이타닉호가 발견됐다. 선생은 TV가 뚫어져라 뉴스를 봤다. 소파에 앉은 선생의 다리 옆에서 다쓰야도 고개를 들어 화면을 주시했다. 뉴펀들랜드 바닷속 기복이 심한 3,800미터 해저에 드러누워 있던 옛 호화 여객선은 선수 부분만 간신히 원형을 유지하고 있었다. 녹슨 난간과 깨지지도 않고 남은 창문 유리가 언뜻 비치다가 또다시 어둠 속으로 돌아갔다. 이 세상 모든 빛이 포기한 심해의 무덤으로.

조용히 집 뒷문이 닫혔다. 나는 캄캄한 방 안에서 눈을 뜨고 있었다. 머리맡에 둔 야광 시계는 새벽 1시 8분을 가리켰다. 유키오 씨가 집을 나가고 있다. 조금 전 그의 방에서 전화벨 소리가 나직이 들렸고 그로부터 채 10분도 되지 않아 유키오 씨는 옷을 갖춰 입고 방을 나갔다. 유키오 씨의 방과 차고 모두 저택 동쪽에 있다. 난바 선생의 서재는 넓은 객실과 거실을 사이에 두고 반대편에 있으니 그는 유키오 씨의 한밤중 외출을 알아차릴 수 없을 것이다.

유키오 씨를 심야에 부르는 사람은 여자다. 아무 근거도 없이 그런 확신을 품었다. 기미에게 물어볼까 여러 번 고민하기도 했지만 결국 묻지 않았다. 내가 그런 걸 궁금해한다고 생각하지 않았으면 했고, 물어도 아마 기미라면 쌀쌀맞게 '난 몰라'라고만 대답할 것 같았다.

속으로 '유키오' 하고 그를 불렀다. 기미가 부르는 것처럼 부담 없이 그렇게 부를 수만 있다면. 그런 관계는 절대 될 수 없다는 걸 알면서도 떠올리고 말았다.

유키오 씨와 내가 부부가 되는 공상. 그 누구에게도 들키지 않고 나 혼자 쓰고 그리는 꿈결 같은 이야기. '유키오'는 어느덧 내게 특별한 호칭이 되었다. '유키오 씨'가 아닌 '유키오'. 그쪽이 훨씬 자연스럽게 느껴졌다. 꿈결 속에서 '유키오, 유키오, 유키오'하고 여러 번 부르며 천천히 잠에 빠져들었다. 내가 연모하는 사람은 지금쯤 다른 여자와 어깨를 나란히 맞대고 있을 것을 안다. 그러니 이것은 남녀 간의 사랑이 아니다. 그저 위안이나 일종의 동경 같은 감정이다.

그 정도 감정은 나도 품어도 되지 않을까. 내 옆에서 다쓰야가 몸을 뒤척였다. 머리맡에 항상 두고 자는 가방에 다쓰야의 손이 닿아 방울이 조용히 딸랑 울렸다.

◦ 2015년 가을 ◦

"유키오, 조심해."

등 뒤에서 그렇게 말을 걸자 남편은 한 손을 들어 응답했다. 가가 씨가 의미심장한 미소를 지었다.

"늘 젊은 부부라 좋겠네."

가가 씨는 내가 남편을 '유키오'라 부르고 그가 나를 '요코'로 부르는 걸 매번 놀렸다. 분명 자기 남편에게도 들려주고 싶었을 것이다. 골프에 골몰한다는 가가 씨의 남편은 아내를 부를 때 '어이'라고 부른다고 했다. 가가 씨 남편이 낚시 도구를 들고 홀을 나가자 유키오가 그 뒤를 따랐다.

"이야, 낚시하러 나가세요? 부럽네요."

고무장화를 신은 와타나베 씨가 유리 자동문 옆에 서서 태평하게 말을 걸었다.

두 사람이 바다의 후미를 향해 걸어가는 모습을 가가 씨와 함께 지켜봤다. 전부터 가가 씨의 남편이 만날 때마다 낚시의 재미에 대해 알려 주는 바람에 유키오도 한번 같이 가기로 약속했다. 성격이 호방한 가가 씨의 남편 앞에서는 누구든 그럴 수밖에 없을 것이다. 바다 후미 안쪽, 즉 유즈키 건물과 인접한 부분은 바다를 향해 일직선으로 떨어진다. 벼랑에는 폭이 좁은 돌계단이 있고 그곳을 지나면 해면까지 내려갈 수 있다. 가가 씨의 남편은 그 앞에 직접 나무로 된 선창을 만들었다. 선창에서 보트를 타고 후미 한가운데까지 나가 낚시할 목적이었다. 가가 씨는 남편을 위해 노가 달린 어엿한 고무보트까지 사 주었다. 보트 두 대가 바다 가운데로 나아가는 모습이 보였다. 뒤따라가는 유키오의 보트는 영 굼떠서 간신히 움직이는 느낌이다. 성냥처럼 작게 보이는 두 사람이 바다 위에서 대화를 주고받고 있다. 분명 가가 씨의 남편이 낚싯대를 꺼내 유키오를 가르치고 있을 것이다.

거기까지 보고 나와 가가 씨는 로비 소파에 앉았다.

"뭘 잡아 오려나." 가가 씨가 들뜬 목소리로 말했다. 남편이 여기 와서 자기 옆에서 시간을 보내는 상황 자체가 기쁠 것이다. "이제는 자식과 손자들도 낚시에 따라가 주지 않으니 여기 와서 낚시하는 게 저이의 유일한 낙이 됐어."

가가 씨는 이미 여러 번 했던 아이와 손자 자랑을 또 시작했다. 아이를 키우느라 바빴을 때는 서로를 'OO아빠', 'OO엄마'라고 불렀다고 했다. 그렇다. 이 사람들에게도 그런 시기가 있었다. 그러다가 나이를 먹고 서로를 퉁명스럽게 부르게 된 걸까.

나는 처음 결혼할 때부터 지금껏 남편을 '유키오'라 부르고 있다. 아이가 없는 우리는 서로를 부르는 호칭이 바뀌지 않았다. 난바테크라는 큰 회사를 이끄는 남편을 '유키오'라는 이름으로 부르는 게 어울리지 않을 수도 있다. 그러나 이 호칭에는 나의 마음이 담겨 있어서 바꿀 수 없고 이제 나는 사장 부인의 자리에서도 은퇴했다. 여생은 이곳에서 한가롭게 지낼 생각이니 두 번 다시 도쿄에 돌아갈 일은 없을 것이다.

보트 두 대가 거리를 조금 벌린 채 바다에 떠 있었다. 후미 너머로 모래밭을 산책하는 사람들이 드물게 보였다. 점묘화처럼 발자국이 어지럽게 이어지고 있다.

"당분간 저러고 있을 거야. 물고기가 낚이지 않아도 저렇게 바다 위에 떠 있는 걸 좋아하더라고."

먼저 돌아오지 못할 남편을 동정했다. 그가 별로 나가고 싶어하지 않는다는 것은 알고 있었다. 지금 그는 보트 위에서 파도에 흔들리며 낚싯줄을 늘어뜨린 채 무슨 생각을 할까.

두 사람의 성과는 시원찮았다. 가가 씨의 남편이 일부러 챙겨온 아이스박스 바닥에는 작은 전갱이만 몇 마리 보였다. 그러나 그는 별반 실망하는 기색 없이 다음에는 대물을 낚자며 유키오를 독려했고 유키오는 힘없이 미소 지었다. 아웃도어 레저 스포츠와는 거리가 먼 그는 피부가 햇볕에 살짝 그을려 있었다.

가가 씨와 그녀의 남편은 그날 밤 유즈키에서 함께 하룻밤을 보냈다. 내 남편은 매주 이곳을 찾지만 가가 씨의 남편은 이번에 가면 다음에 언제 올지 알 수 없다. 대물을 낚는 날은 과연 언제가 될까. 가가 씨는 남편에게 낚시 친구가 생긴 상황을 반기고 있다. 전보다 자주 이곳을 찾지 않을까 속으로 기대할 것이다. 우리 부부는 함께 저녁 식사를 했다. 주로 가가 씨가 대화를 이끌었고 다른 세 사람은 맞장구를 쳤다. 하야미 씨 그룹도 배우자와 아이가 찾아왔는지 오늘은 유독 얌전했다. 알코올까지 들어가 영원히 이어질 것 같았던 자리가 끝나고 우리는 가가 씨 부부와 헤어지고 방에 돌아갔다.

"여기 생활은 어때?"

"좋아, 아주." 우리는 매번 같은 질문과 답변을 주고받는다. 남편은 이제 일 이야기도 하지 않았다. "바다는 어땠어?"

"바다는……." 남편은 창가로 가더니 어둠에 잠긴 바다를 바라봤다. "바다는 역시 보기만 하는 게 좋아. 육지에서 떨어지는 건 힘들어."

우리는 소리 죽여 함께 웃었다.

그날 밤 오랜만에 가위에 눌렸다. 공포에 떠는 내 신음이 남편을 깨웠다. 남편은 자기 침대에서 조용히 내려와 내 침대에 올라왔다. 그리고 나를 꼭 안아 줬다.

"이제 괜찮아. 당신을 상처 입힐 사람은 없어. 괜찮아." 남편이 내 등을 연신 손으로 쓸자 조금씩 호흡이 안정됐다. "끝이야. 모든 게 끝났어."

주문 같은 남편의 말이 귓가에서 들린다. 우리는 무시무시한 죄를 저질렀다. 평생 용서받지 못할 죄. 지금껏 한시도 잊은 적이 없다. 우리는 그것을 공유하기 위해 부부가 되었다.

그러나 함께 있으면 늘 서로의 존재가 각자의 죄를 규탄했다. 마치 마주 보면서 가슴을 활짝 펼치고 뼈와 살, 내장을 보여 주는 형국이다. 더러운 피로 물들여진 치부. 젊을 때는 그나마 참을 수 있었다. 그렇게 돼 버린 합당한 이유가 있을 거라고 스스로 다그치며 일부러 고통에 몸을 내던졌다. 그러나 나이를 먹으며 고달

파졌다. 나는 괜찮지만 사회적으로 아직 중요한 위치에 있는 남편은 더 힘들 것이다. 그는 점점 존재 자체가 희박해지는 듯했다. 바다에 떠오른 신기루가 배경에 휩쓸려 사라지는 것처럼.

남편은 기다리고 있다. 자신이 저지른 죄에 걸맞은 벌이 떨어지는 날을.

—인생은 죽기 전에 다아 수지타산이 맞춰지게 돼 있데이.

어둠 속에서 쉰 목소리가 들렸다.

◦ 1985년 가을 ◦

기미는 손가락 뜨개로 만든 꽃장식을 잔뜩 가져다주었다. 나는 종이봉투에 가득 든 털실 꽃을 보며 환호성을 질렀다.

"대단해! 이렇게나 많이! 이제는 실력도 엄청 늘었네. 난 요즘 질려서 안 하고 있었거든. 덕분에 살았어."

기미는 내가 내민 머그잔에 담긴 커피를 한 모금 들이켰다.

"맛있어?"

"맛없어."

찰나의 망설임도 없이 대답했다. 그녀는 어쩌면 자기 자신을 괴롭히기 위해, 혹은 벌하기 위해 쓰디쓴 커피를 마시는지도 모른다. 도깨비불로 착각했던 그 상대와 관련이 있을까. 기미는 천천히 블랙커피 잔을 비웠다.

"네 말이 사실이었어. 그거, 한번 시작하니 멈출 수 없더라. 지금은 손이 저절로 움직일 정도야."

기미는 밝은 목소리로 말했다.

"그렇지?"

기미와 이런 잡담을 나누는 상황이 즐거웠다. 이렇다 할 특징 없는 일상이 애달플 정도로 사랑스러웠다. 속을 터놓을 친구가 있는 것이 이토록 인간의 마음을 풍요롭고 따스하게 만드는 걸까. 유키오 씨를 향한 마음을 보상받지 못해도 나는 이미 충만했다.

사건이 일어난 것은 바로 그럴 때였다.

모자 교실에서 다쓰야가 친구를 다치게 했다. 밭에서 캐낸 고구마를 모닥불에 굽고 있을 때 불길을 본 다쓰야가 느닷없이 괴성을 지르며 옆에 앉아 있던 아이를 밀친 것이다. 다운 증후군이 있는 여자아이는 하필 모닥불 방향으로 넘어졌다. 그 누구도 예상 못 한 일이었다. 화재 사건 때 불길 속에서 구출된 다쓰야가 얼마나 불을 무서워할지를 미리 고려했다면 사고를 미연에 막을 수도 있었다. 다쓰야는 그 일 때문에 오랫동안 입원하고 고통스러운 치료를 받았다. 등에 생긴 켈로이드와 마찬가지로 다쓰야가 마음에 입은 상처도 컸다. 말을 잃어버릴 정도였다.

여자아이의 머리카락이 불에 닿았고 다쓰야는 절규하면서 뜰을 방방 뛰어다녔다. 누군가가 구급차를 불렀지만 나는 놀란 나머지 꼿꼿이 서 있기만 했다.

다쓰야와 성산 아래 버스 정류장에 내렸을 때는 이미 몸과 마음이 녹초가 돼 있었다. 여자아이는 불에 그슬린 머리카락을 잘라내야 했지만 다행히 크게 다치지 않아서 입원하지 않고 끝났다. 그러나 극심한 정신적 충격을 받았을 테니 날이 바뀌면 다시 사과하러 가기로 했다. 걸어서 성산을 오를 기운이 없어서 버스 정류장 벤치에 쓰러지듯 털썩 주저앉았다. 다쓰야가 다른 사람을 다치게 할 줄이야. 늘 팔다리가 떨어진 달마처럼 몸을 움츠린 채 수동적으로 살다가 일생을 마칠 거라고 생각했다. 그러나 허공을 노려보며 괴성을 지르는 다쓰야는 괴물 그 자체였다. 지금은 흥분이 가라앉았지만 자기가 저지른 짓을 자각할지 못 할지, 그리고 어떻게 생각할지는 종잡을 수 없다. 또다시 날뛰기라도 하면 이제는 이 아이를 감당하기가 힘들 것 같았다.

아이가 사고를 저지르면 부모는 이렇게 갖은 고생을 해야 하는 걸까. 아이를 낳은 경험도 없는 나더러 이 모든 걸 감당하라고? 이것이 정말 내가 짊어져야 할 책무라는 말인가. 부조리하고 불공평하다며 소리치고 싶은 욕구가 용솟음쳤다. 가나는 돈 때문에 그토록 나를 괴롭힌 것으로 모자라 죽어 버린 후에는 내게 아이까지 떠맡기고 고통을 주고 있다. 이제는 진절머리가 났다.

배기가스와 먼지를 뒤집어쓴 채 간선 도로 옆 벤치에 멍하니 앉아 있었다. 시간이 얼마나 흘렀을까. 저택에 돌아가는 게 내키지 않았다. 선생과 유키오 씨에게 오늘 일을 설명해야 한다고 생각하자 마음이 무거워졌다. 다쓰야가 따분한 듯이 주변을 어슬렁거리던 것까지는 기억한다. 그러나 퍼뜩 정신을 차렸을 때 다쓰야는 이미 내 옆에서 사라지고 없었다.

"다쓰야!"

대답이 돌아올 리 없다. 저택으로 향하는 길을 혼자 올라갔을까. 서둘러 성산으로 향하는 경사로로 뛰어갔다. 위에 난바 저택밖에 없는 길에는 평소에 사람과 차가 거의 지나지 않는다. 가슴이 쿵쾅거리고 땀이 줄줄 흘렀다. 큰 커브를 돌았을 때 어디선가 딸랑거리는 소리가 들렸다. 다쓰야의 가방에 달린 방울 소리다. 양옆으로 울창한 숲이 펼쳐졌는데 그 안쪽에서 소리가 들렸다. 다쓰야는 방울을 유독 마음에 들어 했다. 다쓰야가 모닥불 불길에 겁먹은 채 소란을 피웠을 때 뛰어온 보육 교사는 이렇게 말했다.

"다쓰야를 진정시킬 때는 이 방울 소리를 들려주는 게 제일이에요. 항상 그렇게 해요."

나는 그런 것도 모르고 있었다.

개서어나무와 소나무 틈새로 숲 안쪽을 들여다봤지만 아무것도 보이지 않았다. 대신 파직 하고 나뭇가지를 밟는 소리가 들렸다. 어쩔 수 없이 숲속에 발을 들였다. 겹겹이 쌓여서 부엽토가 되어 버린 낙엽 때문에 발이 뒤엉켰다. 지면은 완만한 내리막길이다. 그 위로 다쓰야가 걸어가면서 생긴 듯한 자국이 나 있었다. 역시 숲속으로 들어간 것이다.

어느 정도 내려가자 주위에 나무가 사라지고 움푹 팬 땅이 보였다. 가장 아랫부분에 도착한 것이다. 그 움푹 팬 땅의 한가운데에 다쓰야가 서 있었다. 말을 걸기 전에 졸참나무 옆에 멈춰 섰다. 다쓰야는 지면에서 다리를 떼지 못하고 있었다. 주변 나뭇잎이 검게 젖어 있다. 자세히 보니 그 안에 웅덩이가 만들어져 있었다. 깊이가 제법 깊을 수도 있지만 겉을 뒤덮은 낙엽 때문에 크기와 깊이 모두 가늠할 수 없었다.

마지마 씨가 자주 입에 담은 '고마에'나 '토로', '가마'라고 불리는 지하수가 들어찬 곳이다. 경사로를 내려가던 다쓰야는 그만 그곳에 발을 들이고 말았다. 위험하다고 생각해 가까이 가려는 순간 갑자기 다쓰야의 몸이 아래로 쑥 내려갔다. 허리 부분까지 잠긴 채 팔을 버둥거린다. 그러나 주변에 붙잡을 만한 것이 없어서 나뭇잎들만 헤집으며 어쩔 줄 몰라 하고 있다. 다쓰야는 얼굴을 찌푸린 채 주변을 둘러봤다. 나는 다리를 앞으로 내밀려다가 멈칫하고 다시 졸참나무 뒤로 숨고 말았다. 그동안 다쓰야는 엉덩방아를 찧고 웅덩이 속으로 더 깊이 빠져들었다.

심장이 빠르게 뛰었다. 여기서 내가 돕지 않으면 다쓰야는 물에 빠져 죽을지도 모른다. 아무도 모를 것이다. 내가 가만히 서서 어린 조카를 죽게 내버려 뒀다는 것을. 알아챌 리 없다. 하지만…….

다쓰야가 사라진다면. 다쓰야만 사라져 준다면 나는 혼자서 홀가분하게 살아갈 수 있다. 다쓰야와 함께 밟아야 할 교육과 복지, 치료 등 번잡한 절차에서도 해방된다. 더는 보호자로서 실격이라는 말을 듣지 않아도 되고, 불길한 과거와도 결별할 수 있다. 두 번 다시 그 흉한 켈로이드가 박힌 등을 보지 않아도 된다. 새로운 삶을 손에 넣을 수 있는 것이다.

새로운 삶. 어쩌면 유키오 씨가 나를 보는 눈이 조금 달라질지도 모른다. 아이가 딸린 가정부가 아닌 한 명의 여자로서 나를 볼 가능성이 조금이라도 커진다면. 이제는 귀와 머릿속에서 맥박 뛰는 소리가 요란하게 울려 퍼졌다.

등을 홱 돌리고 경사로를 뛰어 올라갔다. 중간에 발이 여러 번 미끄러졌다. 두 손을 땅에 짚고 질질 기어가듯 오르자 처음 들어온 숲의 입구로 다시 나갔다. 나가자마자 길을 내려오는 차가 보여서 순간적으로 나무 뒤에 몸을 숨겼다. 가토 변호사의 벤츠였다. 차가 달려가면서 부는 바람에 휩쓸렸다. 시야에서 멀어지는 차를 지그시 지켜보고 있자 차창으로 두 사람의 뒷모습이 보였다. 급히 몸에 붙은 낙엽을 털어 내고 손수건으로 손을 닦는다. 손이 덜덜 떨려서 하마터면 손수건을 떨어뜨릴 뻔했다. 잠시 호흡을 가다듬는다. 등 뒤에 있는 숲속에서는 지금 다쓰야가 죽어 가고 있다. 현실감이 전혀 없었다. 나는 부리나케 언덕길을 올랐다.

저택은 문이 잠겨 있었고 안에 아무도 없었다. 몸에 남아 있던 힘이 순식간에 빠져나갔다. 고요한 저택에 오직 혼자 있다는 공포에 전율했다. 맑은 지하수 속으로 조금씩 가라앉는 다쓰야의 모습이 떠올랐다.

저녁 식사를 준비할 시간이다. 몸이 자연스럽게 움직였다. 감자를 수세미로 박박 닦았다. 한 개, 두 개. 싱크대가 감자로 가득 들어찼다. 해가 기울고 있다. 숲은 쥐 죽은 듯이 고요했다.

그때 어디선가 딸랑, 하고 방울 소리가 들린 것 같아서 온몸에 소름이 돋았다.

집 밖에 나가자 유키오 씨의 흰색 캠리 차가 오르막길을 올라오는 것과 다쓰야가 숲에서 뛰어나오는 모습이 동시에 눈에 들어왔다. 유키오 씨는 하마터면 다쓰야를 칠 뻔했다.

"그, 그, 아아, 아아악! 기이익 기기!"

다쓰야는 팔을 붕붕 휘두르며 소리쳤다. 불을 보고 착란을 일으켰을 때보다 더 날뛰고 있다. 가방에 달린 방울이 미친 듯이 딸랑 소리를 울렸다. 다쓰야의 모습은 그야말로 기괴했다. 온몸이 물에 흠뻑 젖었고 여기저기 진흙과 검게 썩은 낙엽이 들러붙어 있으며 얼굴에는 피가 배어나는 긁힌 상처가 보였다. 유키오 씨가 차를 비스듬히 대고 차에서 뛰어나갔다.

"다쓰야!"

다쓰야는 혼비백산한 유키오 씨에게 달려가 몸을 부딪쳤다. 유키오 씨의 흰색 셔츠가 흙이 묻어 더러워졌다. 심상치 않은 일이 일어났음을 깨달았다. 몸을 덜덜 떨며 간신히 다쓰야에게 다가갔다. 살아 있다. 내가 죽이려 한 아이는 여전히 살아 있고, 그리고 뭔가를 전하려 하고 있다. 유키오 씨는 곧장 다쓰야의 의도를 알아챘다. 내게 눈짓하더니 다쓰야보다 먼저 숲의 입구로 달려갔다.

나와 유키오 씨는 다쓰야를 따라 나무 사이를 달렸다. 엉겁결에 집에서 나와서인지 나는 두 사람보다 뒤처졌다. 길이라고는 없는 풀숲과 바위, 나무뿌리만 보이는 산의 경사면을 앞으로 고꾸라질 뻔하면서 아슬아슬하게 내려간다. 나뭇가지에 블라우스가 걸려서 찢어졌다. 나무 너머에서 들리는 다쓰야의 외침을 따라 달렸다. 숲 안쪽에서 유키오 씨가 잡초를 손으로 헤치자 바닥에 쓰러진 큰 나무의 몸통에서 신발 두 개가 불거져 나온 것이 보였다.

신발이 아니다. 선생의 다리였다. 썩어서 속이 비어 버린 나무 몸통 안에 선생의 몸이 있고 그게 움직이지 않는다는 것을 이해하기까지 몇 초가 걸렸다.

가장 먼저 행동한 사람은 유키오 씨였다.

"아버지!"

대답이 없다. 여러 번 불러 봐도 다리가 꼼짝하지 않았다. 유키오 씨는 선생의 다리를 거세게 잡아당겼다. 배가 걸렸는지 몸이 당겨지지 않는다. 내가 달려가 옆에서 도왔다. 힘이 빠져서 축 늘어진 선생의 다리에 손을 갖다 대자 또다시 몸이 부들거리기 시작했다. 질식했거나 크게 다쳤거나 둘 중 하나 아닐까. 좋지 않은 상상만이 머릿속을 맴돌았다.

마침내 육중한 선생의 몸이 움직였다. 진흙, 썩은 나뭇잎과 함께 상반신이 질질 끌려 나왔다. 흙빛이 된 선생의 얼굴을 본 순간 큰 소리로 비명을 질렀다. 좋지 않은 예감이 들어맞았다고 생각했다. 선생은 곧장 숨을 들이마시려는 것처럼 입을 뻐끔거리다가 잘 되지 않는지 신음하며 고통 섞인 표정을 지었다. 그러다가 순간 몸이 비현실적으로 크게 뒤로 젖혀졌다. 한심하게도 나는 겁먹은 채로 뒷걸음질쳤다.

“아버지! 정신 차리세요!”

유키오 씨가 몸을 뒤흔들자 선생은 비지땀을 뻘뻘 흘리며 자유로워진 손으로 가슴가를 꾹 움켜잡았다.

“약!”

그제야 나는 퍼뜩 정신을 차리고 선생의 바지 주머니를 뒤졌다. 협심증 발작을 일으킨 것이다. 그토록 후지와라 씨에게 주의를 들었는데도 깨닫지 못하다니. 이보다 멍청할 수 있을까. 주머니 안은 비어 있었다. 멀리 나갈 때 반드시 지참하는 약을 선생은 지금 갖고 있지 않았다. 부랴부랴 저택으로 향했다. 신발이 어디선가 벗겨져서 맨발로 뛰었다. 진흙투성이가 된 발로 집 안에 들어갔다. 예비 약을 꺼내려다가 서랍을 통째로 바닥에 떨어뜨렸다. 바닥에 엎드려 약을 주우면서 “하느님, 하느님……” 하고 연신 중얼거렸다. 그 좋지 않은 느낌. 가나 부부가 동반 자살을 꾀했을 때와 어머니가 곧 세상을 떠날 것을 깨달은 순간의 차디찬 공허감이 나를 움켜잡고 놓아 주지 않았다.

선생은 다행히 목숨을 구했다. 아슬아슬하게 아질산제가 말초혈관을 타고 퍼져 심장 부담을 줄여 줬다. 만약의 사태를 대비해 구급차를 타고 병원에 갔지만 열흘 정도 입원하고 퇴원했다.

“다쓰야 씨는 제 생명의 은인입니다.”

선생은 가마쿠라 칠기 액자가 걸린 서재에 이불을 깔고 누워 다쓰야의 머리를 쓰다듬으며 말했다. 퇴원 후 당분간 안정을 취해야 한다고 했다. 퇴원하는 선생을 맞으러 다녀온 유키오 씨와 나, 다쓰야가 선생의 머리맡에 나란히 앉았다. 그날 실제로 무슨 일이 일어났는지 나는 절대 털어놓을 수 없었다. 나를 올려다보는 다쓰야를 똑바로 쳐다보지도 못했다.

그날 숲속을 걸어 다니던 선생은 썩은 나무의 몸통 안에서 진귀한 점균을 발견했다고 했다.

"부들점균이라는 이름의 진분홍색 점균입니다. 저도 모르게 정신이 팔려서 좁은 나무 몸통 안에 들어가 버리고 말았지요."

다쓰야는 혼자 힘으로 늪에서 빠져나온 걸까. 두 사람은 숲속에서 만났다. 선생을 보고 뭔가 큰일이 일어났음을 눈치챈 다쓰야는 곧장 우리에게 소식을 알리려고 오르막길을 뛰어 올라왔다. 선생이 말한 대로 이 아이는 지적 장애 같은 게 아닐 수 있다. 어쩌면 무시무시할 정도로 감각이 발달했고 기억력과 통찰력도 뛰어난 아이 아닐까. 그저 말만 하지 않을 뿐이다. 냉혹하고 비정한 이모의 속셈이 생각지도 못한 결과를 만들고 말았다.

"알고 있었습니다. 그런 좁은 곳에 들어가서는 안 된다는 걸."

선생은 자신이 폐소 공포증이 있다는 것을 의기소침하게 고백했다. 좁은 곳에 틀어박히면 착란을 일으켜 호흡 곤란 증세가 나타난다. 그러면 심장이 빠르게 뛰어 심근에 다량의 혈액이 필요하다. 즉, 격렬한 운동을 했을 때와 비슷한 상태가 되는 것이다. 그러다가 결국 일시적인 심근 허혈을 일으켜 생명이 위태로워진다.

"오직 아내에게만 털어놓은 사실입니다. 이 집은 모든 곳이 다

넓죠? 그것도 다 절 위해서 그렇게 만든 겁니다."

유키오 씨가 눈을 가늘게 떴다. 의붓아버지의 고백을 듣고 놀랐거나, 아니면 그런 것에 무신경했던 자신을 자책하고 있을지도 모른다.

"아, 하지만 걱정하지 않아도 괜찮습니다. 이번처럼 몸을 움직이지 못할 정도로 어지간히 좁은 곳에 억지로 틀어박히지 않는 이상 그런 지경까지 되지는 않으니까요."

나도 모르게 깊게 한숨을 내쉬었다. 한숨 소리를 듣고 내가 놀랐다고 오해했는지 선생은 곧장 덧붙였다.

"누구든 부끄러워서 다른 사람 앞에서 좀처럼 말 못 하는 약점이 있지요?" 선생은 이를테면, 하고 장난기 어린 얼굴로 다쓰야를 봤다. "유키오 씨는 수영을 못합니다. 그렇죠?"

그러자 유키오 씨는 심각한 표정을 지우고 쓴웃음을 지었다.

"네. 전 맥주병입니다. 물을 두려워하죠. 앞으로도 수영을 배울 생각은 없습니다."

가슴을 펴고 당당히 말해서 선생과 나 모두 웃음을 터뜨렸다. 다쓰야는 "웃푸!" 하고 외쳤다.

고맙게도 선생은 별다른 후유증 없이 순조롭게 회복했다. 서재에 누워 있는 모습이 따분해 보였고 밖에서 노는 다쓰야를 부러워하는 듯했다.

나는 그전과 다른 복잡한 심경으로 다쓰야를 대했다. 그날 이후 특별히 달라진 것은 없지만 당분간 보건소의 모자 교실은 쉬었다. 그곳은 작기는 해도 하나의 사회였고, 사회 속에서 아이를 키울 각오가 내게는 아직 없었다. 그날 살의로까지 발전한 내 가슴속 갈등이 잠시 숨죽인 채 있지만 언제 다시 끓는점에 도달할지도 알 수 없었다.

다음번에는 끝내 목표를 이뤄 낼지도 모른다는 생각에 나는 두려워졌다.

◦ 2015년 겨울 ◦

가만히 방 안에 틀어박혀 있으면 걱정을 끼치니 낮에는 되도록 아래층에 있는 열린 공간에 있으려 했다. 살롱이라고 불리는 그저 수다를 떠는 용도의 방 안에는 주로 여자 입주자들이 많다. 남자들은 클럽이라는 이름의 목적별로 나뉜 작은 방에 들어가 마작과 장기를 두거나 컴퓨터를 만지작거렸다. 수영장과 헬스장에는 남녀 불문하고 트레이너 옆에서 가볍게 몸을 움직이는 사람이 많다. 마사지를 받거나 물리치료를 받기도 한다. 몸이 불편한 사람은 온천물이 나오는 목욕탕에서 입욕 관리를 받는다. 병원동에 가서 의사의 진찰을 받는 것을 최고의 즐거움으로 삼는 사람도 있었다.

이곳에는 '지루함'이라는 글자가 없다. 문화 관련 프로그램도 충실해 미니 시어터에서 영화를 볼 수도 있다. 그럼에도 뭘 해야 좋을지 모를 때는 서비스 담당 직원과 상담하면 그 사람의 성격과 신체 능력에 적합한 오락 거리를 제공해 준다. 내가 가는 곳은 거의 도서관이었다. 그곳에서는 혼자 있어도 아무도 나를 걱정하지 않았다. 아니면 살롱 구석에서 대화에 참여하지 않고 가만히 있는다. 대부분 가가 씨가 나를 발견하고 말을 걸어서 그녀의 대화 상대가 돼 주기는 하지만.

다모토 씨가 레크리에이션 룸에서 수예 교실이 열리는데 오지 않겠느냐고 했다. 이제는 하나하나 이유를 떠올리며 거절하지 않는다. 가겠다고 하고 지팡이를 짚었다. 넓은 레크리에이션 룸 구석에 둥글게 배치된 의자에 열네다섯 명 정도가 앉아 손을 움직이고 있었다. 저마다 무릎 위에 아크릴 털실 뭉치를 올려놓고 있다.

"난바 씨, 어서 오세요. 저기 앉으세요."

가운데에 선 젊은 작업 치료사가 의자를 가리키며 말했다. 나는 가볍게 고개를 숙이고 의자에 앉았다.

"손가락 뜨개를 하고 있어. 손가락을 움직이는 게 뇌에도 좋대."

옆에 앉은 아리무라 씨라는 여든이 넘은 노부인이 내게 털실 뭉치를 하나 주었다. 부드러운 촉감에 마음이 편안해졌다. 분홍색 털실을 손가락에 엮고 쓱쓱 손가락을 움직였다.

"어머? 잘하네. 그런 건 어디서 배웠어?"

아리무라 씨가 내 손을 보며 감탄하듯 목소리를 높였다. 두어

명이 그 소리를 듣고 덩달아 나를 주목한다. 세 손가락을 쓰는 릴리안 뜨기 방식으로 35단. 코바늘을 빌려서 겉뜨기 후 꽉 조이면 꽃 모양이 된다. 머리가 아닌 손가락이 기억하고 있었다. 벌써 30년도 더 전에 배운 뜨개법을.

주름이 자글자글한 할머니들이 "어머, 예뻐라" 하고 입을 모아 외쳤다. 방법을 알려 달라고 해서 뜨는 법을 가르쳐 줬다. 어렵지 않아서 누구든 간단하게 꽃장식을 만들 수 있다.

"이걸 많이 만들어서 이어 붙이면 되겠네."

손가락 운동 삼아 하는 것이라 거창한 목표 같은 건 없다. 잠시 후 작업 치료사가 다른 뜨개법을 알려 주자 또다시 그쪽으로 관심이 옮겨 갔지만 나는 전에 배운 꽃장식 만들기에 집중했다. 똑같은 모양의 꽃장식을 여러 개 만들다가 어느새 털실 한 뭉치를 다 써 버렸다. 완성된 것들을 다모토 씨가 봉투에 담아 줘서 방에 가져갔다. 작업 치료사는 "이거, 남았으니 가져가셔도 돼요" 하고 다른 색 털실 뭉치도 넣어 주었다.

오후에는 시마모리 씨가 아이를 데리고 놀러 왔다. 태어난 지 이제 두 달 된 통통한 남자아이였다. 안아 보니 달착지근한 젖내가 풍겼다. 나는 아이를 낳아 보지 못했지만 세상의 모든 행복을 체현해 낸 듯한 갓난아기를 안고 있자 자연스레 미소가 지어졌다.

"어머? 웃었쩌요?"

옆에서 다모토 씨가 아이의 볼을 콕 누르며 말했다. 아직 이가 나지 않은 입을 벌리고 나를 향해 웃고 있다. 순간 가슴에 메어서 서둘러 아이를 시마모리 씨에게 다시 넘겼다. 세 아이의 엄마인 다모토 씨가 시마모리 씨에게 육아에 관한 조언을 해 줬다. 나는 조용히 혼자 멀리 떨어져서 다쓰야를 떠올렸다. 그 아이는 어떤 아이로 자랐을까. 아니, 지금은 이미 어엿한 성인이 돼 있을 터. 결국 나를 어떻게 생각하는지 묻지도 못했다.

언어를 되찾아 가는 다쓰야가 두려웠다. 양자로 보낸 이후 지금껏 한 번도 만나지 않았다.

방에 돌아가서 쿠키 상자를 꺼냈다. 사진 아래에 색이 바랜 종이 엽서가 있다. 받는 사람란에는 만년필로 쓴 진다이지 주소와 '가가와 요코 님'이라는 글자가 적혀 있다. 난바 선생의 글씨다. 쓰쿠바 엑스포에서 보낸 엽서는 타임캡슐 이벤트 때문에 16년이 지나서야 진다이지에 도착했다. 그리고 엽서가 도착했을 때 이미 그 저택은 사라지고 없었다. 센스 있는 우편배달원 덕에 엽서는 돌고 돌아서 우리에게 도착했다. 선생이 쓰쿠바 엑스포에서 그런 엽서를 보냈다는 것도 전혀 모르고 있었다. 엽서 뒷면에 박람회장 건물 사진이 인쇄돼 있다. 받는 사람 아래에는 '멋진 과학의 제전을 만끽하고 있습니다. 다쓰야 씨도 함께 왔으면 좋았을 텐데요. 이 엽서가 도착할 때까지 요코 씨와 다쓰야 씨가 계속 우리 집에 있어 주면 좋겠습니다'라고 적혀 있었다.

16년. 긴 세월이다. 한가로운 무사시노의 시간 흐름에 맞춰 모든 변화도 천천히 찾아올 거라고 믿었다. 그러나 현실은 잔인했다.

저택 앞에서 찍은 오래된 사진을 다시 봤다. 남편과 나, 그리고 다쓰야. 그 밖에 사진에 찍힌 사람들은 이미 이 세상에 없다. 이때는 자신들에게 들이닥칠 운명을 꿈에도 모르고 모두 환하게 웃고 있다.

어디서부터 시작됐을까. 무엇이 초래했을까. 어쩌면 사진을 찍은 이 순간에 이미 모든 것이 정해졌을지도 모른다. 어리석은 우리는 저항하지 못했다. 그저 물이 낮은 곳을 향해 흐르는 것처럼 모든 것이 질서를 따라 움직였을 뿐일까.

선생은 아마 16년이 지나도 주인은 바뀔지언정 성산 위 저택이 그대로 남아 있으리라 예상했을 것이다. 그러나 그날의 충격적인 사고 이후 남편은 도심지에 있는 아파트를 매입해 이사했다. 우리가 결혼할 무렵에는 저택이 철거됐고 성산은 통째로 도에 기부됐다. 지금은 무사시노의 흔적만을 남긴 자연공원으로 조성되고 있다고 들었다. 그날 이후 그곳에 가지 않았다. 그러나 눈을 감으면 청명하게 숲을 지나가는 바람 소리, 작은 새들의 지저귐 소리, 아름다운 들꽃, 귀를 찌르는 매미 울음소리, 공터에서 장작을 태우는 연기, 붉게 물든 나무에서 끝없이 떨어지는 낙엽, 눈 내리는 고요한 겨울 아침, 토끼 발자국 등 모든 것이 선명하게 다시 떠올랐다.

그리고 무엇보다 맑게 흐르는 노가와강. 그 물줄기를 따라 우리는 '하케의 길'을 얼마나 걸었던가. 얼마나 많은 대화를 나눴던가. 비록 중요한 속내는 숨기고 있었지만 마음만은 확실히 통했다. 그것만은 틀림없다. 우리는 세상에 둘도 없는 친구였다.

그러므로 나의 죄는 더욱 크다.

◦ 1986년 겨울 ◦

무사시노의 겨울은 단단하고 날카로운 공기에 휩싸였다. 12월에 들어서자마자 한파가 몰아치고 눈이 내렸다. 사가현에 사는 후지와라 씨는 담석 수술을 받은 후 몸이 좋지 않아 예전만큼 편지를 자주 보내지 않았다. 답장을 쓰는 부담을 줄일 수 있으니 나도 되도록 연락을 삼갔다. 보건소의 모자 교실에는 가끔씩만 얼굴을 내밀었다. 털실 장식을 만들어 전해 주기는 했지만 정작 바자회에는 가지 않았다.

선생은 휴가를 가도 된다고 했지만 연말연시에 따로 갈 곳이 없는 나와 다쓰야는 줄곧 난바 저택에 머물렀다. 특별한 설날 행사 없이 넷이서 진다이지를 참배할 예정이었는데 선생이 갑자기 감기에 걸려서 못 가게 됐다. 결국 인파 속에서 다쓰야를 놓치지 않도록 아이를 가운데에 두고 세 사람이 손을 맞잡고 걸었다. 다쓰야를 통해서 유키오 씨 손의 온기가 전해지는 느낌이었다. 그 안에 애정은 담기지 않았다는 것을 알지만 행복했다. 속으로 '유키오' 하고 그의 이름을 불렀다.

새해가 밝아 오자 그동안 오랫동안 마음에 두고 있던 것을 털어버리자고 결심했다. 평소와 달리 다쓰야가 낮잠을 자서 나는 오후에 선생의 서재를 찾았다.

여전히 잔기침 증세가 있다는 선생은 따뜻한 서재 안에서 뭔가를 쓰고 있었다. 따스한 난로 위에서 주전자가 쉬쉬 소리를 내며 김을 뿜고 있다.

"선생님……."

내가 부르자 선생은 등받이가 달린 회전의자를 빙글 돌려 나를 봤다. 내가 심각한 표정을 짓고 있는 것을 보고 선생도 미간에 주름을 잡았다.

"무슨 일인가요?"

"선생님. 작년 가을에 선생님이 협심증 때문에 쓰러지셨던 일 말인데요." 선생이 다시 자상한 표정을 지었다. "그건 선생님 잘못이 아니었죠?"

단숨에 토해 내지 않으면 마음이 꺾일 것 같았다.

"선생님은 점균을 채집하려고 그 나무 몸통에 들어가신 게 아니라 그 안에서 다쓰야를 발견하셨겠죠. 아이는 숲속에서 길을 잃고 빗물에 흠뻑 젖어서, 그래서 그 빈 나무 몸통 안에 들어가 숨은 거예요. 선생님은 그걸 보시고……."

"왜 그렇게 생각하죠?"

"선생님이 그때 입고 있었던 웃옷에는 분홍색 점균이 달라붙어 있었어요. 그리고 같은 색 점균은 다쓰야의 옷에도 붙어 있었죠. 두 사람의 옷을 제가 직접 빨아서……." 그러자 선생은 못 말리겠다는 듯이 가볍게 고개를 흔들었다. "그러니…… 선생님이 그때 협심증 때문에 쓰러지신 건 결국 제 탓이에요."

그때 가토 변호사의 차에 함께 타 있던 사람은 난바 선생이었다. 선생은 내가 비틀거리며 숲에서 뛰어나오는 모습을 봤을 것이다. 늘 함께 다니는 다쓰야가 옆에 보이지 않아 뭔가 이상하다고 여긴 선생은 차에서 내려 숲을 헤치고 들어갔다.

"선생님. 전 그때 다쓰야를 숲에 버려두고 왔어요. 죽어도 상관없다고 생각했어요. 아니, 더 무시무시한 상상을……."

"하코 씨." 선생이 내 말을 가로막았다. "그때 다쓰야 씨는 분명 잔뜩 겁을 먹었고 제가 손을 뻗어도 더 안쪽으로 들어가려고만 하더군요."

다쓰야는 눈치챘을까. 이모가 자신의 죽음을 바란다는 것을. 그래서 그 누구도 믿지 못하게 된 걸까. 심지어 선생조차도.

"하지만 제가 협심증 발작을 일으킨 것을 보자마자 그 썩은 나무 몸통을 부수고 나갔죠. 다쓰야 씨는 그때 절 위해 최선을 다했습니다. 이유가 뭐든 다쓰야 씨가 그날 절 위해 노력해 준 사실은 달라지지 않습니다."

숲에서 뛰쳐나온 다쓰야를 떠올렸다. 온몸이 흙과 상처투성이가 되어 당황하고 있었지만 자신이 해야 할 일을 확실히 인지하고 있었다. 다른 사람 손에 죽을 뻔한 아이가 죽어 가는 다른 사람을 구한 것이다.

그리고 선생도 알고 있었다. 나의 살의, 그리고 다쓰야의 공포도. 하지만 협심증 발작을 일으킨 건 자신이 점균을 채집하려고 좁은 곳에 들어간 탓이라고 해 주었다. 나는 고개를 숙인 채 무릎 위로 주먹을 꾹 쥐었다.

"하코 씨." 선생은 둥근 안경을 벗고 작은 눈을 비볐다. "심각하게 생각하지 않아도 됩니다. 부모 자식 사이 같은 것도 그저 기성품과 다를 바 없으니까요."

"기성품……?"

"이건 말이죠. 앞으로도 하코 씨 혼자 가슴속에 묻어 뒀으면 하는 이야기입니다만, 실은 유키오 씨는 가요코 씨의 아들이 아닙니다."

"네?"

"아내가 병을 얻어 쓰러진 다음에 생이별을 하게 된 친아들을 찾으러 나섰고 가토 변호사가 몇 달에 걸쳐 그를 찾았다는 건 하코 씨도 알고 있겠죠."

"네."

"호적 등본과 유명 탐정 사무소의 보고서 등 서류가 다 갖춰져 있었고 무엇보다 아내가 기억하는 아들의 신체 특징이 일치했죠. 아내는 몹시 기뻐했습니다."

유키오 씨의 오른쪽 눈 옆에 난 베인 상처를 뜻한다.

"그러나 저는 만약의 경우를 대비해 다른 흥신소에 재조사를 의뢰했습니다."

나는 말없이 선생의 얼굴을 봤다. 의외로 신중하고 빈틈없는 성격인지도 모른다. 선생의 뜻밖의 일면을 본 느낌이었다.

"그랬는데, 진짜 유키오 씨는 이미 사망했다고 하더군요."

"네?"

"그렇습니다. 아내가 낳은 구로다 유키오 씨, 그러니까 전 남편의 성이 구로다였습니다만, 그 유키오 씨는 10대 때 이미 병으로 세상을 떠났습니다."

"세상에……."

말문이 막혔다. 그렇다면 지금 이 집에 있는 유키오 씨는 대체 누구라는 말인가.

"유키오 씨를 맡아 키우던 할머니가 신흥 종교에 빠져서 그를 데리고 교단을 자주 드나들었다고 합니다. 신자들의 자녀가 거의 집단생활을 하며 살았다더군요. 교단은 몇 년 단위로 이곳저곳을 전전했고, 제가 의뢰한 흥신소는 그 할머니가 나이 들어 몸져눕자 교단에서 할머니를 직접 맡아서 보호 중이라고 했습니다. 하지만 유키오 씨는……."

병사했다는 것이 밝혀졌다. 신흥 종교에 빠져 지내는 할머니에게 반발해 집을 뛰쳐나가서 불량한 친구들과 어울려 지내는 동안 병에 걸려 사망한 것이다. 사망 신고도 되어 있지 않았다. 그리고 가토 변호사가 의뢰한 탐정 사무소가 당시 교단에서 일하던 다른 사람을 유키오 씨라며 데려왔다고 한다.

"할머니는 치매에 걸려서 구체적인 증언을 못 하는 상태라 사망한 유키오 씨와 신체적 특징이 일치하는 다른 사람을 데려왔습니다. 그렇게 조사 능력이 뛰어나지는 않은지, 아니면 일 처리를 대충 했는지는 저도 모르겠습니다. 제법 유명한 사람들을 고객으로 둔 이름난 탐정 사무소라고 하니 가토 변호사 역시 조사 보고서를 의심하지 않고 믿었겠죠."

선생은 또다시 평소의 사람 좋은 미소를 지어 보였다.

"하지만, 그럼……."

"네. 가토 변호사가 데려온 유키오 씨는 전혀 다른 사람이었습니다. 부모에게 버림받고 신흥 종교 교단에서 자랐다는 그분도 갑자기 나타난 사람들에게 자신의 잘못된 신상을 전해 듣고 그게 사실인 줄 믿고 이곳에 왔을 테니 그에게도 참 죄스러운 일이지요. 하지만 말입니다." 선생은 크게 한숨을 내쉬었다. "아내가 기뻐하는 모습을 보니 도무지 그런 이야기를 꺼낼 수가 없었습니다. 아내는 자신의 여생이 이제 몇 달 남지 않았다는 걸 알고 있었으니까요."

그래서 저도 결국 작심하게 된 겁니다, 하고 선생은 말했다. 나는 아연실색한 채로 선생의 옆얼굴을 바라봤다. 어쩜 이렇게 아무렇지 않게 이런 이야기를 할 수가 있을까.

"아내가 살아 있을 때까지는 절대 이 일을 언급하지 않겠다고요."

가요코 부인은 그 뒤로도 1년 정도를 더 살았다. 의사에게 앞으로 길어야 석 달이라는 말을 들은 상황이었다.

"그 1년이 아내에게는 평생 가장 행복했던 시간이었겠지요. 20년 이상 떨어져 지낸 아들과 그간의 빈틈을 채우려고 열심히 남은 생명을 불태우는 느낌이었습니다. 그리고 이 집에 온 그 역시 온 힘을 다해 가요코 부인의 아들인 '유키오'가 되려고 했지요. 지금껏 어머니와 오랫동안 함께 살아온, 마음이 통하는 아들 말입니다. 이제 곧 삶의 종언을 맞이할 아내에게 힘을 주기 위해 하느님이 그를 내려 준 것 같았습니다. 그래서 저도 생각했습니다. 아, 이 사람도 지금 자기 친어머니를 만났다고 생각하고 있구나. 허술한 조사에 의한 실수인지, 아니면 고의로 그랬는지는 알 수 없지만 두 사람 다 지금껏 오랫동안 서로를 찾아 온 부모 자식이라 믿고 있구나, 라고요. 그래서 저도 이 짧게 끝나 버릴 어머니와 아들의 관계를 옆에서 그저 말없이 지켜보자고 결심한 겁니다."

"그 말씀이 사실이라면 지금 여기 사는 유키오 씨는……."

"누군지 궁금하겠죠. 하지만 말입니다. 이제 그런 건 아무래도 상관없다고 생각하게 됐습니다. 그 유키오 씨는 병에 걸린 어머니를 돌보며 어떻게든 난바테크의 후계를 잇게 하려는 어머니의 마음을 읽고 짧은 시간 동안 필사적으로 일을 배웠습니다. 그는 명민한 사람이라 금세 두각을 드러냈고, 전 안심하고 가슴을 쓸어내렸죠. 이로써 회사의 장래도 무사하겠구나 하고."

선생은 욕심이 없다. 그것만은 확실하다. 처음부터 난바테크를 확실히 계승해서 이끌어 갈 사람이 나타난다면 기꺼이 자리를 양보할 생각이었을 것이다.

"누구든 괜찮았던 건 아닙니다. 유키오 씨니까, 그 유키오 씨니까 그랬던 겁니다."

선생이 무슨 말을 하려는지 이해했다. 선생은 1년이 약간 안 되는 시간 동안 유키오 씨와 교류하며 그가 어떤 사람인지를 알아차렸다. 허술한 조사 때문에 잘못 이곳에 오게 된 사람이 그 유키오 씨가 아니었다면 선생은 부인의 사후 그를 어떻게든 쫓아냈을 것이다.

"그래서 말이죠. 부모 자식 사이는 꼭 하늘이 내려 준 것도 아니고 기성품 같은 관계로 괜찮다는 겁니다."

나는 할 말을 잃었다. 가요코 부인과 아무 관련도 없는 사람을 자기 아들로 받아들이다니. 선생이 아닌 다른 사람은 결코 못 할 일이다. 그러나 선생의 고백은 충격적이지만 일견 이해되는 지점도 있었다. 나도 유키오 씨라면 앞으로 몇 년이든 함께 살아갈 수 있을 거라고 생각했다. 아니, 지금도 꼭 그러고 싶다고 절실히 바라고 있는 게 아닐까. 선생의 고백을 들어도 생각은 조금도 흔들리지 않았다.

"유키오 씨가 어떤 사람인지는 하코 씨도 이미 파악했겠죠. 그 사람은 말이죠, 뭐랄까……." 선생은 허공을 보며 신중히 말을 골랐다. "무색무취한 사람입니다. 이런 사람이 되고 싶다거나, 상대에게 이런 사람으로 보이고 싶다거나 하는 게 전혀 없지요."

6년 가까이 함께 살아온 선생은 정확하게 그의 윤곽을 포착했다.

"아내의 완벽한 아들이 되어 주고 옆에서 병간호까지 해 줘서 감사할 따름입니다. 물론 아무것도 모르는 유키오 씨는 자신이 진짜 아들이라고 믿었겠지만요. 아내가 세상을 뜨고 자유롭게 살아갈 수 있게 되자 그는 또다시 원래의 무색무취한 사람으로 돌아갔습니다. 물론 일은 열심히 하지만 그것도 난바테크 사장이라는 주어진 형태에 스스로를 끼워 맞추고 있을 뿐입니다. 그에게는 어떤 확고한 형태라는 게 없어요."

그는 이다음으로 내가 요구한 다쓰야의 아버지 역할을 맡으려 하고 있다. 유키오 씨는 도대체 어떤 사람일까. 정직하고 노력파에다 유능하다. 처세에 능하고 무엇보다 성실한 사람이라는 건 나도 잘 안다. 정체가 조금 불분명하기는 해도 그 정도면 충분하다. 그래도 무심코 떠올리게 됐다. 그에게는 '자기 자신'이라는 게 정말로 없는 걸까. 상대가 원하는 대로 형태를 바꾸는 삶에 만족하는 이유는 뭘까.

"유키오 씨는 말이죠. 애처로운 사람입니다."

선생의 말은 정곡을 찔렀다.

그러나 나는 알고 있었다. 그가 단 하나, 자신의 의지로 하는 일이 있다는 것을. 한밤중에 전화를 받고 그길로 어떤 사람에게 달려간다는 것을.

다쓰야를 키우는 일에 대한 마음가짐이 조금 바뀐 기분이 들었다. 내가 할 수 있는 걸 해 주면 된다. 이를테면 꼭 안아 주는 것. 체온을 통해 전달되는 게 있을 것이다. 없으면 없는 대로 상관없다. 그렇게 마음을 굳히자 다쓰야를 무슨 일이 있어도 내 손으로 양육해야 할 조카, 또는 장애를 가진 아이라고 생각하는 마음이 사라졌다. 다쓰야가 입으로 내는 소리를 통해 희로애락 정도는 읽을 수 있게 되자 이제는 삶을 함께 살아가는 동지 같은 기분도 들었다. 가혹한 운명에서 함께 살아남은 동지.

"하코 이모라고 해 봐."

다쓰야 앞에서 나를 손가락으로 가리키며 그렇게 말했다. 다쓰야는 내 눈을 멀뚱히 바라보기만 하고 입을 열 기색이 없다. 나는 다쓰야를 무릎 위에서 끌어안고 동지에게 말을 걸었다.

"다쓰야. 우리 다쓰야는 유키오 씨가 아버지가 돼 줘서 좋겠다. 다쓰야는 유키오 씨를 좋아하지? 이모도 좋아해. 언젠가 유키오 씨랑 결혼하면 참 좋겠다고도 생각해."

다쓰야의 입을 통해서 다른 사람에게 전달될 염려는 없다. 그러니 대담한 말도 입에 담을 수 있다. 다쓰야는 내 말에 진지하게 귀를 기울였다. 눈동자 속에 총명함이 깃들어 있는 것처럼 보인다. 선생이 알아차렸듯 이 아이는 똑똑한 아이이다. 무엇이든 이해할 뿐 아니라 한 번 들은 것은 모두 마음속 노트에 적고 있다. 그리고 그것을 이따금 되읽어 자신만의 해석을 덧붙인다. 그런 지적인 활동이 이 아이의 머릿속에서 이뤄진다고 느꼈다. 다쓰야의 머릿속 우주는 한없이 넓지 않을까. 신비한 능력을 지닌 이 다쓰야라는 아이를 중심으로 한 독특한 지도, 선명한 만화경이 형성되는 광경을 상상했다.

눈이 얕게 쌓였다. 숲속 움푹 팬 땅에 쌓인 눈 아래에 머위가 많이 자라서 기미와 둘이 따 와 초된장무침을 해 먹었다. 2월 2일은 다쓰야의 다섯 번째 생일이었다. 유키오 씨가 큼지막한 케이크를 사 와서 다 함께 축하했다. 이렇게 행복한 시간이 흐르고 있었다. 얼마 후에는 또 봄이 올 것이다. 희망으로 가득 찬 봄이. 그렇게 믿었다.

그래서 나는 방심하고 말았다.

어느 날 쇼핑을 다녀오는 길에 경사로에서 가토 변호사의 차를 타게 되었다. 선생은 집에 없었지만 다른 사람이 저택 앞에서 우리를 기다리고 있었다. 정문을 지나면 저택 앞까지 완만하게 휘어진 차도가 30미터 남짓 이어진다. 현관 앞 손님용 주차 공간에 난잡하게 갖다 댄 캐롤러가 보였다. 그 옆에는 넥타이를 거칠게 풀어 헤친 남자가 서 있었다.

어떤 부류의 사람인지 즉시 느낌이 왔다. 이런 사람들은 대부분 비슷한 냄새를 풍긴다. 불쾌하게 짓무른 냄새. 더욱이 변호사 앞에서는 감출 수 없다. 가토 변호사는 남자가 빚 독촉을 하러 다니는 사채업자이고 내가 다중 채무자라는 사실을 금세 알아차린 듯했다. 평범한 회사원과 사뭇 다른 분위기의 남자는 차용증을 내밀며 내 빚이 이자를 포함해 561만 4,102엔이라는 사실을 전했다.

순간 정신을 잃고 쓰러질 뻔했다. 전입 신고를 한 것을 뼈저리게 후회했다.

"오늘은 인사치레로 온 거고 조만간 또 찾아뵙겠습니다."

남자는 넋을 잃고 서 있는 내게 강제로 명함을 쥐여 주더니 고개를 한 번 숙이고 차를 타고 사라졌다. 가토 변호사가 현관으로 가서 나는 부랴부랴 현관문을 열었다. 손님용 소파에 앉은 가토 변호사 앞에 섰다.

"죄송합니다, 놀라게 해서. 그게, 그러니까……." 필사적으로 말을 골랐다. "어쩔 수 없이 숨길 수밖에 없었어요. 죄송합니다."

"나한테 사과할 일은 아닌 것 같네요."

가토 변호사의 말이 맞았다. 이런 일은 우선 선생과 유키오 씨 앞에서 솔직히 털어놓고 사죄해야 한다. 가토 변호사에게서 이야기를 전해 듣고 유키오 씨는 분명 실망할 것이다. 선생은 당황한 나머지 한숨지을지도 모른다. 그리고 나는 이곳을 떠나게 될 것이다. 어차피 그렇게 될 거라면 빠를수록 좋다고 생각했다.

가토 변호사는 무릎 위에서 손가락을 포갠 채 잠시 생각에 잠겼다. 가늘게 뻗은 하얀 손가락. 지적인 일을 하는 사람의 손이라고 어렴풋이 떠올렸다.

"빚을 갚을 마음이 있다면 도와 드리죠."

"네?"

조금 전까지 쌀쌀맞게 굴던 사람의 말로는 들리지 않았다. 순간 내 귀를 의심했을 정도다.

"유키오 씨와 난바 선생님께는 말씀드리지 않아도 될 것 같네요. 내가 어떻게든 해 보겠습니다."

나는 가토 변호사를 뚫어지게 바라봤다. 지금까지 이렇게 바로 눈앞에서 그를 자세히 본 적은 없었다. 몸에 딱 맞는 맞춤형 양복. 영국산보다는 이탈리아산이 취향인지 구두는 전부 존 로브라고 전에 기미에게 들었다. 빈틈없는 사람이란 바로 이런 사람을 두고 하는 말일 것이다. 골프는 누구에게든 맞춰 줄 수 있을 정도로는 치고 취미는 클레이 사격이라고 했다. 기미가 별로 흥미 없다는 듯이 말해서 나도 대충 흘려들었다.

“어떻게든 해 주신다니…… 그 말씀은…….”

가토 변호사는 어깨를 으쓱했다.

“채무 정리. 변호사의 통상 업무입니다. 언제 시간 날 때 사무실에 들르세요.”

이걸로 이야기는 끝이라는 듯이 가토 변호사는 서류 가방을 들었다. 그리고 얼마 지나지 않아 선생이 집에 돌아왔다.

가토 변호사 사무소는 미나토구 도라노몬에 있었다. 내가 상상했던 것보다 더 세련되고 멋들어진 건물이었다. 사무소는 고층 빌딩 한 층을 통째로 빌려서 쓰고 있었다. 가토 변호사 외에도 다른 변호사가 많은지 칸막이로 나뉜 구역의 끝이 보이지 않았다. 전화벨 소리가 끊임없이 울렸고 남자 여자 사무원들이 바쁘게 움직였다. 여기 오면 만날 수 있으리라 예상한 기미는 보이지 않았다. 가토 변호사의 방에 들어가자 그는 내게 앉으라고 권했다. 앉자마자 몸이 푹 잠기는 소파는 잘은 몰라도 분명 고급 브랜드일 것이다. 가볍게 자세를 가다듬었다. 마음이 불안하고 초조했다.

정면에 앉은 가토 변호사는 내 눈을 똑바로 쳐다봤다. 마치 머릿속을 검사하는 듯한 눈빛이었다. 나는 안절부절못하고 무릎 위에서 두 손을 꼭 쥐었다. 가토 변호사는 내 시선을 피하지 않고 눈도 한 번 깜빡이지 않았다. 이 사람 앞에서는 숨길 수 없겠다는 생각이 들었다. 노련한 변호사. 난바 선생과 유키오 씨의 절대적인 신뢰를 받는 인물. 이 사람은 분명 나를 구해 줄 것이다.

"자, 이야기를 들어 보죠."

마침내 그가 입을 열었을 때는 몸에서 힘이 쭉 빠졌다. 나는 봇물 터뜨리듯 이야기를 쏟아 냈다. 동생 부부에 관한 이야기, 그들의 빚, 동반 자살, 조카인 다쓰야를 맡게 된 과정, 어머니의 죽음, 그 순간순간 내가 느낀 것들, 가나를 향한 원망, 다쓰야에 대한 복잡한 감정. 그야말로 모든 것을 토해 냈다.

마음이 조금씩 녹아내리는 느낌이었다. 오랜 세월 꽁꽁 언 빙산처럼 내 가슴속에서 굳어 있던 감정이 흘러나오고 있다. 기미와 난바 선생에게도 숨겨 왔다. 부끄럽고 괴로웠지만 이야기하는 동안 일종의 황홀경을 느꼈다. 이렇게 다른 사람 앞에서 모든 것을 털어놓고 싶었던 것이다. 변호사 업무는 의뢰인의 이야기를 듣는 것부터 시작된다고 하는데, 가토 변호사는 특별히 더 그런 쪽에 능숙한지도 모른다.

이야기가 끝나자 그는 조심스럽게 입을 열었다. 어머니와 나 같은 상황에서 선 빚보증은 효력이 없을 여지가 있다는 점, 사망한 매제 신타로의 채무 금액이 확실하지 않다는 점, 고리대금업자가 당사자의 사망을 구실 삼아 금액을 부풀려 청구했을 수도 있다는 점.

"이렇게 비상식적인 짓을 저지르는 부류들과는 단호하게 싸워야 합니다. 절대 굴복하면 안 돼요."

머릿속이 쥐가 난 것처럼 저릿했다. 지금껏 내게 이런 말을 해준 사람은 없었다. 경찰도, 다른 사람의 소개로 상담하러 간 변호사도 나를 냉담하게 대했다. 가토 변호사는 그 자리에서 즉시 명함에 적힌 고리대금업자 사무소에 전화를 걸었다. 변호사 사무소의 이름을 대고 침착한 목소리로 "이 문제로 보증인 측 창구 업무를 제가 맡게 되었으니 앞으로는 이쪽 사무소로 연락하십시오"라고 했다.

—닥쳐! 변호사가 무슨 상관이야!

상대는 내 귀에까지 들릴 정도로 고래고래 악을 쓰며 화를 냈다. 그 뒤로도 이어지는 악다구니를 가토 변호사는 말없이 흘려들었다. 상대의 말이 끝나기를 기다렸다가 "그럼 조만간 직접 찾아뵙겠습니다" 하고 무시하듯 말했다. 고리대금업자는 맥이 풀렸는지 할 말을 잃은 듯했고 가토 변호사는 표정 하나 바뀌지 않고 다시 수화기를 내려놓았다.

이후 그 고리대금업자는 더는 난바 저택을 찾아오지 않았다. 가토 변호사가 글자 그대로 방파제가 되어 모든 절차를 대신 맡아서 처리해 준 것이다.

변호사 입장에서는 교섭의 장을 법원으로 옮기고 싶었겠지만 상대가 응하지 않았다. 그들의 방식은 법적으로 인정되지 않기 때문이다.

"그럼 우리 쪽에서 재판상의 절차를 밟아 나가면 됩니다."

가토 변호사는 대수롭지 않게 말했다. 빚 독촉을 당하는 사람이 반대로 빌려줬다고 주장하는 사람을 상대로 '채무 부존재 소송'을 할 수 있다고 했다. 변호사 사무소에서 송장을 작성해 법원에 제출해 주겠다고도 했다. 생각지도 못한 꿈같은 일이 막힘없이 진행됐다.

송장 사본을 본 사채업자는 위법적인 이자 청구가 재판에서 인정받지 못한다는 것을 깨닫고 화해에 응했다. 매달 나도 어떻게든 변제할 수 있는 금액 선에서 납득하고 즉시 도장을 찍었다고 한다. 가토 변호사가 전부 대신해 주어서 나는 아무것도 하지 않고 끝났다.

놀랍게도 가토 변호사는 내 채무를 정리해 주면서 수수료를 단 한 푼도 받지 않았다.

"신경 쓰지 않아도 됩니다. 다 내가 하고 싶어서 한 일이니까요. 가끔 이러기도 합니다. 그런 부류들이 세상에서 설치고 다니는 걸 용납할 수 없어서요. 그들이 하코 씨 같은 약자들을 위협해서 뜯어 가는 돈은 이 사회에 아무런 보탬이 되지 않습니다." 가토 변호사는 평소와 달리 강한 어조로 말했다. 내가 그의 얼굴을 바라보자 곧 다시 온화함을 되찾았다. "전부 하코 씨를 위해서만은 아닙니다. 돈과 법 모두 인간에게 도움을 주기 위해 존재하죠. 그러니 그것을 제대로 활용하는 법도 알아야 합니다. 더 나아가서는 그게 바로 이 사회를 변혁하는 일이에요."

가토 변호사는 자신의 말에 스스로 살짝 부끄러워하더니 “이래 봬도 젊은 시절에는 학생 운동에 몰두한 적이 있습니다” 하고 말을 이었다. 그동안 품고 있던 가토 변호사에 대한 인상이 백팔십도 달라졌다. 처음 만났을 때만 해도 고결하고 냉철한 사람처럼 보여서 가까이 다가가기 어려웠지만, 오직 실무에만 능한 사람은 아니었다. 인간미가 있고 정의감이 강한 사람 같았다. 무엇보다 나를 구해 준 은인이다. 가토 변호사 입장에서는 그냥 하고 싶어서 한 통상적인 업무에 불과하다고 해도 내게는 지옥에서 구해 준 것이나 마찬가지였다. 그동안 나를 뒤덮고 있던 먹구름이 흔적도 없이 사라졌다. 처음으로 희망이라는 것을 본 느낌이었다.

보건소에서 진단이 나와 다쓰야는 장애 아동 시설에 다니게 됐다. 조후시에 있는 ‘떡갈나무 복지원’이라는 시설이었다. 4월에 입원식이 열렸다.

싸구려 투피스 정장을 한 벌 사서 입고 가려고 했는데 난바 선생이 가요코 부인이 만들었다는 가마쿠라 칠기 브로치를 선물해 주었다. 이렇게 소중한 물건을 받을 수 없다며 완곡히 거절했지만 선생이 꼭 차고 가라고 물러서지 않아서 달갑게 받기로 했다. 옻칠을 해서 검게 빛나는 브로치는 백합꽃을 본떠서 공들여 만든 것처럼 보였다. 선생은 꽃 이름이 ‘무사시노키스게’라고 알려 주었다. 가요코 부인이 사랑한 무사시노의 들에 피는 꽃이었다.

다쓰야는 복지원 생활에 금세 적응했다. 걱정했던 것이 거짓말 같았다. 통원 버스도 거부하지 않고 잘 탔고, 타고 난 뒤에는 내게 손까지 흔들었다. 평범한 아이에게는 당연한 일일지 모르지만 다쓰야에게는 큰 성장이었다. 그동안 기다리지 못하고 초조하게 군 나 자신을 반성했다.

저녁 식사 자리의 이야깃거리(라고 해도 선생이 일방적으로 다쓰야에게 말을 걸었지만)는 숲에서 발견한 까마귀 둥지 이야기부터 시작해 돌의 종류, 흙 속에 사는 미생물, 나무뿌리를 흐르는 수액, 별의 움직임, 산골짜기에서만 볼 수 있는 너구리와 흰코사향고양이에 이르기까지 다양했다. 다쓰야는 눈을 반짝이며 선생의 이야기를 집중해서 들었다. 유키오 씨는 요즘 바쁜지 저녁 식사 자리에 빠지는 날이 많았다.

"많은 것을 직접 보고 들어야 합니다. 다쓰야 씨. 이 세상은 아주 넓으니까요." 선생은 이야기를 대략 마치고 다시 젓가락을 집어 들며 말했다. "핵심은 스스로 판단하는 것입니다. 내 안에 있는 확고한 의지와 그것을 떠받치는 지식을 통해 진리를 꿰뚫어보는 시각을 지니십시오. 절대로 다른 사람에게 좌우돼서는 안 됩니다."

나는 말없이 선생을 올려다보는 다쓰야를 관찰했다.

"알겠죠? 이런 말을 기억하십시오. '많은 것을 어중간하게 아는 것보다 아무것도 모르는 게 낫다. 다른 사람의 견해에 편승해 현자가 될 바에는 오직 나 자신의 힘에 의지하는 어리석은 자로 있는 것이 낫다.'"

니체가 한 말이라고 하는데, 아이가 이런 어려운 말을 이해할 것 같지 않았지만 다쓰야는 가만히 귀를 기울였다. 선생이 자상하게 뿌려 주는 지식의 빗방울을 말없이 맞는 것처럼 보였다. 이 아이는 선생의 이야기를 듣는 걸 몹시 좋아했다.

"보잘것없고 어리석다고 해서 힘이 없는 것은 아닙니다." 선생의 이야기가 이번에는 생물독으로 옮겨 갔다. 작고 하찮은 곤충과 식물이 자신을 지키기 위해 품는 유일한 독이 인간에게는 유용한 약이 된다는 이야기였다.

"예를 들자면 말이죠." 선생이 설명을 이어 갔다. "중남미 정글에 사는 어느 작은 개구리의 독은 단 몇 방울로도 사람을 죽일 정도의 강한 독성을 지녔지만, 어떻게 사용하느냐에 따라 훌륭한 진통제가 되기도 합니다. 말기 암 통증에 시달리는 사람들에게는 축복이 되었죠. 브라질의 어떤 독사의 독을 통해서 혈압 강압제가 탄생했고, 이스라엘의 전갈독에서 채취한 성분은 뇌종양 세포에 달라붙어 세포가 퍼지는 것을 막습니다. 또한 미국독도마뱀의 독은 인슐린 분비를 자극하는 효과가 있어서 당뇨병 치료 제가 되었습니다."

"어머나."

나도 어느새 손을 멈추고 선생의 이야기에 홀려 있었다.

"이런 말을 한 연구자가 있습니다. '생명을 빼앗는 독과 생명을 구하는 약은 종이 한 장 차이다'. 인간이 평소에는 잘 거들떠보지도 않는 양서류, 박테리아, 곤충, 식물, 파충류 등이 자기 자신을 지키기 위해 몸에 지닌 독이 인간을 구하는 꿈의 신약으로 재탄생하는 겁니다. 멋지죠? 작고 보잘것없으니 도움도 되지 않을 거라고 생각해서는 안 됩니다. 이 세상에 존재하는 모든 것은 저마다 의미를 지닌 채 이 세상에 태어나니까요."

"독 때문에 죽는 사람이 있는가 하면 똑같은 물질이 약이 되는 사람도 있다는 말이네요."

"그렇습니다. 어떻게 쓰느냐에 따라 독소는 천변만화의 영약이 되기도 하지요. 그러니까 말입니다, 다쓰야 씨." 다쓰야가 고개를 번쩍 들었다. "가슴속에 독을 품으십시오. 어중간한 현자가 되어서는 안 됩니다. 자기 자신의 의지에 따라 살아가는 어리석은 자야말로 그 독을 유용하게 쓸 수 있습니다. 그것이 바로 어리석은 자의 독입니다."

선생은 유키오 씨를 집 안에 들여서 함께 살아가게 됐을 때 철저하게 어리석은 자가 되기로 마음먹었다. 그러나 선생이 가슴에 품은 그 독은 그의 아내에게는 약이 되어 생명을 연장시켰다.

그로부터 얼마 되지 않아 우리는 새끼 까마귀 한 마리를 보호하게 되었다. 저택 뒤쪽 숲에 있는 둥지에서 태어난 까마귀가 무슨 일인지 둥지에서 떨어져 버린 것이다. 선생과 다쓰야는 어미 까마귀에게 버려진 불쌍한 새끼 까마귀를 숲에서 데려왔다. '제힘으로 날 수 있을 때까지'라는 조건을 붙여서 선생은 까마귀를 집에서 키우는 것을 허락했다. 창고에서 오래된 새장을 꺼내 안에 넣어 주자 까마귀는 새장 구석에 가만히 있었다. 그리고 사람을 보면 "가아, 가아" 하고 탁한 소리로 울었다.

작은 생명을 돌보는 것이 인간의 마음에 어떤 영향을 미치는 걸까. 다쓰야는 부지런히 새끼 까마귀를 돌봤다. 누에를 돌보는 것과는 또 다른 즐거움을 발견한 듯했다. '구로'라고 이름 붙인 까마귀는 왕성한 식욕을 자랑했다. 선생과 다쓰야는 곤충과 개구리를 잡아 와서 구로에게 주었다. 유키오 씨가 애완용품점에서 사 온 조이삭도 잘 먹었다.

구로는 다쓰야를 잘 따랐다. 까마귀라는 새는 실로 머리가 영리했는데 구로는 사람의 얼굴을 알아봤다. 다쓰야의 어깨와 머리 위에 올라가 머리카락을 부리로 쪼거나 옷깃을 잡아당기는 것을 보면 자신을 사람 아이라고 생각하며 다쓰야와 함께 노는 것처럼 보였다. 선생에게는 애교를 부렸고 유키오 씨에게는 먹이를 보채는 반면 나와 기미에게는 쌀쌀맞았다. 기미는 구로가 집 안을 날아다니는 것을 싫어해서 나는 기미가 집에 오면 꼭 새장에 집어넣었다. 그래서 우리를 싫어하게 된 것 같았다.

구로의 똑똑한 면모는 그뿐만이 아니었다. 먹이를 먹지 않고 가끔 이곳저곳에 숨겨 뒀다. 이는 어치류 동물에게서 흔히 볼 수 있는 '저식'이라는 행동으로, 나는 생각지도 못한 곳에서 죽은 벌레를 발견해 비명을 지르고는 했다. 또한 끈에 묶어 둔 빵과 과자 봉지를 부리로 끌어당기거나 반짝이는 단추와 병마개 등을 모으기도 했다. 다쓰야는 "우옷!" 하고 소리치며 구로를 불렀다. 아마 구로, 하고 외치는 것이다. 구로는 다쓰야가 자기를 부르는 것도 이해하고 다쓰야 뒤를 깡충깡충 뛰어서 따라갔다.

다쓰야는 다른 사람은 이해하기 힘든 자신만의 언어로 구로에게 말을 걸었다. 구로도 다쓰야의 명료하지 않은 말들을 잘 따라 했다. 특히 "아, 구구"는 다쓰야가 자주 입에 담는 말인데 나는 아마 '아! 재밌어' 같은 의미라고 멋대로 해석했지만 구로도 어느새 "아, 구구"라는 말을 따라 했다. 그런 모습을 보면 전에 다쓰야 같은 아이들이 어느 순간 파도처럼 말문이 트일 때가 있다고 들은 것이 떠올랐다.

구로가 날갯짓을 할 수 있게 되자 선생은 이제 구로를 숲에 풀어 주자고 결심한 듯했다. 구로에게 지금껏 살아 있는 먹이를 준 것도 숲에 돌아간 뒤에도 혼자 살아가기 위한 힘을 길러 줄 목적이었다. 까마귀는 원래 인간의 반려동물이 아니다. 자연 속에서 살아가는 편이 구로를 위해서도 좋다며 선생은 조리 있게 다쓰야를 설득했다. 그리고 다쓰야도 아마 선생의 마음을 이해했을 것이다. 다쓰야는 단짝 친구와 함께하는 시간이 이제 곧 끝난다는 것을 아는 것처럼 구로를 대했다. 사랑하는 친구의 모습과 감촉, 교류 그 자체를 기억에 새기려는 것처럼 찰싹 달라붙어서 떨어지려 하지 않았다.

놀랍게도 구로도 비슷한 감정을 품고 있는 것처럼 보였다. 구로는 다쓰야의 말을 전보다 더 정중하고 정확하게 따라 했다. 반복하고 또 반복해서. 집 안은 다쓰야와 구로와의 기이한 대화 소리로 채워져 갔다.

다쓰야는 본능적으로 누군가와 헤어지는 것을 각오하고 살아왔을지 모른다. 아빠, 엄마와 억지로 떨어졌고 할머니와도 결별했다. 이 세상에 죽음이 존재하는 이상 그것을 피할 수는 없겠지만, 다쓰야 나이대의 아이가 그런 것을 이해하는 게 쉽지는 않을 것이다. 거기까지 생각이 미치자 문득 언젠가 나와 다쓰야 사이에도 이별이 찾아오리라는 것을 느껴 갑자기 당황해 가슴이 메었다. 이유는 스스로도 알 수 없었다.

구로를 집에 들인 지 한 달이 지난 날, 그 엄격한 의식은 선생과 다쓰야가 함께 치렀다. 두 사람은 까마귀 둥지가 있던 저택 뒤 숲 벼랑에 가서 구로를 힘차게 하늘에 날려 보냈다. 구로는 요리조리 바람을 잘 타다가 날개를 펼쳐서 활공했다고 한다.

"날아가는 게 좀 미덥지 않아 보이기는 하더군요. 일단 한번 벼랑 아래 나뭇가지에 올라가더니 우리를 보고 날개를 이렇게 펄럭이고 이내 훽 하고 날아가 버렸습니다. 분명 다쓰야에게 마지막 인사를 한 것이겠지요."

그로써 다쓰야의 마음에도 매듭이 지어졌을 겁니다, 하고 선생은 말했다. 다쓰야를 바라봤지만 아이의 마음속까지 헤아릴 수는 없었다. 선생은 필요 이상 다쓰야를 위로하거나 일부러 까마귀 이야기를 피하지도 않고 담담하게 다쓰야를 대해서 나도 똑같이 했다.

또다시 누에치기로 바쁜 시기가 찾아왔다. 양잠가에서는 질병 검사를 마친 3령* 남짓의 유충을 농협 등지에서 사들인다고 하지만 선생은 알에서 겨울을 보내고 부화한 누에에게 산란시키는 방법을 썼다. 나는 2년째 되는 해에 그런 것들을 배웠다. 알에서 막 깨어난 '애누에'라고 불리는 1령 유충은 눈에 보이지 않을 만큼 작았다. 다쓰야는 작년보다 더 즐겁게 누에를 돌보는 것 같았다. 애누에도 어려움 없이 구분했다.

푸른 뽕잎이 무성히 자라나 누에의 왕성한 식욕을 소화했다. 유충의 배설물은 뽕잎 덕에 클로로필을 다량 함유하고 있다. 거기서 추출한 클로로필은 치약과 모발 영양제 제조 등에 쓰이는데 난바테크 연구소에서 그런 것들을 한다고 해서 선생과 다쓰야는 매일 부지런히 뽕잎을 땄다. 마지마 씨도 이 시기에는 뽕나무 손질에 여념이 없었고 누에가 먹다 남긴 잎사귀로 퇴비도 척척 만들었다.

"선생님, 잠깐, 잠깐만요!"

뽕밭 안에서 마지마 씨가 평소에는 듣기 어려운 큰 소리로 선생을 불렀다.

선생의 "오, 오!" 하는 소리와 다쓰야의 괴성에 이끌려 집에 막 돌아온 유키오 씨까지 뽕밭에 발을 들였다. 넓게 펼쳐진 잎이 직

* 누에의 나이를 세는 단위.

사광선을 흡수해 뽕밭 안은 서늘하고 쾌적했다. 마지마 씨와 선생은 뽕잎을 펼쳐서 관찰하고 있었고 유키오 씨와 다쓰야는 서로 이마를 맞댄 자세로 잎사귀 뒤쪽을 엿봤다. 그곳에는 흰 누에와는 명백하게 다른 거무스름한 애벌레가 붙어 있었다. 아직 유충이라 자세히 들여다봐야 했고 몸 색도 진녹색 잎사귀에 섞여 잘 보이지 않았다.

"이야, 이건 정말 진귀하군요. 이런 게 아직 있을 줄이야."

선생은 몹시 흥분해 있었다. 그 벌레는 '멧누에나방'이라 는 야생 누에나방인데 누에의 선조쯤에 해당한다고 선생은 설명했다. 한자로는 '桑蠶상잠'이라고 쓴다고 했다.

"제가 어렸을 때만 해도 뽕밭에 이 멧누에나방 유충이 많았죠. 선생님, 이건 해충입니다."

뽕잎을 먹어 치워서 양잠가에서는 발견하는 즉시 제거한다고 마지마 씨는 덧붙였다. 나이 든 정원사는 "이게 대체 어디에서 왔을까요" 하고 얼굴을 찌푸렸다.

"아뇨, 안 됩니다. 안 돼요. 이렇게 귀중한 건 좀처럼 만날 수 없으니까요. 일단 이 녀석은 연구소에 가져가기로 하고 나머지는 이대로 밭에서 상황을 조금 더 지켜봅시다."

그러자 마지마 씨는 그럴 줄 알았다는 듯이 한숨을 내쉬며 고개를 흔들었다. 유키오 씨는 집에 들어갔고 마지마 씨와 다쓰야도 원래 하던 작업으로 돌아갔다. 나는 다른 멧누에나방 유충을 찾는 선생 옆에 섰다.

"누에는 이제 완전히 가축화된 곤충입니다. 아주 오래전부터 인간의 손에 길들여졌죠. 인간에게 뽕잎을 받지 않으면 살아갈 수 없게 된 거예요. 날지도 못합니다. 하지만 이 멧누에나방은 여전히 야생을 휘젓고 다니는 용맹한 곤충입니다." 선생은 멧누에나방의 유충을 뽕잎째로 소중히 손에 들었다. "먹이를 구하기 위해서 열심히 돌아다니고 다리 빨판 힘도 강합니다. 한마디로 생명력이 왕성하다는 뜻이지요. 분명 이 뽕밭에서 점점 개체 수가 늘어날 겁니다. 고치도 짓겠죠. 그럼 그것도……."

선생은 그야말로 즐거운 듯이 설명했다. 내게 말을 한다기보다 혼잣말에 가까웠다. 나는 조용히 뽕밭을 나갔다.

◦ 2016년 봄 ◦

이따금 문득 떠오른 것처럼 한파가 들이닥치기는 하지만 날이 갈수록 기온이 올랐다. 바다의 표정도 온화하고 점점 밝아지고 있다. 후미 쪽을 내려다본다. 겨울에는 낚시를 삼가던 가가 씨의 남편이 요즘 들어 자주 찾아오게 되었다. 작년 가을에는 벵에돔과 흰꼴뚜기, 쥐치를 꽤 많이 낚았다고 했다. 오늘도 역시 낚싯줄을 늘어뜨리고 있을 것이다. 육지를 좋아하는 내 남편은 낚시에 그다지 열의를 보이지 않았다. 대신 벼랑 아래 선창에 걸린 고무보트 안에서 낮잠을 자는 것을 가장 좋아하는 듯했다. 벼랑 위에는 감탕나무가 여러 그루 자라 있다. 염분에 강한 감탕나무는 바다 위에서도 위풍당당하게 가지를 뻗고 있어 보트 위에 작은 그림자를 드리웠다. 내 남편은 기분 좋은 흔들림에 몸을 맡긴 채 가가 씨 남편이 낚시를 끝내기를 기다렸다.

유키오는 지금 무슨 생각을 하며 파도에 몸을 싣고 있을까. 어떤 꿈을 꾸고 있을까.

회사의 경영은 순조롭다. 버블 붕괴 때 수많은 기업이 도산했지만 난바테크는 끝까지 살아남았다. 버블기에는 모두가 사업을 확장하는 바람에 실패를 맛봤지만 그는 반대로 움직였다. 막대한 이익을 낳는 부동산과 투자 부문을 대번에 축소하고 없앴다. 임원과 경영 컨설턴트들이 크게 반발했지만 귀도 쫑긋하지 않았다. 결국 광기의 시대는 꿈결처럼 사라졌고 그의 방식이 옳았다는 것을 모두에게 증명하게 되었다.

지금은 초대 사장의 유지대로 견실한 경영을 통해 섬유 업계 안에서 흔들림 없는 지위를 지켜 나가고 있다. 제조업을 우선하며 소비자의 니즈에 귀 기울여 신제품을 생산해 낸다. 정중하고 성실한 영업 방식도 장점으로 내세우고 있다. 이익에 지나치게 집착하지 않고 사원과 주주에게 환원하며 사회에도 공헌한다. 특히 무사시노의 자연을 지키는 활동에 적극적이었다. 물론 남편이 그것들에 만족하고 있는 것은 아니다. 절대 아니다. 담담히 자신에게 주어진 역할을 해 나가고 있지만, 그 속은 텅 비어 있다.

그는 오직 나를 위해 살아가고 있다. 혼자서는 결코 버텨 내지 못할 죄를 짊어진 나를 위해. 후회에 사로잡히고 고뇌하며 이따금 신음하는 나를 옆에서 지켜 주고 있다. 그것만이 그가 살아가는 지표인 것이다.

나는 알고 있다. 남편은 이미 자신의 삶을 버렸다. 죽음에 매료됐다고 해도 좋을 것이다. 남편은 살아 있는 시체다. 지금 그를 구할 수 있는 건 진짜 죽음밖에 없다. 그 달콤한 유혹을 견딜 수 있는 것은 내가 옆에 있기 때문이다. 그가 속박에서 벗어나려면 내가 사라져야 한다고 수없이 떠올렸다. 그러나 내가 스스로 목숨을 끊기라도 하면 그는 더욱더 괴로워할 것이다. 평생 자신을 질책할 것이 분명하다. 지금껏 그가 내게 베풀어 준 것들을 생각하면 이대로 그를 죽게 해 주는 게 가장 좋겠지만, 그 결단은 나를 더없이 두렵게 했다.

우리는 서로를 보호하는 동시에 상처 입혀 가며 세상을 살아갈 수밖에 없다. 이대로 평화롭게 끝나지 않는다. 죄 깊은 우리에게 합당한 삶의 끝맺음 방식이 있을 거라는 단 하나의 위안에 매달린 채 살아간다.

오래된 쿠키 상자를 나는 수없이 다시 뒤졌다. 이 안에 갇힌 불길한 과거를 버리지 못한다. 이것은 우리를 단죄할 증거다. 구깃구깃한 벨벳에 감싸인 가마쿠라 칠기 브로치. 난바 선생의 아내가 만든 것이다. 그녀의 작품은 난바 저택을 처분할 때 원하는 이들에게 모두 나눠 주었다. 수준 높은 작품도 있었지만 남편은 지역 문화 시설과 어머니와 인연이 있던 사람들에게 아낌없이 양보했다. 그러니 내 손에 남은 것은 이것뿐이다. 브로치의 표면을 가만히 손으로 쓸어 본다. 백합과 닮은 꽃. 무사시노에서 피는 꽃이라고 들었지만 정확한 이름은 잊어버렸다. 다시 한번 손가락으로 브로치를 쓸다가 벨벳에 다시 감쌌다.

그 아래에서 떨리는 손길로 신문지 한 장을 꺼냈다. 누렇게 변색된 1986년 8월 3일 자 신문이다. 지역 면에 작게 실린 교통사고 기사. 돋보기를 쓰고 작은 글자를 눈으로 좇는다. '차가 절벽에서 추락. 불길 속에서 두 명 사망'이라는 제목이 적혀 있다.

'2일 오후 4시 15분경 조후시 진다이지 OO 절벽에서 차량이 추락했다. 차는 그대로 약 8미터 아래 풀숲에 떨어져 불길에 휩싸였다. 근처에 사는 주민의 신고를 받고 소방차가 출동해 불길을 진화했고 진화 후 차 안에서 가토 요시히코(45), 이시카와 기미(36) 씨의 시신이 발견됐다. 경찰은 사고 당시 가토 씨가 차를 운전했고 이시카와 씨는 조수석에 탄 것으로 추정하고 있다. 두 사람은 업무차 방문한 곳에서 돌아가는 길이었고 내리막길의 커브가 심해 경찰은 운전 미숙에 따른 사고로 보고 시신 확인과 함께 자세한 원인을 조사 중이다.'

이제는 보지 않고 줄줄 읊을 만큼 거듭 읽어 온 기사다.

내 친한 친구의 부고를 알리는 기사. 이 기사를 평온한 마음으로 읽을 수 있게 될 때까지 오랜 세월이 걸렸다. 과거는 돌이킬 수 없다고 스스로 되뇌는 데 걸린 시간이기도 하다.

남편은 사고 현장 부근에서 살기를 힘들어하다가 결국 무사시노를 떠났다. 세타가야구에 있는 아파트 두 곳을 전전하며 살았다. 그리고 지금 나는 이곳 먼 이즈의 바닷가까지 왔다. 과거에서 계속 도망치는 우리의 도피 행각이 끝내 성공할 수 없다는 것을 알면서도.

◦ 1986년 봄 ◦

그날 이후 가토 변호사는 저택에서 만나면 늘 "괜찮습니까?"라든지 "또 다른 걱정거리는 없습니까?"라고 물었다. 요즘은 기미를 잘 데려오지 않았지만 변호사 사무소 내부 사정이라 생각해 이유를 묻지 않았다. 기미 혼자서 잘 오고 있으니 특별히 문제 될 것도 없다. 나는 가토 변호사가 말을 걸 때마다 다쓰야에 대한 일과 내 미래 고민 등 떠오르는 것들을 전부 털어놓으며 상담했다. 가토 변호사는 법률과 상관없는 일반적인 상담에도 싫은 내색을 하지 않고 불확실한 사안에 대해서는 정중히 조사까지 해 주었다. 지식이 풍부하고 행동력이 있을 뿐 아니라 상대의 마음까지 헤아리는 훌륭한 변호사였다. 사무소에 손님이 끊이지 않는다는 말이 이해가 됐다.

사무 관련 절차로 난바 저택을 찾았다가 돌아갈 때 가토 변호사는 내가 내민 구둣주걱을 받으며 말했다.

"잠깐 할 얘기가 있습니다."

나는 차가 있는 곳까지 그를 배웅했다. 멀리서 서재의 미닫이문을 여는 소리가 들렸다. 돌아보니 밀짚모자를 쓴 선생이 툇마루에서 정원으로 내려와 양잠실을 향해 걸어가고 있었다. 가토 변호사는 벤츠 옆에서 나와 마주 보고 섰다.

"다쓰야 말입니다만……."

"네."

"혹시 그 아이를 양자로 보낼 마음 없습니까?"

너무도 갑작스러운 제안에 순간 할 말을 잃었다. 양자라니. 지금껏 생각해 본 적도 없었다.

"제가 아는 변호사 중에 양자 결연을 돕는 변호사가 있습니다. 이런 말을 한다고 기분 나쁘게 듣지는 마십시오. 다쓰야는 여기서 살면서 과연 행복할까요?"

"그건…… 저와 함께 있어서 행복하냐는 뜻인가요?"

내 목소리가 떨렸다.

"그것도 포함해서. 말을 돌려서 하지 못하는 성격이라 미안합니다. 그 정도 나이대 아이들은 핏줄에 연연하기보다 안정적인 가정에서 자라는 게 중요하다고 봅니다."

"그 말은 곧, 부모가 둘 다 있는 가정에서……."

사랑을 한 몸에 받으며 충분한 교육과 양육을 받는다. 빚쟁이에게 쫓기며 이곳저곳을 전전하지 않아도 된다, 라고 속으로 말을 이었다. 그와 동시에 다쓰야의 입장에서 현재 상황을 보지 못했다는 것을 뒤늦게 깨달았다. 그 아이는 어떻게 생각할까. 판단력이든 경제력이든 무엇 하나 없는 의지 못할 이모만을 줄곧 따라다녔다. 그것도 모자라 그 이모라는 사람은 자신이 죽을 뻔한 상황을 못 본 척하기도 했다. 선생의 도움으로 여기서 다쓰야와 어떻게든 살아가자고 마음먹기는 했지만 그것은 내 독단적인 결정 아니었을까. 그 아이의 창창한 미래를 생각하면 오히려 현명하지 못한 결정일지도 모른다. 나는 말없이 가토 변호사를 바라봤다. 이 사람은 옳다. 경제력이 있고 머리가 좋을 뿐 아니라 모든 사안을 다층적이고 객관적으로 보는 사람이다. 이 사람의 말대로 하면 틀리지 않을 거라는 믿음이 어느새 내 가슴속에 자리 잡고 있었다.

"이건 당신을 위한 결정이라고도 생각합니다."

"절 위한?"

"네. 당신은 그러니까, 조금 더 다른 삶을 살 수 있을 겁니다. 그 아이에게서 벗어나기만 한다면."

나는 침묵했다. 머리를 세게 한 대 얻어맞았다고 해야 할까, 눈이 뜨였다고 해야 할까. 어쨌든 큰 충격을 받았다. 다쓰야와 나에게 각자 다른 길이 있다니.

"자기 자신을 좀 더 소중히 하십시오. 당신은 스스로를 억눌러 가며 다쓰야에게 모든 걸 쏟아붓고 있습니다. 그 모습은 상당히 무리하는 것처럼 보입니다."

그 말은 틀리지 않는다. 난바 저택에 와서 수많은 이들에게 도움받으며 지금이 내 삶의 정점이라고 바로 얼마 전까지 생각했다. 행복하다고 느꼈다. 그러나 그것은 나의 행복이고 다쓰야는 아닐 수도 있다. 왜 그걸 눈치채지 못했을까. 가엾은 조카에게 고집스레 집착하는 건 내 삶의 방식만을 밀어붙이는 것이다.

"생각해 볼게요……."

기어들어 가는 목소리로 대답하자 가토 변호사는 내 어깨 위에 손을 얹었다. 남성용 향수 냄새가 희미하게 풍겼다.

"조금 더 이기적으로 굴어도 된다고 봅니다. 아직 젊으니까요."

그는 내 눈을 똑바로 쳐다봤다. 이렇게 눈도 깜빡이지 않고 남을 쳐다볼 수 있는 건 자신감이 있어서일 것이다. 이 사람은 무엇이든 알고 있다. 인간의 마음속 깊숙한 곳에 있는 섬세하면서도 부드러운 부분을 찾아내 조용히 그것을 흔든다. 내가 실제로는 다쓰야를 사랑할 수 없다는 것, 남몰래 유키오 씨에게 연심을 품은 것까지 알고 있을지 모른다.

유능하고 머리 좋은 변호사는 만족한 것처럼 "그럼 이만" 하고 차에 올라탔다. 나는 사라져 가는 벤츠를 멍하니 지켜봤다.

"하코 이모라고 해 봐. 다쓰야. 하코 이모."

다쓰야는 이상하다는 듯이 나를 올려다봤다. 요즘 밤에 방에 돌아가 둘만 있을 때 다쓰야에게 진지하게 말을 가르치고 있다. 이것은 도박이다. 만약 다쓰야에게 기적이 일어나 내 이름을 부를 수 있게 되면 나도 양자 일을 잊어버리자고 생각했다. 그러나 끝까지 말하지 못한다면. 물론 말하지 못할 것이 당연하다. 이제

이 아이의 손을 놓는 쪽으로 마음이 기울었다는 증거다.

가토 변호사가 제시한 새로운 선택지가 날이 갈수록 마음속에서 부풀어 올랐다. 일 처리가 빠른 변호사는 다쓰야처럼 장애가 있는 아이도 받아 주는 양자 희망 부부 모임을 찾아 주었다. 그들은 의식 수준이 높고 아이에게 충분한 교육을 해 줄 여건이 된다고 했다. 실제 양부모들이 직접 쓴 수기 책자도 보내 주었다. 책을 읽어 보니 모든 아이가 활기차게 살고 있고 더 좋은 방향을 향해 가는 것처럼 보였다.

이모로서 다쓰야에게 해 줄 수 있는 가장 좋은 일은 좋은 가정으로 보내는 것일지 모른다고 마음이 움직인 건 확실했다. 결단은 빠를수록 좋다. 선생이 구로를 단 한 달 만에 자연으로 돌려보낸 것처럼. 그렇게 생각하자 전에 다쓰야와의 이별을 상상하며 가슴이 메었던 것이 어떤 암시처럼 느껴졌다.

쨍그랑!

다른 곳에 정신이 팔려 있던 탓에 설거지 중이던 접시를 떨어뜨려 깨뜨리고 말았다.

"죄송합니다!"

코안경을 쓴 선생이 조용히 다가와 부엌을 들여다봤다. 내가 깨진 접시 조각들을 줍는 것을 보고 나를 도와주려고 했다.

"아, 제가 할게요. 선생님은……."

그렇게 말하다가 깨진 접시에 손가락을 베였다.

"이런, 이런."

선생이 구급상자를 가져와 주었다.

"별거 아니에요."

수도꼭지에서 흐르는 물로 손가락을 씻었다. 선생이 연고를 꺼내더니 나를 의자에 앉혔다.

"선생님." 나도 모르게 입이 열렸다. "다쓰야를 양자로 보낼까 고민 중이에요." 그러자 반창고를 감아 주던 선생의 손이 멈칫했다. "그 아이를 위한 길이에요. 저 같은 사람이 키우는 것보다는……." 혼자 충동적으로 떠올린 선택이 아님을 전달하기 위해 부랴부랴 덧붙였다. "가토 선생님이 추천해 주셨어요."

"가토 씨가?" 선생은 나를 보며 되물었지만 다시 고개를 숙여 다시 내 손가락에 반창고를 감았다. "그렇군요. 가토 씨가 그랬군요."

다음으로 나올 말을 기다려도 선생은 결국 입을 열지 않았다.

선생에게 제대로 된 의견을 듣지 못해 조바심이 들었다. 그래서 기미에게도 털어놓았다. 실은 가장 친한 친구와 상담하고 싶었다. 기미가 놀랄 것은 각오했다. 이게 다 다쓰야를 위한 선택이라고 설명했다. 말하는 동안 다쓰야를 내 곁에서 떨어뜨리기 위해 갖은 이유를 찾아 가며 기미를 납득시키고 있는 기분이 들었고 그런 나 자신이 싫어졌다. 기미가 아무 대답을 하지 않아 잠시 후 대화가 끊겼다. 우리는 말없이 나란히 걸었다. 기미의 쇼핑을 따라가기 위해 성산을 내려갔다. 항상 가는 상점가에서 물건을 사고 강 옆을 지나 저택에 돌아갔다.

기미는 뭔가 골똘히 생각하는 것 같았다. 늘 결단이 빠른 기미로서는 보기 드문 반응이었다. 나는 마침내 침묵을 견디지 못하고 입을 열었다.

"아직 확실히 결정한 건 아니야. 그런데 가토 변호사님은 항상 부모 같은 마음으로 우리를 생각해 주고 계셔."

순간 기미가 고개를 번쩍 들더니 매서운 눈빛으로 나를 봤다. 기미는 강가에 핀 뱀딸기를 거칠게 걷어찼다. 빨갛고 둥근 딸기 여러 개가 허공에 튀었다. 자전거를 탄 고등학생이 〈날개가 꺾인 엔젤〉이라는 제목의 요즘 유행하는 노래를 흥얼거리며 옆을 지나쳐 갔다.

"유키오 씨가 아빠 역할을 해 줘서 고맙기는 하지만 그래도 진짜 가족은 아니잖아. 가토 변호사님이 다쓰야에게 안정적인 환경이 필요하다고 해서 나도 비로소 깨달았어."

"유키오로는 안 돼? 유키오가 아빠고 네가 엄마를 하면 되잖아. 유키오는 널 좋아하니까." 기미는 거기까지 말하고 깜짝 놀란 것처럼 다시 입을 다물었다. "진짜야. 난 알아."

"장난치지 마."

아무렇지 않게 웃어넘기려 했지만 잘 되지 않았다. 난 안다고?

"장난이 아니야. 내가 전에도 말했지? 너랑 다쓰야가 집에 온 이후 유키오는 변했다고."

"그건 그럴지도 몰라. 다쓰야는 유키오 씨를 잘 따르고 나도 신경 써 주니까."

"그런 뜻이 아니야. 유키오는……."

"유키오 씨는 따로 좋아하는 사람이 있어. 항상 밤늦게 전화를 받고 그 사람을 만나러 가는걸."

그러자 기미는 탄식하듯 한숨을 내쉬었다.

"기미, 혹시 그 사람이 누군지 알아?"

"아니. 그런 사람이 있다고? 그냥 업무 관련 전화 아닐까? 공장 중에 스물네 시간 돌아가는 곳이 있다고 들었어. 아니, 그걸 떠나 유키오는 확실히 널 좋아해. 다쓰야를 양자로 보낸다고 하면 대번에 반대할걸. 유키오는 다쓰야의 진짜 아버지가 되려 하고 있으니."

나는 힘없이 고개를 흔들었다. 어린 시절 친구에 불과한 기미가 유키오 씨에 대해 그리 잘 알 리 없다. 자기 자신이 없는 공허한 유키오 씨의 진짜 모습을 기미는 알고 있는 걸까.

"이상한 소리 해서 미안."

기미는 순순히 사과했다.

성산 기슭까지 올라갔을 때 우리는 누가 먼저랄 것 없이 발걸음을 멈췄다. 기미가 저택까지 갈 마음이 없다는 것을 깨달았다. 유키오 씨에 대한 이야기를 조금 더 듣고 싶었다. 그러나 기미는 전혀 다른 화제를 입에 담았다.

"실은 내 이름은 말이지. '기미'가 아니야. 부모님이 처음 지어 주신 이름은 '노조미'라고 읽었어. 하지만 난 그 이름이 싫어서 내 멋대로 '기미*'로 바꾼 거야."

기미는 그 말만을 하고 "오늘은 즐거웠어. 그럼 다음에 보자" 하고 돌아가 버렸다.

겨자색 여름용 니트와 흰 스커트 차림의 기미가 강가에 걸린 다리를 지나 고슈 가도 쪽으로 빠른 걸음으로 사라지는 모습을 나는 우두커니 서서 바라봤다.

기미는 이름과 얼굴을 모두 바꾸고 살아왔다. 그리고 유키오 씨가 아닌 유키오 씨와 어중간한 관계를 맺으며 살아가고 있다. 난바 선생은 유키오 씨를 두고 애처로운 사람이라고 했다. 그가 지닌 슬픔의 근원을 기미는 혹시 알고 있지 않을까. 늦은 밤 전화를 걸어 오는 사람이 누군지 짚이는 사람이 있는 건 아닐까. 끝없이 이어지는 수수께끼에 나는 몸을 부르르 떨었다. 그 두 사람을 잇는 것은 과연 무엇일까. 남녀의 애정 같은 달콤한 종류는 아닌 듯한 느낌이 들었다. 그것은 유키오 씨와 기미의 마음 깊숙한 곳에서 지금도 두 사람을 떨어뜨리지 않고 붙들어 매고 있다. 마치 차가운 대서양 깊은 바닷속에 드러누운 무거운 타이타닉호의 잔해처럼. 어둠과 물의 무게가 감추고 있는 바다의 무덤. 두 사람은 그런 불길한 곳에 영혼을 사로잡힌 채로 있는 것이 아닐까.

서택에 돌아가서 사 온 물건들을 정리한 다음에 다쓰야를 데리

* 일본어로 '希美'는 '노조미'로도 '기미'로도 읽을 수 있다.

러 나갔다. 요즘은 복지원 버스가 성산 아래까지 와 줘서 고생하지 않아도 된다. 이 일대에서 복지원에 다니는 아이는 다쓰야 한 명뿐이다. 파란 미니버스가 도착했다. 창문으로 언뜻 보인 다쓰야의 얼굴이 햇볕에 제법 탔다는 것을 뒤늦게 눈치챘다. 다쓰야는 선생님과 친구들에게 손을 흔들며 버스에서 내리더니 나를 보고 빙긋 미소 지었다. 표정도 전보다 풍부해졌다.

나는 다쓰야의 손을 잡고 오르막길을 올랐다.

"있지, 다쓰야. 기미 이모 말이야. 진짜 이름은 노조미래." 무엇이든 다쓰야 앞에서는 입에 담는 버릇이 생기고 말았다. 다쓰야가 들어 주기를 바라는 것은 아니다. 실제로는 나 자신을 향해 말하는 것이라고 생각했다. "하지만 기미 이모는 그대로 기미 이모지 뭐."

유키오 씨가 유키오 씨인 것처럼. 허구로 쌓아 올린 사람이더라도 기미는 내게 둘도 없는 친구고 유키오 씨는 내가 남몰래 흠모하는 사람이다. 그것은 변하지 않는다. 그렇게 생각하자 마음이 가라앉았다. 나도 선생과 마찬가지로 마음을 굳힐 수밖에 없다. 그 두 사람이 내게 해 준 것들만큼은 감사하자고 생각했다.

"다쓰야. 유키오 씨가 정말 아빠라면 어떨 것 같니?" 다쓰야는 나를 잠깐 올려다봤지만 곧 주변 나무 사이에서 들리는 지저귐 소리에 정신을 빼앗겼다. "그럼 좋겠지?"

그렇다면 다쓰야를 양자로 보내지 않아도 될 것이다. 조금 전 기미는 유키오 씨가 나를 좋아한다고 했지만 그 '좋아한다'는 분명 다쓰야를 포함해서 느끼는 가족의 정 같은 것이리라. 그래도 유키오 씨와 부부가 되어 다쓰야를 함께 키우는 꿈을 꾸는 것 정도는 허락될 거라 믿었다. 말을 할 수 있게 된 다쓰야가 유키오 씨를 '아빠'라고 부르는 꿈 정도는.

"다쓰야, 하코 이모라고 해 보렴."

일부러 힘주어 말하고 맞잡은 손을 꼭 쥐어 봤지만 다쓰야는 역시 반응하지 않았다. 우리 세 사람이 서로를 의지하며 화목한 가정을 꾸리는 날은 앞으로도 영원히 오지 않을 것이다. 나는 줄곧 이 아이에게 '하코 이모'이고 유키오 씨는 집주인이다.

"여어, 다쓰야 도련님 오셨는가."

뽕밭 안에서 마지마 씨가 외쳤다. 다쓰야가 마지마 씨 쪽으로 쪼르르 달려갔다. 조금씩 조금씩 이 아이만의 속도로 주변 환경에 맞춰 가는 것이다. 이런 상황에서 또 다른 누군가에게 아이를 맡기는 게 과연 현명한 선택일까. 마음이 종잡을 수 없이 이리저리 흔들렸다.

다쓰야가 까치발을 들고 뽕잎을 올려다보고 있다. 마지마 씨가 나뭇가지를 내려서 가리키는 부분을 나도 함께 들여다봤다. 누에처럼 완전히 둥글지 않은 푸르스름한 고치가 뽕잎 뒤에 달라붙어 있었다.

"아, 이건……."

"응. 이게 바로 멧누에나방의 고치지. 계속 늘고 있어. 선생이 얼마 전 발견했을 때는 아직 유충뿐이었는데." 모르는 사람은 못

보고 넘어갈 만큼 작은 고치였다. 고치 안에서 부화한 멧누에나방은 날아가 버린다고 했다. "선생은 내버려 둬도 괜찮다고 하셨지만 이렇게 고치 상태 때 박멸하지 않으면 성충이 또 알을 낳아서 무한정 늘어날 거야."

다쓰야는 마지마 씨 옆에 찰싹 달라붙어 있었다. 나는 거실 구석 자리에 앉아 등나무 바구니를 무릎 위에 올렸다. 바구니에는 손가락 뜨개로 만든 작은 꽃장식이 잔뜩 들어 있다. 모처럼 배웠으니 기미에게 침대 커버를 선물해 주고 싶었다. 크리스마스 때까지 만들 수 있을까. 손가락에 털실을 감은 채로 다쓰야가 정원에서 노는 모습을 멍하니 바라봤다. 지금껏 한 번도 기미의 집에 간 적은 없으니 기미가 침대를 쓰는지도 모른다. 그런데도 침대 커버라니. 한숨을 한 번 내쉬고 손가락을 움직였다. 열심히 손가락 뜨개를 하다 보면 머릿속에서 잡생각이 사라졌다.

그때 까악, 하고 까마귀 울음소리가 들린 것 같아서 고개를 들었다. 구로를 떠올린다. 지금 그 아이는 어디서 뭘 하며 지낼까. 이제는 이 집 생활과 다쓰야도 잊고 자연 속에서 살아가고 있을 것이다.

다쓰야는 구로와 떨어졌고, 나는 다쓰야와 떨어진다. 몇 년이 지나면 가끔 추억하는 수준에 그칠지 모른다.

결단을 내려야 했다.

◦ 1986년 여름 ◦

"그럼 조심히 다녀오세요. 비가 그쳐서 다행이군요."

선생은 현관까지 나와 다쓰야를 배웅해 주었다. 복지원 모자 캠프를 떠나는 날이었다. 오쿠타마에 있는 캠프장으로 떠나는 1박 2일 일정이었다. 어제 오후 늦게까지 내리던 비가 그쳐 오늘은 날씨가 쾌청했다. 나는 이틀 치 음식을 미리 만들었고 만약을 대비해 집 안도 깨끗이 청소해 두었다.

"그렇게 걱정하지 않아도 다 큰 어른이 둘이나 있으니 어떻게든 될 겁니다."

선생은 여전히 잠옷 차림이었다.

"약은 꼭 잊지 않고 제시간에 드셔야 해요."

이미 여러 번 확인한 선생의 약과 식기, 세탁물 두는 곳 등 어제도 당부한 사항들을 현관 앞에 서서 다시 한번 확인했다. 선생은 싱글벙글 웃으며 고개를 끄덕였다.

"선생님. 창문 열어 두고 주무시면 안 돼요."

"네, 네. 알겠습니다."

전에 소나기가 내리던 날 밤, 서재 창문을 열어 둔 채 잠들었다가 가요코 부인의 작품들이 빗물에 흠뻑 젖은 사건이 있었다.

그때, 다쓰야가 선생의 잠옷 바지 주머니에 뭔가를 집어넣는 모습이 시야 끝에 보였다. 유심히 보니 얇은 종이에 싸인 라쿠간*과 자였다. 어제 보육 교사가 가나자와에서 사 온 선물이라며 모두에게 나눠 줬다고 했다. 나도 다쓰야에게 받아서 먹었는데 남은 한 개를 선생의 주머니에 몰래 넣은 듯했다. 내가 선생의 주머니에 자주 필 케이스 넣는 것을 보고 따라 한 것임을 깨달았다. 나무라려다가 관뒀다. 다쓰야 나름대로 떠올린 짧은 이별의 선물일 것이다. 선생은 조만간 아이의 장난을 눈치채고 미소 지으며 작은 과자를 입에 넣지 않을까.

"그럼 다녀오겠습니다."

다쓰야의 손을 잡아끌고 현관을 나갔다. 돌아보며 선생님께 손을 흔들라고 시키자 다쓰야는 버티고 서서 "우이이, 구이이!"라고만 외쳤다. 분노와 불안을 표현하는 소리다. 문득 좋지 않은 예감에 휩싸였다. 선생이 "얼른 다녀오세요" 하고 손을 흔들어서 다쓰야를 거의 질질 끌고 가듯 경사로로 향했다. 다쓰야가 내 손을 뿌리치고 뒤를 돌아보려 해서 나도 덩달아 돌아봤다. 선생은 파란 줄무늬 잠옷 차림 그대로 까치발을 들고 손을 흔들고 있었다.

그것은 우리가 목격한 선생의 생전 마지막 모습이었다.

캠프장이라고 해도 피서용 별장 안에 묵어서 별로 불편하지는 않았다. 강에서 놀 때 다쓰야의 등에 난 화상 자국을 다른 사람이 보지 못하게 수영복 위에 티셔츠를 입혔다. 나뭇가지와 열매 등

* 녹말가루에 물엿과 설탕을 섞어서 건조해 만드는 일본 전통 과자.

으로 만들기를 할 때나 저녁 메뉴로 카레라이스를 보호자와 아이가 함께 만들어 먹을 때도 다쓰야는 기분이 영 언짢아 보였다. 캠프파이어에서는 최대한 멀어지려 했고 방울 소리를 들려줘도 다쓰야의 태도는 변하지 않았다. 좀처럼 없을 기회인 만큼 즐거운 추억을 남겨 주고 싶었지만 내 마음도 계속 어수선하게 술렁거렸다. 다쓰야와 둘이 침대에 들어간 뒤로도 잠이 오지 않았다.

그래서 다음 날 오리엔티어링 도중에 복지원 원장과 다쓰야의 담임 선생님이 숲속 좁은 길을 허둥지둥 뛰어왔을 때는 '역시나' 하는 생각이 머리를 스쳤다.

난바 선생이 취침 도중 협심증 발작을 일으켰다고 했다. 아침에 유키오 씨가 발견했을 때는 이미 몸이 싸늘히 식어 있었다. 나는 또다시 모든 감정이 마비되는 듯한 그 감각을 맛보았다. 당황스러움이나 슬픔 같은 평범한 감정은 느껴지지 않았다.

다쓰야와 함께 원장 선생님의 차를 타고 진다이지로 향했다. 옆에 앉은 다쓰야는 시종일관 초점이 맞지 않는 눈으로 운전석 등받이를 멍하니 쳐다봤다. 따로 설명하지도 않았는데 아주 좋아하는 선생이 이 세상에서 사라졌다는 것을 이미 눈치채고 있다. 이 아이에게 둘도 없는 소중한 사람이 또다시 한 명 사라졌다는 사실을.

같은 일이 반복되고 있다. 이제는 나도 도움이 되지 못할 수 있다.

저택 주변과 안 모두 소란스러웠고 경찰차 여러 대가 세워져 있었다. 병원이 아닌 집 안에서 발생한 돌연사는 일단 원인 불명의 사망 사건으로 다루는 듯했다. 검시관이 서재에 들어가 선생의 사인을 확인했다. 다행히 유키오 씨는 침착했다. 그도 감정의 스위치가 꺼졌을지 모른다. 경찰의 질문에 담담히 대답하고 각종 사무 절차를 밟아 나갔다.

잠시 후 가토 변호사와 기미가 저택에 왔다. 기미는 어깨까지 오던 머리카락을 짧게 자른 모습이었다. 그녀의 얼굴을 본 순간 온몸에서 힘이 쭉 빠졌다.

"차라도……."

집 안을 마구 쏘다니는 경찰들을 눈으로 좇으며 부엌에 들어가려고 했다.

"괜찮아."

드드득 이를 갈며 요란하게 신음하는 다쓰야를 나와 기미가 황급히 집 안쪽으로 데려갔다. 기나긴 하루였다. 아니, 짧았다고 해야 할까.

선생의 전담 의사가 와서 사망 진단서를 작성해 주었다는 소식을 기미에게 전해 들었다. 점심이 지나 경찰 관계자들이 돌아가자 단숨에 집 안이 고요해져서 그제야 방에서 나가 밥을 차렸다. 배는 고프지 않았지만 어째서인지 식사 준비를 해야 한다고 생각했다. 주먹밥을 만들고 있을 때 마침내 마음이 무너지기 시작했다. 나도 모르는 사이에 눈물이 줄줄 흘렀다. 선생님이 돌아가셨어. 선생님이 돌아가셨어. 그 사실을 내 안에 새기듯 연신 그렇게 중얼거렸다.

주먹밥에는 아무도 손을 대지 않아서 그대로 밥알이 굳었다. 다쓰야도 입을 꾹 다문 채 꼼짝도 하지 않았다. 선생의 얼굴을 볼 수 있었던 것은 오후 늦게가 다 돼서였다. 나는 기미, 다쓰야와 함께 선생을 마주 봤다. 경찰과 교대하듯 들어온 장의 업체 직원들 때문에 또다시 주위가 소란스러워졌다. 선생은 어제 아침 헤어질 때 모습 그대로 줄무늬 잠옷 차림이었다. 나는 두 손을 모으는 것도 잊고 선생의 얼굴을 뚫어지게 봤다. 다음으로 머리맡에 아질산제 약이 놓여 있는 것을 공허하게 바라봤다.

"검시관과 의사 선생님은 잠들어 있는 동안 심장이 멈췄을 거라고 했어." 뒤에서 기미가 나직이 말했다. "그러니 약을 드실 새도 없었을 거야."

손을 뻗으려 하지도 않았다. 유키오 씨가 처음 발견했을 때는 살짝 찌푸린 표정이었다고 하지만 사후 경직이 풀린 지금은 평소와 다르지 않은 온화한 선생이었다.

"왜 하필 내가 없을 때⋯⋯ 집을 비울 일은 거의 없었는데."

"네가 있었다고 해도 똑같았을 거야. 한밤중에 선생님께 무슨 일이 일어나는지 알 수 없잖아. 한 지붕 아래에 있었던 유키오도 알아채지 못했어."

기미가 내 등을 손으로 쓸며 말했다. 이렇게 위로받을 처지는 아니라는 생각이 들었다. 난 그냥 이 집의 가정부다. 선생의 가족, 그러니까 단 한 명의 가족은 유키오 씨다. 피로 이어지지는 않았어도 선생은 그렇게 인정했다.

유키오 씨에게 정식으로 조의를 표할 수 있었던 것은 저녁이 다 돼서였다. 유키오 씨는 오히려 나와 다쓰야를 위로해 주었다.

"이런 일이 일어나 정말로 면목이 없어요."

나는 마지막으로 힘없이 그렇게 말했다.

가토 변호사와 기미가 우리와 함께 있어 주었고 난바테크 사원들이 조문객을 대신 맞아 주었다. 유키오 씨와 장의사가 상의할 때는 가토 변호사도 동석한 듯했다. 도와주러 온 이웃들도 많아서 나는 별로 할 일이 없었다. 다다미방으로 옮긴 선생의 시신 옆에 그저 가만히 앉아 있었다.

장의사는 선생의 옷을 명주옷으로 갈아입히고 얼굴 위에 흰 천을 씌웠다. 문득 다쓰야가 흥분해서 날뛰지 않을까 걱정했지만 그럴 염려는 없어 보였다. 다쓰야는 내 옆을 한시도 떠나지 않았다. 불안해하기보다 금방에라도 쓰러질 것 같은 나를 지켜 주려는 느낌이었다.

나는 그야말로 망연자실해 있었다. 어머니가 세상을 떴을 때보다 더 어찌할 바를 몰랐다.

"다쓰야. 선생님 서재에 갈래?"

다쓰야와 함께 서재에 갔다. 처음 만나는 조문객들이 드나드는 다다미방에 가족도 아닌 우리가 있는 게 어색했다.

선생이 항상 있던 서재는 변함없었다. 가요코 부인이 만든 가마쿠라 칠기 가구와 문방구가 주인의 부재를 조용히 호소하는 것 같았다. 다다미 한가운데에 앉아 옻칠이 된 액자를 올려다봤다. 고개를 살짝 기울인 작은 새들은 이제 두 번 다시 가요코 부인이 사랑했던 선생을 만날 수 없다. 서재 안을 다시 한번 둘러봤다. 그 순간, 나는 왠지 모를 낯선 느낌을 받았다.

고개를 돌렸지만 무엇 하나 달라진 것은 없었다. 모든 게 선생이 살아 있을 당시 그대로다. 어제까지 선생은 이 방 안에서 책을 읽고 책상 앞에 앉아 공부했으며 이따금 눈을 붙였다. 아직 그 기운이 짙게 남아 있었다.

대체 무엇이 나를 불안하게 하는지 알 수 없었다. 분명 머릿속이 혼란스러워서일 것이다. 멀리서 까마귀 울음소리가 들렸다. 불길한 징조지만 다쓰야가 순식간에 눈을 반짝이는 것을 보고 "구로도 선생님 장례식에 찾아온 것 같네"라고 해 주었다. 까마귀는 밖에서 여러 번 까악까악 울었다.

고맙게도 그날 밤과 경야* 때도 기미는 난바 저택에 있어 주었다.

심장에 문제가 있는 환자는 수면 도중에 발작을 일으켜 목숨을 잃는 경우가 왕왕 있다고 했다. 장례식 자리에서는 "그래도 이 정도면 호상이라 해야겠지. 오랫동안 앓다가 돌아가신 것도 아니니"라는 목소리도 들렸다. 선생보다 진다이지에서 오래 살아온

* 장례식 전날 식단 앞에서 고인을 기리며 밤샘을 하는 의식.

나이 많은 사람들이었다. 익숙하지 않은 상복을 입은 마지마 씨는 시종일관 화가 난 듯 얼굴이 붉었고 무릎 위로 주먹을 꾹 쥐고 있었다. 나와 마지마 씨는 눈빛으로 서로의 마음을 전했다. 말은 한마디도 하지 않았지만 그걸로 충분했다.

사가현에서 후지와라 씨의 딸이 달려왔다. 후지와라 씨도 꼭 오고 싶다고 했지만 담석 수술 후 담낭염에 걸려 몸 상태가 좋지 않아 대신 딸이 유키오 씨에게 인사했다. 선생의 비보를 듣고 후지와라 씨의 상태는 더 나빠졌다고 했다. 나이 많은 예전 가정부의 한탄이 귓가에서 들리는 것 같았다. 그토록 내게 주의를 줬는데. 나를 원망하고 있을까. 언젠가는 이곳에 찾아와 나를 비난해 주는 게 내 마음도 편해질 것 같았다.

어쨌든 선생은 잠들어 있다가 세상을 떠났다. 등에만 시반이 생겼으니 틀림없는 사실이다. 그것은 병사를 판정하는 증거가 되기도 했다. 기미가 말했듯 내가 저택에 있었다고 해도 선생의 죽음을 막지는 못했을 것이다. 그래도 미련은 남았다. 내가 선생 옆에 있었다면. 내가 별 도움이 되지 못했을 것을 알아도 그런 생각이 계속 머릿속을 맴돌았다.

선생은 내게 살아갈 힘을 주었다. 다쓰야에게 세상을 보는 법을 가르쳐 주었다. 이 세상에 존재하는 모든 것은 어느 하나 불필요한 것이 없다고 했다. 자신을 둘러싼 삼라만상을 관찰하고, 놀라고, 감탄하며 사랑할 것. 그런 행동의 소중함을 가르쳐 주었다. 말을 못하는 다쓰야의 마음속 노트에도 선생의 당부가 빼곡하게 적혀 있을 것이다.

그제야 내가 해야 할 일을 떠올리기 시작했다. 어쩌면 인생에서 결단을 내리기에 좋은 타이밍일 수도 있겠다고 생각했다.

"앞으로도 제가 계속 여기서 일해도 되는 걸까요?"

장례식이 끝난 지 며칠 지나지 않은 날, 나는 어깨를 움츠린 채 유키오 씨에게 그렇게 물었다. 그는 굳은 얼굴로 나를 배려하듯 대답했다.

"그야 당연하죠. 지금까지와 똑같습니다. 그 무엇도 달라지지 않았어요."

지금까지와 똑같다. 나는 가정부로서 유키오 씨라는 새 집주인을 모시게 된 것이다. 유키오 씨의 입을 통해서 듣자 작은 가시가 살갗에 툭 꽂힌 기분이었다.

"감사합니다."

고개를 숙였다. 그리고 유키오 씨가 안심하듯 미소 지으며 신문에 눈길을 돌린 순간 마음을 굳혔다. 유키오 씨 옆에 있는 것은 괴로운 일이다. 이대로 유키오 씨를 계속 남몰래 흠모하면서 그의 옆에 있는 것은.

이기적인 생각이라는 건 알고 있었다. 난바 선생과 유키오 씨에게 지금껏 얼마나 많은 도움을 받았는가. 그러나 언젠가 유키오 씨가 삶의 동반자를 구하는 결정적인 사건이 일어나도 나는 아무렇지 않게 그것을 가만히 지켜봐야 한다. 견딜 수 없을 것 같았다. 동시에 다쓰야를 양자로 보내자는 결심도 섰다. 그 아이에게도 새로운 환경이 필요하다고 생각했다.

그 취지를 담아 가토 변호사에게 전화로 의사를 전했다. 그는 "알겠습니다"라고 했다. 입양을 보내기 전에 한 번은 다쓰야를 아동 상담소에 맡겨야 한다. 부모가 아닌 내 손으로는 아이를 도저히 키울 수 없고 입양을 보낼 의지가 명백하다는 것을 확인한 후 아동 보호 시설에서 아이를 맡아 양부모를 찾아 준다고 했다.

"잘 될 겁니다. 양자 결연을 돕는 변호사에게 특별히 부탁해 두겠습니다. 다쓰야의 현재 상태를 잘 이해해 주는 제대로 된 가정에 갈 수 있도록."

"모쪼록 잘 부탁드릴게요."

정원에서 숲을 바라보는 다쓰야의 뒷모습을 보며 힘없이 말했다. 다쓰야가 앞으로도 나를 '하코 이모'라고 불러 줄 일은 없으리라는 것을 어렴풋이 떠올렸다.

아동 상담소에 가는 날이 정해졌다. 모든 게 다쓰야에게 가장 좋은 방향으로 흘러가고 있다고 믿고 싶었다. 말을 못 하는 다섯 살 아이가 속으로 무슨 생각을 하는지는 알 도리가 없다. 그러나 다쓰야는 난바 저택을 벗어나고 싶어 하지 않을 것이 분명했다. 이곳은 아이에게 그 어디보다 편안한 장소겠지만 마음을 단단히 먹고 데려가야만 했다. 물론 처음에는 익숙하지 않을 테고 울음을 터뜨리거나 마음을 닫아 버릴 수도 있지만 조금만 참다 보면 따뜻한 가정에서 편히 살아갈 수 있을 것이다. 나는 다쓰야에게 꼭 주어야 할 것들을 줄 수 없는 사람이다.

유키오 씨는 내 생각을 듣자마자 강하게 반대했다.

"옳지 않습니다. 다쓰야를 다른 곳에 보내다니. 말도 안 돼요."

"어차피 유키오 씨와는 상관없는 일이에요." 일부러 쌀쌀맞게 말했다. "이건 저와 다쓰야의 문제죠. 저는 무력해요. 다쓰야가 제대로 된 가정에서 자랄 수 있게 하려는 거예요."

"제대로 된 가정이라니……."

유키오 씨는 말문이 막힌 듯했다. 시간이 갈수록 그의 안색이 나빠졌다. 반응이 너무 격해서 오히려 내가 당황하고 말았다.

"다쓰야의 아버지가 되고 싶었습니다." 잠시 후 그는 조용히 중얼거렸다. "될 수 있을 거라고 생각했습니다."

신중히 말을 고르듯 시선이 허공을 맴돌고 있다. "당신과 결혼해서 부부가 되면……." 어째서인지 괴로운 듯한 표정으로 목소리를 쥐어짜듯 말한다. "둘이서 다쓰야를 키울 수 있을 테니까요. 그럼 얼마나 좋을지도 상상했습니다. 이건 다쓰야를 위해서가 아닙니다. 제 마음속에서 우러난 희망이죠. 당신과 다쓰야 모두 계속 제 옆에 있어 주기를 바랐습니다."

뭐라고 대답해야 좋을지 알 수 없었다. 기쁜 걸까, 당황하는 걸까, 아니면 그저 믿지 못하는 걸까. 지금껏 간절히 바라 오던 말인데도 마음이 움직이지 않았다.

"하지만…… 그럴 수는 없습니다. 저는 당신과 결혼할 수 없습니다."

순간 매일 밤 전화를 걸어 오는 그 사람 때문인가요, 라는 말이 목구멍까지 차올랐지만 아슬아슬하게 집어삼켰다.

"말씀만으로도 감사해요." 나는 그의 마음을 매몰차게 거절하듯 대답했다. 그러지 않으면 나 자신이 너무도 비참해질 것 같았다. "제가 억지로 원한 거니까요. 다쓰야의 아버지 역할을 해 달라는 말은 이제 잊으셔도 돼요."

"안 됩니다! 이런 말을 할 처지는 못 되지만 다쓰야를 다른 곳에 보내다니요! 제가 어떻게든 하겠습니다. 어떻게든 해 보겠습니다!"

뭘 어떻게 한다는 말일까. 이런 말은 듣고 싶지 않았다. 그는 나와 결혼하고 싶다고 하면서 한편으로는 또 그럴 수 없다고 한다. 그게 얼마나 나에게 상처가 되는지 이해하지 못한다. 몸과 마음이 조각조각 뜯겨 나가는 것 같았다.

평소에는 볼 수 없는 유키오 씨의 격한 감정이 고스란히 드러난 얼굴을 정면에서 바라봤다. 오른쪽 눈 옆 흉터가 보였다. 저것은 가짜다. 가요코 부인이 아들로 인정한 근거가 된 각인이 하필이면 왜 지금 내 눈앞의 남자에게 있는 걸까. 아주 냉정히 그런 것을 떠올렸다.

"그래? 유키오가 그런 말을 했다고?"

아직 난바 저택을 떠날 결심을 알리지는 못했지만 기미에게 그날 유키오 씨와 나눈 대화를 들려주었다.

"내가 문제야. 내가 오해를 살 만한 말을 했으니까. 그분은 그 말을 진지하게 받아들였고, 그래서…….”

“유키오가 그렇게 바보는 아니야.” 기미는 딱 잘라 말했다. “정말로 너랑 결혼하고 싶었을 거야. 그건 순수한 마음이었다고 봐.”

“모르겠어. 내가 유키오 씨와 결혼하다니, 그런 말도 안 되는 상상은 도무지…….”

입술이 희미하게 떨렸다.

“있지, 기미. 유키오 씨는 왜 지금껏 결혼하지 않았을까?”

그러자 평소에 잘 떠드는 기미가 보기 드물게 말문을 닫았다.

“나도 모르지. 그런데 생각해 보면 유키오는 지금껏 고독하게 살아왔어. 충족되지 않은 무언가를 떠안고 있을 거야. 난바 집안의 아들로서 그간 잘해 왔잖아. 슬슬 가정을 이뤄도 괜찮을 거라 모두 생각하고 있어. 그 상대가 너라면 나도 기쁘고 축복해 주고 싶어. 하지만 말이지. 인간의 본질은 원래 그 누구도 알 수 없는 거야.”

나는 화들짝 놀라 기미를 쳐다봤다. 기미는 쓸데없는 말을 했다는 듯이 입을 다물었다. 이 여자는, 기미는 그저 유키오 씨의 단순한 어린 시절 친구가 아니다. 내 본능이 그것을 알렸다. 기미는 유키오 씨에 대해 속속들이 알고 있다. 그리고 저항하지 못할 숙명 같은 것이 틀림없이 이 두 사람을 엮고 있다.

어쩌면 나는 대단한 착각을 하고 있는 게 아닐까. 유키오 씨가 난바 유키오가 아니라는 것을 본인과 기미 모두 알고 있는 게 아닐까. 그런 상황에서도 계속 이곳에 있는 거라면? 대체 뭘 위해?

바닷속 깊숙한 곳에 잠들어 있는 낡은 호화 여객선이 기우뚱하고 몸체를 일으키는 환각. 용솟음치는 모래, 얼어붙은 물. 나는 전율했다. 얼굴과 이름을 바꾼 기미와, 완벽하게 다른 사람이 된 유키오 씨. 순간 이 모든 것이 전부 연출된 것처럼 느껴졌다. 모든 것은 미리 세팅된 과장된 연기일지도 모른다. 부조리극에 말려든 내가 지금 연기하는 건 어떤 역할일까.

깊이 고민하는 동안 또다시 가토 변호사를 찾아가 상담해 볼까 고민하기도 했다. 그러나 그처럼 중요한 위치에 있는 사람에게 사실을 털어놓는 것은 선생과의 약속을 공공연히 어기는 짓이 된다. 그럴 각오까지는 없었다.

내가 소박한 의문을 던질 상대는 마지마 씨 정도밖에 없었다. 그러나 사정을 자세히 설명해서는 안 된다. 가지치기 작업 도중 쉬는 시간에 마실 차를 가져가 잡담을 던지는 척하면서 "유키오 씨와 기미 씨는 어떤 관계일까요? 전 두 사람이 그저 어린 시절 친구인 줄로만 아는데" 하고 넌지시 물을 수밖에 없었다.

마지마 씨는 하이라이트 담배에 천천히 불을 붙이고 연기를 깊숙이 한 번 들이마셨다.

"글쎄. 나 같은 정원사가 어떻게 그런 걸 알겠어."

예상한 대답이었다. 그가 모든 것을 알고 있으리라 기대한 것도 아니니 특별히 실망하지 않았다. 마지마 씨는 환한 여름 햇빛을 받아 반짝이는 진녹색 정원을 바라보며 혼잣말처럼 말을 이었다.

"내가 스무 살쯤에 중일 전쟁이 일어났어. 곧장 대륙으로 보내

졌지. 1940년 일이야. 아주 끔찍한 전쟁이었어."

어디선가 산비둘기의 조심스러운 울음소리가 들렸다. 그 숲 쪽을 향해 마지마 씨는 담배 연기를 뿜었다.

"내가 보내진 곳은 허베이성이라는 곳이었어. 사방이 평원인 가난한 농촌 지역이었지. 팔로군, 그러니까 중국 공산당의 군대가 그런 가난한 농민들을 자기편으로 끌어들이고 게릴라전을 펼쳤어. 일본군은 팔로군 소탕 작전에 아주 애를 먹었고, 군인과 일반인을 느긋하게 구분할 겨를도 없었지. 그것도 모자라 마을 주민 모두를 적이라고 봐도 된다는 상사 지시가 떨어져서……." 마지마 씨는 머나먼 허공을 바라보며 평소와 다르지 않은 온화한 말투로 그날을 회상했다. "나라를 위해, 천황을 위해서라고 스스로 되뇌었어. 하지만 전투가 장기화되면 병사들도 포악해지기 마련. 그런 대의명분 따위 어느새 무시해 버리게 되는 거야. 훈련을 명분으로 중국인 포로들을 끔찍하게 죽이는 일이 일상다반사처럼 일어났어. 지시를 거역하면 내가 죽게 되니 따를 수밖에 없었지. 토벌이라는 명목으로 마을을 덮치기도 했는데 거기서 무슨 짓을 저질렀는지는 차마 입에 담을 수도 없을 지경이야. 그러는 동안 마음이 죽어 버렸어. 아니, 죽일 수밖에 없게 됐지. 일개 병사가 살 수 있는 건 오직 그 길뿐이었으니."

나무와 화초를 만지는 인자한 정원사가 이런 장렬한 체험을 했을 줄은 꿈에도 생각하지 못했다.

"결국 악운이 강했는지 난 그런 아수라장을 뚫고 살아남았어.

전쟁 말기에 남쪽으로 보내지기 직전에 전쟁이 끝났지. 종전 소식을 들은 곳은 톈진이었고, 칭다오에서 강제로 복귀선에 탔어. 같은 부대 녀석들과 콩나물시루처럼 갑판에 다닥다닥 붙어 서 있으니 서로의 얼굴을 보기가 괴롭더군. 모두가 똑같은 눈빛을 하고 있었거든. 그 어떤 잔악무도한 짓을 해서라도 살아남아야겠다고 결심한 자의 눈빛. 새카맣게 더러워진 얼굴에서 오직 눈동자만이 번쩍였지."

마지마 씨는 요란하게 한숨을 내쉬었다. 손가락에 낀 담배가 어느새 짧아져 재가 뚝 떨어졌다. 마지마 씨는 담배를 재떨이에 비벼서 껐다. 필요 이상으로 힘을 주어.

"그 두 사람도 그런 눈빛을 하고 있더군. 과거에 무슨 일이 있었는지 모르겠지만, 난 그걸 캐물을 수도 비난할 수도 없는 사람이야."

그 어떤 잔악무도한 짓을 해서라도 살아남아야겠다고 결심한 자?

마지마 씨가 암시한 두 사람의 관계는 종잡을 수 없지만 묘하게 이해되기도 했다. 진짜 유키오 씨는 과연 어떤 사람일까. 그리고 기미가 자신을 뒤쫓아 왔다고 믿은 그 도깨비불의 정체는 대체 누구일까.

복지원이 여름방학에 접어들기 직전인 어느 날, 서재에서 다쓰야의 목소리가 들렸다. 다급하게 부르는 소리는 아니고 오히려 기뻐하며 놀라는 듯한 소리였다. 나는 앞치마에 손을 닦고 서재로 향했다.

서재는 선생의 생전 모습 그대로이고 다쓰야도 변함없이 자유롭게 드나들 수 있다. 바닥에 배를 대고 누워 있는 다쓰야를 발견했다.

"다쓰야. 거기서 뭐 하니?"

"아가지이이!"

다쓰야는 바닥을 손가락으로 가리켰다.

"어머, 이런!"

다쓰야가 가리킨 바닥 위로 개미 떼가 길게 줄지어 있었다. 작은 창문에서 창가의 판자를 덧댄 부분과 선생이 주로 잠을 청한 다다미에 걸쳐서 검고 가는 선이 끝없이 이어져 있다. 다쓰야는 바닥에 엎드려 개미 떼를 눈으로 좇고 있었다. 개미가 어떻게, 왜 이 방에 들어왔는지 신경 쓰였다. 선생이 사라졌으니 과자 부스러기 같은 게 떨어질 리도 없고 청소를 게을리하지도 않았다. 개미 떼 끝부분은 벽면의 책장 안쪽으로 이어져 있었다. 아무래도 가장 아랫단에 꽂힌 두꺼운 〈원색 암석 도감〉이 개미를 유인하고 있는 듯했다. 나는 두 손으로 도감을 책장에서 꺼내 개미가 숨어 있을 법한 페이지를 찾아 펼쳤다.

그 안에 꽂힌 물건을, 나와 다쓰야는 뚫어지게 바라봤다. 어떻게 이해해야 좋을지 알 수 없었다. 그곳에는 얇은 라쿠간 과자가 끼워져 있었다. 선생이 우리를 바래다준 그날 아침 다쓰야가 선생의 잠옷 주머니에 몰래 넣은 과자다. 나는 과자를 집어 들었다. 겉을 감싼 얇은 종이가 찢어져서 과자의 부서진 작은 파편이 종이 사이로 떨어졌다. 두꺼운 도감 사이에 끼워져 있었던 탓이다. 이런 일을 할 사람은 선생밖에 없다. 왜 과자를 도감 사이에 끼워 뒀을까. 다쓰야도 내가 손가락으로 집어 든 과자를 멍하니 쳐다봤다.

선생이 세상을 떴을 때 입었던 잠옷은 세탁해서 옷장 서랍에 넣어 두었다. 그때 주머니에 과자는 없었다. 선생이 이미 드셨을 거라고 예상했다. 하지만, 아니었다. 시선을 붙박이 책장 쪽으로 돌렸다. 주변을 둘러본다. 한 번, 두 번. 그러고서 깨달았다. 선생이 세상을 떴을 때 이곳에서 느꼈던 위화감의 정체를.

책장 속 책이 꽂힌 순서가 달라져 있었다. 하루에 한 번 청소하려고 이 방에 들어오는 나는 막연하지만 책 위치를 기억하고 있다. 누가 책을 바꿔 꽂았을까. 물론 선생일 것이다. 아니, 선생밖에 없다. 하지만, 과자를 도감 사이에 넣으려고 책을 바꿔 꽂았다?

설마. 책을 소중히 다루던 선생이 고작 그런 이유로 그런 행동을 했을 것 같지는 않았다. 선생은 평소에도 책이 꽂힌 위치를 늘 기억하며 신경을 기울였다. 내가 먼지떨이로 먼지를 털면서 나도 모르게 책을 다른 곳에 꽂았을 때는 곧 제자리에 다시 돌려 두었다. 자신만의 규칙 때문에 이렇게 꽂아 둔다고도 했다. 지금 다시 보니 책이 꽂힌 순서가 뒤죽박죽이었다. 순서도 그렇지만 책등이 울퉁불퉁한 것을 보아 그야말로 거칠게 책을 마구 꽂은 듯했다.

왜 더 일찍 눈치채지 못했을까.

선생이 한 짓이 아니다. 다른 누군가가 책을 책장에서 꺼냈다가 다시 집어넣었다. 그것도 상당히 초조한 손놀림으로.

책장 앞 선생이 평소 이불을 깔고 누워 지내던 곳으로 시선을 향했다. 선생이 목숨을 잃은 장소다. 선생은 이 안에서 협심증 발작을 일으켰다. 하지만 누군가가 그런 상황을 인위적으로 만들었을 수도 있다. 선생은 폐소 공포증이 있었으니까. 선생의 옷은 흐트러지지 않았고 다른 사람과 다툰 흔적도 없었다. 시반 역시 등에만 있었다. 그러니 검시관도 선생이 천장을 바라본 자세로 잠들어 있는 동안 사망했다고 판정했다. 미심쩍은 죽음이 아닌 흔한 병사다.

불길한 영상이 머릿속에 떠올랐다. 선생이 깊이 잠들어 있다. 그 몸 주변에 꼼짝할 수 없을 정도로 찰싹 붙여서 두꺼운 책을 쌓아 올린다. 아니, 그럴 수는 없다. 책에 둘러싸여도 몸 위쪽으로는 공간이 있다. 닫힌 공간을 만들 수 없다. 또다시 방 안을 둘러봤다. 다쓰야는 다다미 위에 털썩 주저앉은 채로 내 눈길을 좇았다. 시선이 가요코 부인이 만든 가마쿠라 칠기 액자로 쏠렸다. 과자를 앞치마 주머니에 넣고 책상 앞에서 의자를 가져와 의자에 올라가 액자 앞에 얼굴을 갖다 댔다. 두께가 2센티미터는 될 법한 큰 액자는 단단히 박힌 못에 끈으로 걸려 있고 바닥 부분은 상인방 위에 얹혀 있다. 이렇게 꽉 고정하지 않으면 위험할 만큼 두껍고 무거운 물건이다. 나는 상인방에 얼굴을 갖다 붙이고 확인하다가 그곳에서 결정적인 흔적을 찾았다. 상인방에는 먼지가 조금 쌓여 있었다. 그리고 오랜 세월 상인방 위에 올려져 있던 액자는 먼지 위에 자국을 남겼다. 그 자국이 약간 어긋나 있었다. 이 액자는 한 번 내려졌다가 다시 걸린 것이다.

의자 위에서 망연자실하게 서 있었다. 선생은 잠들어 있는 동안 도감과 학술서 등의 두꺼운 책에 사방이 둘러싸였고 그 위에 이 액자가 올려진 것이다. 암흑 속에서 눈을 뜬 선생은 소스라치게 놀랐고 그것은 곧 협심증 발작으로 이어졌다. 머리맡에 둔 설하제에 손이 닿았을 리도 없다. 죽음에 이르기까지 그리 오래 걸리지는 않았을 것이다.

그러나 단 하나, 선생이 한 행동이 있다. 주머니를 뒤져서 다쓰야가 몰래 넣어 둔 과자를 꺼내 책 속에 끼워 둔 것. 비록 죽음을 면하지 못했지만 메시지를 남길 수는 있었다.

선생은 살해된 것이다.

그날 하루 종일 아무것도 손에 잡히지 않았다.

경찰서를 찾아가야 할까. 내가 발견한 것들이 과연 살인의 증거가 될 수 있을까. 누가 책장에 있는 책을 꺼냈다가 다시 꽂았다. 액자 위치도 어긋나 있다. 단지 그것만으로 살인? 선생이 직접 그랬을 확률이 크다고 하면 그걸로 끝이다. 아니, 나는 그보다 더 무서운 상상에 사로잡히고 말았다.

내가 떠올린 살인 행위를 저지를 수 있는 사람은 유키오 씨밖에 없다. 그날 집 안에 있었던 사람은 유키오 씨뿐이니까. 그리고 선생이 폐소 공포증이라는 것을 아는 사람도 유키오 씨와 나밖에 없다.

그 사람에게 아버지를 죽일 동기가 있을까? 의심하자면 어떤 추리든 성립할 것 같았다. 유키오 씨는 교묘한 수법을 통해 이 집의 상속자가 되었다? 난바 집안 정도 되는 재력과 사회적 지위라면 충분히 매력적일 것이다. 그러나 유키오 씨에게만큼은 그 가능성이 영 들어맞지 않는다. 그런 야망이 있는 사람이라면 조금 더 욕심 많고 사나운 기질을 지녔을 것이다. 그는 선생과 비슷할 정도로 욕심이란 게 없고 악의도 없는 사람이다. 그에게서 볼 수 있는 것이라고는 오로지 우직함과 소박함뿐이다. 기미는 이런 그의 성격을 두고 '속이 비어 있는 사람'이라 했고, 선생은 '무색무취'하다고 했다.

그러나 내가 유키오 씨에 대해 뭘 안다는 말인가. 그의 정체는 물론 그간의 삶에 대해서도 모른다. 마지마 씨는 '어떤 잔악무도한 짓을 해서라도 살아남아야겠다고 결심한 자'라고 했다. 맹물처럼 투명한 유키오 씨도 과거에 살기 위해서 욕심을 부린 시기가 있었을까. 마지마 씨가 전쟁 중 체험한 것과 필적할 정도의 역경을 뚫고 온 걸까.

이제는 기미에게 상담할 수도 없다. 기미는 유키오 씨와 깊은 관계에 있다. 가요코 부인, 난바 선생보다 훨씬 유키오 씨를 잘 이해한다. 만약 내가 유키오 씨가 진짜가 아니라는 것을 깨닫고 선생의 죽음에 의혹을 품었다고 하면 기미는 유키오 씨에게 그 이야기를 전달할 것이 분명했다.

"다쓰야, 선생님을 죽인 사람이 어쩌면 유키오 씨일지도 모르겠어. 이걸 어쩌지……. 난 어떡해야 할까?"

이제는 진심을 털어놓을 상대는 다쓰야밖에 없었다. 이제 곧 헤어져야 할 사랑하는 내 동지. 다쓰야는 어리석은 이모의 혼잣말에 가만히 귀 기울여 주었다.

"넌 선생님을 아주 좋아했잖아. 선생님은 네게 받은 과자를 소중하게 주머니 안에 간직하고 계셨어. 선생님은 돌아가시기 전에 네게 뭔가를 전하고 싶으셨는지도 몰라."

다쓰야의 눈을 들여다봤다. 가나와 비슷한 연갈색 홍채. 이 눈동자는 가끔 투박한 유리처럼 보일 때가 있다. 가나는 다른 사람을 받아들이고 싶지 않을 때 자신의 감정을 곧잘 억누르고 이런 눈빛을 보였다. 동물적인 감각일까. 다쓰야는 결여된 능력을 채우기 위해서 발달한 다른 무언가로 지금 진리를 찾으려 하고 있다. 나는 서둘러 말을 이었다.

"유키오 씨가 정말 그런 무시무시한 짓을 저질렀다고 해도 이모는 입을 다물 거야. 나도 어리석은 자가 되기로 마음먹었으니까. 몸속에 독을 품은 채 살아가는 어리석은 사람. 그게 그대로 독으로 남을지, 아니면 약이 될지 몰라도 어쨌든 그렇게 살기로 했어. 다쓰야, 세상의 모든 것들은 전부 이어져 있단다. 그러니 너도 앞으로 그렇게 살았으면 해. 선생님께 배운 것처럼."

켈로이드 때문에 단단한 감촉의 등을 티셔츠 위에서 손으로 쓸면서 다쓰야를 꼭 안았다. 몸집이 작은 조카는 몸을 배배 꼬며 내 품에서 빠져나갔다. 투박한 눈동자로 나를 차갑게 응시한다. 납작한 유리 안쪽에서 희미한 증오의 불길이 타오르는 것을 보고 나는 깜짝 놀라 숨을 집어삼켰다. 가볍게 입을 놀린 것을 후회했다. 유키오 씨는 내가 연모하는 사람이지만 다쓰야에게는 선생님이 더 소중한 존재였다. 이기적으로 꼬아 버린 어른들의 윤리 따위 순수한 아이 앞에서는 통하지 않는다. 아이의 명쾌하면서 때로는 가차 없는 감성은 '좋은 것'과 '나쁜 것'을 끊임없이 구분한다. 특히 다쓰야 같은 아이는 더욱 그럴 것이다. 부랴부랴 다쓰야를 다시 붙잡고 끌어안았다.

다쓰야의 가슴속의 독. 나는 지금 그 씨앗을 뿌리고 말았다.

가요코 부인이 만든 가마쿠라 칠기 브로치를 벨벳에 감싸서 작은 상자에 넣었다. 귀중품 따위 단 하나도 없는 나의 소중한 보물이다. 선생이 내게 남긴 유품인 동시에 다쓰야와의 추억이 담긴 물건이기도 하다. 나는 조금씩 주변을 정리하기 시작했다. 아동상담소에 가서 몇 번인가 면접도 봤다. 가토 변호사의 도움을 받아 다쓰야를 맡기는 방향으로 일을 진행했다. 보호 시설에 있을 때도 떡갈나무 복지원에는 계속 다닐 수 있게끔 부탁했다. 그러면 순식간에 환경이 바뀌는 데서 올 혼란도 조금은 줄일 수 있다.

그런 절차를 하나하나 밟아 가면서 유키오 씨에게도 넌지시 알렸다. 나는 그가 어떤 사람이든 이제는 받아들이기로 마음을 굳혔다. 오로지 내가 믿는 것에만 의지하는 어리석은 자가 되기로 결심했다. 다쓰야의 일이 일단락되면 나도 그의 곁을 떠날 생각이었고 그 결의는 나를 더욱 강하게 했다. 그래서 지금은 평온한, 어떤 의미에서는 냉정한 눈으로 모든 것을 조망할 수 있었다.

최근 유키오 씨는 항상 뭔가 긴장한 것처럼 보였다. 그 주변의 공기가 팽팽해져 있음을 알 수 있었다. 설마 선생의 죽음에 내가 어떤 의문을 품었다고 생각하지는 않을 것이다. 유키오 씨와 기미의 관계도 미묘하게 변했다. 유키오 씨는 지금까지와 정반대로 수동적인 태도에서 벗어나려는 것 같았다. 파멸적인 어떤 충동이 그를 움직이려 하고 있다. 그리고 그런 유키오 씨 앞에서 기미는 사뭇 무력해 보였다. 지금까지처럼 방관자로 있을 수만은 없으니 위험한 분위기를 탐지한 숲속 작은 동물처럼 겁먹어 있는 것이다. 평소의 기미답지 않은 모습이었다.

선생이 세상을 뜨고 가토 변호사와 기미는 저택을 찾는 횟수가 줄었다. 그러나 기미는 그저 나를 만나기 위해 성산을 올라와 주었다. 이별을 아쉬워하듯, 무사시노의 풍경을 머릿속에 새기듯 우리는 진다이지 인근을 걷고 또 걸었다. 시원한 그늘과 여름풀이 무성히 자란 강가, 파란 잎사귀가 흔들리는 잡목림. 쇠딱따구리가 줄기를 거꾸로 내려오는 모습을 구경하거나 느닷없이 길을 가로지르는 꿩 때문에 깜짝 놀라기도 하면서 한가롭게 걸었다.

"너한테 하나 하고 싶은 말이 있어." 기미는 내 옆에 나란히 서서 앞을 보며 입을 열었다. "너는 내가 널 구해 줬다고 생각하지?"

"응. 그건 지금도 정말 감사하게……."

"그렇지 않아."

"응?"

"네가 날 구해 준 거야."

발걸음을 멈추고 기미를 빤히 바라봤다. 기미도 눈을 피하지 않고 나를 봤다. 도도해 보이는 아름다운 기미. 단발머리도 잘 어울린다. 문득 기미의 예전 얼굴이 어땠을지를 떠올렸다. 아니, 그런 건 아무래도 좋다. 그런 것과 상관없이 나는 이 사람을 좋아한다. 다른 사람에게 지나치게 알랑거리거나, 거만하게 굴거나 비하하지도 않고 그저 앞만을 보며 살아가는 태도. 휠 수는 있을지언정 결코 부러지지 않을 굳은 기개를 지닌 사람. 그러면서 가끔은 연약하고 공허해 보이는 사람.

"나도 조금은 네게 도움이 된 거야? 그럼 다행이지."

어차피 캐물어 봐야 알려 주지 않을 테니 그렇게만 대답하고 미소 지었다.

"널 만나서 정말 다행이야." 기미는 쑥스러운 것처럼 일부러 크게 말하고 곧 다시 진지한 표정으로 돌아갔다. "그러니 말이지……." 쌍꺼풀 수술을 받았다는 아몬드 모양의 두 눈에 두 명의 내가 비치고 있다. "난 네가 행복해졌으면 좋겠어. 그리고 오래오래 잘 살았으면 좋겠어. 지금까지의 삶을 만회하듯."

고가네이 신사에서 오래 살고 싶지 않다고 말한 기미를 떠올렸다. 자기 자신은 행복하게 살기를 포기했으면서도 내 행복을 바라고 있다. 어째서인지 나는 참을 수 없이 슬퍼졌다. 이 사람은 내가 이곳을 떠날 결심을 했다는 것을 이미 알아차렸다고 생각했다. 우리는 누가 먼저랄 것도 없이 서로를 부둥켜안았다. 강물 소리가 맑게 울리는 둑길 한가운데에서.

아동 상담소에서 다쓰야를 데려가겠다고 했다. 당분간 상황을 지켜보다가 보호 시설에 보낼 것이다. 이제는 다쓰야에게 더 숨길 수도 없었다.

"다쓰야. 이모는 이제 너와 함께 살 수 없게 됐어. 새로운 부모님을 찾아보자. 그때까지 다른 애들과 당분간 함께 있어야 해. 무슨 말인지 알겠지?"

그러자 순식간에 다쓰야의 두 눈에 눈물이 차오르더니 뺨을 타고 주르르 흘렀다. 나는 앞치마로 눈물을 닦아 주었다. 나까지 울면 아이는 더 힘들다. 웃는 얼굴을 보여 주고 싶었지만 웃음과 울음이 반씩 섞인 이상한 표정을 지었을 것이다.

"미안, 다쓰야. 하지만 이게 가장 좋은 방법이야. 넌 반드시 행복해질 거야. 이모는 이제 잊어 줘."

그렇게 말하며 나 자신은 행복해질지를 떠올렸다. 아니, 행복해져야만 한다. 그러지 않으면 다쓰야와 헤어지는 의미가 없다. 기미도 그것을 바라고 있지 않은가.

가토 변호사에게만 가정부 일을 그만두겠다고 했다. 유키오 씨에게는 아직 말하지 말아 달라고 부탁했다. 가토 변호사는 다른 괜찮은 일자리를 알아봐 주겠다고 했다. 필요하면 신원 보증인이 돼 줄 수 있다고도 했다. 내가 면목 없어 하자 "빚을 다 갚지 않으면 내가 곤란해지니까요. 어떻게든 수입을 확보해야 합니다"라고 했다. 그 말이 맞는다. 가토 변호사 덕분에 간신히 다시 일어설 수 있게 된 내 삶이 또다시 곤경에 빠져서는 그에게도 면목이 없다.

"중요한 건 당신의 마음입니다. 앞으로의 삶을 확실히 설계해 가겠다고 스스로 결심하지 않으면 모든 게 도로 아미타불이 돼 버리죠. 다쓰야와 헤어지고 난바 저택까지 떠나면 당신은 당분간 불안한 삶을 살게 될 겁니다. 그때 제가 옆에서 확실히 도와드리겠습니다."

아무리 곤경에 빠진 사람을 돕는 것을 신조로 삼은 변호사라고 해도 이렇게까지 나를 도와주겠다고 나서는 사람은 평생 만나기 어려울 것이다. 면목 없기는 하지만 조금만 더 그에게 의지하기로 했다.

다쓰야의 짐을 정리해 보니 정말로 별것 없었다. 작은 골판지 상자 하나를 다 채우지도 못했다. 마지막으로 복지원에 메고 다니는 가방을 넣었다. 지금까지 다쓰야를 위로해 준 방울이 딸랑하고 울렸다.

"정말 괜찮겠어요?"

어느새 방 입구 쪽에 유키오 씨가 서 있었다.

"네. 지금껏 모두 다쓰야에게 잘 대해 주셨지만 이제는 확실히 정했어요."

유키오 씨는 끓어오르는 감정을 억누르듯 이를 꽉 깨물었다.

그의 눈빛에 떠오른 감정을 나는 놓치지 않았다. 분노와 비애, 그리고 혼돈. 기미와 똑같다. 같은 눈빛을 하고 있다.

순간 웬일인지 화가 치밀어 올랐다. 모든 게 감춰져 있다. 선생은 세상을 떴고 내 주변에 있는 사람들은 모두 입을 다물고 있다. 유키오 씨가 정말 선생의 죽음에 관여했을까. 지금 이 자리에서 내가 떠올린 의혹을 입에 담으면 유키오 씨가 숨기고 있는 비밀이 일부 보일지도 모른다. 하지만 나는 아슬아슬하게 참았다. 두려웠다. 유키오 씨와 기미가 오늘날에 이르기까지 필사적으로 은폐해 온 것과 맞닥뜨리게 되는 상황이. 그것은 분명 음습하면서도 터무니없이 무시무시할 것 같았다.

유키오 씨의 눈동자에서 소용돌이치던 감정이 순식간에 사라졌다. 이전의 고요함을 되찾았다.

"다쓰야는 구로를 만나고 있습니다."

"네?"

"구로를 처음 만난 저택 뒤 숲에서. 구로는 다쓰야를 잊지 않았습니다. 가 보세요."

그렇게 말하고 유키오 씨는 고개를 떨궜다. 문득 그의 눈 옆에 있는 상처를 손으로 어루만져 보고 싶은 충동에 휩싸였다.

선생이 사라진 저택 안은 늘 어딘가 서먹서먹한 분위기가 감돌았다. 특히 유키오 씨와 나, 다쓰야 셋이 둘러싼 식탁은 묘한 정적에 가득 찼다. 다른 사람이 보면 부모와 아이로 구성된 부족할 것 없는 가족의 밥상 풍경처럼 보이겠지만, 날이 갈수록 평소 대화의 중심에 늘 선생이 있었고 선생이 이 집을 움직이고 있었다는 것을 깨닫게 되었다. 유키오 씨도 그것을 느꼈는지 집에서 식사하는 횟수가 줄었다. 그럴 때는 항상 전화를 걸어 와 저녁 식사 전까지 집에 못 가는 상황이라는 것을 전했다.

그날도 저녁 일찍 회사에서 전화가 걸려 왔다. 외국에서 중요한 손님이 오시기로 했는데 늦어져서 오늘 밤 계속 기다려야 할 것 같다고 했다.

"아마 이대로 회사 근처 호텔에 묵게 될 것 같습니다"라고 유키오 씨는 말했다.

나는 저녁밥을 간단히 차려 다쓰야와 함께 먹었다. 다쓰야는 전보다 식탐이 늘었다. 좋아하는 음식과 싫어하는 음식이 있는 것도 조금은 파악하게 되었다. 무엇이든 잘 먹는 아이가 되지 않으면 곧 만날 새어머니를 고생시키지 않을까 걱정됐다. 문득 선생이 이 자리에 있었다면 "먹지 못하는 것을 억지로 먹을 필요는 없습니다" 하고 너그럽게 말해 줄 것 같은 기분이 들었다. 선생이 싫어하는 음식 목록은 아직도 대학 노트에 그대로 붙어 있다.

문이 잠긴 것을 두 번 확인하고 방 안 침대에 들어갔다. 숲에서 쏙독새가 구슬프게 울었다. 다쓰야는 나와 유키오 씨보다 풍요로운 무사시노의 자연을 더 그리워하지 않을까.

쏙독새는 잊을 만하면 "똑똑똑, 똑똑똑똑" 하고 단조로운 울음소리를 냈다. 평소와 다르게 끈질긴 울음소리를 들으며 눈을 떴다.

쏙독새가 아니었다. 유키오 씨의 방에 있는 전화기가 울리는 중이었다. 유키오 씨가 집에 없다는 것을 모르는 누군가가 지금 그를 부르려 한다. 나는 몸을 벌떡 일으켰다. 절대 해서는 안 되는 짓을 떠올리고 말았다.

발소리를 죽이고 유키오 씨의 방에 들어갔다. 복도에서 새어 나오는 희미한 불빛이 그의 침대 옆 전화기를 비췄다. 끊임없이 울려 대는 그것을 지그시 내려다봤다. 꿈속에서 쏙독새 울음소리로 착각한 것은 이 쓸쓸한 전자음이었다. 수화기를 살짝 들어 조심스럽게 귀에 갖다 댔다.

"유키오……."

어둠 속에서 눈을 부릅떴다. 틀림없는, 기미의 목소리였다.

"유키오……. 얼른 와 줘. 부탁이야……."

지금껏 단 한 번도 들어보지 못한 불안에 찌든 목소리였다. 기미는 이런 울음 섞인 소리도 낼 수 있는 사람이었다. 수화기를 귀에 갖다 댄 채 몸을 덜덜 떠는 기미의 모습이 떠올랐다.

"유키오."

수화기를 통해 숨소리까지 고스란히 전해졌다.

나는 한마디도 하지 않고 그대로 수화기를 다시 내려놓았다.

유키오 씨는 오늘 하루 일을 쉬었다. 가토 변호사와 기미가 함께 저택을 찾았다. 유키오 씨가 선생의 유품을 정리하고 싶다며 불렀는데 오늘은 양이 얼마나 될지 미리 조사하겠다고 했다.

가요코 부인의 물건도 그대로 남아 있는 마당이니 선생의 생전 소지품을 굳이 처분하지 않아도 될 것이다. 저택 안이 딱히 비좁지도 않다. 그러나 유키오 씨는 일단 한번 훑어보고 선생과 관련된 단체나 연구 기관, 학교 등에 기부할 게 있는지 알아보고 싶다고 했다. 유품을 정리하는 동안 중요한 서류 등이 나올 수 있다며 가토 변호사가 시간을 내어 이곳을 찾았다.

기미는 전과 별반 다르지 않았다. 그날 밤 전화를 받은 사람이 나임을 알 것이다. 나도 평소와 똑같이 기미를 대했다. 이제 무엇을 알아내도 내가 관여할 바 아니다. 이 이상의 것을 알고 싶지 않았고, 알 만한 것도 이제는 없으리라 생각했다.

점심을 먹고 조금 쉬다가 다시 작업을 시작했다. 나는 따로 할 일이 없었다. 복지원에서 돌아온 다쓰야의 손을 잡고 성산을 오르니 유키오 씨가 정원에 나와 있는 모습이 보였다. 유키오 씨는 우리를 눈치채지 못한 것처럼 가토 변호사의 벤츠 옆에 서 있었다. 손에 뭔지 모를 공구 같은 것을 들고 있다. 차 상태가 좋지 않은 걸까. 유키오 씨는 자기 차의 간단한 수리 정도는 직접 하는 손재주가 있는 사람이었다.

뒷문으로 저택에 들어가 다쓰야의 옷을 갈아입혔다.

"다쓰야. 오늘은 가토 변호사님과 기미 이모가 왔어. 중요한 일이니 방해하면 안 돼. 선생님 방에도 들어가면 안 되고."

일일이 손가락을 세우며 주의를 주자 다쓰야는 진지한 표정으로 고개를 끄덕이고 조용히 정원으로 나갔다. 나는 방에 혼자 남아 손가락 뜨개로 꽃장식을 만들기 시작했다. 이런 나를 보면 사람들은 할 줄 아는 게 그것밖에 없다고 생각할지도 모르지만 그래도 꿋꿋이 작업에 몰두했다. 다 만든 침대 커버를 기미에게 선물할 날이 과연 올까. 정신을 차리니 이미 오후 늦은 시간이 돼 있었다. 일어서서 창문 너머로 정원을 내려다봤다. 다쓰야가 저택 뒤 숲으로 이어지는 좁은 길에서 저택을 향해 걸어오는 참이었다. 이렇게 멀리서 바라보고 있으니 조금은 어른스러워졌다는 것을 느꼈다. 여기 처음 왔을 때는 아직 걸음걸이도 불안정한 아이였지만 지금은 힘찬 발걸음으로 흙을 꾹꾹 밟으며 걷는다. 구로를 만나고 왔는지 만족스러운 표정이었다.

문득 나도 오랜만에 구로를 보고 싶었다. 방금 다쓰야를 만났다면 아직 숲에 있을 것이다. 어쩌면 이번이 마지막일 수도 있겠다고 생각했다. 유키오 씨도 가 보라고 했으니 그 말에 따르기로 했다. 정원에 쪼그려 앉아서 놀기 시작한 다쓰야가 알아채지 못하도록 발소리를 죽인 채 등 뒤를 지나 숲으로 향했다.

가는살갈퀴와 엉겅퀴가 하늘을 향해 무성히 자라 있었다. 해가 잘 드는 곳은 숨이 턱 막히는 열기에 휩싸였지만 조금 걷자 상수리나무와 종가시나무 등이 길 위로 가지를 뻗은 시원한 나무 그늘에 들어갈 수 있었다. 습기를 머금은 숲 특유의 바람이 시원하게 불었다. 구로가 태어난 둥지는 한눈에 봐도 어딘지 알 수 있었다. 다쓰야는 이 근처에서 구로와 밀회했을 것이다. 나무뿌리 부분이 마치 숲속의 작은 광장을 그리는 것처럼 넓게 펼쳐져 있다.

나무 앞에 도착했지만 까마귀는 보이지 않았다. 초원을 돌아다니며 나직하게 "구로!" 하고 외쳐도 반응이 없었다. 처음부터 쉽게 만날 수 있을 거라 예상하지 않았으니 별로 풀 죽지는 않았다.

포기하고 다시 돌아가려고 등을 돌렸을 때 머리 위에서 푸드득 하는 날갯짓 같은 소리가 들렸다. 고개를 들어 보니 까마귀 한 마리가 높은 나뭇가지 위에 앉아 나를 내려다보고 있었다. 곧장 구로구나 생각했다. 구로는 고개를 갸웃거리며 나를 관찰했다. 다시 한번 구로를 부르려 했을 때 구로의 부리가 먼저 열렸다.

"아코임!"

그 소리를 듣고 나는 무심코 입을 떡 벌리고 말았다.

"아코임!"

다시 한번 또렷한 소리로 구로는 그렇게 말했다. 양 날개를 한 번 펼쳤다가 접으며 '들었어?' 하고 확인하듯 다시 나를 가만히 관찰한다.

나는 그 자리에 얼어붙은 채로 구로가 나뭇가지를 옮겨 그대로 날아가는 모습을 아연실색하며 바라봤다. 검은 새 그림자가 내 위에 깔렸지만 몸을 움직일 수 없었다.

구로는, 다쓰야가 기른 저 까마귀는 분명 '하코 이모'라고 한 것이다. 왜일까. 그 말을 까마귀에게 가르쳐 줄 사람은 다쓰야밖에 없다. 다쓰야는 여기서 혼자 '하코 이모'라고 말하는 연습을 하고 있었던 것이다. 내가 틈날 때마다 '하코 이모라고 불러 보렴' 하고 다쓰야에게 시켰으니까. 그래서 그 아이는 이 숲속에서 구로를 상대로…….

나는 수풀을 박차고 뛰기 시작했다. 바보, 바보. 나는 왜 다쓰야의 손을 놓으려고 했을까. 그 아이의 행복을 위해서라는 거창한 명분을 들었지만 실제로는 나 자신이 무거운 책임에서 벗어나고 싶었을 뿐 아닐까. 왜 다쓰야의 속마음을 알아주지 못했을까. 선생이 가르쳐 주었는데도. 그 아이는 나와 계속 함께 있기를 바라고 있다. 다쓰야는 나를 선택해 주었다. 그것을 표현할 방법을 지니지 못해 그동안 얼마나 답답했을까. 그러니 이 숲에서 구로를 상대로 그 마음을 토해 내고 있었던 것이다.

지금이라면 아직 괜찮다. 마침 가토 변호사도 저택에 와 있으니 양자 결연 일을 취소하겠다고 하면 된다. 마음이 조급해졌다. 귀를 찌르는 매미 울음소리. 나뭇가지 사이로 비치는 햇빛이 아지랑이처럼 내 머리 위에서 춤췄다.

숲을 지나 뒤뜰로 나갔다. 고요한 양잠실 옆을 지나자 때마침 주차장에서 가토 변호사가 벤츠에 올라타 시동을 걸고 있었다. 정원 쪽에서 웅크리고 있는 다쓰야와 그 옆에 선 기미가 보였다. 가토 변호사는 아무래도 기미를 남겨 두고 먼저 가려는 듯 보였다. 나는 숨을 헐떡이며 벤츠 옆으로 달려갔다. 멀리서 기미가 나를 알아보고 고개를 들었다.

“드릴 말씀이 있어요!”

내 모습이 심상치 않아 보였는지 가토 변호사가 차창을 내려서 나를 힐끗 봤다.

"둘이서만 이야기를 나눌 수 있을까요?"

"타세요."

가토 변호사가 그렇게 말해서 차 문을 열고 조수석에 올라탔다. 벤츠가 서서히 앞으로 나아간다. 다쓰야가 돌아보며 몸을 일으키는 모습이 보였다. 나를 알아보고 달려오려 하고 있다.

다쓰야, 기다려 줘. 금방 다시 돌아올게. 변호사님도 이해해 주실 거야. 나는 속으로 중얼거렸다. 아마 성산 기슭까지 내려가기도 전에 이야기는 어느 정도 일단락될 것이다. 현관 앞을 지날 때 저택에서 유키오 씨가 뛰어나왔다. 뒤로 스쳐 가는 그의 얼굴을 보고 화들짝 놀랐다. 유키오 씨는 얼굴이 붉게 상기된 채로 몹시 흥분해 있었다. 아무렇게나 욱여 신은 신발 한쪽이 발에서 떨어져 나갔다. 뭘 저렇게 서두르는지 이해할 수 없었다.

다쓰야도 기미의 손을 빠져나와 나를 뒤쫓아 왔지만 물론 차를 따라잡을 수는 없었다.

"아코임!"

다쓰야가 소리쳤다. 가토 변호사가 가속 페달을 꾹 밟았다.

모든 것이 내 등 뒤로 사라져 갔다.

2장

지쿠호의 비가

∘ 1965년 겨울 ∘

"누나야, 이거 봐라."

낡아빠진 자전거를 토방에 집어넣고 있자 아키오가 심하게 튼 손을 내밀며 말했다. 말린 고비 한 줌을 손에 쥐고 있다.

"어디서 났노?"

"수영 아주매가 주드라. 물에 불카서 묵으라 캤다."

내가 고비를 받아 들자 아키오는 싱긋 웃고 문 쪽으로 향했다. 뒷모습을 향해 "마사오는?" 하고 물었다.

"마사오는 요 앞에서 히로캉 딴 아들하고 놀고 있드라."

"맞나. 인자 금방 깜깜해질 낀데 들어오라 캐라."

아키오는 어, 하고 나갔다. 여섯 살인 아키오는 왼쪽 다리가 성치 못하다. 움직임이 날랜 동생을 데리고 돌아오려면 시간이 걸릴 것이다. 토방에서 안방을 엿봤다. 아버지는 솜이 삐져나온 이불을 뒤집어쓰고 잠들어 있다. 나는 조용히 앞쪽 방에 짐을 내려놨다.

처음부터 잘못 단 듯한 문에서는 찬 바람이 솔솔 새어 들어왔다. 토방에서 밥을 지으려고 조리용 풍로를 꺼냈다. 풍로라고 해도 사각 드럼통에 대충 구멍만 뚫은 간이 풍로다. 연료는 버력*산에서 주워 온 석탄 부스러기다. 질이 좋지 않아서 그을음만 생기고 불이 잘 붙지 않는 탓에 다른 집에서는 코크스**를 섞어서 쓴다. 나는 쌀통 대신 쓰는 설탕 캔을 열어 봤다. 바닥이 보였다. 코크스를 살지 쌀을 살지 조금 고민했지만 둘 다 살 돈이 없다는 것을 깨닫고 결국 다시 캔 뚜껑을 닫았다.

다음 생계 급여가 나올 때까지 어떻게든 버텨야 한다.

"댕기왔습니더."

여동생 리쓰코가 돌아왔다. 어깨에 멘 가방을 툭 내려놓는다. "인자 오나. 늦었네."

"진도 못 따라간다꼬 쌤이 남으라 카드라."

여기서는 '선생님'을 '쌤'이라고 한다. 중학교를 졸업하고 도시에 나가 취직한 친구들도 사투리 때문에 놀림을 받을까. 나는 친하게 지내던 몇몇 친구들의 얼굴을 떠올렸다.

아마도 고생하고 있을 테지만 그들이 부러웠다. 나도 여기를 떠날 수만 있다면 얼마나 좋을까. 그날그날 뭘 먹을지를 걱정하고 병든 아버지와 어린 동생들을 돌보는 생활이 이제는 지긋지긋

* 석탄을 캘 때 부산물로 나오는 광물 성분이 섞이지 않은 잡돌.

** 서탄을 가열해 만든 연료

했다.

두 살 터울인 여동생 리쓰코는 “내가 중학교 마치고 오사카나 도쿄 가서 일하믄 돈 억수로 많이 벌어 가꼬 보내께. 그라믄 묵구 싶은 것도 다 묵을 수 있을 끼다”라고 했다. 그럴 때마다 아키오와 마사오는 눈빛을 반짝이며 리쓰코의 이야기를 듣는다. 나는 그런 여동생마저 부러웠다. 말린 고비를 물에 담그고 거의 남지 않은 쌀을 꺼낸다. 교복을 입은 리쓰코가 찌그러진 냄비에서 쌀을 씻었다.

“언니야, 오늘 아부지는 좀 어떻노?”

“내도 방금 와 가꼬 모르겠다. 인자는 주무시네.”

“흐음.”

아버지는 2년 전 미이케 탄광에서 사고를 당했다. 전후 최대의 분진 폭발 사고였다. 458명이 죽고 8백 명이 넘는 사람이 일산화탄소 중독증에 걸렸다. 아버지는 그 8백 명 중 한 명이었다. 후유증 때문에 일을 할 수 없게 되자 우리 가족은 이곳 폐광 마을로 이사하게 되었다.

“오늘 반찬은 뭐꼬? 고구매?”

“아니. 오늘은 무시가 있어서 고비랑 같이 넣고 찔라꼬.”

리쓰코는 응, 하고 풍로에 불을 붙이기 시작했다.

“아, 석탄 다 떨어짓뿟네. 내일 아키오캉 마사오한테 버력산 가서 석탄 주서 오라꼬 시키야긋다.”

리쓰코는 검은 연기를 들이마시고 콜록거렸다. 연기는 천장 부근에 머물러 있다가 잠시 후 사라졌다. 여기저기 빈틈이 많은 집이라 토방에서 밥을 지어도 별문제는 없다.

"잘됐네 뭐. 이 집서 일산화탄소 중독 걸릴 일은 없응께."

나는 "쉿!" 하고 입술에 손가락을 갖다 댔다. 리쓰코는 혓바닥을 날름 내밀고 집 안쪽을 엿봤다. 아버지가 이불을 밀어젖히고 일어서려는 참이었다.

"아부지, 지 댕기왔심더!"

"아이고! 머리야!" 아버지는 리쓰코에 말에 대답하지 않고 대뜸 소리를 버럭 질렀다. "노조미! 가서 수건 쫌 가꼬 온나! 대굴빡이 깨질라 칸다!"

내가 때가 타서 거무튀튀한 수건을 가져가자 아버지는 머리에 수건을 둘둘 감았다. 핏발이 선 눈이 위로 올라간다. 잠옷 앞단추가 열려 있어서 얇은 살가죽 사이로 불거져 나온 갈비뼈가 보였다. 아버지는 불현듯 깜짝 놀란 것처럼 귀를 쫑긋 세우고 주변을 두리번거렸다.

"금방 쾅 하는 소리 들었나?"

"아니요. 암껏도 안 들렀는대예."

"아이다. 들렀다. 빨리 도망치라! 그기 온다! 꺼믄 연기가! 아이고, 엉성스럽다!"

아버지는 순식간에 이불을 박차고 토방으로 뛰어 내려왔다. 풍로를 걷어차서 쓰러뜨리는 바람에 간신히 불을 지핀 석탄 부스러기가 허공에 튀었다.

"조심하이소! 위험합니더!"

나는 뒤에서 아버지의 몸을 붙들었지만 아버지는 수척한 몸 어디에 그런 힘이 남아 있는지 엄청난 기세로 나를 홱 밀쳤다. 리쓰코도 거들었지만 아버지가 팔을 뿌리치며 날뛰기 시작해서 아껴 쓰는 냄비와 철 세숫대야가 요란한 소리를 울리며 선반에서 떨어졌다. 토방 구석에 세워 둔 자전거도 쓰러졌다.

"내 죽는다! 내 쫌 살리도!"

겁먹은 표정으로 문 옆에 꼿꼿이 서 있는 아키오와 마사오가 보였다.

"얼른 가서 유우 불러 온나!"

내가 그렇게 외치자 아키오가 다리를 질질 끌며 뛰어나갔다. 곧장 쪽방 끝 집에서 유우가 달려왔다. 키가 큰 유우가 아버지에게 달려가 순식간에 제압하자 아버지는 큰소리로 신음했다. 마치 짐승이 울부짖는 듯한 무시무시한 괴성이었다.

"아재요! 그리 난리를 피면 전부 놀라 자빠진다 아입니꺼!"

"맞심더. 주변이 얼마나 시끄럽겠습니꺼. 아키오, 가서 문 닫고 온나."

아키오는 마사오를 집 안에 들이더니 덜그럭 소리를 내며 얇은 판자문을 힘주어 닫았다. 전에는 이런 소동이 시작되면 같은 주택에 사는 주민들이 무슨 일인지 보러 오곤 했지만 요즘엔 이미 익숙한지 아무도 오지 않는다. 그러나 너무 오래 이어지면 "시끄릅따!" 하고 소리치거나 "마! 니 난봉꾼이가! 작작해라! 안 그럼

직이뻰다!" 하고 위협하는 소리가 들리고, 그러면 아버지가 또 달려들어서 한바탕 소동이 일어나는 게 일상이었다. 아버지는 그럴 때마다 꼭 검은 수첩을 꺼내 펄럭펄럭 휘둘렀다.

"이 봐라! 내는 억수로 큰 광산의 숙련공이었다 안 카나! 나라가 이러쿠로 증명까지 해 줬따이가! 이것만 있으믄 홋카이도든 오데든 오만 탄광에서 다 일할 수 있단 말이다!"

검은 수첩은 '탄광 이직자 구직 수첩'이라고 해서 평범한 실업 증명서와 달리 직업소개소에서 특별 우대를 해 준다고 했다. 1940년대에 재취업을 할 때 영향력이 있었을 뿐 지금은 아무 효력도 없지만 아버지에게는 보물과 마찬가지다. 그 검고 얇은 수첩을 들고나오면 사람들은 수첩을 한 번 힐끗하고는 "문디 자슥. 벅수 맹키로" 하고 한마디 던지고 사라졌다.

어깻숨을 내쉬며 간신히 진정한 아버지를 유우가 안방으로 데리고 들어갔다. 귀를 기울이니 아버지가 이를 딱딱 부딪치는 소리가 들렸다. 여전히 두려운 것이다. 지금도 눈앞에 어두컴컴한 갱에서 연기가 자욱이 피어오르는 환상이 보일지도 모른다. 그때 가스를 들이마신 피해자들은 산소 결핍이 되어 심한 두통과 불면, 귀울림, 경련, 망상 등에 휩싸였다. 그리고 그 증상은 평생을 가도 낫지 않는다. 지금 이렇게 고통받고 있어도 의사는 마음의 문제라고 하며 이제는 후유증이라고 부르지도 않았다. 산재 보상도 제대로 받지 못했다.

"사고 났을 때 사망자랑 부상자가 억수로 많이 나와 가꼬 일산화탄소 중독증 환자는 거의 돌봐 주지도 않았데이. 갱도를 맸 시간이나 질질 기어 댕기다가 간신히 지 힘으로 나왔어도 밀감 한 개랑 주사 한 대 맞고 바로 집으로 보내 뿟다이가."

그때 치료만 잘 받았어도, 하고 원통해하던 어머니도 아버지와 우리를 버리고 떠났다.

"인자 개안타."

유우가 토방으로 내려왔다. 아버지는 어린아이처럼 이불을 뒤집어쓴 채 흐느끼고 있다.

"고맙고 미안타."

"뭐 고맙기는."

유우는 마사오의 머리를 한 번 쓰다듬고 나갔다.

"자, 인자 저녁밥 차리자!" 리쓰코가 잽싸게 불쏘시개로 석탄 부스러기를 긁어모아서 다시 풍로에 집어넣었다. "아, 냄비가 멀쩡해서 다행이다" 하고 쌀을 담은 냄비를 풍로 위에 얹는다. 겁먹어 있던 아키오와 마사오도 그제야 웃는 표정을 지었다. 리쓰코의 밝은 성격만이 이 집의 유일한 구원이었다.

"어매는 설날에 오나?"

마사오의 질문에 나와 리쓰코는 무심코 얼굴을 마주 봤다. 어린 두 동생은 어머니가 멀리 일하러 떠난 줄로만 알고 있다.

"글쎄. 잘 모르겄네. 일이 좀 바쁜 거 같던디."

그러자 마사오는 순식간에 풀 죽은 표정을 지었다. 이 빠진 밥그릇에 담긴, 죽이라고 하는 게 더 어울릴 법한 밥알 위에서 서툰

젓가락질을 몇 번 하다가 끝내 닭똥 같은 눈물을 뚝뚝 흘렸다.

"어매는 와 그리 멀리까지 가서 일해야 하는 긴데? 와 그러라는 긴데?"

그러고는 엉 하고 큰 소리로 울음을 터뜨렸다. 평소에는 장난꾸러기에 말썽쟁이면서 가끔 이렇게 툭하면 울음을 터뜨리는 울보가 된다. 그러나 생각해 보면 그럴 만한 것이 마사오는 아직 다섯 살이다. 한창 어머니가 그리울 나이인 것이다. 그 옆에서 아키오는 이를 꾹 깨물고 있다. 리쓰코와 아키오의 나이 차가 많이 나는 것은 그사이에 남자, 여자아이가 한 명씩 더 있었기 때문이다. 둘 다 태어난 지 얼마 안 돼 죽어 버렸다. 자신이 낳은 아이를 떠나보내는 것은 어머니에게 분명 괴로운 일이었을 것이다. 어머니는 집을 나갈 때 하얗고 얇은 나무 위패 두 개를 들고 갔다. 그것을 본 리쓰코는 "살아 있는 아들을 놔 뚜고 죽은 아들만 델꼬 가나" 하고 혼잣말을 중얼거렸다.

어머니가 자취를 감춘 건 올여름이 되기 전이었다. 아버지가 폐인이 된 이후 더는 탄광에서 일할 수 없게 되자 산등성이에 갖다 붙인 것처럼 지어진 이 옛 탄광 주택 쪽방촌에 이사를 왔다. 그야말로 세월의 흐름에 떠밀려 왔다고 해야 할 것이다. 온가강으로 흐르는 지류 지역, '고야마'라고 불리는 중소형 탄광 2백여 곳이 지쿠호의 산골짜기 속에 숨은 것처럼 옹기종기 모인 이곳은 현재 탄광이 모조리 문을 닫은 탓에 생활 보호 세대가 모인 아지트가 되었다. 미이케 탄광에서 느껴지던 활기찬 분위기와 정반대로 이곳 주민들은 삶에 찌들어 아무 희망도 없이 그저 숨만 쉬고 사는 사람들처럼 보였다.

"하이고, 진짜 징글징글하다. 요 사람들은 하나맹쿠로 눈까리가 죽어 있다아이가."

어머니는 그렇게 말하며 이웃들을 미워했다. 아버지의 기이한 행동까지 맞물려 폐광 마을 안에서 우리 가족은 고립돼 있었을 것이다. 그러나 씩씩함이 장점인 아이들만큼은 그러지 않았고 우리 4남매는 이사 온 지 얼마 되지도 않아 이곳에 적응했다. 나는 여기 이사 오고 나서 1년 반 동안 산기슭에 있는 중학교에 다녔다.

어머니는 이사 자체로 좌절하지는 않았을 것이다. 이곳 주민들은 생계 급여만으로 살아가기가 벅찬 탓에 복지 사무소 직원의 눈을 피해 일하러 다니는 사람이 많았는데 우리 집에서는 그 역할을 당연하다시피 어머니가 떠맡게 되었다. 어머니는 아침 일찍 기차를 타고 기타큐슈에 있는 공업 지대로 일하러 갔다. 그곳에서는 왕복 차비가 아까워서 이틀간 집에 돌아오지 않고 일하는 상황이 드물지 않았다. 그대로 자취를 감춘 것조차 어머니에게만 해당하는 사건은 아니었을 것이다.

어머니가 집을 나간 게 밝혀졌을 때 나는 기타큐슈에 있는 와카마쓰항까지 어머니를 찾으러 갔다. 항구에서 하역 일을 하던 어머니는 이미 오래전 일을 그만두고 항만 노동자들이 주로 찾는 식당에서 일했다고 했다. 비슷한 시기에 사라진 젊은 남자 인부가 있다고 하지만 어머니가 그 남자와 함께 사는지는 끝내 알아내지 못했다. 그리고 그 이야기는 리쓰코에게도 하지 않았다.

"아, 잠들어 뿟네. 오늘은 따신 물로 씻길라 캤는데."

리쓰코가 마사오를 안아 들며 말했다. 아키오와 마사오는 평소 영양 섭취가 부족한 데다가 옴딱지가 앉은 곳을 하도 긁어서 피부가 모두 허옇게 일어나 있다. 버력산에는 뜨거운 지하수가 나와서 여기 사는 주민들은 그곳을 목욕탕 대용으로 쓴다. 다른 지역 사람들이 그 이야기를 들으면 "그런 광독투성이 물에 몸을 담그다니!" 하고 놀란다고 하지만.

여기저기를 기운 윗옷을 벗기고 3평짜리 다다미방 담요 위에 마사오를 눕혔다. 바가지로 물동이에 든 물을 퍼서 밥그릇을 씻었다. 공동 수도에서 물을 길어 오려면 힘들고, 어차피 아침 한 시간만 물이 나온다. 아이들이 서로 밀고 밀치며 양동이에 물을 받아서 집에 가져가지만 아키오에게는 무리였다. 다리가 불편해서 상반신이 좌우로 흔들리는 탓에 물이 거의 쏟아지고 만다. 아키오는 걸음마를 하던 무렵 미이케 탄광의 탄광 주택에서 버력을 싣고 가는 철차 바퀴에 다리가 깔렸다.

"숙제해야 된다."

아키오와 마사오를 재우고 리쓰코는 사과 상자 위에 노트를 꺼내 펼쳤다. 알전구 불빛이 흔들리는 방 안에서 여동생의 그림자가 낡은 다다미와 널문 위를 오락가락했다.

마치 폐쇄된 갱도에서 기어 나온 유령 같다고 나는 어렴풋이 떠올렸다.

자전거를 타고 내리막길을 단숨에 내려갔다. 찬바람을 얼굴에 정통으로 맞았지만 집에서 멀어질수록 자유롭고 상쾌해지는 기분이었다. 이 자전거를 물려받은 건 정말 행운이었다.

어머니를 찾아서 몇 번인가 와카마쓰항에 갔을 때 나를 불쌍하게 본 식당 주인이 지금 내가 일하는 곳을 소개해 주었다. 국철 역이 가깝고 걸어서 갈 수 있는 거리여서 좋았다. 지쿠호에는 한국이나 조선적籍 출신 사람이 많이 살아서인지 곱창구이 가게가 많은데 그 안에서 내가 일하는 곳은 강판에 간 고기를 가공 판매하는 회사였다. 집안 사정을 이야기하며 고개를 연신 숙이자 사장은 나를 써 주었다. 이 일대에 사는 주민 중에는 폐광 마을 출신을 싫어하는 사람이 많다. 찢어지게 가난한 우리를 업신여겼고, 그들에게 '더럽다' '글자도 제대로 못 읽는다'라는 말을 듣는 데도 이미 익숙했다.

일한다고 해 봐야 가공장 내부 청소 등 잡일이 대부분이라 수입도 푼돈 수준이었다. 그래도 괜찮았던 것이 어차피 생활 보호 세대에서 제외되지 않으려면 남몰래 일해야 했다. 복지 사무소는 폐광 마을 주민들에게 유독 엄격했다. 응? TV를 샀네? 술을 마셨다고? 소고기를 먹었네, 라는 식으로 사회 복지사나 민생 위원들이 조사를 나와서 걸핏하면 고작 한 달에 1, 2만 엔 정도 나오는 지원금을 끊으려 했다.

나는 가난하지만 더럽지 않고 글자도 읽을 줄 안다. 중학교를 졸업한 지 얼마 되지 않았어도 그것들만큼은 확실히 신경 쓰자고 속으로 늘 다짐했다. 맛있어 보이는 고기가 눈앞에 있어도 절대로 슬쩍하지 않고, 몇 벌 없는 옷은 잘 수선하고 가끔은 세탁해서 옷을 갈아입는다. 광독투성이이기는 해도 목욕물로 몸을 잘 씻고 학교 성적 역시 좋은 편이었다.

가장 가까운 역에서도 걸어가면 40분 정도 걸리는 거리를 매일 왕복하다 보니 3륜 트럭으로 고기를 배달하는 아저씨가 내게 낡은 자전거를 물려주었다. 남자용 자전거이고 체인이 자주 빠지기는 하지만 그날 이후 자전거는 없어서는 안 될 내 다리가 돼 주었다.

"유우야!"

남색 점퍼를 걸친 굽은 등이 보여서 말을 걸었다. 유우가 두 손을 주머니에 찔러 넣은 채로 고개를 돌렸다.

"고맙데이. 어제 니 없었으면 클날 뻔했데이."

"아니다."

나는 자전거에서 내려서 유우와 나란히 걸었다.

"안 늦었나?"

"어. 괘안타. 오늘은 일찍 나왔다이가."

유우는 맞나, 하고 다시 다리 밑으로 시신을 떨궜다.

유우의 할머니는 "와 그리 고개를 수그리고 댕기노? 쫄딱 망한 쪼매난 탄광 주택 출신이라케도 쪽팔릴 거 한 개도 없다!" 하고 늘 침을 튀기며 화를 내지만, 유우는 자기 키가 큰 것조차 부끄러운 것처럼 항상 고개를 숙이고 걸었다.

올봄 유우와 같은 학년 아이들은 전부 집단 취직이 결정돼 이곳을 떠났다. 남은 학생은 몇 명뿐인데 그중 두 명이 바로 유우와 나다. 나는 몸 상태가 좋지 않은 아버지와 어린 동생 때문에 도저히 다른 지역까지 일하러 갈 수 없었고 어머니가 취직을 막기도 했다. 생각해 보면 그 무렵부터 어머니는 이미 집을 나갈 계획을 세우고 있었을지도 모른다.

유우는 특별한 이유로 이곳에 남았다. 그는 중학교 선생님이 집단 취직으로 보내기에 아깝다고 할 만큼 머리가 좋았다. 그래서 선생님의 주선으로 일을 하며 야간 고등학교에 다니게 되었다. 당시 폐광 마을 출신 아이가 고등학교에 가는 건 그야말로 드문 일이었다. 할머니가 반대할 거라고 예상했지만 결국 선생님의 설득에 넘어갔다. '마스'라는 이름의 유우네 할머니는 그 무렵 심한 류머티즘 때문에 매일 고통을 호소한다고 해서 유우가 취업을 망설였을 수도 있다. 애당초 마스 할머니는 자신을 돌보게 할 목적으로 유우를 거두기도 했다.

"춥네."

아래에서 불어오는 바람이 얼음장 같아 뺨이 욱신거렸다. 말수가 적은 유우는 "어"라고만 했다. 미이케에서 여기 이사 와서 이 지역 중학교에 다닌 나는 이제는 완전히 '버려진 탄광 주택 쪽방촌 아이'가 되었다. 아버지의 상태가 괜찮았을 때 그런 이야기를 들으면 화를 냈을 것이다. 농가와 회사원 부모를 둔 아이들에게

학교에서 차별받으며 항상 따돌림을 당하는 탓에 폐광 마을 아이들끼리는 유독 끈끈했다. 평소 부모들이 폐쇄 탄광의 탄광 주택에 눌러사는 생활 보호 세대를 욕하기 때문에 아이들도 물든 것으로 보였다.

그런 학생과 부모들을 상대로 우리는 마지막 남은 한 줌의 자존심을 지키기 위해 고군분투했다. 그래서 대부분 사이가 좋다. 태어날 때부터 한동네에서 살던 아이가 대다수라 '치짱', '메구짱', '오사무', '도모', '지로' 등으로 서로의 이름을 부른다. 나는 이제 만날 수 없게 된 그 아이들이 그리웠다. 노조미라는 이름의 나는 친근감 있게 '논짱'이라는 별명으로 불렸다. 유우의 본명은 나카무라 유지였다.

유우와 마스 할머니는 피로 이어진 관계는 아니었다. 유우를 낳은 어머니가 목매 자살한 탓에 옆집에 살던 마스 할머니가 노후를 위해 이때다 하고 유우를 거뒀다는 소문이 돌았다.

유우의 친어머니는 탄광이 열려 있던 시절에 남편과 함께 여기로 이사 왔다고 했다. 그로부터 얼마 지나지 않아 남편이 낙반 사고로 세상을 떴고 그녀 혼자 선탄부로 일하던 시기에 아버지가 누군지 모를 아이를 낳았다. 그리고 스스로 괴로워하다가 결국 목을 맸다. 비참한 이야기지만 외딴 섬처럼 세상에서 버려진 이 마을에서는 그리 드문 일은 아닌 듯했다. 마을을 관리하는 복지사무소도 그런 일에는 무관심했다.

'겟텐샤'인 마스 할머니에게 반대하고 나서는 사람도 없어서 유우는 그대로 할머니 밑에 들어가 할머니 손에 자랐다. 겟텐샤는 지쿠호 사투리로 성질이 고약하고 걸핏하면 뺏성을 부리는 사람을 뜻한다. 마스 할머니는 젊은 시절 이 일대 작은 탄광을 전전하며 광부들과 결혼을 총 세 번 했는데도 아이를 가지지 못했다. 그래서 할머니 나름대로 떠올린 노후 대비가 바로 유우를 거두는 것이었다. 현역 시절에는 개미굴처럼 이어진 어둡고 좁은 갱도를 기어 다니며 남자에게 지지 않을 만큼 석탄을 많이 짊어지고 나오는 할머니를 모두가 우러러봤다고 했다. 지금도 할머니의 등에는 '세나'라는 이름의 대바구니를 짊어지고 다닐 때 생긴 혹이 보기 흉하게 남았다. 유우는 글자를 읽지 못하는 할머니의 눈이 돼 주기도 했다.

유우가 다른 마을 어른에게 "그런 할매랑 같이 살게 된 것도 참말로 운이 없지만 그라도 굶어 죽는 것보다는 낫다이가"라는 말을 듣는 것을 나도 옆에서 들은 적이 있다.

마스 할머니도 유우를 기르기 위해 나름대로 고생했을 것이다. 당시에는 이 찢어지게 가난한 탄광 마을뿐 아니라 탄광 노동자 밑에서 태어나자마자 버림받거나 죽는 아이가 많았다. 실제로 우리 집에서도 아이가 둘이나 죽었다. 이곳 어머니들은 대부분 영양 부족이 심각한 탓에 모유가 잘 나오지 않아서 가끔 이웃집을 돌아다니며 젖동냥을 했다. 분유 같은 건 바랄 수도 없었고 모유가 부족하면 쌀뜨물이나 밀가루를 풀어서 만든 물을 먹였다. 지금도 그렇게 아이를 기르는 부모가 있으니 무턱대고 비난할 일은 아니었다.

"설날에는 전부 돌아올란가?"

어제 마사오가 내게 했던 질문이 떠올라서 물었다. 같은 중학교에 다닌 친구들이 탄광 주택 안에 스무 명은 있었다.

"그래도 처음 맞는 설인데 아마 안 오것나."

부모와 고향을 그리며 마음 내킬 때 달려올 수 있는 아이는 그나마 행복한 편이다. 차비를 마련하지 못해 그대로 머무르는 친구도 분명 있을 것이다. 졸업생 중에는 3, 4년 정도 세월이 흐르면 점차 발길이 뜸해지다가 불현듯 소식이 끊기는 사람도 드물지 않았다.

사이가 좋았던 친구들의 얼굴을 한 명 한 명 떠올렸다. 돈이 없어서 졸업 앨범도 못 샀으니 그대로 머릿속에 새겨둘 수밖에 없었다.

내게는 보물이 있다. 바로 〈지쿠호의 비가〉라는 제목의 사진집이었다. 폐광 마을에 살면서 사진을 찍어 온 사진작가 다키모토 씨가 내게 선물해 주었다. 작년에 책으로 나온 사진집에는 내 사진도 실려 있다. 지금껏 신문 기자나 잡지사의 카메라맨이 가끔 찾아온 적은 있지만(풍요로운 현대 일본의 밑바닥을 취재한다고 하면서), 다키모토 씨는 이곳에서 직접 주민들과 함께 부대끼고 살면서 사진을 찍었다. 중학교 3학년 때 오르막길 끝에 있는 탄광 주택까지 유우와 함께 올라가는 길에 갑자기 다키모토 씨가 우리에게 카메라를 들이밀었다. 나는 "뭡니꺼? 잠깐만요" 하고 유우의 머리 위에 눌려 있던 학교 모자로 내 얼굴을 가렸다.

사진집을 받기 전까지 그런 일이 있었다는 것도 까맣게 잊고 있었다. 사진 속 유우는 어떤 표정을 지어야 좋을지 모르겠다는 듯이 길 한가운데에 우두커니 서 있다. 반면 나는 여유롭게 웃는 얼굴로 사진을 찍었다. 이 사진집에는 다른 친구들도 찍혀 있어서 시간이 날 때마다 펼쳐 봤다. 고무 대야에서 갓난아기를 씻기는 어른스러운 아이, 담배를 입에 문 채 허물어져 가는 주택 앞에 모여 있는 남자들, 구겨진 잠옷에 살 가리개 차림으로 마루방에 앉아 초점이 맞지 않는 눈으로 쳐다보는 노인. 다 여기서 직접 살았으니 비로소 찍을 수 있는 사진들이었다.

역에 가까워지자 플랫폼에 출근길 회사원들이 떼 지어 있는 모습이 보였다. 유우도 여기서 기차를 타고 세 정거장 떨어진 자전거 수리 공장에 간다. 끝나면 학교에 가기 때문에 집에 돌아오는 건 거의 밤늦은 시간이었다. 나는 곧장 자전거에 올라탔다.

"유우야, 오늘도 조심해서 일하그래이."

유우는 한 손을 들어 올리고 모퉁이를 돌았다.

어느 날 리쓰코가 내게 "프롤레타리아가 뭐꼬?"라고 물었다

"먼데. 또 요상한 말 배워 왔나."

내가 그렇게 대답하자 리쓰코는 킥킥 웃으며 다른 곳으로 갔다. 두 달 전쯤에 사진작가가 다키모토 씨 집에 들어왔다는 젊은 남자가 그런 어려운 단어를 자주 입에 담았다. 아이들은 재미있어

하며 그를 따라 했다.

새해가 밝았고 설날도 지났다. 얼마 남지 않은 돈으로 설 기념 찰떡을 사서 먹었다. 어머니는 당연히 돌아오지 않았지만 토라져 있던 마사오도 그걸로 기분이 풀렸다.

사이가 좋았던 메구짱이 오사카에서 돌아왔다. 오랜만에 친구를 만나는 게 가장 기뻤다. 메구짱은 신발 가게에서 숙식하면서 일한다고 했다.

"오사카 사람들은 억수로 즐거워 보인데이. 사람도 억수로 많은데 전부 뻔지르르하게 옷 입고 맛난 음식도 먹는다이가."

"우짜믄 그리 살 수 있을끄?"

"그기야 뭐 경기가 좋응께. 이자나기 경기*라 하드라이가."

"그기 뭔데?"라고 물어도 메구짱은 구체적으로 대답해 주지 않았다. 그리고 오사카에 다시 돌아가는 날, 메구짱은 나를 보며 눈물을 흘렸다.

사진집을 냈을 정도이니 한때는 훌륭한 사진작가인 줄로만 알았던 다키모토 씨도 어디 가지 않고 연말연시를 전부 탄광 주택에서 보낸 듯했다. 그 역시 이곳 주민과 별반 다르지 않게 살았다. 술은 즐겨 마시지만 먹을 것을 잘 챙겨 먹는 것 같지 않았다. 너저분한 옷을 입고 다니고 얼굴에는 자르시 않은 수염이 삐죽삐죽 돋

* 1965년부터 1970년에 이르는 일본의 고도 경제 성장기를 일컫는 말.

아 있다. 아무리 좋게 봐도 일자리를 잃은 30대 백수 남자로만 보였다. 거기에 그와 비슷하게 궁상맞아 보이는 남자까지 그 집에 들어왔다. 그는 나이가 젊은 만큼 다키모토 씨보다는 활기가 있었고 이따금 어려운 말을 입에 담고는 했다. "연대와 혁명"이라느니 "착취"라느니 "체제에 저항한다" 같은 말을 기세 좋게 지껄이며 누구에게든 토론하듯 말을 걸었다.

"아재요. 그딴 거 알아서 먹고살 수 있다 카믄 얼마든지 상대해 줄 낀데 당신 같은 사람이랑 말 섞어 봤자 배만 곤다"라고 조롱당하거나 "아이고, 맘대로 하이소. 당신 설마 복지 사무소 염탐꾼 아니제?" 하고 의심하는 사람도 있었다. 다키모토 씨는 그런 사람들의 반응이 재밌는지 그를 쫓아내려 하지 않았다.

다키모토 씨는 그 남자를 두고 "그 녀석은 껍데기야"라고 했다. 미이케 투쟁이 일어났을 당시 대학생이었던 그는 전학련* 소속으로 지원을 가서 머리띠를 두르고 피켓 시위장에 모여 조합과 매일 토론을 벌였다고 한다. 다키모토 씨는 냉정한 목소리로 "안보 투쟁과 미이케 투쟁은 근본부터 다르지. 중요한 건 일반인들의 삶에 얼마나 기반하는가인데, 안보 투쟁은 학생들에게는 축제 같았을지 모르지만 미이케의 노동 투쟁은 해고를 철회하라는 절박함이 실려 있었어"라고 진지하게 말하기도 했다. 다키모토 씨의

* 전일본 학생 자치회 총연합의 준말.

그 말을 듣고 다시 그가 침을 튀기며 맞받아쳤을 때는 건물 한 채를 벽으로 나눠 집을 여러 채 지은 이 탄광 주택 전체에서 토론 소리가 들렸다.

미이케 투쟁에서 패배를 맛본 후 그가 대학을 관두고 여기저기 일을 전전하다가 노동 운동에 가담했다는 것은 모두가 알고 있었다. 그는 혁명의 꿈이 짓밟힌 이후 글자 그대로 껍데기만 남아 사회 밑바닥에 있는 이 마을까지 도달한 셈이다. 그런 사실을 알게 된 주민들은 그를 '껍데기'라고 불렀다. 본명은 그 누구도 모른다.

한 번은 우리 아버지가 미이케 탄광에서 일했다는 이야기를 듣고 그가 집에 찾아왔는데, 일산화탄소 중독으로 상태가 좋지 않은 아버지와 제대로 된 의사소통을 할 수 없어 실망하고 돌아간 적이 있다. 다음으로 껍데기가 눈길을 향한 것은 이 탄광 주택을 관리하는 전직 탄광주와의 투쟁이었다.

고야마라고 불리던 개인 탄광 경영주들의 조업 방식은 잔인했다. 우리는 여기 이사 온 후 탄광 주택 주민들에게서 그때 이야기를 자주 전해 들었다. 그들은 돈에 쪼들리는 떠돌이 광부들을 약간의 채비를 주고 데려와서는 죄수나 노예처럼 마구 부렸다고 했다.

버팀목 하나 없이 위험하기 짝이 없는 채굴장과 갱도에서 혹독하게 일을 시켰지만 탄층의 질이 좋지 않아 질 좋은 석탄은 거의 나오지 않았다. 그러면 폭력적인 사적 제재가 광부들을 기다리고 있었다. 그래도 줄 것을 제대로 챙겨 줬다면 어느 정도 참을 수도 있을 텐데 임금 체불과 착취가 당연하다시피 이어졌다. 가족 부양은 꿈도 꿀 수 없었고 고향에 보내는 돈은 물론 기력까지 전부 빼앗긴 채 광부들은 그저 말 잘 듣는 가축이 되어 갔다. 그러다 참지 못하고 광장鑛長이나 노무 담당 직원에게 한마디 하거나 가끔 시찰하러 오는 광산 보안 감독관에게 항의했다가 일부러 갱도를 붕괴시키는 사고에 휩쓸려 죽거나 두 번 다시 일을 하지 못하게 된 사람도 있다고 했다.

어머니는 "참말로 감옥 같은 곳이었다카드라" 하고 창백한 얼굴로 말했다. 그러나 다른 소규모 광산들도 사정은 대부분 엇비슷했던 모양이었다. 그러므로 아버지는 더욱 미이케에서 받아 온 검은 수첩을 틈날 때마다 휘둘렀고, 어머니는 가난한 탄광 주택 사람들을 싫어했다.

구체적인 것은 어려워서 잘 모르지만 적어도 껍데기가 말한 '착취'는 지금도 계속되는 듯했다. 현실 속 우리 집안에도 손길을 뻗쳤으니 더 잘 알 수 있었다. 에너지 정책 전환에 따른 불황으로 소규모 광산들이 문을 닫자 전직 탄광주들은 고리대금업자로 직업을 바꿨다. 질 좋은 석탄을 산출하지 못하는 탄광이 폐쇄됐어도 쓰러지기 일보 직전의 다섯 채짜리 탄광 주택 스무 동만 가지고 있으면 월세 수입만으로 충분히 먹고살 수 있었다. 게다가 그곳에 사는 이들은 하나같이 생활 보호 대상자들이다. 쥐꼬리만 한 생계 급여로는 가족들 입에 풀칠도 할 수 없으니 우리처럼 가난한 주민들은 몰래 부업을 하더라도 결국 사채업자들에게서 돈을 빌릴 수밖에 없었다.

이곳 탄광의 전직 탄광주는 다케나카 조타로라는 남자였는데 '도깨비 다케조'라는 별명으로 불렸다. 버력산 뒤에 있는 높은 지대에 산다. 인색한 탓에 자기가 사는 집에도 돈을 들이지 않았다. 혼자 사는 그는 나이가 60대인데 키가 훌쩍하고 얼굴이 늘 기름기로 번질번질했다. 그가 탄광 주택 근처에 사는 이유는 틈만 나면 우리에게 돈을 빌려주고 받아 가기 위해서였다. 예전에 그가 고용한 광부들을 감시할 목적이라는 이야기도 돌았다.

도쿄에 일하러 간 오사무는 부모님께 들었다며 다케조가 복지 사무소와 뒤에서 연루돼 있다고 알려 주었는데 그 말이 완전히 엉터리는 아닐 것이다. 다케조는 돈을 잘 갚지 않는 상대를 위협할 때 "니놈 딸래미가 기타큐슈로 일하러 댕긴다꼬 복지 사무소에 칵 찔러 뿐다. 그라도 되것나?" 같은 말을 종종 입에 담았기 때문이다.

어쨌든 이곳에서는 눈엣가시 취급을 당하지만 다케조가 사라지면 우리도 먹고살 수 없는 것이 현실이었다. 어머니가 집을 나간 이후 다케조에게 돈을 빌리러 가는 역할은 내가 맡게 되었는데 그때마다 나는 몸서리가 나게 싫었다.

껍데기는 사람들을 착취하는 다케조를 비판하며 그와 투쟁해야 한다고 사람들을 부추기고 다녔다. 그러나 정작 어른들은 아무도 그를 상대해 주지 않았다. 다키모토 씨가 말려도 다케조와 담판을 짓고 오겠다며 위풍당당하게 떠난 껍데기는 담판은커녕 흠씬 두들겨 맞고 돌아왔다. 다케조가 야쿠자들과 연줄이 있다는 것을 아무도 그에게 알려 주지 않았다. 탄광에 일하러 올 사람들을 모으거나, 탄광 안에서 규칙을 어기는 등 일하는 태도가 좋지 않은 광부들을 두들겨 팼던 사람도 거의 야쿠자 같은 이들이었다고 한다. 탄광 문을 처음 열었을 때부터 다케조는 그런 사람들을 잘 활용해 온 것이다.

기세가 한풀 꺾인 껍데기는 그날 이후부터 입을 다물었다. 그리고 더는 발붙일 곳이 없어졌는지 다키모토 씨의 집에서 나오지 않았다. 다키모토 씨의 집 옆에 있는 사진을 현상하는 암실에서 일을 돕는다고 했다.

반대로 내 아버지는 종종 집 밖으로 나갔다. 균형 감각이 흐트러져서 비틀거리면서도 열심히 걸었지만 가끔 도랑에 빠지곤 했다.

"우리 집 시즈코 지금 오데 있는지 아나?"

아버지는 아내 이름을 대며 길에서 만나는 사람 모두에게 물었다. 어머니가 사라진 상황만은 이해하는 듯했다. 가끔은 '다 이자뿌면 좋을 낀데' 하는 생각이 들었다. 아버지의 모습이 볼썽사납고 비참해서 잠자코 보고 있기 힘들었지만 우리가 어찌할 도리는 없었다.

이곳에서는 부부가 헤어지거나, 남편이 다른 여자와 눈이 맞아 도망치거나, 아내가 바람피운다는 의심을 사 피까지 보는 큰 싸움이 일어나는 등 남녀 갈등이 드물지 않았다. 판자로 만든 얄팍한 벽과 찌그러진 문, 천장 널빤지가 거의 떨어져 나간 탄광 주택에서는 집 안의 모든 소리가 죄다 새어 나갔다.

누가 바람을 넣었는지 몰라도 아버지는 어느 날부터 어머니가 어디 있는지를 다케조가 안다고 믿기 시작했다. 몇 번인가 그 비틀거리는 걸음걸이로 오르막길을 올라 다케조에게 따지러 가기도 했다. 물론 다케조는 그럴 때마다 부인하면서 "그런 헛소리나 할라꼬 올라올 시간 있으면 돈이나 갚아라!" 하고 아버지를 쫓아냈다. 그런 날에는 다 빠져서 얼마 없는 누런 이를 벅벅 갈며 "으이씨, 승질 나네! 시즈코 숨기난 걸 내가 모를 줄 알고! 내를 우습게 보나!"라고 악을 썼다.

"아부지. 그럴 리 없다아입니꺼. 그런 말에다가 고만 좀 휘둘리이소."

내가 수없이 그렇게 말해도 아버지는 납득하지 않았다. 아버지의 의심이 일견 이해도 되는 것은 다케조가 여자를 밝힌다는 소문이 이미 마을 안에 전부 퍼져 있었기 때문이다. 탄광을 경영할 때부터, 몸을 다쳐서 움직이지 못하게 된 광부에게 쌀 대신 그의 부인을 자기 집에 데려와 마음대로 하는 식의 인간 말종 같은 짓을 저질렀다고 한다. 실제로도 눈앞의 쌀 때문에 어쩔 수 없이 그가 시키는 대로 했다는 사람이 있었고, 그의 나이 예순이 넘은 지금도 비슷한 이야기가 들렸다. 다케조의 아내가 그런 남편에게 정나미가 떨어져서 탄광이 망하자마자 아이들을 데리고 집을 나가 버렸다고 하니 이 정도면 거의 병이라 불러야 할 것이다.

평소 입는 옷에 중절모를 깊숙이 눌러쓴 다케조가 탄광 주택 안을 걷는 모습을 보면 등골이 오싹해졌다. 겨울에는 옷 위에 광택이 있는 검은 벨벳 하오리*를 걸치고 머플러를 두르는 게 그의 정해진 옷차림이었다.

"내일 급여 나오는 날이제? 돈 받으면 갚으러 온나."

그가 그렇게 말을 걸면 평소에는 위세 당당한 남자들도 겸연쩍게 웃으며 고개를 숙였다. 그런 모습을 보고 있으면 나도 껍데기와 함께 행동하고 싶어졌다. 그는 다케조 같은 사람을 '자본주의의 앞잡이'라고 불렀다. 다키모토의 카메라는 누구에게나 평등해서 다케조의 밉살스러운 뒷모습은 〈지쿠호의 비가〉에도 실렸다.

어머니는 이런 인생의 낙오자들이 모인 곳에서 유독 눈에 띄는 존재였다. 대단한 미인은 아니지만 피부가 하얗고 볼륨감이 있는 몸매가 평균 이상은 되었다. 그래서 어머니가 와카마쓰항의 젊은 인부와 눈이 맞았다는 소문을 나는 절반 이상 믿고 있다. 나는 배짝 말랐고 광대가 툭 튀어나온 것으로 모자라 볼에는 못난이 점까지 있어서 어머니와는 전혀 다르다. 게다가 사교성도 좋지 않다. 어머니와 닮은 쪽은 동생 리쓰코였다. 얼굴이 예쁜 리쓰코는 모두에게서 사랑받았다. 잘 먹지도 못하는데 몸매도 나보다 좋았다.

"논짱 있나?" 맞은편에 사는 기쿠에 아주머니가 문을 덜컥거리며 들어왔다. "가물치를 잡았다이가. 절반 노나 줄 텡께 쫄여서 아키오 마사오랑 나눠 먹으래이."

* 방한 목적으로 입는 짧은 길이의 겉옷.

아주머니는 살이 통통하게 오른 생선을 손에 들고 있었다.

“아이고, 감사합니더!”

“간장은 있나?”

“네. 아직 좀 남아 있을 낍니더.”

남자용 솜옷을 걸친 아주머니는 집 안쪽을 힐끔 엿봤다. 아버지는 최근 며칠 동안 기침이 멎지 않아서 지금도 우울한 얼굴로 콜록거리고 있었다. 아마 폐에 탄진이 쌓였을 것이다. 아주머니는 어깨를 움츠리고 다시 집을 나갔다.

지하 갱도가 무너진 곳은 움푹 파인 연못이 되어 지금은 그곳에서 가물치나 잉어, 붕어, 가재 등을 잡을 수 있었다. 탄광 주택 주민들에게 소중한 단백질 공급원이었다. 거친 들판을 부지런히 개간해 지금은 채소도 재배하고 있다. 봄에는 산에 들어가 산나물을 캐고, 가을에는 버섯과 나무 열매 등을 캐는 데 여념이 없다. 어른이든 아이든 총출동했다. 허기를 채우기 위해서는 무엇이든 해야만 했다.

뒤늦게 이사 온 우리는 좀처럼 이런 혜택을 보기 어려웠다. 그러나 어머니가 실종된 이후(꼭 그런 소식은 눈 깜짝할 사이에 탄광 주택 안에 퍼졌다) 남겨진 일산화탄소 중독증 아버지와 아이들을 딱하게 여겨 사람들이 종종 수확한 것들을 나눠 줬다. 결손 가정이 되자 그제야 가난한 마을의 정식 구성원으로 인정받은 것인지도 모른다. 맞은편 집에 사는 오이짱은 연못에서 물고기를 잘 낚았다. 아주머니는 “그런 거라도 잘해야지. 다른 거는 잘하는 기 한 개도 없다이가"라고 하지만.

아주머니가 이렇게 생선을 갖다주게 된 계기는 아키오와 마사오가 굶주림을 참지 못하고 아주머니의 집에 몰래 들어가 오이짱이 물고기를 낚을 때 미끼로 쓰려고 중식집 쓰레기 더미 속에서 가져온 새우 대가리를 몰래 먹다가 들켰기 때문이다. 기쿠에 아주머니는 두 아이의 손에서 당장 새우 대가리를 빼앗고 소중히 보관해 온 쌀로 밥을 지어 엄청나게 큰 주먹밥을 만들어 주었다. 나는 그 이야기를 리쓰코에게 전해 들었다. 리쓰코는 두 동생에게 꿀밤을 때리며 "생선을 훔쳐 먹는 것도 아이고 생선 밥을 훔쳐 먹는 게 어딨노!" 하고 다그쳤다. 꾸지람을 들으면 늘 눈물을 뚝뚝 흘리는 동생들은 배가 불러서인지 그때만큼은 싱글벙글 웃었다.

◦ 2016년 봄 ◦

내 방은 맨 끝 방이다. 방에는 바다와 인접한 베란다와 별개로 요양원 유즈키를 둘러싼 정원을 내려다볼 수 있는 베란다가 하나 더 있다. 광활한 부지 위에 지어진 유즈키에는 일본식 정원과 잔디밭, 화단, 분수대 구역 등이 있어 내부를 걷는 것만으로도 좋은 운동이 된다. 정원 너머로는 이곳을 처음 지었을 때 남겨 둔 숲이 있다. 시끌벅적한 도심지에서 벗어나 풍요로운 자연을 즐길 수 있다는 것이 유즈키가 내세우는 장점이었다.

숲에는 수많은 새가 살고 있다. 바다 위를 유유히 날아가는 수리과 새나 매 등의 맹금류, 찌르레기나 박새, 오목눈이, 할미새 같은 작은 새를 만날 때도 있다. 작은 새들이 지저귀는 소리를 들으면 자연스레 무사시노가 떠올랐다.

까마귀도 자주 찾아왔다. 5층에 있는 내 방 베란다 바로 앞을 날개를 퍼덕이며 날아갔다. 숲 쪽에서 뭔가를 위협하듯 "까악, 까악" 하고 우는 소리가 들린 적도 있었다. 유즈키의 주방에서 나온 쓰레기 봉지를 어지럽힐 때도 있다고 했다.

또다시 기억이 되살아났다. 난바 저택에서 다쓰야가 까마귀를 키우던 때가 있었다. 영리한 새였다. 아마 '구로'라는 이름이었을 것이다. 사람의 얼굴을 알아보고 다쓰야와 선생, 남편을 잘 따랐는데 기미와 나에게는 냉담했다.

가가 씨가 내 방에 찾아왔다. 그녀의 얼굴을 얼핏 보자마자 이야기가 길어지겠다고 직감했다. 입을 꾹 다물고 이마에는 핏줄이 꿈틀꿈틀 움직이는 것이 보였다. 하야미 씨와 말다툼을 벌였다고 했다. 나는 그 자리에 없어서 다행이라고 생각하며 속으로 가슴을 쓸어내렸다. 가가 씨는 흥분한 상태로 내게 분노를 쏟아 냈다. 햐아미 씨가 전직 간호사인 자신을 무시하듯 말했다고 했다.

"꼭 간호사였던 내가 남편을 일방적으로 꼬신 것처럼 말했어."

"그건 좀 너무하네요."

실은 그렇게 너무하다고 생각하지 않았지만 일단 맞장구를 쳤다.

"애초에 간호사들이 얼마나 헌신적으로 환자를 대하는지 그 여자는 하나도 몰라. 지역 의료 체계에 간호사만큼 공헌하는 사람들이 또 있는지 하야미 씨처럼 한가로운 부잣집 여자들이 알 리 없지."

가가 씨는 자기가 얼마나 환자들을 진심으로 대했는지 침을 튀기며 설명했다. 결혼 상대를 찾으려고 일부러 좋은 회사에 들어가거나 부잣집 아들을 노려서 결혼한 것과는 전혀 다르다고 했다.

나는 쓴웃음을 지었다. 가가 씨라면 내 이력을 보고도 그렇게 판단할 것이다. 그 집안 남자와 잘 되기를 기대해 가정부로 들어갔다고 추측할 것이다.

다른 사람 눈을 의식한 적은 없지만 남편과 나의 관계를 통속적이고 어쩌면 행운 같은 것으로 생각해 준다면 오히려 그게 낫다. 진실은 더 이기적이고 비열하며 잔인할 뿐더러 지금껏 그것을 계속해서 숨겨 온 우리는 극악무도 그 자체다.

이후 가가 씨는 자기가 얼마나 고생했는지를 장황하게 설명하기 시작했다. 전후 식량난을 극복했다는 것, 형제가 많은 탓에 일찍 취업 전선에 뛰어들어야 했다는 것, 병원에서 숙식으로 일하며 간호사 면허를 취득한 것, 남편과 결혼한 후에도 시아버지, 시어머니, 시누이들에게 괴롭힘을 당했다는 것.

"당신 앞이니 이런 이야기들을 하는 거야. 고생의 고 자도 모르고 여유롭게 살아온 사람들은 진짜 인생이 뭔지 알 리 없으니까."

부잣집에서 곱게 자란 하야미 씨를 깎아내리는 말이다. 나는 가볍게 고개를 끄덕이고 살며시 미소 지었다.

가가 씨 역시 진짜 가난이 어떤 것인지 모를 것이다. 집을 나간 어머니가 그리워서 울었던 기억, 마음을 독하게 먹고 사이좋았던 형제들과 일부러 헤어진 기억, 살아남기 위해 무서운 결단을 내려야 했던 기억. 진정한 절망이란 게 무엇인지 가가 씨는 알고 있을까.

그 어느 날 고요한 강 표면에서 샘솟은 도깨비불이 점차 둥글게 바뀌어 소리도 없이 미끄러지듯 나를 쫓아오던 모습이 눈꺼풀 안쪽에서 되살아나서 나는 몸을 부르르 떨었다.

◦ 1966년 봄 ◦

고민 끝에 아키오의 초등학교 입학을 1년 늦추기로 동사무소에 신청했다. 다리가 좋지 않은 아키오가 혼자 초등학교를 다니기 어려우리라 판단했기 때문이다. 내년이면 마사오도 입학하니 어떻게든 될 거라고 서류에 적었지만 내년 일은 그 누구도 알 수 없다. 리쓰코도 취직해서 집을 나갈 것이고 아버지의 몸 상태는 시간이 갈수록 악화되는 느낌이었다.

마을 민생 위원이 우리 집안의 상황을 확인하러 왔다. 탄광 아래에서 상점을 운영하는 주인아저씨다. 도수가 높은 안경을 낀 빼드렁니의 중년 남자. 이따금 탄광 주택에 모습을 드러내서 얼굴을 기억하고 있다. 그는 생활 보호 대상자인 우리의 목숨을 자기가 쥐고 있다는 듯이 거들먹거렸다. 아키오의 다리를 한 번 힐끗하고 그 뒤로는 태연하게 집 안 이곳저곳을 살폈다.

"보이소. 좀 어떻습니꺼?"

그는 누워 있는 아버지 옆에 무릎을 꿇었지만 뜯긴 채 지푸라기가 비어져 나온 다다미를 보고 호들갑스럽게 얼굴을 찌푸리며 "벼룩 나오것네" 하고 벌떡 일어섰다. 그러더니 아버지 위를 지나가 부서진 벽장문을 활짝 열었다. 벽장 안에 이렇다 할 것은 없었다. 종종 TV를 벽장 안에 숨겨 두고 보는 집이 있다고 하니 조사하고 싶었을 것이다. 순식간에 퀴퀴한 냄새가 집 안에 감돌았다. 남자는 혀를 쯧 차더니 벽장 문을 다시 쾅 닫았다. 그전까지 멍한 눈빛으로 민생 위원을 바라보던 아버지가 그 소리를 듣고 퍼뜩 정신을 차렸다.

"뭐꼬, 니놈은! 아있 때나 남의 집에 기어 쳐들어와서 도둑놈맹키로 그라고 있노! 우리 집에 니놈이 가져갈 꺼는 한 개도 없다! 전당도 못 잡을 껏들뿐이다!"

그 외침을 듣고 민생 위원은 부랴부랴 방에서 나가려고 했지만 다다미가 뜯겨 나간 부분에 다리가 걸려 넘어졌다. 아버지는 엉덩방아를 찧은 남자를 향해 엉금엉금 기어갔다. 일어서는 수고를 생략한 그 몸짓은 오만방자한 민생 위원을 공포에 떨게 했다. 그리고 하필 그때 아버지는 느닷없이 경련 발작을 일으켰다. 눈을 까뒤집고 두 팔과 두 다리를 번쩍 들어 올린 채 게거품을 무는 모습을 보고 남자는 소스라치게 놀라 나직이 비명을 질렀고, 나는 아키오와 마사오를 양옆에 끼고 토방 구석에서 가만히 그걸 지켜봤다. 우리에게는 일상적인 아버지의 발작이 마을 상인 눈에는 도무지 인간 같지 않을 만큼 기괴해 보일 것이다. 그는 토방에 내려오기는 했지만 당황했는지 나막신을 신으려다가 오히려 신을 걷어차 버렸다.

"뭐꼬! 들어갈 때는 있는 대로 빼기싸트만 주제에 꼴좋네! 일산화탄소 중독 환자 처음 보나! 한심해 가꼬는! 아무튼 민생 위원인가 뭔가 하는 것들은 하나같이 겁쟁이라 안 카나!"

활짝 열린 문에서 그야말로 벼락이 떨어진 것처럼 요란하게 덜컹거리는 소리가 울렸다. 돌아보지 않아도 마스 할머니가 내는 소리임을 깨달았다. 민생 위원은 허세를 부릴 새도 없이 황급히 집을 도망쳐 나갔다. 뒷모습을 눈으로 좇으니 그는 밖에서 마스 할머니를 맞닥뜨린 참이었다. 몸집이 작지만 정정한 할머니는 밀던 손수레로 남자를 가로막듯 서 있었다. 평소처럼 고철을 주우러 가는 길이었을 것이다. 마땅히 하는 일이 없는 할머니는 땅을 뒤져 파이프나 못, 볼트 등을 주워 고물상에 팔아 소소한 수입을 챙겼다. 민생 위원은 할머니의 손수레를 피해 부리나케 도망쳤다.

그로부터 일주일이 지나 동사무소에서 아키오의 입학 유예 통지가 도착했다.

마스 할머니는 평소에도 무서울 게 없는 사람이었다. 다케조마저 할머니를 상대하기 꺼린다는 소문이 돌았다. 나는 할머니의 웃는 얼굴을 한 번도 본 기억이 없다. 이 사람 저 사람 할 것 없이 일단 시비가 붙으면 덤벼들고 보니 마을에서 할머니를 좋아하는 사람은 거의 없었다. 중학생 시절에 몇 번인가 유우에게 할머니가 무섭지 않느냐고 물었지만 유우의 대답은 항상 "고마 좋지도 싫지도 않타. 그래도 내를 길러 준 분 아이가"였다.

질문이 너무하다고는 생각하지 않았다. 유우 역시 어렸을 때부터 같은 질문을 수없이 들은 듯했고 특별히 신경 쓰거나 싫어하는 내색을 보이지 않았다. 이곳에서는 태어난 환경이 전부다. 유우는 자신이 고등학교에 다니며 일하기 때문에 마스 할머니가 생활 보호 대상자에서 제외된 것을 몹시 마음 아파했다. 그것은 마스 할머니가 복지 사무소와 민생 위원들을 싫어하는 이유이기도 했다.

마스 할머니의 인생도 비참했던 것은 마찬가지였다. 탄광에서 일하던 부모님을 따라 갱도에 처음 들어섰을 때가 아홉 살이었다고 한다. 그날 이후 캄캄한 땅속을 기어 다니듯 살았고 셀 수 없을 정도로 많은 탄광을 전전했다. 할머니는 "전부 다 이자뿌따"라며 옛날이야기는 잘 들려주지 않았다. 할머니의 입버릇은 "사람은 있다이가. 죽기 전에 인생의 주판알이 다 맞춰지게 돼 있다. 지아무리 노력해도 그건 못 벗어난데이"라는 말이었다.

마스 할머니는 무슨 말을 하든 화를 내는 것 같았고 평소 표정처럼 언행도 거칠었다. 그리고 유우를 마구 부렸다. 죽을 운명이던 갓난아기를 살려 줬으니 당연히 그럴 권리가 있다는 식이었다.

"유지야! 어딨노? 유지야!"

주택 너머에서 유우를 부르는 목소리가 울려 퍼졌다. 무뚝뚝한 전직 여자 광부가 애정을 잘 표현하지 못할 뿐이라는 우리의 예상을, 할머니를 철저히 깨뜨려 줬다. 유우를 다른 지역에 보내지 않은 것은 그대로 자취를 감출까 봐서였다고 한다. 나는 잘 모르지만 유우가 어린 시절에는 불같이 엄하게 훈육했다고 들었다. 할머니는 마을에서 자신이 미움받는다는 것도 알고 있었다.

중학교 담임이던 하세가와 선생님이 유우를 고등학교에 보내서 공부시키면 좋겠다는 말을 처음 꺼냈을 때도 할머니는 "이놈 공부 시켜 봐야 좋을 끼 뭐가 있겠노. 그런디 선생 양반. 그 고등학교라는 데를 나오면 돈은 벌 수 있나? 그라믄 야기가 좀 달라지제" 하고 되물으며 선생님을 놀라게 했을 정도다. 지나가다가 그 말을 엿들은 기쿠에 아주머니는 "으이고, 저 고약한 할망구가 또 상스럽구로!" 하고 비난했다. 마스 할머니는 그길로 다케조를 찾아가 유우를 고등학교에 보낼 돈을 빌려 왔다. 하세가와 선생님의 주선으로 자동차 수리 공장 취업이 확정되어 유우는 야간 고등학교에 다닐 수 있게 되었다.

나도 갈 수만 있다면 고등학교에 가고 싶었다. 공부는 좋아했다. 그래서 가끔 유우에게 교과서를 보여 달라고 했다. 모르는 걸 알게 되는 것이 기뻤다. 껍데기는 이곳에 만연한 빈곤과 배고픔이 무지에서 비롯된 거라고 했다. 아마도 그 말은 맞을 것이다. 대학까지 간 껍데기나 사진작가인 다키모토 씨는 우리보다 훨씬 많은 것을 알고 있다. 그리고 많은 것을 알수록 여기 있는 게 싫어질 것이 분명해 보였다.

나는 여기서 도망칠 수 없는 걸까. 여기서 계속 아버지와 동생들을 돌보다가 나와 비슷한 처지의 남자를 만나서 아이를 낳게 되는 걸까.

그렇게 생각하자 대번에 가슴이 답답해졌다. 언젠가 다키모토 씨의 카메라를 통해 삶에 찌든 중년 여자로 찍히게 될 날이 올지도 모른다. 이곳에는 한 줄기 희망도 없다. 그런데 내 부모님은 왜 내게 희망을 뜻하는 '노조미'라는 이름을 붙여 준 건지 늘 의아했다.

여름방학에 도시에 사는 대학생들이 캠핑카 부대를 만들어 마을에 찾아왔다. 지쿠호 지방의 쇠락한 폐광 마을을 돌아다니며 아이들에게 공부를 가르치거나 생활 지도를 해 주러 오는 것이다. 놀 거리 따위 없고 변변한 장난감 하나 없는 아이들은 캠핑카를 보면 쪼르르 뛰어갔다. 이곳에는 학교에 들어가기는 했어도 거의 다니지 못하는 아이가 많았다. 부모가 게을러 수업에 필요한 돈을 제대로 못 내는 아이들, 또는 집안일을 돕느라 바쁘거나 학교에서 심한 차별과 괴롭힘을 당하는 아이가 대부분이었지만 그 밖에도 학교에 가지 못할 이유는 수도 없이 많았다.

일을 마치고 돌아가는 길에 잠시 자전거를 세워 두고 캠핑카를 구경하고 있자 조금 떨어진 곳에 껍데기가 서 있는 모습이 보였다. 그는 싸늘한 눈빛으로 학생들을 지그시 관찰하고 있었다. 처음으로 껍데기가 어떻게 생겼는지 자세히 확인했다. 머리카락이 푸석하고 목이 늘어난 티셔츠를 대충 걸쳐 입었지만, 잘 보니 얼굴은 잘생긴 축에 속했다. 좋은 집안에서 자란 도련님 같은 느낌을 줬다. 반면에 눈빛은 예리하게 잔뜩 날이 서 있다. 축복받은 재능과 비열한 잔꾀가 동시에 서린 듯한 그야말로 불균형한 눈빛이었다. 나는 왠지 좋지 않은 느낌을 받았다.

학생들이 껍데기를 알아보고 점차 그를 신경 쓰기 시작했다. 껍데기는 이 폐광 탄광 주택의 평범한 주민들과 명백하게 다른 분위기를 발산했다. 그는 잠시 타이밍을 살피는가 싶더니 학생들에게 다가가 리더로 보이는 사람과 뭔가 대화를 주고받았다. 나는 거기까지 보고 집에 돌아갔다. 해가 지자 아키오와 마사오도 돌아왔다.

“누나야. 캠핑카 학교 있다이가. 수영 아주매 집 바로 옆집에서 하게 됐는갑드라. 글자 가르쳐 준다캤다.”

“맞나. 집에서? 그거 좋네. 집을 우째 구했을꼬?”

마을에 오면 며칠 동안 머무르는 캠핑카 부대는 보통 캠핑카 주변에 텐트를 치고 아이들을 맞이했다. 그러면 아이들이 와글와글 그 안에 모여서 그림 연극을 보거나 글자나 노래를 배웠다. 한 학년 늦어지게 된 아키오가 글자를 읽고 쓰는 법을 배운다면 그보다 더 좋은 일은 없었다. 그들은 기부받은 헌 옷을 나눠 주기도 했다.

다음 날 수영 아주머니에게서 사정을 전해 들었다. 집에서 닭을 기르는 아주머니는 자주 ‘수영’이라는 이름의 풀을 따 와서 닭

모이로 줬다.

"복지 사무소 놈들이 좋은 일도 하는갑다. 다케조를 찾아가 가꼬 캠핑카 학생들한테 빈집 쫌 빌려 주라 캤단다. 어차피 한 사오 일이면 끝난다이가."

캠핑카 부대가 복지 사무소와 교섭해 지난달에 이사를 떠난 빈 집을 무상으로 제공해 달라고 다케조에게 부탁했다고 했다. 다케조는 건물주로서 생활 보호 대상 세대에 집을 제공한다는 명목으로 동사무소에서 월세 일부와 건물 보수 비용을 보조금으로 받았다. 그래서 복지 사무소가 나서서 부탁하면 거절하기 어려운 처지였다.

"학생들이 다케조한테 바로 안 찾아간 게 잘했다이가. 그 구두쇠 다케조가 고만고만하게 그런 걸 허락해 주겠나." 수영 아주머니는 진심으로 감탄한 것처럼 목소리를 높였다. "그런데 그런 좋은 방법을 말해 준 사람이 바로 그 껍데기라 안카나. 역시 대학 나온 사람이 다르긴 다른갑데이. 근디 와 하필 이런 촌구석에 들어와서 살꼬?"

아주머니는 다시 수영 풀을 들고 성큼성큼 집에서 나갔다. 껍데기는 대체 어떤 사람일까. 평소에는 아이들에게 전혀 관심이 없어 보이는데 그저 학생들 앞에서 선배티를 내고 싶은 걸까.

캠핑카 부대가 마을에 있는 동안 껍데기는 임시 학교에 거의 달라붙어 있었다. 아키오에게도 열심히 글자를 가르쳐 줬다. 교실에서 받은 노트에 그야말로 즐거운 듯이 몽당연필로 글씨 연습을 하는 아키오를 보며 나는 가슴이 아팠다.

마지막 날에는 다키모토 씨 집에 학생들이 모여서 뒤풀이를 했다. 다키모토 씨가 술과 안주를 준비해 초대했다고 했다. 그곳에서는 평소에는 듣기 어려운 껍데기의 목소리도 크게 들렸다. 캠핑카 부대 활동을 옆에서 유심히 지켜봐 온 수영 아주머니의 말에 따르면 캠핑카 부대의 여학생 중 한 명이 껍데기에게 호감을 품고 있다고 했다.

아주머니는 껍데기를 다시 봤는지 "자세히 보니까 의외로 남자다운 모습이 있드라"라고 했다. 덧문이 부서지고 장지문도 찢어진 건물 안에서 시끄러운 뒤풀이는 밤늦게까지 이어졌다.

다음 날 캠핑카 부대는 다음 지역으로 떠났다. 빈집에는 곧장 다른 가난한 가족이 이주해 왔다. 껍데기가 캠핑카 부대의 활동에 자극을 받아 앞으로도 아이들의 공부를 조금씩 도와주면 좋을 텐데 아쉽게도 그런 일은 일어나지 않았다. 껍데기는 다시 예전의 껍데기로 돌아갔다.

탄광 주택 안에서 사진을 찍고 다니는 다키모토 씨에게 그 이야기를 전하자 그는 사람 좋아 보이는 미소를 지어 보였다.

"그 녀석은 평범한 사람은 좀 이해하기 어려운 면이 있어. 다양한 얼굴을 지녔지."

내가 그게 무슨 뜻이냐는 듯이 쳐다보자 다키모토 씨는 부서진 나무통을 굴리며 노는 아이들에게 카메라를 향한 채로 말했다.

"어떤 사람에게는 그런 모습이 매력적으로 보일지도 몰라. 어떤 사람에게는 공포를 줄 수도 있지. 그 녀석 자신도 어느 것이 진짜 자기인지 모르고 있을걸. 중요한 건 껍데기는 그런 문제로 전혀 고민하지 않는다는 거야. 아니, 오히려 즐긴다고 해야겠군. 그런 식으로 자기를 연출하는 걸."

점점 더 무슨 말인지 알 수 없었다. 다키모토 씨는 이맛살을 찌푸린 나를 보고 미소 짓더니 "아무튼 넌 가까이 가지 않는 게 좋을 것 같다. 그렇게 어려운 남자 옆에는" 하고 또다시 셔터를 눌렀다. 그런 남자를 집에 들인 다키모토 씨는 배려심이 깊은 걸까, 경솔한 걸까, 아니면 그 역시 별로 고민이 없는 사람인 걸까.

껍데기를 매력적으로 봤다고 한 여학생에게서 가끔 편지가 도착한다고 수영 아주머니가 알려 주었다. 이 탄광 주택에 사생활 같은 건 존재하지 않는다. 나는 캠핑카 부대 학생들의 밝고 싹싹해 보이는 얼굴을 떠올렸다. 여학생은 아마 세 명이었던 것 같다. 그들은 우리처럼 가난한 사람들의 삶을 보고 무슨 생각을 했을까. 불쌍하게 봤을까. 아직도 엄연히 존재하는 이런 사람들을 방치 중인 이 사회에 분노했을까. 아니면 자신들은 이런 곳에 태어나지 않아서 다행이라며 가슴을 쓸어내렸을까.

캠핑카 부대 활동이 끝나면 다시 학교에 돌아가 원하는 만큼 공부에 집중하고 영화를 보러 갈 것이다. 친구들과 수다를 떨며 시간을 보낼 수 있고 예쁜 옷과 책, 맛있는 음식을 살 수도 있다. 우리도 바보가 아니니 그런 건 알고 있다. 이자나기 경기라는 말의 뜻도 지금은 안다. 그러나 그 모든 것은 이곳과 동떨어진 세계에서 일어나는 일이라 생각했다.

문이 꽉 닫힌 광산은 이제 우리에게 일용할 양식을 주지 않고 갱구 안에서 땅에 찰싹 달라붙어 일하던 사람들은 하나같이 허리가 굽고 눈이 침침해진 상태로 허물어져 가는 집 안에 드러누운 채 생활하고 있다. 아내와 자식들은 굶주리고 있으며 쥐꼬리만 한 생계 급여와 고리대금에 삶을 의지할 수밖에 없다. 버력산에는 나무 한 그루조차 없다. 갱구 옆에 지금도 있는 선탄기는 오래전에 고장 나 벌겋게 녹슬어 있다. 이 황량한 풍경을 다키모토 씨는 사진에 담아서 어디에 공개할 생각일까. 〈지쿠호의 비가〉를 본 사람들은 "오, 세상에 이런 곳이 다 있군" 하며 한숨을 내쉴지도 모르지만, 그런 것이 우리 삶에 변화를 가져오지는 않을 것이다. 다키모토 씨와 껍데기는 지금은 우리 안에 섞여서 살아가고 있지만 언젠가 이곳을 떠날 것이다. 그런 것도 이제는 당연하게 느껴져 아무렇지도 않았다.

껍데기에게 편지를 보내던 여학생이 마침내 그를 다시 만나러 마을을 찾아왔다고 수영 아주머니가 신이 난 듯이 동네방네 떠들고 다녔다.

"야야, 그 마음이 진짜였는갑네! 껍데기도 좋아 죽을라 카던데."

여학생이 호감을 품은 껍데기는 이곳에 속하지 않은 껍데기다. 만약 두 사람이 맺어진다면 원래 자신들이 속해 있던 사회로 돌아갈 것이다.

빈곤보다, 굶주림보다 무서운 것이 이곳에는 있었다. 그것은 바로 절망이었다.

아버지의 중독 증세가 날이 갈수록 악화해 갔다. 밥을 며칠이나 먹지 않고 버티는가 하면 어느 날에는 닥치는 대로 뭔가를 집어 먹다가 끝내 토할 때가 있었다. 잠들지 못해서 밤새도록 짐승처럼 신음하기도 했다. 옆집에 사는 우리와 같은 생활 보호 대상 가족은 좁은 방 안에 부부와 아이 여섯 명, 거기에 할아버지까지 함께 산다. 중풍에 걸려 누워 지내는 아버지는 그렇다 쳐도, 그 할아버지라는 사람이 아주 정정한 전직 광부인데 자주 우리 집 쪽을 향해 화를 냈다. 늦은 밤이든 이른 아침이든 아버지가 요란하게 날뛰기라도 하면 누렇게 찌든 러닝셔츠에 복대를 찬 할아버지가 대번에 뛰어왔다.

"허이고, 참말로 시끄럽네! 우리 집에도 환자가 있단 말이다! 내 웬만하믄 참고 지낼라 카는데 참는 것도 한계가 있다 안 카나!"

할아버지의 말은 틀릴 게 없었다. 집에 내가 있으면 내가, 리쓰코가 있으면 리쓰코가 연신 고개를 숙이며 사과했다. 그러나 할아버지는 화를 좀처럼 삭이지 못하고 집주인인 다케조에게 직접 따지러 가기도 했다. 다케조의 문제 해결법은 간단했다. 야쿠자를 써서 위협하거나, 그곳에 사는 사람들을 깡그리 쫓아내거나 둘 중 하나다. 인정사정이라고는 없다. 그들 대신 집에 들어올 다른 가난한 가족이 얼마든지 있으니 다케조의 주머니 사정에 영향을 끼칠 일도 없다. 여기서 쫓겨나면 어디로 가야 할지 떠올려 봤지만 답은 나오지 않았다. 낡아빠지기는 했어도 그나마 지붕 달린 집에서 살 수 있는 건 여기가 폐광 마을이기 때문이었다.

어느 날 다케조가 집을 불쑥 찾았을 때 나는 깜짝 놀라 얼어붙었다. 그는 문틀에 털썩 주저앉았다. 전에 집을 찾아온 민생 위원처럼 불결한 환경 때문에 몸을 움츠리거나 아버지의 기이한 거동을 보며 겁먹지도 않았다. 아버지는 안쪽 방에서 몸을 일으켜 이글거리는 눈빛으로 다케조를 노려봤다.

"뭘 그리 펄쩍 뛰고 일어나노? 느긋허이 한 대 피우소."

그는 주머니에서 궐련을 꺼내 아버지에게 내밀었다. 아버지는 1분 남짓 그 궐련을 뚫어지게 내려다보다가 덜덜 떨리는 손가락으로 집어 들었다. 다케조가 불을 붙여 주자 아버지는 연기를 조금 들이마시고 곧장 격하게 기침을 콜록거렸다.

"아, 이거 미안허구먼. 아재는 폐가 엉망이제. 그라믄 쫌 얌전하게 지내면 안 되것나? 옆집 할배가 자꾸 입에 거품 물고 시끄럽게 군다이가."

리쓰코가 아버지의 손에서 떨어진 궐련을 주우러 달려갔다. 빨리 치웠는데도 다다미에 그을음이 생겼다.

"오, 야는 지 어매를 쏙 빼닮았네." 다케조는 고개를 숙인 채 담뱃재를 치우는 리쓰코를 히죽거리며 쳐다봤다. "앞으로 가슴만 좀 부풀면 애미랑 참말로 똑같겠데이."

다케조의 말이 끝나기도 전에 아버지가 분노했다. 아버지는 마른 나뭇가지 같은 정강이로 이불을 뛰어넘어 곧장 뒤에서 다케조에게 달려들었다. 다케조의 중절모가 날아가 토방에 떨어졌다.

"이 자슥이! 인자 다 부는 기가! 니놈이 시즈코 데리꼬 갔제? 내 더는 몫 참는데이!"

리쓰코가 아버지를 말리려다가 옷소매가 쭉 찢어졌다. 다케조는 조금도 당황한 기색을 보이지 않고 여위고 힘없는 아버지를 손쉽게 뿌리쳤다. 아버지는 보기 좋게 나가떨어져 뒤로 벌러덩 넘어졌다.

"또 그런 소리 하고 자빠졌네. 아재 집 여편네가 젊은 사내놈이랑 눈 맞아서 도망친 거를 아재만 모른다 안 카나."

"거짓말하지 마라! 시즈코 어따 숨겨 놨노!"

아버지는 포기하지 않고 정면에서 다시 다케조에게 덤벼들었다. 아버지의 손이 몸에 닿기 직전 다케조는 아버지의 배를 걷어찼다. 리쓰코가 비명을 질렀다. 아버지는 마치 허리가 꺾인 사람처럼 뒤로 날아가 판자벽에 몸을 거세게 부딪치고 신음했다. 입에서는 핏방울이 떨어졌다.

"오늘 내 혼자 와서 다행인 줄 알아라. 다음에는 이걸로 안 끝난데이. 내가 돈을 얼매나 빌려주고 있는지 잊지 말라꼬!"

다케조는 떨어진 중절모를 주워들어 먼지를 털어 내더니 화가 난 걸음걸이로 집에서 나갔다.

리쓰코는 아버지에게 가지 않고 내게 다가와 물었다.

"언니야. 다케조 말이 사실이가? 어매가 진짜 다른 남자하고……."

"모른다. 내가 그런 걸 우찌 아노!"

나는 집 밖으로 뛰쳐나갔다. 맞은편에서 놀고 있는 아이들이 무슨 일인지 몰라도 환성을 지르고 있다. 그 안에는 아키오와 마사오도 있었다. 동생들이 집에 없어서 다행이라고 생각했다. 괴로워하는 아버지의 신음 소리와 나를 부르는 리쓰코의 목소리가 집 안에서 들려왔지만 반대쪽으로 빠르게 걸었다.

리쓰코가 어머니를 닮았다는 다케조의 말이 충격이었다. 내가 별로 예쁘지 않고 외모로 리쓰코에게 뒤진다는 것은 알고 있다. 이제 와서 아쉬워해 봐야 소용없다. 어머니는 자기를 닮은 리쓰코를 더 예뻐했다. 애교가 있고 다른 사람에게 싹싹하게 구는 리쓰코를 항상 옆에 데리고 다녔다. 내게는 "니는 왜 맨날 표정이 그리 굳어 있노? 아무리 예쁜 옷을 입혀 놔도 소용이 없다이가"라고 자주 투덜거렸다. 실제로도 예쁜 옷이 더 잘 어울리는 쪽은 리쓰코였다. 그렇다고 해서 내가 뭘 어떡해야 좋을지 알 수 없었고, 어머니에게 스스럼없이 엉겨 붙는 리쓰코가 얄밉기도 했다. 어머니가 집을 나갔을 때는 리쓰코를 함께 데려가지 않아서 진심으로 안도했다. 그간 잊고 있던 어두운 질투심이 또다시 고개를 들었다. 버력산을 쓱쓱 올랐다. 겹겹이 쌓인 돌이 무너져서 발이 연신 미끄러졌지만 그래도 속도를 늦추지 않았다.

나는 지금 어머니를 미워하고 있는 걸까. 당연히 미워한다. 하지만, 그리웠다. 어머니를 만나고 싶었다. 버력산 꼭대기에서 나는 소리 없이 눈물을 흘렸다.

다케조가 집을 찾은 이후 아버지의 상태가 더욱 안 좋아졌다. 전보다 훨씬 공격적으로 변했다. 건강한 몸으로 미이케 탄광에서 일할 때도 아버지는 자주 술을 마시며 집에서 난동을 부렸다. 술버릇이 좋지 않은 아버지가 어머니에게 손찌검을 해 어머니의 얼굴이 퉁퉁 부어 있던 날도 많았다. 그러나 당시 어느 집이든 사정은 대개 비슷했다. 사고 이후 아버지는 술을 마시지 못하게 됐다. 몸이 알코올을 더 이상 받아들이지 못하게 된 것이다. 여기 이사 온 뒤부터는 극심한 두통과 구역질, 경련 발작 등이 아버지를 더욱 쇠약하게 했다. 대신 지나치리만큼 발달한 것이 바로 망상이었다.

어머니가 일을 하러 다니자 어머니가 바람을 피우는 게 아닐까 의심하기 시작했다. 망상에 사로잡힌 아버지는 또다시 어머니에게 폭력을 휘둘렀다. 그것도 전보다 음습한 방식이었다. 어머니의 옷을 모두 벗기고 온몸의 구석구석을 확인했다. 힘쓰는 일을 하던 어머니가 몸에 멍이라도 들어오는 날에는 집 안이 뒤집어졌다. 누구랑 어디서 무슨 짓을 했느냐며 꼬치꼬치 따지고 들었다. 하역망을 드느라 생긴 멍이라고 해도 아버지는 납득하지 않았다.

"이기 하역망 때매 생긴 멍이라꼬? 내가 속을 꺼 같나!"

망상에 사로잡혀 있을 때 아버지는 어째서인지 힘이 넘쳤다. 갑작스럽게 어머니의 얼굴을 잡아당겨서 어머니가 꺄앗 하고 비명을 지르고 쓰러지면 그 위에 올라타 두 뺨을 사정없이 손바닥으로 갈겼다. 목을 조르려 할 때도 있었다. 하역 일을 하며 몸이 단련된 어머니는 아버지의 공격을 곧잘 피했지만 어머니가 아버지의 팔을 뿌리치기라도 하면 아버지는 더욱더 격분했다.

"언놈이고! 당장 말 안 하나?"

그러면서 맹렬하게 어머니에게 달려들었다. 가끔은 가랑이 사이에서 축 늘어진 남근이 삐져나올 때도 있었다.

"그만하이소. 아그들이 본다 아입니꺼."

어머니가 그렇게 말하는 날에는 우리는 화들짝 놀라 집 밖으로 뛰쳐나갔다. 단칸방에 사는 탄광 주택 집안 아이들은 모두 조숙했다. 어릴 때부터 부모님이 이불 위에서 함께 뒹구는 모습을 저도 모르게 목격하고는 했다. 아버지는 어머니를 범하면서 자신의 마음을 달랜다는 것을 어머니와 우리 모두 알고 있었다. 어머니가 집을 나가기 전쯤에는 아버지의 상태가 악화해 잠자리를 제대로 가질 수도 없었겠지만 그래도 일종의 의식처럼 일을 치르는 느낌이었다. 어머니는 그런 일상에 진저리가 난 상태였다. 절망의 구렁텅이에서 자신을 구원해 줄 사람이 나타난다면 그 즉시 마음을 빼앗길 수밖에 없었을 것이다.

아버지의 마음을 달래 줄 사람은 이제 옆에 없다. 다케조가 어머니를 데려갔다는 망상이 아버지의 머릿속에서 날이 갈수록 부풀어 올랐고 어느 날부터는 그 울분이 우리에게 향하기 시작했다. 항상 초조해하며 기분을 종잡을 수 없었다. 그전까지는 기껏해야 가재도구와 벽을 향해서만 울분을 풀었지만 이제 그 대상이 사람이 돼 버렸다. 아버지의 가상의 적은 다케조, 또는 탄광 사고 때 갱도에서 만난 무시무시한 무언가였다. 늘 혼자 적을 상대하며 아버지는 전율과 분노에 이리저리 휘둘렸다. 그럴 때마다 눈에 핏발이 섰고 이빨을 드러낸 도깨비 같았다. 앓는 소리도 도무지 인간이 내는 소리로는 들리지 않았다. 팔을 마구 휘두르는 아버지를 말리려다가 여러 번 얻어맞았다. 리쓰코와 둘이 달려들어서 제압하면 그다음에는 어깨를 깨물었다. 때와 땀으로 단단하게 굳어 버린 이불에 아버지의 몸을 둘둘 감으면 아버지는 짐승처럼 울부짖었다. 그러다가 지쳐서 잠잠해질 때까지 기다렸다.

이럴 때 이웃 사람들은 가만히 숨죽이고 있기만 했다. 괜히 끼어들었다가 다칠 수도 있으니 모르는 척 일관한 것이다. 나와 리쓰코가 함께 있을 때는 괜찮지만 일이나 학교를 마치고 돌아왔을 때 아키오와 마사오가 아버지에게 얻어맞거나 걷어차여서 엉엉 울고 있을 때는 너무 괴롭고 힘들었다.

"아부지! 도대체 와 그러시는 겁니꺼! 아키오랑 마사오는 아직 어린아들 아입니꺼. 너무 심한 거 아입니꺼!"

마음이 가라앉은 아버지는 코를 드릉드릉 골며 잠들었지만 나는 그렇게 외치지 않고는 배길 수 없었다. 아버지는 몸 상태가 좋은 날에는 질리지도 않게 다케조를 찾아갔다. 이제는 말리는 것도 포기했다. 다케조가 없으면 괜찮지만 집에 있기라도 한 날에는 시끌벅적하게 서로 말싸움을 벌이다가 끝내 다케조의 수하인 야쿠자에게 흠씬 두들겨 맞고 흙과 함께 피투성이가 되어 비틀비틀 집에 돌아왔다. 그러나 그런 일을 겪고 나면 이삼일 정도 얌전히 집 안에서 잠만 자니 오히려 그게 나았다.

나는 점차 이 지옥 같은 상황에서 벗어날 방법을 찾기 시작했다.

◦ 2016년 봄 ◦

유즈키에서는 계절마다 버스 하이킹을 기획한다. 가는 곳은 매번 다양하지만 봄에는 반드시 가와즈사쿠라 벚꽃을 보러 갔다. 나는 다리가 좋지 않아 하이킹에는 잘 참가하지 않는다. 휠체어를 탄 사람도 갈 수 있으니 함께 가자고 했지만 별로 내키지 않았다. 그러나 가와즈사쿠라만은 기대했다. 일본에서 가장 빨리 피는 진분홍색 꽃이 흐드러지게 핀 풍경은 그야말로 장관이기 때문이다.

버스 두 대가 도착했다. 가가 씨는 감기 기운이 조금 있지만 나처럼 꽃을 구경하고 싶어서 함께 가겠다고 했다.

"이즈에서 그 꽃을 보지 않으면 진정한 봄이 시작되지 않으니까."

휠체어 전용 왜건 차량이 몇 대 도착했다. 요양원 직원이 휠체어를 밀며 우리 옆을 지나쳐 갔다.

"날씨가 좋아서 꽃구경하기 아주 좋은 날이네요."

다모토 씨가 나를 보며 미소 지었다. 그녀 뒤에서 와타나베 씨가 의족을 한 노인의 휠체어를 밀고 있었다. 노인이 말을 걸자 허리를 숙여서 답하고 있다. 그들이 지나갈 때 갑자기 옆에서 귀를 찌르는 소리가 들렸다. 와타나베 씨 배낭에 달린 각종 열쇠고리와 스트랩, 구슬 달린 부적 등이 짤랑짤랑 소리를 울린 것이다. 곧장 가가 씨가 얼굴을 찌푸리며 물었다.

"저것들은 뭐지?"

"추억이 담긴 물건들이라네요. 일본뿐만 아니라 전 세계를 돌아다니며 구한 것들이라고……."

다모토 씨가 쓴웃음을 지으며 대답했다.

"아, 그럼 자주 메고 다니는 배낭인가 보네요."

내 말을 듣고 가가 씨의 표정이 더 굳어졌다. 나는 리프트로 왜건 차량에 휠체어를 싣는 와타나베 씨의 뒷모습을 가만히 지켜봤다.

"소름 끼치네. 내 눈에는 그냥 더러운 쓰레기들로만 보이는데. 시설에서 하는 행사에 저런 배낭을 메고 오는 사람이 어딨어?"

가가 씨는 우리를 배웅하러 나왔을 사무장을 찾기 시작했다. 또다시 와타나베 씨에 대해 클레임을 걸려는 걸까. 그러기 전에 나는 얼른 그녀의 손을 붙잡고 버스에 올라탔다.

벚꽃은 이미 만개를 지나 조금씩 지고 있었다. 인파가 몰리는 날을 피하고 고령 입주자들을 위해 조금이라도 따뜻한 날을 고르다 보면 늘 이런 시기가 됐다. 가와즈강 수면에 분홍 꽃잎이 떠다니는 풍경도 나름대로 운치가 있었다. 버스에서 내려 강 옆에 난 둑길을 천천히 걸었다. 보행기를 붙잡고 가는 사람, 휠체어에 탄 사람, 나처럼 지팡이를 짚은 사람들이 각자의 속도에 맞춰 벚꽃을 만끽하고 있다. 머리 위에 뻗은 나뭇가지를 구경하는 노인들은 천진난만하고 즐거워 보였다.

화창한 날씨와 햇살 속에서 모두 어린아이로 돌아간 걸까. 무슨 추억을 떠올리고 있을까. 버스 안에서는 언짢아 보이던 가가 씨도 즐거운 듯이 웃고 있다. 매년 꽃을 즐기며 어린 시절을 보내온 사람들이다. 그런 생각이 들자 문득 가슴이 메었다.

나는 오랫동안 삶을 부지해 온 덕에 겨우 이렇게 벚꽃을 올려다보고 있다. 그토록 삶에 집착이 없었던 내가.

은빛이 돼 버린 머리카락 위로 꽃잎이 몇 장 떨어져서 손가락으로 살며시 털어 냈다.

◦ 1966년 여름 ◦

아버지의 폭력 때문에 눈가에는 숨길 수 없는 멍이 생겼고 입가가 찢어진 채로 일하러 갈 때도 있었다. 공장 사람들은 모멸 섞인 눈빛으로 나를 봤다. 가난한 폐광 마을에서 온 나는 공장에서 환영받지 못하는 존재였다. 어쩌다 그렇게 됐느냐며 말을 걸어 주는 사람도 없었다. 자전거를 선물해 준 배달 아저씨까지 나와 눈이 마주치면 시선을 다른 곳으로 피했다.

배짝 마른 내게는 고무 앞치마조차 무겁게 느껴졌다. 공장 시멘트 바닥에 물을 뿌리며 대형 솔로 이곳저곳을 문지르면 고기 찌꺼기와 피, 잘린 뼈가 물에 쓸려 갔다. 추운 겨울에는 물이 얼기도 했는데 일이 익숙하지 않던 무렵에는 바닥에서 자주 미끄러졌다. 그러면 온몸이 물에 푹 젖어서 견디지 못할 만큼 추웠다. 우두커니 서서 덜덜 떨고 있으면 주임이 화를 내며 솔로 허리 주변을 때리기도 했다.

여름에는 그럴 일이 없지만 대신 곱창을 처리하며 나온 폐기물 양동이를 버리러 가기가 힘들었다. 코가 사라질 정도로 극심한 썩은 내를 내뿜는 고깃덩이와 양동이 무게 때문에 다리가 후들거렸다. 양동이 내용물을 공장 바닥에 흘리기라도 하면 또다시 욕을 한 사발 얻어먹었다.

공부하고 싶은 마음이 굴뚝같지만 학교에는 가지 못했다. 껍데기를 만나러 왔던 여대생이 떠올랐다. 나는 왜 그 사람과 같은 환경에서 태어나지 않았을까. 무엇이 나를 이렇게 만들었을까. 운명 같은 단어로 매듭짓기에는 너무 큰 격차였다. 여기서 일하는 젊은 여자들마저 나와는 거리가 있었다. 공장 오후 휴식 시간에 그녀들은 라디오로 음악을 들었고 나는 멀찌감치 떨어져서 그것을 엿들었다. 도시락을 싸 오지 못하니 함께 테이블에 앉을 수도 없었다. 그녀들이 듣는 건 '그룹 사운즈'라는 남자 밴드의 음악이라고 했다.

유우를 만나면 늘 "오늘은 학교에서 뭐 배웠노?"라고 물었다. 나는 먹을 것보다 지식에 더 굶주려 있었다. 유우는 현재 일본에서 공해 문제가 심각하다고 했다. 이타이이타이병*과 욧카이치 천식** 같은 병이 유행하고 있으며, 미이케 탄광 폭발 사고는 서로 책임을 떠넘기다가 결국 미이케 광산 측이 불기소 처분 됐다고 했다.

"완전 몰랐다. 우리한테는 연락 한 통 엄따."

내가 그렇게 중얼거리자 유우는 "너거 집에도 재해 환자가 있다이가. 일산화탄소 중독 피해자를 위한 법률이 나오면 연락 와가꼬 보상해 줄 수도 있다"라고 했다. 애당초 일산화탄소 중독증 환자 명단에서 제외된 아버지의 현재 증상을 의사에게 다시 한번 진단받고 싶었지만 어떤 절차를 밟아야 할지 몰라서 속이 탔다. 조금 더 공부해서 똑똑해지고 싶었다. 적어도 나 자신을 지킬 정도로는.

대학에 입학한 내 모습을 꿈꿨다. 캠핑카 부대 여대생과 운명이 뒤바뀌는 꿈. 제대로 된 가정에 태어나 제대로 된 교육을 받으며 노력만 하면 그에 걸맞은 미래가 보장되는 꿈. 피와 오물로 뒤범벅된 무거운 고무 앞치마를 입은 내가 다른 사람이 되는 꿈이었다.

* 체내 카드뮴 축적으로 관절과 뼈가 무르고 약해지는 공해병.

** 1950년대 일본 욧카이치시 공단에서 배출된 대기 유해 물질 때문에 대량 발생한 호흡기 질환.

그로부터 며칠 뒤 공장에서 고기 분실 사고가 발생했다. 배달용으로 포장해 작업대 위에 올려 둔 상급의 질 좋은 고기였다. 배달 시간이 됐는데도 발견되지 않아서 큰 소동으로 이어졌다. 모두 함께 공장 구석구석을 찾아도 나오지 않았다. 사무소에서 사장이 뛰어나왔다. 주임은 덩치가 산만 한 사장에게 욕을 먹고 순식간에 낯빛이 새파래져서 서둘러 냉장고에서 같은 부위의 고기를 꺼내 손질했다. 여직원들은 쉬는 시간이 사라졌다고 툴툴거렸다. 결국 예정 시간보다 많이 늦게 배달을 나갔다.

잠시 후 사무소에서 나를 불렀다.

"마! 고기 엇따 뒀노!" 사장이 그렇게 물어서 나는 순간 어안이 벙벙해졌다. "니밖에 없다. 우리 공장에서 고기를 훔칠 놈은."

그제야 사장이 무슨 말을 하는지 이해할 수 있었다. 내가 고기를 훔쳤다고 판단한 것이다.

"지는 모릅니더. 제가 안 훔쳤어예."

필사적으로 고개를 저었지만 사장은 귀도 쫑긋하지 않았다.

"니가 훔쳤지 그럼 누가 훔치겠노!"

사무복을 입은 사장 부인이 옆에서 끼어들었다.

"아입니더! 지는 정말 모릅니더. 정 의심 가시면 제 가방 한번 뒤져 보이소. 먼지 때까리 하나 나올 거 없습니더."

"나올 리 없겠지! 어차피 밖에서 딴놈한테 몰래 넘겼을 거 아이가."

"여보. 이런 도둑고양이는 상대도 하지 마이소. 시간 낭빕니더."

더는 무슨 말을 해도 소용없었다. 나는 결국 알지도 못하는 죄를 뒤집어쓰고 그곳에서 잘렸다. 일주일 치 봉급도 받지 못했다. 내가 훔친 고깃값이 더 비싸다는 이유였다.

자전거를 탈 힘이 없어 질질 끌면서 걸었다. 탄광 주택으로 이어지는 경사길 중간에 허물어져 가는 폐가가 있었다. 사람들이 집수리나 연료로 쓰려고 기둥과 판자벽 등을 톱으로 잘라 가는 바람에 이제는 형체가 거의 남아 있지 않았다. 물을 머금어 엉망이 된 다다미 위에 앉았다. 작은 집들이 다닥다닥 붙어 있는 마을 너머로 새빨갛게 부풀어 오른 석양이 가라앉고 있었다. 해가 완전히 져서 밤의 장막이 내려올 때쯤에 나는 비로소 이 세상의 구조를 깨닫게 되었다.

이 세상은 둘로 나뉘어 있다. 하나는 경제 발전의 혜택을 받아 점점 좋아지는 세상. 올림픽이 열리고 고속도로가 건설되며 열심히 일할수록 돈을 벌어 작은 꿈을 이룰 수 있는 세상.

그러나 그 아래에는 매일 먹을 것을 제대로 먹지 못하고 글자를 읽거나 쓰지도 못하는 세상의 주민들이 있다. 전체에서 보면 그런 세상의 최하층은 밑바닥에 가라앉은 찌꺼기나 마찬가지다. 그들의 존재를 알 기회가 있다고 해도 어차피 눈을 돌릴 것이다.

정신을 차리니 주변이 어두워져 있었다. 저벅저벅 하고 발소리가 들렸다.

"여기서 뭐 하노?"

작업복을 입은 유우가 눈앞에 서 있었다. 야간 고등학교에 갔다가 돌아오는 길일 것이다.

"유우야. 우리는 우찌해야 여기서 탈출할 수 있겠노?"

유우는 내 질문에 대답하지 않고 길 끝에 쓰러져 있던 자전거를 일으켜 세웠다.

"그 방법을 알게 되믄 제일 먼저 내한테 찾아온나. 나도 니 따라가구로."

등이 굽은 뒷모습을 향해 말을 걸어도 유우는 한마디도 하지 않았다. 뒤따라가며 왠지 암흑 속에서 희미하게 빛나는 작은 불덩어리를 본 것 같은 기분이 들었다.

혼자서 지옥을 기어나가는 건 어려워도 둘이라면 어떻게든 될지도 모른다.

결국 다른 일은 찾지 못했다. 전에 공장을 소개해 준 식당에도 가 봤지만 이번에는 퇴짜를 맞았다. 항구의 하역 일도 시켜 주지 않았다. 석탄 산업이 쇠퇴하면서 와카마쓰항 전체 작업량이 급격히 줄었다. 석탄이 주요 에너지였던 시절에 석탄은 검은 다이아몬드라고 불렸다. 그때는 아버지 같은 광부를 몇천, 몇만 명이나 땅 밑으로 보내 가혹한 노동을 시키며 석탄을 캐게 했지만 연료가 석유로 옮겨 가자 손바닥 뒤집듯 그들을 모두 내팽개쳤다.

우리 집은 시간이 갈수록 상황이 더 안 좋아졌다. 리쓰코에게 간신히 한 개 쥐여 주던 주먹밥조차 못 만들게 됐다.

"개안타. 내 말고도 그런 아들 많타이가."

리쓰코는 그렇게 말했다. 탄광 주택 아이들이 너무 가난한 탓에 학교 선생님이 도시락을 여분으로 가져와 나눠 먹을 때도 있다고 했다. 감사함보다는 그럴 수밖에 없는 현실에 화가 치밀었다. 내 마음은 점점 사나워지고 있었을 것이다.

여름방학에 또다시 대학생 캠핑카 부대가 왔을 때도 비뚤어진 시선으로 그들을 봤다. 그들은 이번에는 처음부터 껍데기를 찾아가 어떻게 할지를 의논하는 듯했다.

"그 녀석은 원래 조직책이었으니."

다키모토 씨가 그렇게 말했다. 조직책이란 노동자들 중에서 주로 조직을 만드는 활동가를 뜻한다고 했다. 무슨 수작을 부렸는지는 몰라도 껍데기는 학생의 마음을 사로잡아 리더가 되어 열심히 움직였다. 평소 탄광 주택 안에서는 별 도움도 되지 않는 식객인 만큼 그런 변화가 신기했다. 언젠가 다키모토 씨가 껍데기를 가리켜 '어떤 사람에게는 매력적으로 보일 수도 있다'라고 말한 것이 떠올랐다.

캠핑카 부대가 일주일 정도 있다가 간다는 소식을 듣고 아키오는 뛸 듯이 기뻐했다. 이번에도 다케조가 빈집을 내줬는데 우리 집 바로 옆이었다. 원래 옆집에서 살던 가족은 중풍이 걸린 남편이 죽자 아내가 아이 여섯 명을 데리고 다른 곳으로 떠나 버렸다. 혼자 남은 할아버지도 홀연히 자취를 감췄는데 다케조가 내쫓았다는 소문이 돌았다.

희한하게도 그토록 서로 으르렁거리던 껍데기와 다케조는 술

잔을 함께 기울일 정도로 사이가 좋아졌다. 다키모토 씨의 집에 눌어붙어 사는 것도 그렇고, 껍데기는 다른 사람의 호주머니에 아무렇지 않게 숨어드는 기술이라도 갖고 있는 것 같았다.

아무리 좋게 생각하려 해도 다케조는 좋아할 수가 없는 사람이었다. 생계 급여 지급일이 되면 나는 다른 수급자들과 함께 동사무소 앞에 줄지어 섰다. 그리고 급여를 받자마자 서둘러 다케조의 집으로 뛰어갔다. 그렇게 지난달 치 이자를 내고 이달 치 생활비를 빌린다. 무지한 사람들은 다케조에게 심지어 감사 인사를 하기도 했다. 그러나 이 굴레에 한 번 빠진 사람은 비싼 이자를 다케조에게 평생 갖다 바치며 살아갈 다케조의 노예일 뿐이다. 우리는 동사무소에서 받은 돈으로 열심히 다케조를 먹여 살렸다. 그걸 알면서도 매번 같은 행동을 반복해야 하는 나 자신에게 화가 치밀었다.

다케조의 얼굴을 보기도 싫었지만 집 안에서 그 역할을 맡을 사람은 나밖에 없었다. 나는 다케조가 음흉한 눈빛으로 리쓰코를 본다는 것을 알고 있었다. 마을 주민 이 사람 저 사람에게 찾아가 "그쪽 딸래미 내 첩으로 보낼 생각 없나?"라고 묻는다는 이야기도 가끔 들렸다. 부모가 어이없어하면 "농담이다, 농담" 하며 웃어넘긴다고 하지만, 실제로 아내와 딸을 바치며 이자를 면제받는 사람이 있다는 소문이 그럴싸하게 돈 적도 있으니 소름 끼치는 이야기였다.

캠핑카만 오면 마치 딴사람이 된 것 같은 껍데기의 목소리가 옆

집에서 들렸다. 아이들이 돌아간 뒤에도 밤늦게까지 어려운 주제로 토론하는 소리도 들렸다. 듣자 하니 60년 안보 투쟁 당시 '투사'였던 껍데기에게 모두 홀린 듯했다. 아버지는 며칠 전 격렬한 경련 발작을 일으키고 난동을 부릴 힘을 잃은 상태였다.

껍데기를 흠모하는 여학생이 누군지는 곧 알게 됐다. 다닥다닥 붙어서 자는 다른 학생들을 두고 그 여학생은 껍데기와 둘이서만 밖에 나가 밀담을 나눴다. 낮에 보니 몸집이 작고 피부가 하얀 사람이었다. 다른 여대생들은 왠지 억척스러워 보이고 그야말로 봉사 활동가다운 외모인 데 반해 그녀는 순진한 인상이었다. 내가 집안일을 하고 있으면 조심스럽게 말을 걸어 왔다. 그럼 나는 물 긷는 법이나 지열로 데워지는 지하수에 대해 알려 줬고 세탁용 대야를 빌려주기도 했다. 그 여학생의 이름은 구리모토 교코라고 했다. 아키오와 마사오가 교코 씨를 잘 따랐고 조금 친해지자 교코 씨는 나를 '논짱'이라 불렀다.

"논짱은 대단하네. 집안일도 잘하고. 힘들지 않아?"

나는 교코 씨의 얼굴을 빤히 쳐다봤다. 나와 나이 차가 그리 많이 나지 않을 것이다. 대학생이 되어 캠핑카 부대에 참가하고 가난한 지쿠호 지방을 돌아다니며 아이들의 학습 지도와 생활 개선을 돕는 그녀가 나와는 근본적으로 다르다고 느꼈다. 또 하나의 세상에 사는 사람이라고 생각했다.

내가 살아가기 위해 하는 모든 일이 '집안일' 정도로 보이는 사람. 우리가 아무리 발버둥을 쳐도 절대 가지 못할 세상에 사는 사람. 자신이 사는 세상과 이곳이 서로 연결돼 있고 이런 어중간한 활동으로도 어떻게든 우리를 구할 수 있다고 순수하게 믿는, 상냥하고 귀여우면서도 잔인한 사람.

"왜 그래?"

가만히 그녀를 쳐다보고 있자 내게 덧니를 보이며 웃는 교코 씨에게 나는 "아무것도 아입니더"라고 대답했다. 왜 교코 씨는 교코 씨이고 나는 나일까. 지금 이렇게 나란히 서서 옷을 세탁하는 또래의 우리를 이토록 철저하게 구분 짓는 것은 대체 무엇일까. 뭔지는 몰라도 절망스러운 것만은 확실했다. 바라고 또 바라도 나는 교코 씨가 될 수 없었다.

순식간에 일주일이 지났다. 아키오는 이번에도 새 노트를 선물받았다. 노트 안에는 교코 씨가 예쁘게 쓴 손글씨가 적혀 있었다. 교코 씨와 껍데기 사이에 진전은 있었을까. 캠핑카 부대가 와 있는 동안에는 힘이 넘치던(이라고 기쿠에 아주머니가 말했다) 껍데기는 뭔가 초연해 보여서 감정을 읽기가 어렵다. 캠핑카 부대 안에서는 모두 교코 씨가 남몰래 껍데기를 좋아한다는 것을 알고 응원하는 것처럼 보였다.

마지막 날 밤에는 다케조의 집에서 술 파티를 벌인다는 이야기를 듣고 놀랐다. 옆집에서 시끌벅적하게 송별회를 열 것으로 알고 미리 마음의 준비를 하고 있었다. 이번에도 껍데기가 다케조를 찾아가 허락을 받았다고 했다.

"참말로 껍데기가 다케조 맴을 뺐아 뿟는갑다. 대단하다카이. 그 구두쇠 다케조가 학생들을 즈그 집에 불렀다카니 해가 서쪽에서 뜰 일이다."

수영 아주머니는 얄미운 것처럼 그렇게 말했다.

그날 밤 껍데기가 학생들을 데리러 왔고 모두 함께 하나둘 집에서 나갔다. 제일 뒷줄에서 껍데기와 교코 씨가 사이좋게 나란히 걸어갔다.

우리 집은 전기 요금을 아끼려고 매일 일찍 불을 끄고 잠자리에 든다. 학생들이 한밤중에 돌아왔겠지만 나는 피곤해서 곯아떨어져 전혀 눈치채지 못했다.

새벽 무렵에 왠지 옆집이 시끄러웠다. 아직 해가 뜨지 않아 어두웠는데 누군가의 울음소리가 들리는 것 같았다. 거기에 말다툼을 벌이는 듯한 소리와 이따금 남학생들이 화를 내는 소리가 섞여서 들렸다.

"아따, 거 억수로 시끄럽네!"

기운을 되찾은 아버지가 크게 소리치자 옆집에서 소리가 뚝 멈췄다.

그들은 빠르게 짐을 챙겨서 이른 아침에 허둥지둥 마을을 떠났다. 교코 씨가 떠나기 전에 인사해 줄 것으로 기대했던 터라 조금 실망했다.

캠핑카 부대가 사라진 이후부터 마을에 이상한 소문이 돌기 시작했다. 학생들은 밤중에 옆 빈집에 돌아왔지만 껍데기와 교코 씨는 다케조의 집에 그대로 남았다. 다케조와 수다를 떨던 껍데기가 교코 씨를 나중에 보내겠다고 학생들에게 말했다고 한다. 이후 어째서 그런 일이 벌어졌는지는 이해하기 어렵지만 껍데기가 자리를 벗어나서 집 안에 다케조와 교코 씨 둘만 남게 되었고, 교코 씨는 다케조에게 심한 짓을 당했다. 아침 무렵 그 울음소리는 교코 씨의 울음소리였던 걸까. 쓰디쓴 것을 집어삼킨 듯한 불쾌감이 들었다. 아무것도 모르는 아키오는 교코 씨의 손글씨를 따라 하면서 글씨 연습을 했다.

그로부터 얼마 지나지 않아 경찰이 마을을 찾아와 다케조를 연행해 갔다. 교코 씨가 그를 신고했다는 소문이 돌았다. 그러나 도무지 이해할 수 없는 것은 당시 껍데기가 옆에 있었는데도 왜 이런 일이 일어났느냐는 것이었다. 껍데기는 교코 씨와 사귀는 사이 아니었나. 그게 아니었어도 적어도 교코 씨의 마음은 알고 있을 터였다.

소문이 돈 지 얼마 안 되어 버력산에 석탄을 주우러 갔을 때였다. 나는 높낮이가 제각각인 버력더미를 돌아다니며 그나마 쓸 만한 석탄 부스러기들을 힘들게 모았다. 그리고 모처럼 여기 왔으니 뒷산에도 올라가 이질풀을 따 가자고 생각했다. 말려서 먹으면 설사약으로 쓸 수 있다고 어머니에게 배워서 작년까지 열심히 캐 와 어머니에게 줬다. 그렇게 문득 또다시 어머니를 떠올리고 있었다.

그때 골짜기 안쪽에서 사람 목소리가 들렸다. 다키모토 씨와 껍데기였다. 탄광이 열려 있던 시절에는 나무 한 그루 없이 버력만 잔뜩 쌓여 있었다는 이곳에도 지금은 기슭에 떨기나무와 잡초가 무성히 자라 있다. 두 사람은 작은 나무 그늘 아래에서 서로 마주 보고 있었다. 나무는 앵두나무였는데 장마 무렵에 빨갛고 통통한 열매가 잔뜩 열려서 배고픈 아이들의 허기를 채워 주는 나무였다. 마사오는 올해 앵두가 다 익기까지 기다리지 못하고 따 먹었다가 배탈이 나기도 했다. 그때는 먹일 이질풀이 없어서 혼났다.

"왜 다케조에게서 교코 씨를 지켜 주지 않았지?"

다키모토 씨가 평소와 다른 거친 어조로 껍데기를 몰아붙이고 있었다. 순간 그날의 일을 말한다는 것을 깨달았다. 교코 씨가 다케조에게 심한 짓을 당했다는 소문이 사실이었던 것이다. 집 안에서 대화를 나누면 목소리가 다른 집에 훤히 들리니 일부러 이런 곳까지 온 듯했다. 껍데기의 대답은 워낙 작고 우물쭈물해서 잘 들리지 않았다. 나는 몸을 낮춘 채 발소리를 죽이고 그들에게 조금 다가갔다.

"요즘 넌 다케조랑 아주 죽이 척척 맞는 것 같던데, 그 녀석이 어떤 인간인지도 알지 않나?"

앵두나무까지는 가지 못하고 조금 떨어진 수풀 속에 몸을 숨겼다.

"저도 그런 일이 벌어질 줄은 몰랐어요. 머릿속이 뱅뱅 돌고 토할 것 같아서 밖에서 잠깐 취기를 가라앉히려고……."

"아무리 그렇다고 해도 한 시간이나 교코 씨를 혼자 내버려 둔 건 너무 부주의한 것 아닌가?"

화를 내는 다키모토 씨 앞에서 껍데기는 굳은 표정이었다. 계속 질책을 듣자 조금씩 고개를 떨궜다. 할 말이 없는 것처럼 보였다. 나는 속으로 껍데기가 바보라고 생각했다. 그는 다케조에 대해 아무것도 모른다. 이곳에 오랫동안 살아온 사람이 아니면 그의 교활함과 난폭함, 그리고 호색한 기질을 눈치채지 못하는 걸까. 가난한 아이들을 위해 열심히 봉사해 준 교코 씨에게 미안했다. 지금껏 남자 경험이 없는 순진한 사람이었을 것이다. 나이가 이미 예순이 넘은 그런 남자에게 추잡한 짓을 당했다고 생각하니 내 가슴이 옥죄어 드는 것 같았다.

다키모토 씨는 자기 할 말을 마치고 등을 돌렸다. 잡초를 헤치며 성큼성큼 걸어가 집으로 이어지는 좁은 길로 향했다. 나는 홀로 남은 껍데기를 수풀 속에서 지그시 응시했다. 모처럼 자신에게 호감을 보인 여자를 절망의 구렁텅이에 빠뜨려 버렸으니 그도 후회하고 있을 게 분명했다. 앵두나무에 몸을 기댄 채 고개를 숙이고 있던 껍데기는 어깨를 들썩이고 있었다. 순간 우는 건가 싶었다.

하지만, 아니었다. 그는 웃고 있었다. 처음에는 큭큭 하고 나직하게 웃었지만 잠시 후 고개를 들어 앵두가 열리지 않은 나무를 올려다보며 박장대소하기 시작했다. 진심으로 우스워하는 것 같았다.

그제야 나는 이해했다. 껍데기가 어떤 사람인지를.

그는 자신이 나서서 그런 상황을 만들었다. 제 손으로 연인을 그 짐승에게 바친 것이었다. 아니, 연인이 아니다. 처음부터 껍데기는 교코 씨에게 아무 감정이 없었다. 그러지 않았다면 그런 끔찍한 상황을 만들었을 리도 없다.

혹시……. 나는 그야말로 차갑고 무서운 상상을 떠올리고 몸을 부르르 떨었다. 껍데기는 그날 밤 다케조와 둘이 미리 계획을 짰을지도 모른다. 순수한 교코 씨를 장난감처럼 가지고 놀기 위해 마음이 있는 척하며 그녀를 끌어들였다. 그리고 자신에게 최고로 재미있는 결말을 연출해 냈다.

그때 낡은 삼베 자루 안에 든 석탄 부스러기가 툭 소리를 내며 떨어졌다. 껍데기는 순식간에 얼굴에서 웃음기를 지우고 내 쪽을 봤다. 나는 천천히 수풀 속에서 몸을 일으켰다. 우리는 10미터 정도 되는 거리를 두고 서로를 노려봤다. 어디선가 불을 피우는지 연기 냄새가 풍겼고 멀리서 기차의 경적 소리가 들렸다. 껍데기가 눈을 가늘게 떴다. 파충류 같은 눈이라 순간 온몸에 소름이 돋았다.

곧장 등을 돌려 뛰기 시작했다. 떨기나무에 다리가 걸리고 나뭇가지가 온몸을 찔렀지만 멈출 수 없었다. 사악한 것, 뒤틀린 것으로부터 조금이라도 멀어지고 싶었다.

다케조는 며칠 동안 경찰 조사를 받고 풀려나 다시 마을에 돌아왔다. 그의 시치미가 통한 걸까. 아니면 경찰과 뒤에서 입을 맞췄을까. 어쨌든 경찰은 다케조에게 죄를 묻지 않았고 껍데기도 여전히 다키모토 씨의 집에서 아무 일도 없었던 것처럼 그를 도우며 살았다. 그러나 다키모토 씨가 올겨울에는 이곳을 떠날 거라고 했으니 살아 봐야 그전까지일 것이다. 나는 속으로 얼른 그가 사라져 주기를 바랐다. 다키모토 씨의 충고대로 껍데기와는 어떤 일이든 엮이고 싶지 않았다.

마스 할머니는 백내장 때문에 시력이 점점 나빠진다고 들었다. 유우의 벌이로는 돈이 부족해서 병원에 가지도 못한다며 만나는 사람들마다 투덜거리고 다녔다. 야간 고등학교를 그만둘 마음이 없는 유우는 휴일에 마스 할머니가 그랬던 것처럼 고철을 주우러 다녔다. 나는 집에서 아버지의 뒷바라지만 하는 일상이 고통스러워서 유우가 보이면 곧장 집 밖으로 나갔다.

"니는 왜 그 할매를 안 떠나노? 핏줄로 이어진 것도 아니다이가. 맨날 뒤에서 니 욕만 하고 댕긴다던데. 니가 계속 할머니를 돌볼 필요는 없다아이가?"

손수레를 미는 유우 뒤를 따라가면서 물었다. 유우가 발걸음을 멈춰 섰다. 내 질문에 대답해 줄 줄 알았지만 그는 다시 돌멩이가 많은 구불구불한 경사길을 내려갔다. 자동차에서 떨어진 듯한 작은 부품이 땅에 묻혀 있었다.

"전에 이짜서 사고라도 났었는 갑네. 이거는 오토바이 마후라 카바 같은데." 수리 공장에서 일하는 유우는 차에 대해서도 잘 알았다. "뭐시 더 나올 수도 있겠네. 요 주변을 쫌 더 뒤지 봐야겠다."

나도 냉이를 헤치면서 나무 막대기로 땅을 팠다. 우리 둘은 말없이 잠시 작업에 몰두했다. 유우는 부서진 머플러 커버를 파내어 손수레에 실었다. 나는 껍데기에 대해 알게 된 것들을 있는 그대로 유우에게 전했다. 유우는 내 이야기를 듣고 있는지 안 듣고 있는지 끝까지 입을 열지 않았다. 마스 할머니가 직접 만든 갈고리를 들고 고철만 계속 찾아다녀서 결국 나는 마음이 상했다.

"어차피 다키모토 씨나 껍데기나 딴 데로 떠날 사람들아이가. 우리는 계속 이짜서 이런 일이나 함시로 살아야 댈 끼고. 우리도 딴 사람들처럼 도시로 가가 일자리 구할 수 있으믄 좋을 낀데."

나는 유우 앞에서만큼은 내 생각을 감추지 않고 털어놓을 수 있었다.

"지로는……." 그제야 유우가 입을 열었다. "나고야에서 견습 목공으로 일하다가 높은 데 있는 발판에서 떨어지가 척추가 나가뿟다드라."

"척추?"

"두 번 다시 걸을 수가 없게 됐다카면서 아주매가 괴로워하시드라."

나는 순간 할 말을 잃었지만 곧장 유우에게 따지고 들었다.

"그래서? 그래서 니는 도시에 안 가겠다는 기가? 그런 기 그리 무섭나? 그 할매 밑에서 지내는 기 더 편하다는 기가?" 고개를 돌린 유우는 왠지 슬픈 눈빛으로 나를 봤다. 그래도 말을 멈출 수 없었다. "우리는 요 산다는 것만으로 도둑 취급을 받고, 것도 모자라 평생을 다케조한테 돈 빌리면서 노예처럼 살아야 한다 안 카나. 이런 데 태어났다는 것 땜시! 우리가 선택할 수 있었던 것도 아닌데 말이다!"

유우는 또다시 뭔가를 발견한 것처럼 고개를 숙여 열심히 땅을 팠다. 나는 그대로 서서 그의 모습을 내려다봤다.

"유우야. 할매는 뭐든 간에 돈으로만 보는 사람이다. 전에는 이런 말도 하드라. 인생은 주판알 두드리는 거나 마찬가지라꼬. 죽기 전에는 주판알이 다 맞춰지게 돼 있단다. 못된 짓을 저지르면 언젠가는 참말로 대가를 치르게 된다는 말이겠제?"

"그랴. 다케조 같은 놈은 진짜로 천벌 받게 돼 있다이!"

일부러 어린아이처럼 그렇게 외치는 유우를 보며 나는 미소 지었다. 유우가 나와 함께 있어 줘서 다행이라고 생각했다. 만약 혼자였다면 더 일찍 좌절하고 말았을 것이다.

유우와 대화를 나누고 기운을 조금 되찾아서 집에 돌아갔다. 오늘 주운 고철은 녹슨 못 여섯 개와 짧은 철사 한 줄. 그것을 토방에 있는 대나무 바구니에 넣었다. 더 많이 모아야 고물상에 가져갈 수 있다. 집 안에 있던 아키오가 쪼르르 달려 나왔다.

"누나야. 아부지가 아까 저짜서 넘어짓뿟다."

아키오는 문밖을 가리키며 말했다. 안방에 아버지의 모습이 보이지 않았다.

"오데 가셨노?"

한숨을 길게 내쉬었다. 밖에 나가면 나가는 대로 민폐를 끼친다. 요즘은 기억 장애와 착란 증세까지 겹쳐서 전에는 장난치듯 아버지에게 말을 걸던 사람들도 이제는 아버지를 피하게 됐다.

그때 밖에서 아버지의 걸걸한 목소리가 울려 퍼졌다.

"야야, 이거 가꼬 가서 고기 쫌 사 온나!"

아버지는 집 안에 들어와 때가 찌든 유카타 호주머니에서 백 엔 지폐를 여러 장 꺼냈다.

"뭡니꺼? 오데서 났어예?"

"잔말 얼른 가서 사 온나! 오늘 밤에는 불고기다."

그때 수영 아주머니의 남편이 창백한 얼굴로 집에 뛰어 들어왔다.

"안 된다! 그거 다케조 집에서 훔쳐 온 기다!"

아저씨는 조금 전 다케조의 집에 돈을 갚으러 갔는데 다케조가 휴대용 금고를 가져온 순간 아버지가 집 안에 뛰어들었다고 했다.

"니 아비는 그 돈이 지 마누라 납치해서 팔아먹고 번 돈이라꼬 도로 가져간담시로 다케조가 세고 있던 돈을 확 뺏어왔뿟다!"

아저씨는 "얼른 가가 안 돌리주면 다케조가 금고 정리 다 하고 일로 쳐들어올 끼다!" 하고 야단법석을 떨었다. 그에 반해 아버지는 침착해 보였다.

아버지는 "말도 안 되는 소리 하고 자빠졌노. 이거는 내 돈이다. 다케조한테 뺏긴 내 돈이라꼬" 하고 당당히 말했다. 나는 온몸에서 핏기가 싹 가시는 느낌이었다. 급기야 다른 사람의 물건에 손을 댈 줄이야. 게다가 그것을 자각도 못하고 있다. 자신이 무슨 짓을 저질렀는지 모르는 것이다. 아저씨와 함께 아버지의 손에서 백 엔 지폐를 빼앗으려 했지만 아버지는 화를 내며 길길이 날뛰었다. 아버지가 밀치는 바람에 문턱에 뒤통수를 세게 부딪쳤다. 아키오가 으앙 하고 울음을 터뜨렸다.

그때 다케조가 집 안에 얼굴을 쓱 들이밀었다. 야쿠자를 데려오지는 않았다. 히죽히죽 웃는 걸 보니 아버지를 상대로 화낼 필요도 없다고 생각하는 듯했다.

"어이, 이시카와. 좋은 말 할 때 내놓그라이. 내한테 돈을 훔치가다니 배짱 한번 참말로 두둑하다이."

몸을 일으키려 했지만 순간 현기증이 일었다. 뜨뜻미지근하고 불쾌한 감촉이 느껴졌다. 뒤통수가 찢어져서 피가 흐르고 있었다.

"헛소리하고 자빠짓네! 우리 시즈코부터 내놓고 말해라!"

"아이고, 다케조, 자네가 참아라. 이 양반 머리가 제정신이 아닌 거는 자네도 다 안다이가."

아저씨가 아버지에게서 백 엔 지폐를 빼앗아 숫자를 센 다음 다케조에게 돌려줬다. 아버지는 저항하지 않았지만 이글거리는 눈빛으로 다케조를 노려봤다. 그 눈빛에 심상치 않은 기운이 깃들어 있었다.

"정도껏 해라. 담 뻔에도 이라믄 진짜 가만 안 둘 끼다."

다케조가 주머니에 돈을 집어넣으며 말했다. 말이 끝나기가 무섭게 아버지는 다케조에게 맹렬히 달려들었다. 갑작스럽게 몸을 부딪힌 다케조가 문 쪽에서 뒤로 기우뚱거렸다. 아버지는 뼈와 살갗만 남은 몸으로 그를 덮쳐서 쓰러뜨렸다.

"마! 이기 뭔 짓이고!"

다케조는 화를 벌컥 내며 목부터 얼굴까지 벌게졌다. 아버지는 다케조 위에 올라타서 내려오지 않았다. 검게 때 탄 누더기 유카타가 이리저리 흔들렸다. 아버지는 도무지 인간이 내는 소리로는 들리지 않는 괴성을 질렀고 아저씨는 옆에서 "아이고 우짜노" 하며 좀처럼 다가서지 못했다.

그러나 아버지의 기세는 오래가지 못했다. 평소 먹을 것을 잘 먹지 못하기 때문이다. 곧바로 토방에 나동그라져서 먼지투성이가 되었다. 다케조는 어깻숨을 내쉬더니 잠시 후 입술을 일그러뜨렸다.

"오야, 그래! 니 마누라 진짜 괜찮은 가시나드라! 이 몸이 좀 귀여워해 줬드만 헤벌쭉 웃음시로 좋아 죽는 거 아니겠나. 것도 모자라 좀만 더요, 좀만 더요 함시로 애원까지 하드라카이. 내도 그땐 좀 힘이 부치드라!"

아버지는 입을 떡 벌린 채 넋이 나간 사람처럼 다케조를 올려다봤다. 턱을 타고 침이 주르르 흘렀다.

"또 그런 소리 해샀노. 그라믄 이 인간은 참말인 줄 안다이가."

아저씨는 다케조를 데리고 밖에 나가려 했지만 다케조는 그의 손을 뿌리쳤다. 그는 잔인한 희열로 가득 찬 눈빛으로 아버지를 쳐다보며 땅에 손을 짚고 말문이 막힌 아버지 앞에 허리를 숙이고 앉았다.

“그러니까 말이다. 인자 시즈코는 포기해라. 그 가시나는 니한테 안 돌아갈 끼라 캤다. 애초에 그런 몸뚱아리로 마누라 품을 수나 있겠나? 시즈코는 있다이가. 내가 맨날맨날 기쁘게 해 주고 있다 안카나. 맨날 밤마다 천국 경험 시키 주고 있으니까 안심해라. 이 몸 물건을 맨날 넣어 주느라 거가 닫힐 새도 없다!”

“그까지만 하이소!”

밖에서 큰 소리가 울려 퍼졌다. 보지 않아도 누구 목소리인지 깨달았다. 어느새 아키오가 유우를 불러온 듯했다. 다케조는 천천히 뒤를 돌아보고 느긋하게 몸을 일으켜 옷깃을 가다듬었다.

“오. 그래, 니가. 이 멍청한 놈이 하도 귀찮게 굴어서 좀 상대해 준 거뿐이다.”

유우는 핏기 없는 창백한 얼굴로 우뚝 서서 아무 대답도 하지 않았다. 두 사람은 문지방을 사이에 두고 서로 마주 봤다. 고개를 먼저 돌린 사람은 다케조였다.

“할매는 잘 있나? 눈은 좀 어떻드노?”

“모릅니더. 나가이소.”

다케조는 유우의 말에 따라 순순히 문지방을 지났다. 옆을 지나쳐 갈 때 유우의 어깨를 툭 치며 작게 뭔가를 속삭이는 듯했다. 유우는 굳은 표정으로 그대로 있었다.

나는 일어서려다가 말고 신음했다. 머리에서 흐르던 피는 벌써 굳어 가고 있었다.

"사람 참말로 못됐데이. 아무리 거짓부렁이라 케도 할 말이 있고 못할 말이 있는디."

아저씨는 아버지에게 손을 내밀었지만 아버지는 그대로 망연자실해 있었다. 눈에 초점이 없다. 아키오가 내 어깨에 코를 갖다 붙였다.

"아, 누나야. 피다."

아키오의 말을 듣고 유우가 내게 다가왔다.

"별거 아이다."

그래도 물 묻힌 수건을 갖다 대자 기분이 조금 나아졌다. 아버지는 아저씨의 부축을 받으며 내 옆을 지나갈 때 "시즈코라고 캤따. 그놈이 아까 시즈코라고 캤따고……"라고 연신 중얼거렸다.

그날 이후 내 아버지라는 사람은 완전히 망가져 버렸다.

◦ 2016년 봄 ◦

시마모리 씨가 요양원에 복귀했다. 아이를 맡길 보육원을 간신히 찾았다고 했다.

"반년이나 쉴 생각은 없었어요. 오래 쉬다 와서 그런지 몸이 예전만 못한 것 같아요."

"에이, 그럴 리가요. 아이 돌보느라 힘들었을 텐데."

"아뇨. 괜찮았어요. 바로 옆집에 사는 시부모님이 이것저것 도와주셔서."

전보다 살이 더 찐 듯한 시마모리 씨는 "그럼 앞으로도 잘 부탁드립니다"라고 했다. 시마모리 씨는 다른 입주자를 맡게 되었고 내 담당은 그대로 다모토 씨로 정해졌다. 전에 고용한 임시 요양 보호사 중 한 명은 이미 그만뒀다고 들었다. 유즈키는 요양 보호 시설 중에서는 괜찮은 축에 속하지만 젊은 사람들은 좀처럼 적응하지 못한다고 했다.

요양원에 끝까지 남아서 열심히 일하는 사람은 와타나베 씨와 또 한 명의 20대 여성이었다. 그녀는 요양 보호직이 아니라 레스토랑과 식음료부에서 배식을 맡고 있다. 서글서글한 처진 눈과 높은 톤 소리로 자주 웃는 여자다. 유니폼 가슴에는 '사토미'라는 이름이 자수로 박혀 있었다. 발이 넓은 가가 씨의 말에 따르면 영양사 자격증 공부를 하려고 전문대학에 갔는데 결국 그만두고 단기 아르바이트를 전전한다고 했다. 그러나 요식업에는 관심이 있어서 언젠가는 자기 가게를 내는 게 목표라고 했다.

"그럼 적어도 식품 위생 책임자 자격증 정도는 따 둬야지. 여기는 일하기 편한 곳이니 지금 이럴 때 공부해."

가가 씨의 오지랖 넓은 충고에도 그녀는 기분 상한 내색 없이 "네, 그래야죠" 하고 대답하며 쑥스러운 듯이 몸을 배배 꼬았다. 딱 봐도 요즘 젊은이다. 손톱에 붉은 매니큐어를 칠하거나 어느 날 갑자기 펑크스타일의 화려한 머리를 하고 와서 모두를 깜짝 놀라게 하는 사람도 사토미 씨뿐이었다. 와타나베 씨와는 또 다른 의미에서 상사를 당황시키는 사람이었다.

이런 부류의 젊은이들을 탐탁지 않아 하며 늘 신랄하게 비판하는 가가 씨도 어째서인지 사토미 씨는 마음에 들어 했다. 사토미 씨 역시 식당 안에서 다른 입주자보다 가가 씨와 오래 대화를 나누다가 꾸지람을 들을 때가 있었다.

그런 모든 일상을 나는 남편과 공유했다. 그는 언제나 조용히 귀 기울여 줬다. 우리의 대화는 늘 일상 이야기였다. 우리에게 있는 것은 오직 현재뿐이고 과거나 미래에는 눈길을 향하지 않는 삶이 이미 몸에 배었다.

할 말이 없는데도 갑자기 "유키오"라고 불러 봤다. 이 호칭을 듣고 고개를 들어 반응하는 남편을 보며 안도했다. 이 이름은 내게 특별한 의미가 있다. 가명이라는 것은 알고 있다.

가가 씨의 남편이 오지 않아도 남편은 혼자 바다 후미의 선창에 내려가 그곳에 걸린 보트에 드러눕고는 했다. 그대로 몇 시간이나 있을 때도 있었다. 매주 여기 오는데도 나와 줄곧 마주 보고 있기가 힘든 걸까. 아니면 내가 나도 모르는 사이에 힘들어 보이는 내색이라도 한 걸까. 어쨌든 가가 씨 덕에 남편은 자신만의 휴식 장소를 찾은 듯했다.

나는 남편이 오는 날에는 날씨가 좋고 파도가 잔잔하기를 항상 기도했다. 파도가 거친 날에는 남편은 아쉬운 듯이 후미를 바라봤다.

∘ 1966년 가을 ∘

아버지는 감정 조절을 하지 못했다. 한번 흐느끼기 시작하면 하루 종일 엉엉 울며 끙끙거렸다. 화를 내면 집 안에 있는 물건을 마구 집어 던지며 날뛰었다.

아키오와 마사오는 늘 겁먹은 채로 살았다. 한 지붕 아래에 괴물이라도 사는 것처럼 경계하고 긴장했다. 아버지의 두통은 이제는 머리끈을 동여맨다고 해결되지 않았다. 항상 어떤 망상에 사로잡혀 "무시라! 무시라!" 하고 몸부림을 치며 바닥을 뒹굴었다. 그러다가 갑자기 거품을 물며 졸도할 때도 있었다. 한 사람의 인격을 이토록 붕괴시키는 일산화탄소 중독증이라는 병이 새삼 두려워졌다.

점차 짐승처럼 변해 가는 아버지는 우리가 자식이라는 기억조차 조금씩 잊어 갔다. 그러나 가족의 뒷바라지를 하는 내게는 별로 손을 대지 않았다. 드문드문 끊기는 대화를 통해 추측건대 나를 젊은 시절에 살던 큰 집에서 일하는 가정부로 여기는 듯했다. 옷을 갈아입힐 때도 잠자코 있었지만 몸을 씻기려 하면 질색했고 어린아이처럼 오줌을 지리기도 했다. 아버지가 누워 있는 방은 항상 퀴퀴한 냄새로 가득했다. 암모니아와 체취, 곰팡내 등이 눈이 찌릿할 만큼 맴돌았다.

공장에서는 잘렸어도 나는 할 일이 아주 많았다. 기쿠에 아주머니가 빌려준 밭 한 묘에 채소를 길렀고 고철과 석탄 부스러기를 주우러 멀리까지 나갔다. 요즘 같은 시기에는 산에서 버섯을 캐는 게 가장 중요한 일이었다. 모두가 비슷한 방법으로 먹을 것을 조달하니 서로 경쟁하듯 버섯을 많이 따 와서 건조해 보존식으로 만들었다.

생활비가 절대적으로 부족한데도 될 수 있으면 다케조에게는 돈을 빌리고 싶지 않아 다른 방법을 궁리해야 했다. 그래서 좀처럼 집 안에 붙어 있을 수 없었다. 아키오와 마사오는 틈만 나면 불안해하며 내 다리를 붙잡고 늘어졌다. 매일매일 녹초가 됐다. 이런 고생을 모조리 내게 떠맡기고 사라진 어머니를 원망할 기운조차 남아 있지 않았다.

아버지의 더러운 유카타와 속옷을 빨며 아버지가 얼른 죽어 줬으면 좋겠다는 생각을 했다. 바로 얼마 전까지만 해도 아버지가 사라지면 어떡할지를 걱정했다. 부모가 죽거나 이혼한 아이는 복지 사무소에서 데려가고 형제가 뿔뿔이 흩어져서 보호 시설에 들어간다는 소문이 돌았다. 그곳 환경 역시 열악하다고 누가 보고 온 것처럼 이야기했다. 그보다는 부모가 사라진다는 사실 자체가 두려웠다. 그러나 나는 이제 어린아이가 아니다. 지난 9월 1일에 열일곱 살이 됐다. 내년에는 열여덟 살이다. 이제는 나 혼자 어린 동생들을 먹여 살릴 수도 있지 않을까.

아버지는 상태가 그 모양인데도 어머니가 사라진 것만은 인식했다. 다케조에게 이상한 말을 듣고 난 뒤부터 다케조의 집에 어머니가 있다는 확신이 더 굳어진 듯했다. 그날 이후로도 아버지는 비틀비틀 마을을 쏘다니다가 다케조를 종종 맞닥뜨렸다. 그러면 무작정 덤벼드는 바람에 다케조가 아버지의 멱살을 움켜쥐고 집에 질질 끌고 오곤 했다.

"이런 미친놈을 자꾸 바깥에 내보낼 끼가? 저짜 기둥에라도 묶어 두라꼬!" 다케조는 그렇게 나를 윽박질렀다. 그러면서 "목에까만 수첩이라도 걸어 두라! 그라믄 기분도 나아지겄지!" 하고 조롱하는 것도 잊지 않았다. 그런 날이 반복되면서 아버지는 점점 더 망상에 사로잡혀 갔다. 언제까지 이런 일상이 이어질지 도무지 알 수 없었다.

해가 점점 짧아졌다. 양분이라고는 없는 메마른 버력산에 나는 식물은 양미역취뿐이다. 어느 추운 날 옆집 할머니가 내게 오래된 플란넬 잠옷 한 벌을 주었다. 캠핑카 부대가 사라진 이후 옆집에는 다른 가족이 들어와 살았다. 노부부와 50대 정도 되는 과부로 구성된 가족이었다. 할머니에게는 지금은 결혼해서 히로시마에 사는 딸이 있는데 그쪽에서 종종 입지 않은 헌 옷 등을 보내 준다고 했다. 플란넬 잠옷은 다소 낡기는 했지만 아직 충분히 입을 수 있는 수준이었다. 흰색 천 위에 색색의 종이풍선이 그려진 잠옷이다. 때마침 리쓰코의 겨울 잠옷이 다 떨어지고 여기저기 구멍 난 터라 리쓰코에게 양보했다.

"진짜 받아도 되나?"

리쓰코는 기뻐하며 잠옷을 입어 보았다. 잘 어울렸다. 안쪽에 있는 두 평 반짜리 다다미방에서 아버지가 베개에 머리를 얹은 채 형형하게 빛나는 눈으로 그 모습을 지켜봤다. 집 뒤에 무성히 자란 양미역취 안에서 풀벌레가 끊임없이 울었다. 우리 남매는 이불 두 개를 나눠 덮고 잤다. 어머니가 집을 나간 이후 한 가지 좋은 점이라면 넷이서 이불 두 개를 쓸 수 있게 됐다는 것이다. 그 전까지는 어머니와 동생 둘이 이불 하나, 나와 리쓰코가 이불 하나를 덮고 잤다.

항상 지쳐 있었던 나는 바닥에 드러눕자마자 곯아떨어졌다. 추운 날에는 옆에서 함께 자는 아키오가 난로 대용이었다. 한밤중에 뭔지 모를 낮은 소리를 듣고 잠에서 깨었다. 억양 없이 중얼거리는, 마치 주문을 외는 듯한 소리였다. 아버지가 또 악몽이라도 꿔서 잠꼬대를 한다고 생각했다. 그게 아니면 또다시 불면 때문에 망상이 시작됐거나 둘 중 하나다. 바로 옆에서 조용히 툭툭거리는 소리가 들렸다.

"어? 아부지, 왜 그라십니꺼?"

리쓰코의 목소리. 리쓰코가 알아서 잘 달랠 거라 믿고 다시 잠들려는 순간, 눈이 번쩍 뜨였다. 그 억양 없는 목소리가 "시즈코, 시즈코, 우리 예쁜 시즈코"라고 들렸기 때문이다. 나는 몸을 벌떡 일으켜 알전구를 켰다. 어렴풋한 불빛 속에서 아버지가 옆 이불 속에 들어가 있는 것이 보였다. 위에서 리쓰코를 몸으로 누르고 플란넬 잠옷 앞섶을 열려 하고 있었다.

"안 됩니더! 싫어예. 싫습니더!"

리쓰코가 팔다리를 버둥거렸다. 그러자 허리끈이 풀려서 잠옷이 더 벗겨졌다. 봉긋하게 솟은 가슴이 밖에 드러났다. 아버지가 지금 무엇을 하려는지 깨닫고 머릿속이 새하얘졌다. 대번에 아버지에게 달려들었다.

"뭐 하시는 겁니꺼! 고만하이소!"

아버지는 내 쪽을 힐끗 봤지만 얼굴에서는 아무 감정도 읽히지 않았다. 나는 아버지에게 식모에 불과한 것이다. 힘줄이 불거진 팔을 세차게 휘두르는 바람에 머리를 얻어맞았다. 야위기는 했어도 전에는 땅 밑에서 괭이질을 하며 석탄을 캐던 사람이다. 또 아버지는 망상에 사로잡혀 있을 때는 가끔 상상도 못 할 힘이 샘솟았다. 지금은 한창 불끈해진 상태로 아내와 사랑을 나누려는 순간이다. 그 누구에게도 방해받을 수 없다는 기백이 느껴졌다.

"가만있어 봐라. 금방 끝난다."

아니, 설마 리쓰코라는 걸 알면서도 이런 짓을 저지르는 걸까. 나는 단숨에 피가 머리끝까지 솟구쳤다. 미워하는 아내 시즈코 대신 딸 리쓰코를 범하려는 걸까. 문득 널문에 등을 갖다 붙인 채 이불을 걷어차며 발버둥치는 리쓰코의 몸으로 시선이 향했다. 언제 이렇게 몸이 자랐을까. 먹을 것을 제대로 못 먹은 탓에 말라서 그런지 가슴이 더 강조됐다. 허벅지도 전보다 살이 붙은 느낌인데 본인은 눈치채지 못할 것이다.

"언니야! 도와주라!"

리쓰코의 목소리를 듣고 퍼뜩 정신이 들었다. 리쓰코 위에 올라탄 아버지를 끌어내리려고 뒤에서 몸을 잡아당겼지만 욕망의 화신이 된 남자는 꿈쩍도 하지 않았다. 리쓰코가 "꺄앗!" 하고 비명을 질렀다. 아버지가 밖에 드러난 가슴 한쪽에 입을 갖다 댄 것이다. 그러더니 곧장 리쓰코의 하반신 쪽으로도 손을 뻗었다. 유심히 보니 아버지는 처음부터 아랫도리를 벗은 상태였다. 힘없이 축 늘어진 무서운 물건이 몸의 움직임에 따라 흔들렸다.

"기분 좋게 해 줄 텐께 가만히 있어라."

"아니다! 아니다! 내는 시즈코가 아니다!"

치모가 거뭇하게 자란 리쓰코의 하반신이 알전구 불빛에 비쳤다. 나는 어린 몸으로 향하려는 아버지의 팔을 붙잡으려고 기를 쓰다 또다시 얼굴을 얻어맞아서 입가가 찢어졌다. 이불에서 밀려나오듯 마사오가 뛰쳐나왔다. 졸린 것처럼 눈을 비비다가 뭔가 심상치 않은 일이 일어났다는 것을 깨닫고 요란하게 울음을 터뜨리기 시작했다. 그러자 아버지는 마사오의 작은 몸을 붙잡고 밖으로 홱 집어 던졌다. 가벼운 마사오는 토방의 시멘트 바닥에 내동댕이쳐져서 어깨를 부딪치고 꺼이꺼이 울었다. 아버지에게 자주 얻어맞는 탓에 어깨뼈가 빠지는 게 어느덧 일상이 돼 버렸다.

마사오의 모습을 본 순간, 내 머릿속에서 뭔가가 펑 하고 터졌다. 맨발로 토방에 내려가 엉엉 우는 마사오를 지나쳐 개수대 쪽으로 갔다. 차가운 콘크리트 개수대 위에는 하도 써서 움푹해진 도마와 이 빠진 부엌칼이 있었다. 나는 손에 칼을 쥐고 되돌아갔다. 그리고 리쓰코의 하반신에 물컹한 남근을 갖다 붙이고 있는 아버지의 목덜미에 칼을 들이댔다.

"당장 그만두이소!"

내 날카로운 목소리를 듣고 아버지가 고개를 들었다. 욕정에 사로잡힌 눈빛을 보자 구역질이 일었다. 상대는 자기 딸이다.

"뭐꼬? 그걸로 내 목이라도 벨라꼬?"

이런 상태에서는 나 역시 딸로 보이지 않을 것이다. 나는 생판 모르는 남처럼 차갑게 내뱉었다.

"그리 여자가 필요하면 딴데로 가라! 이짜서 계속 이라믄 칵 죽이삘 끼다!"

아버지 밑에서 리쓰코가 기어들어 가는 소리로 "언니야……" 하고 중얼거렸다. 귀여운 잠옷이 거의 벗겨져 이제는 알몸에 가까운 상태다. 내 말은 진심이었다. 나는 진심으로 이 남자를 죽일 마음이었다. 칼자루를 쥔 손에 힘을 실었다. 다음은 몸에 깊숙이 찌른 다음 다시 쓱 뽑으면 된다. 그럼 모든 게 끝난다. 어금니를 꽉 깨물었다.

그때였다. 옆에서 아키오가 달려와 내게 몸을 부딪혔다.

"죽인다니! 아부지를 죽인다꼬?"

그것과 동시에 아버지의 몸이 순간적으로 뒤로 확 젖혀졌다. 두 팔과 두 다리를 기이하게 뻗고 몸을 부들부들 떨었다. 늘 그러듯 경련 발작을 시작한 것이다. 아버지는 옷이 헝클어진 채로 그 자리에 쓰러졌다. 조금 전까지 리쓰코의 몸에 갖다 붙이던 추악한 기관에서 누런 물이 질질 흘러 찢어진 다다미를 더럽혔다. 리쓰코가 곧장 몸을 일으켜 옷매무새를 가다듬었다. 그길로 활짝 열린 옆방에 의식을 잃은 아버지를 밀어 넣고 장지문을 쾅 닫았다. 그리고 지친 나머지 그 자리에 털썩 주저앉았다.

이불 위에서는 아키오가, 토방에서는 마사오가 세상이 떠나가라 울고 있었다. 나는 비칠비칠 일어서서 마사오를 품에 안고 이불에 데려왔다. 마사오는 역시나 어깨에 까진 상처가 있었고 팔을 축 늘어뜨린 채 울음을 그치지 않았다. 나와 리쓰코는 장지문에 몸을 기대고 남동생들의 울음소리가 조금씩 잦아들다가 코를 훌쩍이는 소리로 바뀌는 것을 말없이 듣고 있었다. 우리 둘 다 입을 열지 않았다.

잠시 후 리쓰코는 앉은 자세 그대로 꾸벅꾸벅 졸기 시작했다. 잠든 세 동생 모두 볼에 눈물 자국이 나 있다. 나는 부엌칼을 그대로 손에 들고 결국 뜬눈으로 밤을 지새웠다. 옆방에서 아버지의 코 고는 소리가 들렸다.

이곳은 지옥이다. 아수라가 아이들을 잡아먹는 지옥.

그리고 나 역시 아수라가 되기로 했다. 이제는 회개도 반성도 하지 않는다. 일단 한번 마음먹은 것은 반드시 하고야 만다. 여기서 멈추면 또다시 같은 일이 반복될 테니까. 동이 틀 무렵이 돼서야 천천히 몸을 일으켰다. 아버지의 목숨을 구하려 한 아키오의 목소리가 머릿속에 들러붙어 떨어지지 않았다.

조용히 문을 열고 싸늘한 밖으로 나갔다. 뿌연 안개가 버력산 너머에서 흐르고 있다. 동시에 쪽방 가장 끝 집 문이 열리더니 유우가 나왔다. 나를 보고 깜짝 놀란 듯이 멈춰 선다. 나는 그대로 서서 유우가 빠른 걸음으로 내게 다가오는 모습을 지켜봤다.

“그기 뭐꼬?” 그제야 내가 아직 손에 칼을 쥐고 있다는 것을 깨달았다. “뭔 일이 있었나?”

그 말에는 대답하지 않고 유우를 데리고 집 뒤쪽으로 돌아갔다. 양미역취가 흐드러지게 핀 곳에 맨발로 발을 들이자 힘없는 외래 식물이 몸을 둘러싸며 우리를 숨겨 줬다.

“유우야!”

노란 꽃 한가운데에서 나는 유우를 마주 봤다.

“우리 아부지를 죽이줄 수 없겠나?”

그의 손에 칼을 갖다 댔다. 유우는 차갑기 그지없는 눈빛으로 나를 봤다.

“그 사람은 인자 인간이 아니다. 그러니까 죽이 삐면 좋겠다.”

유우는 눈을 한 번 깜빡이더니 날카롭게 나를 주시했다.

“진심이가?”

한 치의 망설임도 없이, 자세한 사정을 묻지도 않고 유우는 그 말만을 했다.

그래서 나도 머릿속이 개운해졌다. 유우의 손에 쥐여 준 칼을 다시 빼앗아 들었다.

“진심이다. 근데 니한테 부탁할 일은 아닌 거 같네. 미안타. 좀 전에 내가 한 말은 잊어 주래이.”

등을 홱 돌렸다. 그러자 유우가 내 어깨를 붙들고 다시 자기 쪽으로 돌렸다.

"논아. 아재를 죽일 끼가?"

나는 힘차게 고개를 위아래로 흔들었다.

"경찰에 잡힐 끼다. 그라믄 동생 봐줄 사람이 없어진다이가."

"그래. 맞다. 근데 니한테 부탁하믄 니가 잡히것지. 그까지 생각도 못 하고 말해 뿟다. 참말로 내는 벅수 같다."

"니가 진심이라카믄 조금만 기다리 주라. 내한테 생각이 있다."

이번에는 내가 겁을 집어먹었다.

"됐다. 괘안타. 이자 빼라."

그러자 갑자기 유우가 내게 한 걸음 다가와 나를 확 끌어안았다.

"내도 결심했다! 전부터 생각은 하고 있었는데 인자 결심이 서 뿟다! 해 보자! 어? 괜찮제?"

뭐가 뭔지 영문을 알 수 없었지만 "어" 하고 대답했다. 바람이 휭 불어와 노란 꽃잎이 우리 두 사람 주변에서 미친 듯이 나부꼈다.

마사오의 빠진 어깨뼈를 접골원에 가서 다시 붙였다. 치료비 계산은 다음 생계 급여가 나올 때까지 미뤄 줬다. 한쪽 팔에 보호대를 찬 마사오와 손을 맞잡고 걸었다. 몇 번인가 비슷한 일을 겪어서 이제는 익숙했다. 성격이 밝고 수다스러운 마사오는 내게 이것저것 말을 걸어 왔다. 이 아이는 어젯밤 일어난 일의 의미를 모르고 그저 평소처럼 아버지가 행패를 부리다가 그런 일이 일어난 줄로만 안다. 내가 건성으로 대답하자 마사오는 "뭐꼬. 누나는 내 말 한 개도 안 듣고!" 하고 마치 노래하듯 외쳤다. 어깨뼈가 빠졌어도 누나와 함께 멀리 갔다가 오는 상황이 신나는 것이다.

내 머릿속은 유우가 한 말로 가득 차 있었다. 유우는 대체 무슨 생각일까. 누구의 죄도 물을 수 없게끔 아버지를 죽일 방법이 있다는 걸까. 거기까지 떠올리자 내가 존속 살해라는 무시무시한 행위를 그야말로 간단히 수긍했다는 사실에 놀랐다. 아버지를 죽인다는 것에 이제는 죄책감이 느껴지지 않았다. 오로지 실행하는 순간만을 상상하며 계속 머리를 굴렸다.

다키모토 씨는 마침내 올해 안에는 폐광 마을을 떠나겠다고 작심한 듯했다. 껍데기도 다키모토 씨가 없는데 이곳에 계속 살 마음은 없어 보였다. 리쓰코는 학교에서 진로 상담을 할 때 선생님께 집단 취직을 하고 싶다는 의사를 전했다. 오랫동안 바뀌지 않은 것들이 조금씩 바뀌어 가는 느낌이 들었다. 뭔가가 한번 움직이면 순식간에 모래성이 무너지는 것처럼 형태가 급변할 때가 있다. 그런 전조가 이 외딴 폐광 마을 안에서 느껴졌다. 나는 조용히 상황을 살폈다.

무슨 일이 일어나도 이제는 놀라지 않고 유우에게 전부 맡길 생각이었다.

그로부터 열흘이 지나자 유우가 나를 찾아와 계획을 털어놓았다. 그 이야기를 듣고 온몸의 털이 주뼛 서는 느낌이었다. 지금껏 내가 알던 유우와 전혀 다른 유우가 눈앞에 서 있는 것 같았다.

"다케조가 아재를 죽이삐게 만들 끼다."

짧게 그 한 마디만을 하고 나를 똑바로 쳐다보는 유우. 나는 숨을 집어삼켰다.

다케조가 어머니를 집에 숨기고 있다고 아버지를 부추기는 것이 내 역할. 다케조에게 아버지가 돈을 훔쳤다고 부추기는 것은 유우의 역할. 내 쪽이 비교적 수월하다. 아버지는 이제 제정신이 아니니까.

"내가 다케조 돈을 훔칠 끼다. 그거를 아재가 한 짓으로 만들 끼고."

"진짜 그리 일이 잘 풀리것나? 다케조가 돈을 어따가 숨겨 두는지 아나?"

일단 한번 입 밖에 꺼내자 순식간에 불안감이 고개를 들었다. 돈에 집착하는 다케조는 쌓아 둔 돈을 도난당하면 길길이 날뛸 것이다. 그러나 전처럼 진지하게 아버지를 대할 것 같지는 않았다. 야쿠자를 데려와 위협해서 간단히 돈을 받아 내고 의기양양하게 되돌아가지 않을까. 이제는 정상이라 할 수 없는 아버지를 죽여서 살인범이 돼 봐야 자기만 손해다. 하지만 유우가 돈을 훔쳤다는 게 들통이라도 난다면? 분명 유우가 반죽음을 당할 것이다. 아니, 그전에 경찰에 신고하면 유우는 전과자가 되고 만다.

아버지를 죽여 달라고 부탁한 주제에 그런 생각이 머릿속을 맴돌아 나를 두렵게 했다.

"안 되겠다. 아무래도 니까지 끌어들이믄 안 될 거 같다. 그런 말 꺼내가 미안타. 유우야, 인자 그만해도 된다."

"아니다. 이미 다 결심했다. 이 일만 잘 풀리믄 다케조도 경찰에 잡혀 드갈 끼다."

"내는 괜찮다카이."

그러자 유우는 내 팔을 꽉 붙들었다.

"와? 고민돼서 그라나?"

"아니, 내는 진심으로 아부지를 지기 삐고 싶다. 그 마음은 한 개도 변함 없데이. 근디 니한테 부탁한 거는 잘못이다이가. 니는 우리랑 아무 상관도 없는데."

"논아! 내 말 잘 들어라!"

유우는 내 팔을 자기 쪽으로 잡아당겼다. 유우의 얼굴이 가까이 왔다. 그 기세에 나는 압도당했다.

"내는 다케조한테 복수할 끼다."

"와? 니도 다케조한테 무슨 원한이 있나?"

"있다. 그놈은 내 아부지다."

순간 나는 귀를 의심했다.

"……뭐라꼬?" 목소리가 떨렸다. "그기 무슨 말이고?"

"우리 어매는 그 자식에게 당했다. 돈을 제대로 못 갚아 가지고 그럴 수밖에 없었다카드라. 매일 밤마다 그놈한테 심한 짓을 당했다고 할매가 그라드라. 그라다 결국 내를 낳고 낳자마자 바로 목을 맸다캤따."

"유우야. 할매한테 언제 그런 야기를 들었노?"

"어렸을 때부터 틈만 나면 들었따. 탯줄이 달린 나를 그대로 끌어내가 거꾸로 들었다칸다."

"……심하다."

"뭐가?"

"다케조랑, 글고 할매도 너무하다. 어떻게 얼라 앞에서 그런 말을 하노."

유우는 스스로 진정하듯 숨을 크게 들이마셨다.

"그니까네 다케조는 울 어매의 원수다. 니가 고민할 필요가 없데이. 내는 내 사정 때문에 그놈한테 복수할라꼬 이라는 기다."

"그래도 느그 아부지다이가."

그렇게 말하자 유우가 얼굴을 찌푸리며 붙잡은 팔을 홱 놓는 바람에 나는 몸을 비틀거렸다. 유우의 고백은 너무도 참혹했다.

이야기는 그 뒤로도 이어졌다. 물론 다케조는 유우가 자기 아들이라는 걸 알면서도 마스 할머니가 유우를 키우는 동안에는 나 몰라라 했다. 그러나 아내와 자식이 모두 자기 곁을 떠나자 남은 핏줄은 유우뿐이라는 생각에 이르렀다. 유우가 야간 고등학교에 다닐 비용을 대 준 사람도 다케조였다. 마스 할머니는 돈을 빌린 것이 아니다. 다케조에게 먼저 요구해서 받아 낸 것이다. 다케조는 나중에 유우를 자기 후계자로 삼을 계획이고 마스 할머니도 그걸 알고 있다고 했다.

"내는 그 자식처럼 악덕 사채업자 같은 거는 안 될 끼다!"

다케조는 최근 유우를 불러서 일을 조금씩 돕게 했는데 그게 바로 이번 계획을 떠올리게 된 계기가 되었다. 유우는 다케조가 돈을 숨기는 곳을 알고 그것을 훔쳐서 우리 아버지의 소행으로 만드는 것도 간단하다고 했다.

"알겠제? 논아. 이번 일은 내랑 니가 힘 합치면 다 잘 풀리게 돼 있따. 니 소원 내 소원 전부 이룰 수 있다 안 카나!"

내 소원은 아버지가 죽는 것. 유우의 소원은 다케조가 살인범으로 체포되는 것.

"절때 실패 안 할 끼다. 내가 잘해 낼 꺼니까 지키 봐라."

유우는 그렇게 못을 박았고 나는 고개를 끄덕였다.

그 순간, 우리는 공범이 되었다.

지쿠호 폐광 주택의 가을은 다른 곳보다 유독 적막하고 쓸쓸했다. 농촌은 결실을 맺는 계절이지만 이곳에는 결실 따위 없다. 그래도 가을이 되면 축제 흉내는 냈다. 마을과 가장 가까운 버력산 앞에 작은 사당이 있다. 산을 다스린다는 오야마쓰미 신을 모신 사당이다. 사당 입구에 종이 끈을 묶은 밧줄을 걸쳐 놓고 버력산 기슭에 신장대*를 세웠다. 신주가 따로 없으니 전에 탄광촌에서 나야가시라**로 일한 여든이 넘은 영감님이 역할을 대신 맡았다. 전에는 미코시***를 짊어지고 행진할 때도 있었다고 하지만 지

* 신관이 불제에 쓰는 막대기 끝에 흰 종이나 천을 끼운 것.

** 탄광촌에서 탄광주의 위탁을 받아 광부를 제공한 사람.

*** 일본의 제례나 축제에 쓰이는 신체나 신위를 실은 가마.

금은 그런 건 바랄 수도 없다. 형태뿐인 축제의 잔해다. 마을 사람 그 누구도 마음이 들뜨지 않았고 적적함만 더할 뿐이었다.

유우는 내게 몰래 비수를 줬다. 아버지의 손에 그것을 쥐여 주고 다케조의 집으로 보내라고 했다. 아무리 다케조가 악랄하다고 해도 곧장 흉기를 꺼내 들지는 않을 테지만 아버지가 그런 흉흉한 물건을 갖고 온 것을 알게 되면 분노할 수밖에 없다. 아버지의 손에서 비수를 빼앗기는 쉬울 것이다. 아버지가 거금을 훔쳤다고 믿는 것으로 모자라 자기 목숨까지 노린다고 생각하면 다케조가 가만있지 않을 거라는 게 유우의 예상이었다.

"그노마는 딴 사람들을 원체 깔봐서 평소에는 여유 있어 보이도 한번 고삐가 풀리믄 눈까리가 회까닥 돌아뿐다. 지도 모르는 사이에."

그 말을 듣고 불안했다. 일이 과연 잘 풀릴까. 우리가 생각지도 못한 사건이 일어날지도 모른다.

"걱정 마라. 내가 다케조를 잘 꼬드겨 볼꾸마. 그놈은 언젠가부터 내 말을 믿고 있다. 다 잘 될 끼다."

"진짜 그렇겠나……."

유우에게 받은 비수가 아주 묵직하고 무시무시하게 느껴졌다.

유우가 축제일을 고른 것은 그날 공장이 쉬기 때문이었다. 폐광 마을은 평소와 다르지 않아도 그 밖의 다른 지역은 경사스러운 축제일이다. 유우는 오늘 낮에 다케조의 집에 가서 돈을 훔치고 그 죄를 아버지에게 덮어씌우는 임무를 완수해야 한다.

"유우야, 내는 무습다. 우리가 생각도 못 한 일이 생길 거 같다."

유우는 그런 나를 위로해 주었다. 다케조에게 살인 따위 대수롭지도 않은 일이라고 했다. 그도 그럴 만한 것이 그는 여기서 탄광을 경영하던 때부터 야쿠자를 고용해 반항하거나 쓸모없어진 광부들을 아무렇지 않게 죽였다. 어쩌면 유우 어머니가 데려온 남자가 이곳에서 낙반 사고에 휘말려 죽은 것도 다케조가 미리 짜 둔 계획이었을 수 있다. 마음에 든 여자를 자기 것으로 만들기 위한 계획. 그러나 유우 앞에서 그런 말은 도저히 할 수 없었다.

비수를 윗옷에 숨기고 유우와 헤어졌다. 전에 내가 무심코 손에 들었던 이 빠진 부엌칼 따위와 비교도 되지 않을 만큼 예리하고 뾰족한 칼이었다. 이제는 돌이킬 수 없다.

학교가 쉬는 날이어서 리쓰코는 아키오, 마사오와 함께 버섯을 따러 갔다. 아키오의 다리가 불편해서 그리 깊숙이 가지는 못할 테지만 그래도 저녁까지 돌아오지 않을 것이다. 나는 천천히 집에 돌아갔다. 어느 집에 달린 벽시계가 오후 2시를 알렸다. 집 앞에서 문득 발걸음을 멈췄다. 앞으로 아버지를 죽이리라는 것을 새삼 다시 떠올렸다. 아버지는 성격이 포악하지만 미이케 탄광에서 일할 때는 돈을 잘 벌어서 가족을 먹여 살렸다. 기분이 좋을 때는 나와 리쓰코를 영화관에 데려갔다. 아키오가 다리를 다쳤을 때는 등에 업고 병원에 달려가 의사 선생님에게 "어떻게든 해 봐라!" 하고 위협하며 선생님을 당황하게 한 적도 있다. 그러나 이제는 전부 과거의 일이다. 지금 이 문 너머에 있는 사람은 그때의 내 아버지가 아니다. 미이케 탄광 가스 폭발 사고 때 내가 아는 아버지는 이미 죽고 사라졌다.

나는 숨을 크게 한 번 들이마시고 힘차게 널문을 열었다.

"아부지!" 단숨에 아버지를 향해 뛰어가 외쳤다. "어매를 찾았어요!"

문턱에 손을 짚고 소리쳤지만 어두컴컴한 안방에 있는 아버지는 아무 반응을 보이지 않았다.

"어매는 다케조 집에 있습니더! 지가 방금 보고 왔어예!"

순간 흐려져 있던 아버지의 눈에 빛이 깃들었다.

"뭐라꼬?"

"어매를 찾았다니까예! 다케조가 진짜로 집에 숨겨 놓고 있었는가 봐예. 지금 그 자식 집에서 엉엉 울고 있습니더. 심한 짓을 당했는가 봐예!"

"시즈코가……?"

"얼른 가 봐야 할 것 같심더! 아부지! 어매를 구해 주이소!"

그러자 아버지는 이불 위에서 앞으로 고꾸라지듯 몸을 일으켰다.

"진짜가! 시즈코를 찾았단 말이제! 고렇지! 그 다케조 자식! 그 음승시르븐 놈이! 용서 못 한다!"

아버지는 토방으로 내려와 이가 닳이 짚신처럼 된 나막신을 신었다.

"그냥 가시믄 위험합니더. 야쿠자가 있을 수도 있다입니꺼!"

"상관없데이! 그런 놈은 내 이 손으로 확!"

아버지는 핏발 선 눈으로 나를 돌아봤다.

"이거……."

나는 아버지의 주머니에 비수를 넣었다. 아버지는 옷 위에서 그것을 손으로 쓸며 확인하더니 무엇인지 포착한 것처럼 나를 봤다. 짧은 순간이었지만 오래전 용감하고 믿음직스러웠던 아버지로 돌아간 느낌이 들었다. 어머니를, 마땅히 구해야 할 소중한 내 여자를 구하러 간다는 기백이 느껴졌다.

"기달리고 있어라!"

아버지가 집을 뛰쳐나가자 나는 토방 위에 주저앉았다. 더는 공포와 후회 따위 없었다. 내가 해야 할 일을 했다. 차분한 마음으로 이제는 아버지가 두 번 다시 이곳에 돌아올 일이 없을 거라 생각했다.

아버지는 다케조의 손에 죽었다. 그 소식을 들은 건 해가 완전히 떨어지고 난 뒤였다.

다케조의 집은 우리 집에서 조금 멀리 떨어져 있고, 단순한 구조의 주택이라고 해도 헛간 같은 탄광 주택 따위보다는 몇 배는 견고했다. 울타리로 둘러싸여 있으니 어지간한 소동이 일어나지 않는 한 밖에 있는 사람들은 눈치채지 못한다. 다케조에게 돈을 빌리러 간 탄광 주택 주민이 캄캄해진 집 안에 혼자 쓰러져 있는 아버지를 발견하고 한달음에 우리 집에 찾아왔다. 그때 우리는 집에 돌아오지 않은 아버지를 찾고 있었다. 리쓰코는 "이리 시간이 늦었는데 이상하데이. 다케조 집에라도 가 봐야 하는 거 아니가?"라고 물었지만 나는 대답하지 않았다. 서로 역할을 분담해서 엉뚱한 곳만을 돌아다녔다.

얼마 안 돼 경찰이 집에 들이닥쳤다. 아버지가 발견됐다는 현장에 갈 수는 없었다. 경찰은 아버지가 다케조의 집 안에서 흉기에 찔려 죽었다는 소식만 전하고 우리더러 집에서 기다리라고 했다. 리쓰코는 고개를 숙인 채 아무 말도 하지 않았다. 아키오와 마사오에게는 아버지를 찾았다고만 했다. 그러나 뭔가 낌새가 이상하다고 느꼈는지 아키오와 마사오는 평소의 활기가 없이 침울한 표정으로 누나들을 연신 힐끔거렸다. 그러다가 배가 고플 텐데도 그대로 잠들어 버렸다.

유우는 어디 갔을까. 다케조는 체포됐을까. 우리 계획은 잘 진행된 걸까. 나는 무엇 하나 알 수 없었다.

아버지의 시신을 보지도 못한 상황에서 형사가 다시 집을 찾아왔다. 나는 유우와 미리 짜 맞춘 대로 집을 비운 동안 아버지가 집을 나갔고 밤늦게까지 돌아오지 않아서 서로 역할을 분담해 아버지를 찾았다고 했다. 리쓰코의 대답도 마찬가지였다.

"아부지를 누가 죽였으예? 어떻게 죽인 겁니꺼?"

내 질문에 형사는 아버지가 날카로운 흉기에 찔렸고 흉기는 아직 발견되지 않았으며 범인은 현재 수사 중이라고 했다.

"수사 중이라꼬요? 범인은 다케조잖아예! 그 자식 말고는 없어예!"

리쓰코가 그렇게 외치자 40대로 보이는 형사는 불쾌한 표정을 숨기지 않고 "수사 중이라카믄 수사 중인 기다" 하고 거칠게 말했다. 전형적으로 우리를 업신여기는 반응이었다.

다케조는 그날 이후 자취를 감췄다. 국철 역에서 그가 부랴부랴 기차에 올라타는 모습을 역무원이 목격했다고 했다. 역무원은 중절모를 깊이 눌러쓰고 평소 자주 입는 벨벳 재질의 검은 하오리에 머플러를 두르고 있었으니 그가 틀림없을 거라고 증언했다. 손에는 각진 가죽 여행 가방을 들고 있었다고 하는데 비슷한 차림의 남자가 어디서 내렸는지는 지금껏 밝혀지지 않았다.

그전에도 아버지가 다케조의 집을 여러 번 찾아가서 이런저런 말썽을 일으켰다는 것을 마을 사람 모두가 알고 있었다. 경찰은 명백한 살의를 가지고 한 행동인지, 아니면 말다툼 도중 충동적으로 죽였는지는 불확실하지만 어쨌든 다케조가 아버지를 살해했고 집에 있는 돈을 전부 싸 들고 도주했다고 추정했다.

아버지의 시신을 인수한 건 다음 날 오후였다. 우리는 어떤 말을 하거나 눈물을 흘리지도 않고 그저 망연자실하게 싸늘히 식은 아버지를 맞았다. 잠시 후 아키오와 마사오가 울음을 터뜨린 이유는 슬퍼서가 아니라 무서워서였다.

아침부터 기쿠에 아주머니 부부가 집을 찾아와 모든 뒷수습을 대신해 주었다. "이런 이불 위에 아재를 눕힐 수는 없제" 하고 어디선가 깨끗한 이불도 가져다주었다. 살아 있을 때는 한 번도 누워 본 적 없는 푹신푹신한 이불 위에 아버지의 시신을 눕혔다. 집에서 가장 멀끔한 유카타로 옷도 갈아입혔다.

차갑고 딱딱해진 아버지의 시신에 손을 갖다 댈 때는 손이 덜덜 떨렸다. 지금 당장에라도 벌떡 일어나 '노조미! 니가 지금 내를 이 꼴로 만들어 놨겠다! 천벌이 무섭지도 않나!' 하고 소리치지 않을까 걱정됐다.

물론 그런 일이 일어날 리는 없었다. 아버지는 이제 살아 있는 생물이 아닌 단순한 물체가 돼 버렸다. 더는 망상과 두통에 시달리거나 자식들에게 손찌검을 하는 것은 물론 리쓰코를 부인으로 착각할 일도 없다. 말없이 누워 있는 아버지를 보는 동안 술렁거리던 마음이 조금씩 가라앉았다. 지금 여기서 혼란에 빠질 거면 처음부터 아버지를 죽이겠다고 마음먹지도 않았을 것이다. 나는 올바른 선택을 했다.

아버지가 살해됐다는 이야기는 순식간에 탄광촌 안에 퍼졌고 사람들이 연이어 집을 찾아왔다. 모두가 입을 모아 다케조를 비난했다. 그렇게 외치면서 그들이 속으로 후련해하고 있다고 느꼈다. 자신들을 괴롭힌 고리대금업자가 범죄자가 되어 경찰에 쫓기는 상황이 진심으로 기쁜 것이다. 누가 그것을 비난할 수 있을까. 나는 그저 유우를 만나고 싶었다.

지쿠호에서는 죽은 사람을 기리는 행위를 '호네가미(뼈를 씹는다)'라고 불렀다. 어째서 그런 끔찍한 표현을 쓰게 됐는지는 아무도 명확히 대답해 주지 않았지만 묘하게 납득되는 표현이라고 생각했다.

"자, 이시카와 아재를 위해서 마지막 호네가미를 훌륭하게 해 드리야제."

"그려. 다케조 같은 놈 손에 죽다니 얼마나 원통하것노. 정중하게 보내 드리야 성불할 수 있을 끼다."

누군가의 그 말을 들었을 때는 등줄기가 서늘해졌다.

아버지의 호네가미 자리는 왠지 모를 고양감에 둘러싸여 있었다. 이곳에서는 주민이 죽어도 스님이 거의 오지 않았다. 시주를 넉넉히 해 줄 수 없기 때문이다. 그러나 이번에는 누가 근처 절까지 달려가 스님을 모셔 왔다. 스님은 짧지만 독경도 읊어 주었다. 우리 집은 시주를 할 처지가 못 되니 이웃들이 십시일반해서 시주도 해 준 듯했다. 좁은 집 안에 다 들어가지 못할 정도로 많은 사람이 고개를 숙인 채 스님의 독경을 들었다. 문밖에까지 늘어선 조문객 중에는 마스 할머니도 있었지만 유우는 보이지 않았다.

전직 나야가시라였던 영감님의 통솔로 아버지의 시신을 마을 화장장에서 화장하고 그날 공동묘지에 묻었다. 생활 보호 세대는 거기 드는 비용이 면제된다고 해서 무사히 마칠 수 있었다. 남동생들은 아버지가 죽은 상황을 이해하는지 못 하는지 집에 돌아가자마자 지쳐 쓰러져 잠들어 버렸다.

유우를 만난 건 그날 밤늦은 시간이었다.

리쓰코가 "언니야, 밖에 유지 오빠야 와 있다" 하고 귓속말을 했다. 부랴부랴 나가 봤지만 유우는 보이지 않았다. 하늘에 커다란 달이 걸려 있다. 쟁반같이 둥근 보름달이라 나도 모르게 멈춰 서서 하늘을 올려다봤다. 그때 희미한 소리가 들려서 고개를 떨구자 집 앞 내리막길에 서 있는 유우가 보였다. 달이 밝아서 표정이 잘 보였다. 괴로워 보이기도, 슬퍼 보이기도, 용맹해 보이기도 한 표정이었다. 유우에게 가까이 다가가기가 왠지 두려웠다. 연회색 그림자를 늘어뜨린 채 우리 두 사람은 잠시 떨어져서 서로를 물끄러미 바라봤다.

두려워도 물어야 한다. 이 모든 일은 내가 처음 시작하고 바랐으니까. 나는 천천히 유우에게 다가갔다.

유우는 주위를 한 번 둘러보더니 인도를 벗어나 오솔길로 들어갔다. 키 낮은 잡초들을 발로 차서 흩뜨리며 걸어가면서 입을 열지 않았다. 뭔가 좋지 않은 일이라도 일어난 걸까. 무슨 말을 들어도 놀라지 않도록 배에 힘을 집어넣었다.

유우가 멈춰 선 곳은 버력산을 빙 돌아간 곳으로 전에 내가 다키모토 씨와 껍데기의 대화를 몰래 엿들은 곳 부근이었다. 그 앞에 가서야 비로소 추위를 느꼈다. 우리는 바람을 피해 떨기나무와 양미역취가 핀 곳에 걸터앉았다.

그때 처음으로 유우의 오른쪽 눈 옆에 기름종이와 반창고 따위로 붙인 거즈가 보였다.

"거기 와 그렇노? 다칫나?"

"암껏도 아이다."

유우는 앞으로 뻗은 내 손을 성가시다는 듯이 떨쳐 냈다.

"다케조는 도망칫는갑다." 나는 다시 앞을 보며 애써 아무렇지 않게 말했다. 유우가 대답하지 않아서 "괜찮것지. 조만간 붙잡힐 끼다. 언제까지 도망만 치고 있겠노" 하고 말을 이었다. 유우는 여전히 고개를 숙인 채 아무 말도 하지 않았다.

"유우야, 고맙데이. 이걸로 됐다. 내는 만족한다."

"내가 처음 계획한 것처럼 안 됐다. 다케조는 내 생각을 미리 알아채고 있었뜨라."

"뭐라꼬?"

"아재가 비수를 꺼내가 덤빗는데 곧바로 다시 받아치가 비수를 빼앗깃다."

"진짜가?"

"그라드만 내를 보고 '돈을 훔친 건 니다이가?'라고 하드라." 이번에는 내가 말문이 막혔다. "그럴 만도 하것지. 금고 여는 법을 아는 사람은 다케조랑 내뿐이었으니까. 아재는 못 연다이가."

"그래가꼬? 그래서 우찌 됐노?"

"다케조는 내가 보는 앞에서 아재를 비수로 찔렀다. 세 번. 아니, 네 번."

아버지는 어깨와 배를 여러 번 찔렸다고 했다. 경동맥이 절단돼 피를 많이 흘린 것이 치명상이 되었다. 피투성이가 되어 몸부림치는 아버지의 모습이 눈꺼풀 안쪽에 생생하게 떠올랐다.

"다케조는 피에 푹 젖어 있는 비수를 내한테 던지드만 '이리 해 주기를 바랬제? 니가 원하는 대로 해 줬다이'라캤다. 그라고는……." 유우는 침을 꿀꺽 삼켰다. "그라고는 '돈은 내놔라. 살인범이 됐으니 도망쳐야 안 되것나. 도망칠라믄 돈이 있어야제'라캤다."

아연실색한 유우가 감춰둔 돈을 내밀자 다케조는 서둘러 그곳을 벗어났다고 한다. 다케조는 그 후 검은 하오리로 갈아입고 짐을 꾸리고 도망쳤다. 칼로 찌를 때 튄 피가 묻은 옷이 집 안에 떨어져 있었다고 했다.

유우는 거기까지 말하고 한숨을 푹 내쉬고 몸을 부르르 떨었다. 밝은 달빛 아래에서 보니 유우는 전보다 초췌해져 있었다. 유우는 무시무시한 살인 현장을 목격했고, 그 원인을 제공한 사람은 나다. 나는 유우의 눈 옆에 붙은 거즈를 손으로 살며시 쓸었다.

"이거는?"

"다케조가 그랬따."

유우는 나를 보지 않고 조용히 중얼거렸다.

그 말을 끝으로 침묵이 깔렸다. 다케조가 비수를 휘둘렀을 때 생긴 상처일 것이다. 유우를 이렇게 만든 사람이 나라는 생각이 들어 마음이 무거웠다. 거즈에서 뗀 손가락을 유우의 입술로 갖다 댔다. 깜짝 놀랄 만큼 뜨거웠다.

"뜨겁네." 나는 몸을 유우에게 바짝 밀착했다. "내는 몸이 차니까 내가 식히 주께."

그러자 유우는 아무 말 없이 나를 밀어 쓰러뜨리고 내 위에 올라왔다. 그 자세 그대로 말없이 나를 내려다본다.

"괘안타."

나는 유우의 손을 붙잡고 내 몸으로 이끌었다. 등에 맞닿은 땅이 싸늘히 식어 있었지만 유우의 몸은 불타는 것처럼 뜨거웠다. 이제는 떨어질 수 없다고 생각했다. 지금까지 유우에게 특별한 감정을 품지는 않았다. 그저 이 쓰레기장 같은 곳에 함께 있는 믿음직한 내 편, 의지할 수 있는 존재에 불과했다. 그러나 지금은 같은 비밀을 공유한 죄 깊은 내 동료가 되었다. 그 역시 어떤 의미에서는 '사랑'이라는 감정에 속할지도 모른다.

내 안에서 차가운 물을 길어 올려 전부 마셔 버리듯 유우는 홀린 사람처럼 나를 탐했다. 깨뜨려 주기를 바랐다. 내 몸은 물이 가득 들어찬 독이다. 있는 힘껏 들어 올려서 거칠게 집어 던져 깨뜨려 준다면 차라리 후련할 거라 생각했다.

내 안에 들어온 유우도 뜨거웠다. 우리는 서로 몸을 밀착하고 공범 관계를 더욱 강하게 굳혔다. 그대로 나는 눈을 뜬 채 유우의 어깨 너머로 보이는 하얀 달을 바라봤다.

다케조의 행방은 여전히 묘연했다. 지명 수배가 떨어졌는데도 도피 중에 행적이 끊겼다. 지역 경찰이 그를 진지하게 찾을 마음이 없다는 소문이 돌기 시작했다.

민생 위원이 찾아와 아버지가 죽었으니 앞으로 동생들을 어떻게 돌볼지 내게 물었다. 대답하기도 전에 리쓰코가 끼어들어 "지가 내년에 취직해 가지고 돈을 부칠 겁니더. 그전까지만 생계 급여가 지급되게 부탁 좀 드릴게예" 하고 씩씩하게 말했다.

"그래도 성인 보호자가 있어야 될 낀데."

민생 위원은 떨떠름한 얼굴로 말했지만 우리는 갈 곳이 없다고 사정했다. 이 오지 같은 탄광 주택에는 우리와 비슷한 가족이 더 있었다. 부모가 돈을 벌려고 나가서 돌아오지 않거나 병으로 오랫동안 입원 중인 가족 등 다양한 사정이 있는 결손 가정이 드물지 않았다.

민생 위원은 우리에게 친척이 있는지 물었다. 친척이라고 부를 만한 사람은 어머니의 동생인 도쿠코 이모밖에 떠오르지 않았다. 나가사키에서 결혼해 채소 가게를 한다고 들었지만 어머니가 틈만 나면 돈을 빌려 달라고 해서 그쪽에서 먼저 연을 끊었다. 어머니가 실종됐을 때도 반응이 차가웠다. 도쿠코 이모 역시 형편이 넉넉하지 않은 데다가 자식까지 많아서 다른 집을 걱정할 처지가 아닐 것이다. 아버지의 부고도 아직 전하지 않았다.

민생 위원은 일단 자기 할 일은 다 했다는 듯이 돌아갔다.

유우는 마스 할머니의 집에서 그전과 마찬가지로 자동차 수리 공장과 야간 고등학교에 다녔다. 오른쪽 눈 옆 상처는 칼에 깊숙이 베인 상처였다. 원래라면 의사를 찾아가 꿰매야 하지만 그러지 않아서 결국 흉터로 남아 버렸다. 마을 사람이 물으면 수리 공장에서 다쳤다고 했고, 그러면 사람들은 그 이상 깊게 캐묻지 않았다. 이런 상처가 생겨도 의사를 찾지 못하는 사람이 이곳에서는 부지기수였다.

나도 어디선가 일을 해야겠다고 생각하며 차츰차츰 일상을 되찾아 갔다. 아키오와 마사오는 아무렇지 않게 "울 아부지는 죽었따"라고 친구들에게 말하고 다녔다. 부모의 죽음이 정확히 어떤 의미인지 아직 모르는 것이다. 꿋꿋한 리쓰코와 이웃의 도움만이 내가 의지할 수 있는 버팀목이었다.

11월에 접어들자 추위가 한층 매서워졌다. 지쿠호의 겨울은 소름 돋을 정도로 춥다. 처음에는 다케조가 사라져서 빚을 갚지 않아도 된다며 기뻐하던 주민들도 돈을 빌려줄 사채업자가 사라지자 점차 상황이 곤란해졌다. 조만간 다른 사채업자가 마을에 들어올 것이 분명했다. 다키모토 씨는 고향인 지바현으로 돌아갈 채비를 시작했다. 그 집에 얹혀사는 껍데기는 평소에 좀처럼 모습을 드러내지 않아서 어느덧 사람들의 기억 속에서 조금씩 잊혀 갔다.

나란히 길을 걷고 있던 나와 유우를 껍데기가 불러 세운 것은 겨울 초입 무렵으로, 아버지가 죽고 한 달이 지난 시기였다.

"잘 만났다. 너희에게 할 얘기가 있어"라는 말을 처음 들었을 때부터 좋지 않은 예감이 스쳤다. 껍데기를 따라 다키모토 씨의 집 안에 들어갔다. 다키모토 씨는 집에 없었다. 새로운 거처를 찾으러 지바현에 가 있다고 했다.

그는 쪽방의 집 두 채를 빌려서 옆방을 암실로 쓰느라 다른 사람을 들일 여유도 있었다. 집 안에는 짐이 든 골판지 상자가 여러 개 있었다. 껍데기는 그것들을 발로 치우고 공간을 만들어 우리더러 앉으라고 했다.

"차 같은 건 없어. 다 정리했거든. 나도 이번 달 안에는 일단 샷

포로에 있는 본가에 돌아갈 생각이야." 껍데기가 머나먼 홋카이도에서 왔다는 것을 그때 처음 알게 되었다. "짐은 별로 없지만 그래도 다키모토 씨가 그간 찍은 사진을 정리하느라 바빠. 그 사람은 이곳을 떠나는 순간까지도 카메라 셔터를 누를 사람이니까."

우리 두 사람 다 가만히 입을 다물고 있는데도 껍데기는 아랑곳하지 않고 계속 떠들었다.

"그날도." 껍데기는 의미심장한 미소를 지으며 왠지 즐거워 보였다. "그날도 말이지. 아주 멋들어진 달이 떴다며 마지막으로 달과 버력산을 찍고 오겠다고 나갔지. 달이 좋은 각도로 뜰 때까지 기다렸다고 해. 그래 봬도 제법 베테랑 사진작가니까."

껍데기가 지금 무슨 말을 하려는지 알 수 없었다. 그러나 우리에게 좋지 않은 이야기라는 것만은 본능적으로 느꼈다. 순식간에 몸이 굳었다. 껍데기는 자기가 직접 현상했다며 우리를 남겨 두고 사진 몇 장을 가져왔다. 보고 싶지 않았지만 유우가 몸을 앞으로 뻗어서 나도 덩달아 사진을 들여다봤다. 특별할 것 없는 버력산과 달 사진이어서 막연하게 예쁘다고 생각했다. 이미 오랫동안 봐 온 쓸쓸한 풍경인데도 이렇게 사진으로 보니 또 달랐다.

"여기."

껍데기가 손가락으로 사진 속을 가리켰다. 밝은 달빛에 비친 버력산 기슭에 작은 뭔가가 찍혀 있다. 사람처럼 보였다. 뭔가를 밀면서 걷고 있는 사람. 달 위치로 보건대 이미 밤 깊은 시간이다. 이런 밤중에 버력산에서 누가 뭘 한 걸까. 그러다가 문득 옆에 앉은 유우의 얼굴이 점점 창백해지고 있음을 깨달았다. 나는 화들짝 놀라 유우를 돌아봤다.

"그날은 축제일이었지."

껍데기의 말에 이번에는 내가 몸을 부르르 떨었다. 아버지가 다케조의 손에 죽은 날. 불길한 예감이 가슴을 꿰뚫고 지나갔다.

"이것 봐. 여기 신장대가 세워져 있지? 아침이 오면 이건 치우게 돼 있어. 오직 축제일 밤에만 여기 세워져 있는 거야. 이것도 사진 속에 넣고 싶어서 다키모토 씨는 일부러 그날 나갔어. 무슨 사건이 일어났다고는 들었지만 그래도 보름달과 버력산을 찍고 싶다면서."

껍데기는 입맛을 다시며 우리 얼굴을 번갈아 봤다.

"영 신경 쓰여서 말이야." 그는 또 한 장의 사진을 꺼내 들었다. "이 부분만을 확대해 봤어. 어때? 사진작가 조수로 나도 꽤 쓸 만하지?"

유우였다. 틀림없이 유우가 거기 있었다. 손수레를 밀면서. 손수레 밖으로 삽자루가 튀어나와 있는 것도 보였다. 버력산 기슭에서 어느 집에서 새어 나오는 불빛을 받은 유우의 얼굴은 입자가 거친 사진 속에서도 또렷이 알아볼 수 있었다.

"너희……." 껍데기는 이번에는 나를 손가락으로 가리키며 말했다. "너희 아버지가 다케조의 손에 죽은 날 밤 유지는 대체 여기서 뭘 했을까?" 킥킥 웃는 소리가 귀에 거슬렀다. "뭔가를 옮겼겠지. 삽까지 가져가서 그걸 묻었으려나?"

갑자기 유우가 몸을 부들부들 떨기 시작했다.

"유우야, 와? 이기 대체 뭔데 그라노?"

"오호라, 그 말은 곧 넌 아무것도 모른다는 뜻이군."

껍데기의 말을 듣고 차가운 뭔가가 명치 쪽으로 쓱 내려왔다.

"무슨 소리 하시는 겁니꺼?"

"네 그 상처는 뭐지?"

껍데기는 내 질문을 무시하고 유우의 오른쪽 눈을 가리켰다.

"공장에서 다쳤다고 했습니더. 와 그라는데요?"

그렇게 따져 묻는 내 목소리도 조금씩 떨렸다.

"다케조 때문에 생긴 게 아니고? 네가……." 껍데기는 의기양양하게 말했다. "네가 다케조를 죽였을 때 말이야."

순간 큿 하는 소리가 유우의 입에서 새어 나왔다. 껍데기는 가차 없었다.

"그래. 네가 다케조를 죽인 거야. 그리고 시체를 버력산에 묻었겠지. 손수레에 싣고 가서. 하필이면 이 사진에는 네가 그 일을 마치고 돌아가는 장면이 찍혔어."

순식간에 온몸에서 핏기가 가셨다. 머릿속이 새하얘졌다. 유우가 아니라고 해 주기를 기다렸지만 유우는 껍데기를 노려보기만 하고 아무 대답도 하지 않았다.

"이 사진 속에서 널 발견했을 때부터 혼란스러웠어. 어떤 추리가 머릿속에 떠오르기는 했지만 그걸 뒷받침할 증거가 없으니."

"당연합니더. 무슨 그런 말도 안 되는……."

껍데기는 손을 들어 내 말을 가로막았다.

"그래서 직접 가 본 거야. 버력산에 보물을 찾으러. 그리고 나는 찾고야 말았어." 껍데기는 마치 노래하듯 말했다. "다케조의 시신을. 가장 오래된 버력산 뒤쪽에서. 이제는 아무도 발을 들이지 않는 곳이지. 거기서 캘 석탄은 다 캤으니까. 그런데 거기에 뭔가를 더 캐낸 흔적이 있더군. 난 그곳을 파 봤어."

유우는 힘없이 어깨를 늘어뜨렸다.

"걱정하지 마. 확인한 다음에는 다시 확실히 묻어 줬으니까. 네가 한 것보다 더 꼼꼼히. 지금은 마른 풀에 덮여서 흔적조차 찾을 수 없어. 뒤처리는 조금 더 신중히 했어야지. 시체와 함께 흉기를 묻는 것도 좋지 않아. 거기에는 네 지문이 묻어 있으니."

유우가 다케조를 죽였다고? 말도 안 돼. 어떻게 그럴 수가 있다는 말인가. 다케조는 기차를 타고 도망쳤는데.

"나름대로 머리를 잘 쓴 것 같은데, 아까워. 어디서 뭐가 튀어나올지 모르니. 넌 다케조의 그 멋진 옷을 입고 직접 역에 가서 기차에 올라탔겠지. 응, 그건 아주 훌륭했어."

입을 반쯤 벌리고 유우를 쳐다봤다. 이제는 껍데기에게 뭐라고 받아칠 말도 없었다. 다케조는 유우의 친아버지다. 이렇게 보니 두 사람은 체격도 비슷했다. 유우가 중절모를 깊숙이 눌러쓰고 검은 하오리와 머플러를 두른 채 다케조처럼 가슴을 펴고 개찰구를 지났다면 역무원은 다케조라고 생각했을 것이다.

"이 사진은 아직 다키모토 씨에게 보여 주지 않았어. 네가 찍힌 건 이 한 장뿐이니 이것만 없애면 다키모토 씨는 이 재미있는 사진의 존재를 평생 모르고 살겠지."

껍데기는 "자, 어떡해야 할까?" 하고 우리를 번갈아 보며 물었다. 반으로 갈라진 혀를 날름거리는 뱀의 모습이 연상되었다.

"경찰에 가실 겁니까?"

나는 바싹 메마른 입으로 단지 그 말만을 내뱉었다.

"아니, 그럼 재미가 없지."

껍데기를 뚫어지게 바라봤다. 이 남자는 우리가 지닌 평범한 상식으로 이해할 수 없는 사람이다. 나는 그걸 알고 있다. 껍데기는 자신을 좋아하던 순진한 교코 씨를 꾀어 다케조의 먹잇감으로 선사했다. 한때는 학생 운동에 몰두했을지 모르지만 그 역시 철저한 신념에 기반한 것은 아니었을 것이다.

누군가를 선동하고, 주목받고, 지배하는 것. 그렇게 만족감을 얻어도 이내 곧 다시 질리고 만다. 이 사람에게는 진정 열중하는 일 따위 없지 않을까. 다키모토 씨는 전에 껍데기를 두고 그가 자신을 연출하는 것을 즐긴다고 했다. 이미 오래전에 껍데기의 본질을 꿰뚫어 본 것이다.

껍데기는 아무렇지 않게 우리 두 사람을 다시 풀어 줬다. 본인도 말했듯 정의를 위해서 우리가 저지른 범죄를 세상에 고발할 생각은 없을 것이다. 오직 이렇게 한 인간의 약점을 쥐는 것, 그로써 그 인간의 우위에 서서 거들먹거리는 게 목적이다.

재미가 있는가 없는가. 오로지 그것만이 그의 행동 기준이라고 생각하자 껍데기의 존재 자체가 섬뜩해졌다.

"처음에 말한 거처럼 일이 잘 풀릴 줄 알았다. 다케조가 내 계획을 알아챘을 줄은 꿈에도 생각 못했다이가."

유우는 더듬더듬 말했다. 버려진 폐가 뒤에서 고개를 푹 숙인 유우는 내 쪽을 보려고도 하지 않았다. 다케조가 아버지를 비수로 찌르고 나서 "이리 해 주기를 바랬제?"라고 물은 부분까지는 유우가 전에 설명해 준 대로였다. 유우가 훔쳐 간 돈을 그가 다시 요구했다는 것도 사실이었다. 그러나 유우는 말을 듣지 않았다. 피가 흠뻑 묻은 옷을 벗고 다른 옷으로 갈아입으려는 다케조를 등 뒤에서 칼로 찔렀다. 다케조가 집어 던진 비수를 다시 주워 들고.

알몸이었던 다케조는 방심하고 있었다. 설마 친아들에게 살해될 줄은 몰랐을 것이다. 그는 바닥에 그대로 깔려 있던 이불 위에서 흉기에 마구 찔렸다. 그리고 피를 흡수한 이불에 둘둘 말린 채 밧줄에 묶였다. 다케조의 피가 방에 깔린 다다미에는 묻지 않았다.

"곧바로 손수레에 실어가꼬 멀리 떨어진 수풀 속에다가 숨기놨다. 그런 다음에 다케조 옷을 입고 역까지 가서 기차에 올라가꼬 기차 화장실에서 옷을 다시 갈아입은 다음에 적당한 데서 내릿다. 가죽 가방은 그전에 창문 밖으로 몰래 던져 뿟고. 그 먼 거리를 걸어서 집에 돌아오니까 아재 시신이 이미 발견돼가 마을이 시끄러운 상황이드라. 그래가꼬 일부러 밤늦게 다케조 시신을 묻으러 갔다이가. 다케조 집에서 멀리 떨어진 곳까지 가는데 딴 사람을 만난 적은 없는데 설마 다키모토 씨가 사진을 찍고 있었을 줄은 생각도 몬했다."

그것도 모자라 껍데기가 그 사진을 현상해 모든 것을 알게 될 줄이야. 단순히 운이 나빴다고 할 수도 없다. 그런 가벼운 말로는 유우를 구할 수 없다. 껍데기는 앞으로 어디로 갈까. 어디에 가도 이런 '재미있는' 일을 완전히 잊어 줄 것 같지는 않았다. 우리는 앞으로 영영 그 파충류 같은 냉혈한에게 휘둘리며 살아야 한다.

"경찰서에 갈끼다."

유우가 불쑥 말했다. 예상은 했지만 나는 격렬히 동요했다.

"안 된다! 그거는 절대 안 된다!"

"니가 죄책감 느낄 필요 없다. 전부 내가 계획해서 저지른 짓이 다이가."

"유우야!" 어두운 폐가 안에서 유우에게 달라붙어서 그의 몸을 흔들었다. "도망치자! 그거뿐이다! 다케조 돈을 쓰면 멀리 도망칠 수 있다이가!"

유우를 일으키려고 팔을 잡아끌었지만 유우는 일어서지 않았다. 그리고 오싹할 정도로 낮은 목소리를 쥐어짜 말했다.

"사실은 너거 아부지 마지막 숨통을 끊은 것도 내다. 다케조를 죽이고 시신을 이불에 말고 있을 때 아재가 신음을 내드라. 아직 안 죽었던 기다. 거의 죽어 가고 있었지만, 그 목을 내가 다시……. 괘안나? 그래도 내랑 같이 도망칠 수 있겠나?"

"괘안타." 나는 한 치의 망설임도 없이 대답했다. "고맙다, 유우야. 아부지를 죽이 줘서. 우리 아부지는 이미 옛날에 죽었다. 탄광 사고 때 죽어 삣다.”

유우는 슬픈 것처럼 이맛살을 찌푸렸다. 오른쪽 눈 옆에 있는 상처가 도드라졌다.

유우는 숨겨 둔 다케조의 돈을 꺼내 왔다. 1만 엔 지폐 다발이 여러 개 있었다. 지금껏 살면서 한 번도 보지 못한 거금이었다. 유우는 그 절반을 내게 건넸다. 돈다발을 들고 집으로 뛰어갔다. 리쓰코가 저녁밥을 준비하고 있었다. 낯빛이 새파래진 채 집에 들어온 나를 보고 리쓰코는 깜짝 놀란 듯했다.

“잘 들어라, 리쓰코.”

“어? 언니야, 와 그라노?”

“내는 지금 당장 이 집을 떠나야 된다. 그럴 일이 생깃뿟다. 인자 너그랑 살 수가 없다.”

리쓰코의 대답을 듣기도 전에 나는 옷장을 활짝 열어서 무명천을 꺼냈다. 내가 1만 엔 지폐 다발을 꺼내자 리쓰코는 “앗!” 하고 소리쳤다. 곧장 리쓰코의 원피스 앞 단추를 열어 몸에 돈다발을 갖다 대고 천으로 둘둘 감쌌다. 리쓰코는 그대로 가만히 있었다.

“니는 아키오, 마사오 델꼬 도쿠코 이모 집으로 가라. 이 돈 절반만 주고 당분간만 신세를 쫌 지겠다고 해라. 알겠나? 절반만이데이. 나머지 절반은 꼭 다른 데 숨겨 놔라. 절대 다른 사람한테 주면 안 된데이.”

그러자 리쓰코는 고개를 연신 끄덕였다. 눈치 빠른 동생은 내가 막다른 골목에 들어섰다는 것을 알아차린 듯했다.

"도쿠코 이모는 욕심 많은 사람이지만 돈만 주면 너거를 보살피 줄 끼다. 알겠제? 돈이랑 머리를 잘 쓰면 된다."

"알겠다." 리쓰코는 꼬치꼬치 캐묻지 않았다. 그러나 마지막으로 애원하는 듯한 눈빛으로 "언니야" 하고 입을 열었다.

"언니야, 인자 우리 못 만나는 거가?"

나는 동생의 눈을 똑바로 보며 "응. 인제 못 만난다"라고 대답했다. 내게 다가오는 리쓰코를 부둥켜안았다. 배에 감아 준 돈다발이 바스락거리는 소리를 냈다. 리쓰코와 나 모두 울지 않았다.

간단히 짐을 싸서 사람들의 눈을 피해 유우의 집에 갔다. 누가 볼까 봐 두려워서 문을 꽉 닫았다.

"할매. 여기 돈 두고 갑니더. 살림에 보태 쓰이소."

유우는 마스 할머니의 머리맡에 꾸러미를 내려놓았다. 순간 할머니는 누운 자세 그대로 나와 유우 쪽으로 목을 돌리더니 눈을 부릅떴다. 혼탁한 두 눈으로 우리를 뚫어지게 봤다.

"설마 내를 버리고 갈 작정이가! 어? 기껏 주워가꼬 애지중지 키워 줬드만 내한테 이럴 수가 있나!"

"죄송합니더. 용서해 주이소. 요 있지 못할 사정이 생겼습니더."

"이런 후레자식이!"

흐트러진 백발의 할머니가 베개에서 고개를 들어 소리쳤다. 나는 참지 못하고 유우의 옷소매를 잡아당겼다. 유우는 고개를 숙인 채 토방에 내려가 서둘러 운동화를 신었다. 할머니를 돌아보지 않았다. 팔을 뒤로 돌려서 미닫이문을 닫을 때 할머니가 화내는 소리가 귓가에 꽂혔다.

"니가 언제까지 도망칠 수 있을 것 같나! 이자뿔 때쯤 되면 니도 모르게 주판알이 맞춰질 끼다. 인생은 죽기 전에 다아 수지타산이 맞춰지게 돼 있데이!"

그 말을 듣고 마스 할머니가 유우가 저지른 죄를 어렴풋이 눈치채고 있다는 것을 깨달았다. 결국 그 엄청난 거금의 출처를 비밀로 하고 소중히 쓸 거라는 것도.

우리는 함께 행동하는 것을 들키지 않기 위해 어두운 길에서 한 번 헤어졌다. 국철 노선 옆을 지나 나는 가장 가까운 역에서 한 정거장 떨어진 역, 유우는 버스로 더 멀리 있는 역까지 가서 기차에 타기로 했다. 마음이 계속 불안하고 추위 때문에 온몸이 떨렸다. 그래도 뭔가에 홀린 사람처럼 걷고 또 걸었다. 폐광 마을이 한 걸음씩 내 뒤로 멀어져 갔다. 리쓰코는 지금 뭘 하고 있을까. 아키오와 마사오에게 사정을 설명하고 도쿠코 이모가 있는 곳으로 갈 채비를 하고 있을까.

철로 너머로 온가강이 보였다. 이 일대의 작은 광산들이 열려 있던 시절에는 수세식 선탄기 때문에 새카만 폐수가 흘러 팥죽강이라고 불렸다고 한다. 지금은 물이 그리 더럽지 않지만 한밤의 강은 역시 새카맣게 보였다.

어렴풋이 비치는 가로등 불빛 아래에서 들고 온 낡은 가방을 열어 내용물을 확인했다. 리쓰코에게 나눠 주기는 했어도 아직 돈이 충분히 남아 있었다. 구겨진 봉투를 열기 두려웠다. 봉투의 두께는 나와 유우가 범한 죄의 무게를 말했다. 지금 나는 절도범이자 살인범이다. 앞으로 어떤 인생이 나를 기다린다고 해도 그것만은 지울 수 없는 사실이었다.

몇 벌 안 되는 옷 아래에 〈지쿠호의 비가〉 사진집이 있었다. 이것만은 가져가고 싶었다. 사진집을 들자 책 속에 끼워져 있던 수첩이 바닥에 떨어졌다. 아버지가 애지중지하던 검은 수첩이었다. 서둘러 짐을 꾸리느라 섞여 버린 듯했다.

"이런 게……."

이런 얄팍한 수첩 하나에 의지하며 살아온 아버지. 그가 만든 가족은 오늘 밤 붕괴하고 말았다. 나는 검은 수첩을 강으로 집어 던졌다. 암흑 너머에서 첨벙 하는 물소리가 들렸다.

그때였다. 수첩이 떨어진 곳에서 갑자기 후욱 하고 빛이 솟았다. 소스라치게 놀라서 조금씩 뒷걸음질 치자 빛은 내 눈앞에서 기둥처럼 위로 솟구쳤다. 그러고는 천천히 둥근 모양으로 변하더니 빛으로 이뤄진 구체가 되어 수면 위를 흔들거렸다.

"무섭데이……. 무섭데이……."

귓가에서 아버지의 목소리가 또렷이 들렸다.

"아부지……."

아버지가 도깨비불이 되어 나타났다고 생각했다. 내가 죽인 아버지가 마음 편히 저세상에 가지 못하고 다시 돌아온 것이다. 다리 밑에 내려놓은 가방을 들고 온가강 옆 둑길을 뛰기 시작했다.

도깨비불은 가늘고 긴 곡선이 되어 끝없이 나를 좇아왔다.

"아부지! 용서해 주이소!"

너무도 무서워서 다리를 멈출 수 없었다. 눈물이 바람에 휩쓸려 날아갈 때 순간 다리가 뒤엉켜 바닥에 넘어졌다. 이제는 다 포기하고 싶었다. 도망쳐도 소용없다. 아버지는 절대 날 용서하지 않을 것이다. 쓰러진 채로 체념하듯 위를 향해 드러누운 내 위에서 도깨비불은 잠시 빙글빙글 원을 그리다가 순식간에 작은 조각으로 갈라져 다른 쪽으로 날아갔다.

기차 안에서 만난 유우는 내 얼굴이 너무 창백해서 깜짝 놀란 듯했다. 그러나 아무것도 묻지 않았다. 우리는 착석감이 좋지 않은 단단한 의자에 서로 몸을 바짝 붙이고 앉았다.

◦ 2016년 봄 ◦

유즈키 부속 병원에서 대퇴골두 무혈성 괴사의 진행 상황을 확인했다. 정형외과 의사 선생님은 이제는 슬슬 수술하는 게 나을 것 같다고 했다.

"여기서는 수술할 수 없으니 진료 의뢰서를 써 드리겠습니다. 어느 병원이 좋으십니까? 시즈오카현에 있는 곳으로 할까요? 아니면 전에 다니던 도쿄 병원으로?"

"통증은 아직 참을 만해요."

"그렇군요." 성실해 보이는 의사가 얼굴을 찌푸렸다. "하지만 이러다가는 골괴사가 먼저 일어날 겁니다. 본격적인 통증을 느끼기까지 몇 달에서 몇 년이 걸리는데 그때는 이미 압박이 진행된 상태라고 보시면 됩니다."

지금까지는 가끔 진통 소염제를 처방받으며 통증을 관리했다.

"골두 변성이 진행되기 전에 수술을 받는 게 치료 효과도 좋습니다. 핵심은 시기를 놓치지 않는 겁니다."

내가 별로 내키지 않아 하는 것을 보고 "지금은 고관절통뿐이지만 조만간 요통과 무릎 통증도 생길 겁니다. 고관절은 시간이 지나면 인공 관절을 넣어야 해서 일이 아주 커집니다"라고 거의 협박하듯 말했다.

수술을 싫어하는 고령자는 나 말고도 많다. 나도 그중 한 명이라고 여길 것이다. 그러나 사실이 아니다. 나는 내 몸을 좋게 만들어서 쾌적한 삶을 살려는 의욕 자체가 없다. 이곳 입주자들이 가장 신경 쓰는 건강과 그들이 자주 입에 담는 삶의 보람 따위에도 관심이 없다. 만약 몸 어느 곳이 고장 난다면 기꺼이 받아들이겠다고 생각하고 있다. 남편 역시 자신의 몸 상태에 대해서는 무관심하다. 그러나 내게 수술이 필요하다는 것을 알게 되면 수술을 권할 테니 당분간은 의사의 견해를 전하지 않기로 했다.

지팡이를 짚고 천천히 병원을 나갔다. 살롱으로 들어가는 하야미 씨가 보였다. 몇 명에게 둘러싸여 환하게 웃고 있다. 그 사람들과 교대하듯 가가 씨가 나왔다. 가가 씨는 나를 잽싸게 알아채고 말을 걸었다.

“저기, 난바 씨. 같이 차 한잔할래?”

가가 씨가 물었다.

“그래요.”

나는 시설 안에서의 인간관계에는 무관심해서 버드나무가 바람결에 흔들리듯 사람들의 요청과 권유에 따랐다. 차 마시는 곳에서 가가 씨의 맞은편 자리에 앉았다. 눈치 빠른 사토미 씨는 가가 씨에게 옥로차, 내게는 커피를 끓여서 가져왔다. 사토미 씨와 가가 씨가 잠깐 대화를 주고받았다. 두 사람의 궁합이 왜 잘 맞는지는 모르겠지만 가가 씨가 나를 마음에 들어 하는 이유도 확실하지 않으니 나는 말없이 커피를 홀짝이며 창밖 풍경을 바라봤다.

“우리 두 사람, 동향이야.”

내가 따분해 보였는지 가가 씨가 느닷없이 나를 향해 말했다.

“그래요? 어디?”

“규슈요.”

사토미 씨가 익살스럽게 대답했다.

순간 커피 받침 위에 있는 잔이 덜컥 소리를 내며 흔들렸고 커피가 살짝 흘렀다.

“응. 구마모토. 불의 나라*에서 온 여자들이야, 우리.”

* 구마모토현은 화산이 많은 지역이라 예로부터 ‘히노쿠니(火の国)’ 즉 불의 나라라고 불렸다.

"아, 설마 난바 씨도 규슈 출신은 아니죠?"

"아뇨……." 순간 말을 머뭇거렸다. "전 도쿄. 변두리 출신이에요."

"그래요? 도쿄 출신들을 보면 항상 부러웠는데 요즘은 오히려 시골이 더 좋은 것 같아요."

사토미 씨는 가가 씨와 구마모토 특산품 이야기로 한참을 더 떠들고서야 자리를 옮겼다.

"저 아이, 이제는 자기 가게 같은 건 포기했고 갑자기 결혼을 하고 싶대. 대체 무슨 생각일까?" 가가 씨는 즐거워 보였다. "분명 좋아하는 사람이라도 생겼겠지. 요즘 애들은 무슨 기준으로 결혼 상대를 고르는지 도통 모르겠어."

내가 이야기에 동참하지 않아서인지 가가 씨도 입을 다물었다.

"난바 씨는 늘 그렇게 진한 커피를 마시네. 위에 안 좋지 않아?"

가가 씨는 문득 떠올린 것처럼 내 잔을 내려다봤다. 하루에 꼭 블랙커피를 여러 잔 마시는 내게 전에도 이미 비슷한 말을 했다.

"젊을 때부터 이것만은 끊을 수 없더라고요."

손으로 살며시 잔을 감쌌다. "분명 카페인 중독일 거예요"라고 덧붙이자 가가 씨는 어깨를 으쓱했다.

내 방으로 돌아가 바다를 내다봤다. 수평선 너머로 잘 익은 과일 같은 태양이 떠올라 있다. 뚝뚝 떨어지는 과즙처럼 파도 위에 석양을 비추는 붉은 얼룩 길이 뻗었다.

그 색이 피의 색 같다는 것을 떠올리고 나는 다시 눈을 돌렸다.

바다의 표정은 모두 좋아하지만 유일하게 이 시간대만은 마음이 흔들렸다.

◆

내 친한 친구가 자동차 사고로 죽은 날에 대해서는 어제 일처럼 생생히 기억한다.

당시 내 옆에는 다쓰야가 있었다. 숲속에서 뛰어나왔을 때부터 다쓰야는 곧장 그녀를 발견했다. 차를 출발하려는 가토 변호사를 향해 뛰어오는 모습이 보였다. 뭘 저렇게 서두르는지 이해할 수 없었다. 변호사는 문을 열어서 그녀를 조수석에 태웠다.

움직이기 시작한 차를 쫓아 다쓰야가 뛰기 시작했다. 나는 다쓰야를 말리려고 손을 뻗었지만 아이는 내 손을 지나쳐 달려갔다. 그리고 소리쳤다.

"아코임!"

그 즉시 깨달았다. 저 아이는 지금 '하코 이모'라고 외친 것이다. 이곳에 와서 처음으로 의미 있는 말을 내뱉었다. 그렇게 외치며 차를 필사적으로 쫓아가는 다쓰야의 뒷모습을 멍하니 지켜봤다. 그때 우두커니 서 있는 내 등 뒤에서 유키오가 뛰어오더니 역시 차를 뒤쫓았고 곧장 다쓰야를 지나쳐 경사로로 사라졌다. 어안이 벙벙해진 채 한 발짝도 움직일 수 없었다. 나는 벤츠가 세워져 있던 곳에 남은 검은 자국을, 그저 말없이 응시하고 있었다.

기름 얼룩이었다. 불길한 그 얼룩에서 눈을 뗄 수 없었다. 거기서 뭔가를 알아내려고 머리를 열심히 굴렸다. 그러나 뇌는 전체상을 떠올리기를 거부했다. 다만 몸이 반사적으로 움직여서 단숨에 뛰어가 다쓰야를 따라잡았다. 팔을 휘두르며 저항하는 어린아이를 억지로 집에 데려갔다. 집 가장 안쪽에 있는 두 사람의 방으로 들어가 다쓰야를 힘껏 품에 안았다.

"우갸갸갸갸……갸!"

다쓰야는 눈물과 콧물이 범벅된 얼굴로 날뛰었지만 내 곁을 떠나지 않았다.

멀리서 사이렌 소리가 들렸다. 수많은 차들이 계속해서 성산기슭을 올라왔다. 몸이 계속 덜덜 떨렸지만 그래도 나는 다쓰야를 꼭 부둥켜안고 움직이지 않았다. 잠시 후 다쓰야의 몸에서 힘이 빠져나갔다. 다쓰야는 말없이 눈물만 뚝뚝 흘렸다.

시간이 얼마나 흘렀을까. 유키오가 문을 열고 들어오는 소리가 들렸다. 그는 땀투성이가 된 우리를 보고 옆에 다가와 털썩 주저앉았다. 이후 우리 세 사람은 잠시 아무 말도 하지 않았다.

"무슨 일이야?"

무겁게 입을 열어 유키오에게 물었다. 유키오는 오싹할 정도로 공허한 눈빛으로 나를 봤다.

"벤츠가 벼랑에서 떨어졌어. 브레이크가 말을 듣지 않아서."

그 말이 무슨 뜻인지는 아마 듣자마자 이해했을 것이다. 그러나 묻지 않을 수 없었다.

“차에 탄 두 사람은? 무사해?”
그러자 유키오는 힘없이 고개를 가로저었다. 순간 다쓰야가 크게 소리를 질러서 나는 또다시 다쓰야를 꽉 껴안아 줬다.
“둘 다?”
내 품속에서 다쓰야가 흐느꼈다.
“벤츠는 땅에 떨어진 후 불길에 휩싸였어. 완전히 다 타 버려서 골조조차 남지 않았대. 도망칠 새도 없었겠지. 둘 다.”
귀를 틀어막았다. 죽었다고? 하코가 죽었다니. 세상 오직 하나뿐이었던 내 친구가.
넋이 나가 있는 나에게 유키오가 다가왔다. 아플 정도로 내 팔을 세게 붙잡는다.
“나야. 내가 죽였어. 내가 벤츠에 손을 댄 거야. 가토만 죽일 생각으로. 하코 씨까지 타고 갈 줄은 꿈에도 몰랐어.”
방 안이 침묵으로 가득 찼다. 우리의 깊은 업보를 다시금 깨달았다. 죄는 얼마든지 겹쳐질 수 있다. 다쓰야는 더는 울지 않고 내 품속에서 우리 두 사람을 가만히 올려다봤다. 더없이 싸늘한 눈빛으로. 마치 붙박이창 같은 눈동자였다.
감정을 완전히 차단해 버린 눈빛을 보며 다쓰야를 떨쳐 냈다. 두려웠다. 이 아이는 어쩌면 선생을 죽인 사람도 유키오라고 생각하는 게 아닐까. 그것을 오해라고 해명할 방법이 나에겐 없었다. 선생과 하코. 우리는 다쓰야의 가장 소중한 존재들을 빼앗고 말았다.

노도처럼 밀려온 이후 일들을 떠올리면 지금도 머릿속이 지끈거린다.

우선 현관문 초인종이 울렸다. 경찰이었다. 사고 현장에서 가토 변호사의 차가 맞다고 증언한 유키오에게 다시 한번 이야기를 들으러 온 것이다.

"차에 타 있던 사람은 가토 변호사와 여비서로 추측합니다만 차가 워낙에 심하게 불타서요. 시신 손상이 극심합니다."

현관에서 두 사람이 나누는 대화 소리가 들렸다. 그때 분명 경찰이 실수를 저지르지 않았다면 나와 유키오도 그 방법을 떠올리지 못했을 것이다. 비겁하고 비정하고 이기적인 방법. 우리는 또다시 아수라가 되는 길을 선택했다. 아니, 그날 이후 단 한 번도 변하지 않았다. 우리의 본질은, 인간이 아니었다. 인간의 모습을 한 귀축이었다.

나는 늘 유키오가 부러웠다. 새로운 호적을 얻어 완전히 다른 사람이 돼 버린 유키오가.

나 역시 다른 사람이 되고 싶었다. 다른 인생을 손에 넣고 싶다고 수없이 그에게 말했다. 성형수술로 얼굴을 바꿔 보기도 했다. 그러나 결코 이런 상황을 원한 적은 없다. 맹세컨대 나는 하코를 함정에 빠뜨리지 않았다. 우리는 순수한 우정으로 맺어진 사이였다. 서로를 믿고(저마다 떠안은 사정이 있다는 걸 알면서) 고독했던 마음을 천천히 열어 가며 소통했다. 그러다가 세상에 둘도 없는 친구가 됐다. 하코가 옆에 있어 줘서 내가 얼마나 큰 위안을 받았는지, 인간다운 마음을 되찾았는지는 아마 당사자도 모를 것이다.

물론 유키오는 잘 이해할 터였다. 그러나 하코의 죽음이 이제는 돌이킬 수 없는 사실이 됐을 때, 그는 즉시 결단했다.

"하코 씨는 이제 어떻게 해도 돌아오지 않아. 너와 나, 그리고 다쓰야에게도 끔찍한 사건이었어. 이 모든 죄는 내가 짊어질게. 그러니…… 그러니 그녀에게 마지막으로 한 번만 도움을 받자."

그날, 유키오는 가토를 죽이려고 했다. 거기에 하코도 휘말려 버렸다. 나는 유키오에게 네 탓이 아니라고 했다. 열일곱 살 때 그에게 첫 살인을 부탁한 사람도 나였다. 유키오가 가토를 죽이려고 결심한 것 역시 나 때문이다. 그러니 하코는 내가 죽인 것과 마찬가지다.

우리는 입을 굳게 다물었다. 형사들의 실수를 바로잡아 주지 않았다. 나는 그대로 난바 저택에 머물렀다. 이틀 동안 욱신거리는 위장을 부여잡고 외부와 교류를 일절 단절한 채 숨죽이고 있었다.

또 하나의 우연이 우리의 계획에 얽혀졌다. 새까맣게 타 버린 시신의 신원 확인에는 치열이 쓰였다. 이시카와 기미의 보험증을 통해 최근 그녀가 방문한 치과가 밝혀졌다. 하코가 나인 척하며 찾은 우에노 직업소개소 근처 치과였다. 그 무렵 DNA 감정은 아직 일반적이지 않았고 그 전년도에 일어난 일본항공기 추락사고 때도 주로 치열에 의지해 신원 확인을 했다. 치과에 남은 진료 기록을 대조한 경찰은 당시 조수석에 타 있던 사람을 이시카와 기미로 결론 내렸다.

이시카와 기미가 되어 관에 실려 돌아온 시신을 화장터에서 독경 소리를 들으며 화장했다. 그 자리에는 유키오와 나만 참석했다.

그날 이후 이시카와 기미는 죽었고, 나는 가가와 요코가 되어 살아가게 되었다.

◆

밤이 되어 주변에 캄캄해지면 창문을 살짝 연다.

파도 소리가 들린다. 보이지 않는 바다에서 들리는 소리. 단조롭고 풍요로운 태고로부터의 반복. 그 소리를 들으면 마음이 가라앉았다. 다쓰야가 내가 사 준 방울 소리에 귀를 기울인 것처럼.

나는 하코가 된 이후 다쓰야를 아동 보호 시설에 맡겼다. 그대로 어느 집에 양자로 들어갔다고 들었다.

두려웠다. 그 아이는 조금씩 말을 되찾아 가고 있었다. 언젠가 유키오와 내가 저지른 죄를 목청 높여 단죄하지 않을까 염려했다. 그러니 떼어 놓을 수밖에 없었다.

하코에게는 다쓰야를 제외한 다른 식구가 없었다. 그 누구도 그날 사고로 죽은 사람이 실은 난바 저택의 가정부라고 의심하지 않았다. 이웃 중에도 친한 사람은 없었지만 오직 한 명, 하코와 내가 뒤바뀐 것을 알아차린 인물이 있었다.

정원사로 일하는 마지마 씨였다. 난바 저택을 자주 드나들던 그는 곧장 변화를 눈치챘다. 나는 몸 상태가 좋지 않다는 구실로 최대한 마지마 씨 앞에 나타나지 않았지만 언제까지나 숨길 수는 없었다. 그는 저택 안에 있는 사람이 실은 가토 변호사의 비서였던 이시카와 기미이고, 사고로 죽은 사람이 하코임을 깨달았을 것이다.

그러나 그는 사실을 폭로하지 않았다. 난바 저택을 찾은 마지마 씨를 정면에서 마주친 적이 한 번 있었다. 그는 나를 지그시 바라보다가 이내 눈을 돌렸다. 속으로 눈치챘구나 생각했다. 그러나 마지마 씨가 왜 그 사실을 가슴에 묻었는지는 지금도 알지 못한다.

가토 변호사 사무소는 이시카와 기미의 사망에 무관심했다. 내가 가토의 애인이라는 소문은 사무소 안에 암암리에 퍼져 있었다. 변호사의 차에 함께 타 있다가 같이 사고로 죽은 게 당연하다면 당연한 귀결이었다. 주인을 잃은 사무소는 얼마 안 돼 문을 닫았고 그곳에서 일하던 사람들도 뿔뿔이 흩어졌다. 큰 사찰의 납골당에 들어간 이시카와 기미의 유골에 꽃을 바치러 오는 사무소 관계자는 단 한 명도 없었다.

그로부터 시간이 지나 유키오는 진다이지를 떠나기로 결심했다. 난바 선생이 사랑하던 그 저택을 철거하는 상황만은 막고 싶었겠지만 우리의 범죄를 철저히 은폐하기 위해서는 그게 가장 좋은 방법이었다. 그가 사들인 고층 아파트로 나도 함께 이사했다.

이제는 정말 떨어질 수 없겠다고 생각했다. 지금까지처럼 어중간하게 서로 모르는 척하며 살아갈 수 없었다. 이렇게까지 무시무시한 비밀을 공유하게 된 마당에 각자 또다시 새로운 인연을 만들고 다른 삶을 시작하는 것은 도저히 불가능했다. 나와 유키오는 혼인 신고를 하고 정식 부부가 되었다.

나는 전보다 더 큰 불안과 공포, 죄의식에 시달렸다. 한밤중에 가위에 눌리면 유키오가 나를 껴안고 달래 주는 것으로 괴로운 밤을 뛰어넘었다. 잠시 떨어져 있을 때도 내가 힘들어하면 유키오가 즉시 달려와 주었다. 우리는 차가운 포옹을 나누고 몸을 바짝 밀착한 채 아침을 맞았다. 그러나 아무리 달라붙어 있어도 서로의 몸에서는 냉기만 전해졌다.

유키오는 형제를 뛰어넘을 정도로 나의 어린 시절 가까운 친구이자 냉정하고 무자비한 공범자인 동시에 내 추한 반신이었다. 이제는 결코 떨어질 수 없었다.

쿠키 상자에 든 것을 전부 들춰서 가장 아래에 있는 물건을 꺼냈다. 오랫동안 손대지 않은 낡고 얇은 사진집. 제목은 〈지쿠호의 비가〉. 출간일은 1964년이다.

책의 가운데 정도 되는 부분을 펼쳐서 그 안에 있는 흑백 사진을 봤다. 중학생 남녀가 나란히 찍혀 있다. 학교에서 돌아오는 길에 찍힌 사진이다. 검은 교복을 입은 남자 중학생은 바지 주머니에 두 손을 넣고 눈을 살짝 치뜬 채 카메라를 바라보고 있다. 무뚝뚝해 보이지만 쑥스러워하는 느낌도 살짝 섞였다. 사진을 찍는데 익숙하지 않은 시골 중학생 같은 인상이다.

그에 반해 여자 중학생은 천진난만하게 미소 짓고 있다. 남자 중학생이 머리에 쓴 학생모를 빼앗아서 자기 머리 위에 얹었다. 마른 몸에 사이즈가 맞지 않은 교복을 입었고 치마 길이도 너무 길다. 이 아이의 옷차림 같은 걸 신경 써 줄 사람이 주위에 없다는 것을 금세 알 수 있다. 그런데도 바보처럼 얼굴 가득 미소를 짓고 있다. 눈에 도드라지는 오른쪽 광대 위에는 점이 하나.

유키오와 나다.

그렇게 끔찍한 지옥 속에 있었는데도 삶의 한순간만을 잘라 내면 이렇게 아무렇지 않아 보이는 사진이 찍히는 걸까. 그 지옥에서 기어 나올 수 있다면 무엇이든 하겠다고 생각했다. 그런데도 카메라 렌즈가 향하자 순수하게 포즈를 취한다. 한결같이 뭔가 불균형하면서도 지리멸렬했던 시절.

이 안에 찍힌 나카무라 유지와 이시카와 노조미는 오랫동안 다른 사람으로 의태해 살아왔다. 정체가 드러나지 않도록 서로를 조심스럽게 '유키오', '하코'라고 불렀다. 출생지가 밝혀지지 않게 깔끔한 표준어를 구사해 가며.

언제 가면이 벗겨질지 몰라 안절부절못하던 시절도 있었지만, 지금은 그렇지도 않다. 유키오와 나는 차분하게 기다리고 있다.

우리가 온 힘을 다해서 비틀고 짓이기며 단단히 굳혀 온 기계 장치의 용수철이 튀어 나가 단 한 순간에 허구의 왕국이 붕괴하는 순간을.

특히 유키오는 삶의 마지막에 모든 수지타산이 정확히 맞아떨어져서 엄숙하고 냉혹하게 단죄받기를 갈망하고 있다. 그의 할머니가 예언했던 것처럼.

3장

이즈의 망망대해

브로치에 새겨진 꽃 이름을 떠올렸다. 무사시노키스게. 예로부터 무사시노 일대에서 볼 수 있다는 황등색 꽃이다. 4월에서 5월 사이에 피는 이 꽃의 실물을 나는 지금껏 한 번도 보지 못했다. 가요코 부인이 어렸을 적에는 진다이지에서 흔히 볼 수 있었는데 지금은 후추시 센겐야마 공원에서만 자생한다고 했다. 정중하게 새겨진 여섯 장의 꽃잎을 손가락 끝으로 살짝 쓸었다. 이 브로치를 옷에 단 하코는 다쓰야의 손을 잡고 떡갈나무 복지원 입학식에 참석했다.

하코를 처음 만난 곳은 우에노의 직업소개소였다. 하로워크*가

* 국가에서 운영하는 공공 직업 안내소.

아직 직업소개소로 불리던 시절이었다. 이시카와와 가가와라는 성 때문에 직원이 우리를 착각한 사건을 계기로 말을 트게 되었다. 그러나 그런 우연은 언제 어디서든 일어날 수 있다. 나는 내가 왜 하코에게 관심이 생겼고 그녀를 난바 저택의 가정부로 소개까지 했는지 지금껏 수없이 자문해 봤다. 만약 그때 그저 얼굴만 아는 관계로 끝났다면 하코는 죽지 않았을 것이다.

오랜 세월 나는 유우를 제외하고 친하게 지내는 사람이 없었다. 그래도 괜찮았다. 아니, 오히려 누구와도 깊은 인연을 맺지 않도록 세심히 주의를 기울이며 살아왔다.

왜 그 다짐을 지키지 못했을까. 나를 둘러싼 상황이 쓸쓸했을까. 마음을 터놓을 친구가 필요했을까. 수수한 외모에 성격이 소심한 하코를 동정했을까. 아니면 하코가 데리고 있던 다쓰야에게서 아키오와 마사오를 떠올렸을까. 아니, 그 어디에도 정답은 없다.

지금은 알 수 있다. 나는 당시 하코에게서 내 모습을 봤다. 내가 지쿠호에서 진정 도움이 필요했을 때 그 누구도 내게 손 내밀어 주지 않았다. 그래서 나와 유우는 우리 자신의 힘으로 그 지옥에서 탈출해야 했다. 우리가 떠올릴 수 있는 가장 무시무시한 방법까지 써서 '또 하나의 세상'에 가려고 발버둥 친 것이다.

하코는 그때의 나를 닮아 있었다. 누가 옆에서 조금만 힘을 보태 주면 인생이 잘 풀릴 것 같았다. 나는 과거의 나를 돕고 싶었다. 하코는 다른 세상의 주민이기도 하니 간단한 일이라고 생각했다. 숨기고 있는 사정이 있다는 건 얼마 안 돼 눈치챘다. 하코는 우선 직업이 없었고 경제적으로 궁핍한 상태였다. 그러면서 조카인 다쓰야의 양육까지 떠맡았다. 아이는 말을 하지 못했고 다른 사람에게 마음을 열지 않았다.

그뿐만이 아니라 늘 주뼛거리는 태도와 건강 보험에도 들지 않았다는 점에서 폭력적인 남편이나 빚쟁이를 피해서 여기저기를 전전하는 여자쯤으로 짐작했다. 그러나 본인이 직접 사정을 털어놓지 않는 이상 모르는 척할 수밖에 없었다. 그런 사정은 큰 문제가 될 수 없고 내가 지금껏 거쳐 온 과거를 떠올리면 하코가 처한 환경이 그리 대단하지도 않았다.

특정인과 교류하는 것 자체가 위험했을지도 모른다. 죄를 저지르고 고향을 버린 우리는 남몰래 숨죽이며 살아가야 했다. 갑작스럽게 만난 하코와 본격적으로 친해진 계기는 우리가 같은 나이에다가 태어난 날도 똑같다는 걸 알게 된 탓이다.

내 과거를 다시 쓸 수는 없지만 지금 눈앞에 나타난 나의 분신은 구할 수 있을지 모른다. 당시 나는 그런 어렴풋한 환상에 사로잡혀 있었다.

하코를 행복하게 해 주고 싶었다. 단지 그뿐이었지만.

현실은 정반대가 되었다. 하코는 목숨을 잃었고, 나는 또다시 도망쳤다.

◆

열일곱 살이던 나와 유우는 지쿠호를 뒤로하고 도쿄로 향했다. 수많은 인파 속에 섞여 있으면 안심할 수 있었다. 혼잡한 도심지에 몸을 숨기고 있자 타인과의 접점이 거의 사라지는 동시에 내 존재 자체도 그림자처럼 흐려진 느낌이 들었다. 모든 이들의 눈에서 숨고 싶었다.

당시 세상은 고도 경제 성장기의 한복판에 있었다. 한편에서는 그 비참한 지쿠호의 탄광 마을 같은 곳이 엄연히 존재하는데 일본이라는 나라 전체는 이토록 큰 발전을 이뤘다는 것을 믿을 수 없었다. 도쿄역에 처음 내린 날 나와 유우는 뭘 해야 할지 떠올리지 못한 채 거대한 가전제품 판매점 앞에 우두커니 서서 컬러 TV를 봤다. 화면에서는 그해 일본을 방문한 비틀스의 영상이 반복해서 나오고 있었다. 물론 그때 나는 비틀스가 누군지 알지 못했고 예전에 식육 공장 여직원들이 듣던 '그룹 사운즈'가 이 사람들이었음을 그제야 깨달았다.

다케조에게 빼앗은 돈으로 간신히 낡은 다세대 주택 월세방에 들어간 우리는 내일이라는 것을 떠올려야 했다. 그동안에는 도망치는 데만 정신이 팔려 그다음 것들은 신경 쓰지도 못했다.

다행히 도쿄는 어디든 일손이 부족해 일을 쉽게 구할 수 있었다. 유우는 처음에는 고속도로 건설 현장에서 일용직으로 일했지만 얼마 안 돼 자동차 수리 공장 일자리를 구했다. 지쿠호에서의 경험을 살린 직장이었다. 나는 레스토랑의 설거지 담당 직원으로 고용됐고 시간이 지나자 서빙을 맡게 되었다. 도쿄에서 가장 좋았던 것은 그 누구도 우리를 탄광 주택 출신 아이들이라고 업신여기지 않는 점이었다. 매일매일 한눈팔지 않고 열심히 일했고 밤에는 죽은 사람처럼 잠들었다. 복잡한 생각을 하지 않고 그저 기계처럼 같은 일상을 반복했다.

한 가지 변화가 있다면 우리 두 사람이 밤에 잠자리를 함께하지 않게 됐다는 점이었다. 유우가 내 아버지를 죽인 날 밤, 우리는 버력산 기슭에서 처음으로 하나가 되었다. 사람을 둘이나 죽인 유우의 격정과 나의 광기가 부른 행위였을 것이다. 도쿄에 와서는 둘이 함께 살기 시작했고 유우가 내 몸을 원하면 거절할 마음도 없었다. 그러나 유우는 그러지 않았다. 아니, 그러지 못했다. 이따금 살결을 맞대기는 해도 그는 행위를 끝까지 이어 가지 못했다. 그런 상황을 어떻게 해석해야 좋을지 나 역시 알지 못했다.

나이가 어려서일지, 유우가 범죄의 공범인 내게 더는 욕정을 느끼지 못하게 된 건지, 아니면 다른 상대와는 잘 될지 등 여러 의문이 나를 혼란스럽게 했지만 유우에게 직접 묻지는 않았다. 유우 역시 자신의 그런 몸 상태를 제대로 설명할 말을 찾지 못한 듯했다.

껍데기가 다케조 살인의 진상을 폭로한 이후 유우는 모든 것을 포기해 버렸다. 경찰에 자수하려 하는 유우를 나는 억지로 가로막고 함께 도피행에 올랐다. 그것이 그를 바꿨을 것이다. 유우는 이제 열심히 돈을 벌거나 충실한 삶을 살거나 가정을 꾸리려고 생각하지 않았다. 그저 내가 살아 있으니 옆에 있기로 결심한 사람처럼 보였다.

유우를 위해 매몰차게 헤어지는 편이 낫지 않을까 수없이 고민했다. 그러나 두려웠다. 혼자서 무거운 죄를 짊어지고 살아가는 삶이. 모든 것을 아는 유우가 평생 내 옆에 있어 주기를 바랐다. 내가 저지른 가장 큰 죄를 꼽자면, 어쩌면 그렇게 유우를 억지로 내 곁에 붙잡아 둔 것일지도 모른다.

또다시 아버지의 도깨비불이 나타나 나를 쫓아올 것 같아 두려웠다. 나는 밤에도 도깨비불 꿈을 꾸며 자주 가위에 눌렸다. 그럴 때마다 유우는 뒤에서 나를 포근히 감싸 안아 주었다. 그 이상은 없었고 나도 그 이상을 바라지 않았다. 우리는 죄 깊은 반신을 공유하는 샴쌍둥이였다. 차가운 물고기처럼 서로 몸을 밀착하고, 각자의 상처를 핥고, 남녀 구분도 없이 늘 서로를 위로하는 자웅동체가 되었다.

유우가 나뿐만이 아니라 다른 여자를 상대로도 성 기능을 잃었음을 알게 된 것은 그로부터 시간이 훨씬 흐른 뒤였다. 그도 그렇게 자기 자신을 벌하고 있었는지도 모른다.

도쿄에서 난생처음 커피라는 음료를 마셨다. 크림과 설탕을 넣는 법도 몰랐던 나는 처음 입술을 적실 때 너무도 쓴맛에 얼굴을 찌푸렸다. 그러나 일단 한 모금을 마신 이후부터 내게 아주 잘 맞는 음료라고 생각했다. 아버지를 죽인 사람은 유우가 아니라 친딸인 나다. 그 사실을 가슴에 더 확실히 새기기 위해, 방심하거나 행복감에 젖지 않도록 나 자신을 단속하는 용도의 음료. 다른 음식은 잘 챙겨 먹지도 않으면서 블랙커피에 빠져들었다. 두 달도 되지 않아 시골에서 올라온 촌뜨기 여자는 어느새 카페인 중독자가 돼 버렸다.

나는 나 자신을 바꾸는 일에 홀려 있었다. 지쿠호 사투리를 고치기는 힘들었지만 유우와 함께 열심히 표준어를 습득했다. 우리의 출신지가 결코 밝혀져서는 안 됐기 때문에 이는 중요한 작업이었다.

"유우, 앞으로 날 논이라고 부르지 마." 나는 어색한 표준어로 말했다. "이미 오래전부터 노조미라는 이름이 싫었어."

나는 '노조미'가 아닌 '기미'로 이름 읽는 법을 바꿨다.

우리는 도쿄에서의 삶에 점차 익숙해지면서 조금씩 기존의 우리 자신을 벗어 던지고 있었다. 지쿠호가 그립지는 않았지만 리쓰코와 아키오, 마사오가 어떻게 지내는지는 가끔 궁금했다. 그러나 연락하기 두려웠다. 그들과 접촉할 수 없었다.

그날 밤 리쓰코와 포옹하고 헤어졌을 때 이제 두 번 다시 만나지 않겠다고 결심했다. 어디선가 껍데기에게 덜미를 붙잡힐 수도 있다. 그 녀석은 나와 유우가 저지른 짓을 알고 증거도 가지고 있다. 한 번 도망친 사람은 영원히 도망쳐야 하는 숙명을 짊어지게 되는 것이다.

리쓰코는 원체 똑똑한 아이였다. 내 마음을 이해하고 분명 앞으로도 잘 살아갈 거라고 믿을 수밖에 없었다.

◆

정원이 내려다보이는 베란다에 작은 탁자와 의자가 있다. 그늘이 생기는 시간이 길어서 그곳에 있을 때가 많다. 나는 전에 받은 털실로 꽃장식을 만들었다. 처음에는 시마모리 씨의 아이를 위해 포대기를 만들어 볼까 생각했지만 어느새 포대기에 업고 다닐 시기가 지나 버렸다. 또 그걸 떠나 요즘 젊은 엄마들은 포대기에 아이를 업고 다니지 않을 것이다.

그래도 다모토 씨가 손가락을 움직이는 게 뇌에 좋다고 해서 거의 습관처럼 손가락 뜨개를 계속했다. 색색의 꽃장식은 어디에도 쓰이지 않고 계속 쌓여만 갔다. 그것들을 등나무 바구니에 넣어서 베란다에 두니 숲에서 날아온 까마귀가 바구니 속을 어지럽힐 때도 있었다.

바구니 속 꽃장식이 처음 베란다 바닥에 떨어져 있을 때는 바람 때문일 거라 추측했지만 아니었다. 까마귀의 소행이었다. 어느 날 베란다에서 손가락 뜨개를 하다가 잠깐 방에 들어갔을 때 밖에서 부스럭거리는 소리가 들렸다. 살며시 밖을 내다보니 베란다에 까마귀 한 마리가 앉아 있었다. 까마귀는 물에 젖은 것처럼 검게 윤기 나는 날개를 접고 베란다 난간에 잠시 앉아 있더니 갑자기 탁자 위로 날아가 털실로 만든 꽃장식을 부리로 물고 푸드덕

소리를 내며 날아가 버렸다. 관찰해 보니 까마귀는 여러 번 같은 행동을 반복했다.

까마귀의 습성을 떠올렸다. 무사시노에서 구로가 집에 들어오기 전 난바 선생과 다쓰야는 저택 뒤 숲에서 까마귀 둥지를 찾았다. 둥지는 벼랑 아래 졸참나무에 아래 걸려 있었는데 둥지 안이 잘 보여서 두 사람은 기뻐하며 숲을 자주 찾았다. 까마귀 부부가 알을 낳았다는 소식에 나와 하코도 선생을 따라 구경하러 간 적이 있다. 그때 둥지를 보고 나는 매우 놀랐다. 까마귀가 철사로 된 옷걸이를 가져와 둥지를 만들었기 때문이다. 그 안에는 정갈하게 노란 유리솜이 깔렸고 희뿌연 알이 네 개 놓여 있었다.

선생은 까마귀 둥지를 이루는 구성물 중에 인간이 만든 것이 꽤 많다고 알려 주었다. 종려나무로 만든 밧줄이나 철사 옷걸이, 찢어진 농업용 시트, 비닐 끈, 테플론 테이프 등을 몰래 슬쩍해 온다고 했다. 머리가 좋은 까마귀는 자연에서 나는 것들을 고생해서 모으는 것보다 인간이 버린 물건을 구하는 게 더 쉽다는 것을 안다고 했다.

선생은 이런 말도 했다. 까마귀는 대부분 자신만의 취향과 독특한 집착 같은 게 있어서 최대한 비슷한 소재만으로 둥지를 만든다. 이를테면 철사 옷걸이라면 철사 옷걸이로만 둥지를 짓는다. 둥지를 관찰하던 덕에 선생은 둥지에서 떨어진 구로를 일찍 발견해서 데려올 수 있었다.

털실로 만든 꽃장식을 훔쳐 가는 까마귀도 둥지를 만들 때 이것을 써야겠다고 마음먹었을 것이다. 유즈키 주변 숲 어딘가에 분명 둥지가 있다. 유심히 관찰하니 베란다를 드나드는 까마귀가 두 마리임을 깨달았다. 아마 부부일 것이다. 나는 내 멋대로 수컷과 암컷을 판별했다. 털실 꽃장식을 베란다에 두자 그들은 쉽게 얻을 수 있는 둥지 재료를 구하러 베란다를 여러 번 찾았다. 방 안에서 인기척을 감추고 조용히 앉아 한 마리씩 찾아오는 까마귀 부부를 주시했다. 그들은 일단 난간 위에서 주위에 아무도 없는 것을 확인했다. 방 안에 사람 그림자가 움직이는 것을 확인하면 경계하면서 몸을 앞으로 뻗어 어두운 방 안을 엿보는 듯한 몸짓을 보였다. 그러고 나서 서서히 탁자 위로 옮겨 가 꽃장식이 가득 들어찬 바구니 안에 목을 뻗는다. 어째서인지 수컷 까마귀는 노란색과 주황색 털실을 좋아했고, 암컷은 하늘색과 분홍색 같은 연한 색상을 골랐다.

높은 나무 위의 녹색 잎사귀 안쪽에 걸린 둥지가 밝은색 꽃장식으로 채워지는 모습을 상상했다. 그 안에 희끄무레한 알이 놓인 모습도. 상자를 치워도 까마귀는 미련이 남았는지 또다시 찾아와서는 정원수 나뭇가지나 전봇대 꼭대기에 앉아 내 방 쪽을 엿봤다. 어지간히 꽃장식이 마음에 든 것처럼 보였다.

돌이켜 보니 하코가 죽은 이후 그녀가 쓰던 방에도 손가락 뜨개로 만든 꽃장식이 잔뜩 있었다. 모자 교실의 바자회에 가져갈 몫을 나도 도와서 함께 만들었다. 그래서 지금도 같은 장식을 짤 수 있는 것이다. 하코가 바자회용 장식을 모자 교실에 이미 보냈고 그 뒤로도 혼자서 손가락 뜨개를 계속해 왔다는 건 몰랐다. 차분한 색조로 만든 꽃장식을 이어 붙여 천 모양으로 만들었다. 아직 완성되지 않은 물건을 보며 나는 내 친구가 무엇을 만들려 했는지를 떠올렸다. 떠올리기가 괴로웠다. 삶이 도중에 끊겨 버린 하코의 원통함과 슬픔이 눈앞에 보이는 듯했다.

한결같이 열심히 살아온 내 분신. 행복하게 해 주고 싶다고 생각한 건 내 교만이었을까. 털실에 얼굴을 묻고 한참을 울었다. 그때 이미 다쓰야는 저택에 없었다.

마지막 날 하코가 가토 변호사의 차를 타고 사라졌을 때 다쓰야는 "아코임!"이라고 외쳤다.

하코가 다쓰야에게 자신을 '하코 이모'라고 부르게 연습시킨다는 것은 알고 있었다. 마지막의 마지막이 돼서야 외친 다쓰야의 말을 내 친구는 들었을까. 다쓰야는 정신적 충격 때문에 말을 못하게 되었다. 하코가 죽자 또다시 새로운 무언가가 다쓰야를 바꾼 걸까. 그날 이후 다쓰야는 조금씩 말을 되찾아 갔다.

다쓰야는 영리한 아이였다. 모든 것을 꿰뚫고 있었다. 말을 하지 못할 때도 주변에서 일어난 일을 관찰하고 현상과 현상을 이어 붙여서 거기에 자신만의 고찰을 더해 일정한 진리를 찾았다. 정확한 예측을 끌어내기도 했다. 아마 하코가 가토의 벤츠에 올라탄 순간 어떤 일이 일어날지 다쓰야는 알고 있었을 것이다. 그러니 차를 쫓아갔다. 벤츠가 사라진 이후 땅에 남아 있던 불길한 기름 흔적. 그때는 나 역시 무시무시한 예감에 몸을 부르르 떨었다.

유키오는 다쓰야를 양자로 보내는 것에 반대했다. 그는 그 아이의 아버지가 되고자 했다. 하코는 죽었지만, 아니, 그러므로 더욱 다쓰야를 자신이 거둬서 키우겠다고 했다. 그 결정에 완고하게 반대한 사람은 나였다. 다쓰야가 곁에 있으면 언젠가 우리가 가토 변호사와 하코를 죽인 장본인이라고 부르짖고 나설 거라고 생각했다. 다쓰야는 이따금 투명하고도 냉랭한 유리 같은 눈빛으로 나와 유키오를 봤다. 가차 없이 비난하는 느낌의 눈빛이었다. 다쓰야는 결코 우리를 용서하지 않을 것이라는 생각에 자연스레 몸이 움츠러들었다. 아이의 성장을 끝까지 지켜보는 것은 나로서는 도저히 불가능했다.

우리는 지금껏 모든 것을 짓밟아 가며 우리 자신을 지켜 왔다. 리쓰코와 다른 동생들처럼 다쓰야 역시 양부모 곁에서 행복해지기를 기도할 수밖에 없었다.

◆

도쿄에 온 우리가 먹을 것과 입을 옷을 참아 가며 집착한 것이 있었다. 바로 공부였다. 도시에서는 모두가 원하면 공부할 기회를 얻을 수 있었다. 도쿄 사람들에게는 당연한 일이 믿을 수 없는 행운처럼 느껴졌다. 가방끈이 짧고 무지한 것이 한 사람의 인격을 얼마나 손상하고 살아갈 의욕을 없애는지 우리는 뼈저리게 알고 있었다.

유우는 또다시 일하면서 야간 고등학교 수업을 들어 고등학교를 졸업했다. 나도 몇 번인가 떨어진 끝에 방송통신 고등학교를 졸업했다. 유우는 거기에 머무르지 않고 정비사 학교에 다녀서 자격증을 취득했다. 그를 마음에 들어 한 자동차 수리 공장 사장이 야간 대학에도 보내 주었다. 목적은 유우를 자기 딸과 결혼시켜서 후계자로 삼는 것이었다.

사장의 의도를 알아챈 유우는 망설임 없이 수리 공장을 관둬서 사장을 몹시 화나게 했다. 유우는 자기가 그 누구와도 결혼할 수 없으며 이제는 여자를 가까이할 수도 없다고 내게 말했다. 나는 그때 그가 성불구자가 되었다는 것을 확실히 깨닫게 되었다. 수리 공장 사장은 유우가 나와 함께 산다는 이야기를 듣고 불쾌감을 드러냈다. 유우가 다른 여자와 산다는 걸 알았다면 애초에 딸과 결혼시킬 생각도 하지 않았을 거라고 했다. 생각지도 못하게 유우에게 여성 편력이 심하다는 이미지가 생겼다. 그야말로 아이러니한 일이었다. 유우는 여자를 품지 못하는 남자였으니까.

그 일을 계기로 나는 유우와의 동거 생활을 끝냈다. 그 무렵에는 나도 도쿄의 어느 결혼식장에서 정직원으로 일하고 있었다. 다케조에게서 빼앗은 돈이 바닥을 드러내도 이제는 내가 번 돈으로 살아갈 수 있었다. 처음에는 결혼식장의 홀 스태프였지만 점차 책임 있는 자리까지 올라갔다. 태만한 동료들이 싫어하는 일을 떠맡으며 두 사람 몫으로 일했다. 그 무렵에는 하루에 여러 커플이 결혼식장에서 결혼식을 올렸다. 분 단위로 이뤄지는 식과 피로연을 막힘없이 소화해야 했다. 팀장이 되어서 바쁜 나날을 보냈고 일하면서 방송 대학 수업도 들었다. 좋아하는 것을 배울 수 있는 현실이 꿈만 같았다. 쉬고 싶지도, 놀고 싶지도 않았다.

마을에서 소규모로 운영하는 자동차 수리 공장을 관둔 유우는 다음으로 자동차 해체 공장에 취직했다. 그곳에서 하는 일은 폐차를 해체해 고철로 파는 것이었다. 지쿠호에 있었을 때 고철을 줍고 다니던 날을 떠올렸다. 유우도 비슷한 생각을 했을 테지만 언젠가부터 우리는 지쿠호 이야기를 일절 하지 않게 되었다.

얼마 후 유우는 같은 업종의 더 큰 회사로 이직했다. 그곳에서는 동남아시아나 아프리카 등지로 차 부품을 수출하는 일을 맡게 되었다. 그 나라에서도 수리를 위한 부품이 필요하고 일본산 차는 튼튼해서 중고차도 좋은 대접을 받는다고 했다. 야간 대학에서 경영학을 배운 유우는 타고난 머리가 좋아서 영어와 현지 언어를 금세 습득했고 정비공으로서 실력도 있어 점점 회사에서 중요한 직위를 맡게 되었다. 해외 출장도 자주 다녔다.

그렇게 우리는 과거에서 완전히 도망칠 수 있었는가. 대답은 '아니오'였다.

생활이 안정되고 조금씩 풍요로워지면서 우리가 느끼는 두려움은 더 커졌다. 단 한 번도 행복하다고 느끼지 못했다. 먼 과거에서 멀어지려는 나와 유우에게 '존속 살인'이라는 이름의 업보는 검고 암울한 누름돌이 되어 우리 위를 덮쳤다. 시간이 갈수록 그것은 가벼워지기는커녕 더욱 무게감을 띠었다.

짓눌려서 마침내 이 세상에서 사라지는 날이 올 거라면 일찍 와 주기를 바랐다. 언젠가부터 파멸만이 우리의 유일한 구원이라고 생각하게 되었다.

어디를 가도 안주할 곳이 없었다. 유우는 힘을 합쳐서 회사를 세워 보지 않겠느냐는 동료의 제안을 거절하고 회사에서 혹사당하는 삶에 만족했다. 나는 몇 명인가 다른 남자를 사귀었다. 가끔은 물 흘러가듯 불륜 관계를 맺기도 했다. 그러나 진지하게 프러포즈를 받으면 그 즉시 거절했다. 일일이 알리지는 않았지만 유우는 이런 내 남녀 관계를 대부분 알고 있었을 것이다. 그러나 나를 타락했다고 비난하거나 몸단속을 시키거나 질투하지 않고 그저 수수방관했다.

우리는 결정적으로 이별을 택하지 않고 완만하게 이어진 상태로 도시를 끝없이 부유하고 다녔다.

파멸은 한순간에 들이닥쳤다.

나는 가끔 유우의 집을 찾았다. 느닷없이 나를 덮치는 불안증을 유우의 얼굴을 보며 달랠 수밖에 없었다. 그의 눈 옆에 있는 상처는 시간이 지날수록 묘하게 뒤틀리며 더 커지기만 하고 절대 사라지지 않았다. 그 보기 흉한 낙인을 보며 행복 따위 절대 바라서는 안 된다고 스스로 되뇌었다. 진한 블랙커피와 유우의 상처가 자아내는 씁쓸함에 몸을 맡기는 것이 어느덧 나의 습관이 되었다.

어느 날 유우의 아파트 외부 계단을 둘이 함께 내려가고 있을 때 아래에서 올라오는 사람과 맞닥뜨렸다.

"여어, 드디어 찾았군."

상대는 가볍게 말을 걸었고 우리는 그 자리에서 얼어붙었다. 잊으려야 잊을 수 없는 남자가 눈앞에 서 있었다. 껍데기였다. 지쿠호를 뒤로하고 이미 10년이 넘는 세월이 흐른 뒤였다.

그는 변호사가 돼 있었다. 법대에 들어가 사법 시험에 합격했고 30대 중반이 지난 그때는 대형 법률 사무소에서 일하고 있었다. 껍데기의 본명을 처음으로 알게 됐다. 그가 건넨 명함을 망연자실하게 내려다봤다. 그를 따라간 근처 커피숍에서 우리는 마주보고 앉았다. 그의 원래 이름은 가토 요시히코라고 했다.

온몸의 힘이 단숨에 빠져나가는 것 같았다. 이제는 끝이라고 생각했다.

"너희가 함께 있을 거라고는 예상했어."

껍데기는 말했다. 지쿠호에 있을 때와는 전혀 다른 사람처럼 보였다. 값비싼 양복을 입은 그야말로 유능한 변호사 같은 분위기를 풍겼다. 그는 더 이상 껍데기가 아니었다.

"너희에게 죄를 물으려는 건 아니니 안심해." 침착한 말투도 몸에 배어 있었다. "찾으려고 마음먹으면 언제든 다시 찾을 수 있으니까."

변호사의 권한으로 호적과 주소지를 찾는 건 손쉽다고 했다.

우리는 전혀 다른 곳으로 본적을 옮긴 데다가 주소도 자주 바꿨다. 그러나 그런 것은 아무 문제가 되지 않았을 것이다. 유우는 여권을 취득하기도 했으니까.

"자, 오늘 내가 이렇게 찾아온 건 말이지."

가토는 테이블 너머에서 미소 지었다. 변호사가 짓는 사무적인 미소와는 달랐다. 문득 버력산 위에서 불어오는 바람을 느꼈다. 끊임없이 멸시받아 온 혹독한 땅의 냄새. 껍데기에게 느꼈던 그 감각이 되살아났다.

얇은 거죽에 정중하게 둘러싸인 사악하고 뒤틀린 존재에 대한 혐오. 나는 체념하고 눈을 감았다.

"너를……." 가토가 유우 쪽을 보며 말했다. "어떤 사람의 대역으로 쓰려고 하는데, 어떻게 생각하나?"

유우는 한마디도 하지 않았다. 그러나 날카로운 눈빛을 피하지 않고 가토와 정면으로 마주 봤다. 이 남자는 지금 뭘 꾸미고 있는 걸까. 이번에는 또 어떤 재미있는 꿍꿍이를 떠올린 걸까. 변호사라는 지적인 직종에 종사한다고 해도 나는 절대 그를 믿을 수 없었다. 그런 내 의혹 따위 아랑곳하지 않고 가토는 말을 이었다.

"너한테도 좋은 조건일 거야. 큰 회사를 경영하는 어느 부유한 집안의 아들이 되는 거니까."

가토는 '어때?' 하고 묻는 것처럼 한쪽 눈썹을 치켜세웠지만 유우는 이번에도 대답하지 않았다. 가토는 그런 반응을 이미 예상했다는 듯이 담담하게 설명을 시작했다.

진다이지에 있는 어느 명가의 당주 부부가 현재 아들을 찾고 있다. 부인과 전남편 사이에 생긴 자식인데 이혼해서 떨어져 지낸 지 오래됐다고 했다. 부인의 아버지인 선대 사장이 세상을 뜨는 바람에 회사 경영을 맡기려고 아들을 찾는 일을 가토에게 맡긴 것이다.

"당사자를 직접 찾으면 되지 않아요?"

참지 못하고 옆에서 물었다. 가토는 으스스하게 히죽 미소 지었다.

"오, 이제는 도쿄 사람이 다 됐군. 하긴 누구든 도쿄에 오면 필사적으로 사투리를 고치려고 하니."

그의 페이스에 휘말리고 있다고 느꼈다. 방심해서는 안 된다. 이 자식은 이렇게 남의 속으로 파고든다. 전에 다키모토 씨와 다케조에게 그랬던 것처럼 지금은 고용주와 의뢰인에게 똑같이 할 것이다.

"물론 찾았지." 가토는 다시 유우 쪽을 보며 말했다. "그런데 이미 죽었더군. 시너 중독으로 맛이 가서 감옥 생활을 하다가 자기 이름조차 밝히지 못하고 죽었어."

침묵이 깔렸다. 조용한 커피숍 구석에 있는 우리를 다른 사람이 신경 쓰는 기색은 없었다. 카운터 너머에서 궁상맞아 보이는 주인이 남몰래 하품을 했다. 내 앞에 있는 커피는 처음 나온 그대로 식어 갔다. 가토는 커피를 한 모금 홀짝였다. 그의 왼손 손가락에 결혼반지가 끼워져 있는 것을 나는 아무 생각 없이 바라봤다.

"하지만 이대로 포기하기는 아깝지. 너희가 생각해도 그렇지 않아? 부부가 의심할 수는 없어. 이미 오랜 세월 떨어져 지낸 아들이니까. 대역이 와도 알아챌 리 없다는 말이야. 낳은 본인조차."

사람을 우습게 보고 있다. 그것도 모자라 치졸한 계획이다.

"말도 안 돼. 그런 일이 성공할 리 없어요."

침묵 중인 유우가 답답해서 그를 대신해 내가 되받아쳤다. 가토는 커피 잔을 내려놓고 몸을 살짝 앞으로 뻗어 속삭이듯 말했다.

"벌써 20년 이상 떨어져 지낸 어머니가 기억하는 아들의 신체적 특징이 바로……." 그야말로 재미있는 이야기를 들려주는 듯한 말투였다. "오른쪽 눈 옆에 찢어진 상처가 있다는 거야. 칼 같은 것에 베인 상처가."

그제야 나는 이해했다. 드디어 왔다. 이것은 내가 오랫동안 기다려 온 천벌이다. 이 남자에게 조종당하고 농락당하며 자유를 잃는 것. 나는 전율하는 한편으로 이런 상황을 순순히 받아들이는 또 다른 내가 있는 것을 깨달았다. 죄 깊은 우리는 마땅히 도달해야 할 곳에 도달한 것이다.

"거절하겠어." 유우가 처음으로 입을 열었다. 나는 깜짝 놀라 그의 옆얼굴을 봤다. "당신 따위에게 협력할 마음 없어. 더는 우리를 괴롭히지 마."

유우는 그 말만을 하고 몸을 일으켰다.

"여어, 그렇게 조급하게 굴면 쓰나." 가토는 표정 하나 바꾸지 않고 말했다. "그나저나 네가……." 말투가 살짝 거칠어진다. "네가 그때 묻은 시체 말인데…….”

카운터 안쪽을 힐끗 엿봤다. 주인은 싱크대에서 잔을 씻고 있었다. 조금 전까지 입구 근처에 있던 손님 두 명은 사라지고 없다. 유우는 다시 의자에 앉을 수밖에 없었다.

“그 버력산이 어떻게 됐는지 아나?”

나와 유우 둘 다 힘없이 고개를 가로저었다. 유우의 거절 덕분에 되찾은 기운이 다시 급속도로 빠져나갔다.

가토의 설명에 따르면 최근 정부가 방치된 버력산들을 무너뜨려 도로 공사의 건축 자재로 쓴다고 했다. 순식간에 얼굴에서 핏기가 가셨다. 유우의 옆얼굴을 볼 용기도 없었다. 만약 그들이 유우가 다케조의 시신을 묻었던 버력산을 무너뜨린다면 백골 시체의 신원이 밝혀질 것이다. 그 누구든 11년 전 살인사건과 그것을 연관시킬 것이 분명하다. 그때 도망친 남자가 죽었다는 것을 알게 된다면? 하물며 껍데기는 전에 유우가 시신을 묻을 때 비수도 함께 묻었다고 했다. 지문이 묻은 비수를. 10년이 넘는 세월이 흘렀어도 지문이 나올까. 아니면 껍데기가 미리 꺼내서 보관해 뒀을까. 우리를 옭아맬 도구로써. 비슷한 시기에 기묘하게 자취를 감춘 사건 당사자들이 있다는 사실이 금세 밝혀질 게 분명했다.

“걱정 마.” 안색이 창백해져서 당황하는 우리는 이미 가토의 손아귀 안에 있었다. “그 산을 건들기 전에 이미 꺼내서 처분했으니까.”

그런 일을 도맡아 하는 사람들이 있다고 그는 아무렇지 않게 말했다. 나중에 가토가 어둠의 세력과도 깊이 연관돼 있다는 것을 알게 됐다. 법의 수호자인 변호사가 불법 조직과 교류하는 것이 정확히 어떤 의미인지 그때는 알지 못했다. 나는 아직 아무것도 모르고 있었다.

우리는 가토가 말한 대로 따라야만 했다. 유우는 전에 이미 자수를 고려한 바 있으니 가토의 말도 안 되는 요구를 거절하고 경찰을 찾아가 전부 솔직히 털어놓아도 상관없었다. 그렇게 하지 않은 건 역시 나 때문이다.

가토를 만난 이후부터 나는 살아갈 의욕을 완전히 잃었다. 힘들게 쌓아 올린 모든 것을 내팽개쳤다. 일을 그만두고 사람을 만나지 않았다. 다케조의 시신을 어떻게 했는지, 어디에 숨겼는지, 아니면 절대 발견되지 않을 방법으로 이미 처리했는지도 궁금하지 않았다. 어쨌든 악덕 변호사가 우리 삶을 좌지우지할 수 있게 됐다는 것만 의식했다.

가토는 가차 없었다. 꼭두각시가 된 우리는 그가 시키는 대로 따를 뿐이었다. 내가 바라는 건 오직 하나, 유우와 떨어지지 않는 것이었다. 유우도 이렇게 한심한 나를 내팽개치지 못했다. 나는 또다시 유우의 삶에 걸림돌이 돼 버렸다.

가토는 유우에게 강의를 시작했다. 난바 집안과 난바테크에 대한 설명을 틈날 때마다 머릿속에 주입했다. 난바 집안의 현 당주인 난바 히로카즈 씨는 처가인 난바 집안에 데릴사위로 들어갔고 두 사람 사이에 자식은 없다. 가요코라는 아내는 난바 히로카즈 씨와 재혼한 것이고 전남편과 낳은 외아들을 다시 집안에 들이고자 한다. 가토가 탐정을 고용해서 사방팔방 찾아다닌 결과 군마현 마에바시시에 살았던 그녀의 친아들은 이미 살던 곳을 나갔고 유일한 친족인 그의 할머니에게도 소식을 알리지 않은 채 사망하고 세상에 없었다. 모든 것이 허무하게 끝나려는 찰나, 가토는 한 가지 계획을 떠올렸다. 부인이 말하는, 눈 옆에 뚜렷한 상처가 있고 아들과 나이와 체격 모두 비슷한 남자를 알고 있었기 때문이다.

"난바 가는 재력가 집안이야. 게다가 난바테크는 앞으로 주식 일부 상장도 눈앞에 둔 우량 회사지. 넌 어렵지 않게 그곳의 후계자가 될 수 있어. 네 처지에서 보면 거의 꿈같은 이야기 아닌가?"

유우의 얼굴에서는 감정이 읽히지 않았다. 유우는 이제 더는 예전의 유우가 아니다. 자기 힘으로도 충분히 돈을 벌 수 있다. 남의 재산 따위에 의지하지 않아도 될 만큼 실력과 경력도 쌓았다. 난바 집안에 들어가 난바테크라는 뒷배가 필요한 사람은 가토 본인이었다. 그의 의도를 유우와 나 모두 눈치챘지만 저항할 수 없었다. 이 넓은 도쿄에서 또다시 덜미를 붙잡혀 무시무시한 과거와 마주하게 된 현실에 굴복한 상태였다.

"이름은 구로다 유키오. 어때? 괜찮지? 마에바시시에서 태어나고 자란 구로다 유키오. 곧 난바 유키오가 되겠지만. 아무튼 그게 새로운 네 이름이다."

멍하니 있는 유우에게 가토는 그렇게 말했다. 내게도 앞으로 유우 옆에 계속 있고 싶으면 절대 이름을 틀려서는 안 된다고 지시했다. 유키오. 유우는 그날부터 유키오가 되었다.

빈틈없는 가토는 유우를 우선 유키오의 할머니가 믿는 종교 집단에 들여보내 이제는 손자 얼굴을 알아보지 못하게 된 할머니 옆에 두었다. 교단 관계자에게는 미리 돈을 쥐여 주고 뒤에서 입을 맞췄다. 유우는 얼마 되지 않아 가토의 지시대로 완벽한 난바 집안의 아들이 되었다.

유키오, 유키오, 유키오. 절대 유우라고 불러서는 안 된다. 나는 머릿속에 새기듯 그 이름을 불렀다. 유우가 새로 얻은 이름은 내게도 특별했다. 아니, 이름 따윈 상관없고 그저 그와 함께 있고 싶었다. 이성 관계가 될 수 없다고 해도, 삶에 걸림돌이 된다고 해도 결코 떨어지지 않겠다고 굳게 마음먹었다. 우리가 스물여덟 살이 된 해에 일어난 일이었다.

난바 부부는 앞으로도 절대 잊을 수 없을 것이다.

가짜 유키오가 들어간 곳이 난바 저택이 아닌 그저 자존심만 센 부자의 집이었다면 우리는 또다시 절망의 구렁텅이에 빠졌을 게 분명하다. 난바 선생은 중학교 교사로 일하다가 정년퇴임을 앞두고 있었다. 그는 한 치의 망설임도 없이 유키오를 자기 아들로 받아들였다. 이 사람들은 어떻게 이토록 다른 사람을 의심하지 않을까 의아하기도 했다.

난바 집안의 사정을 알게 되자 조금은 이해가 됐다. 가요코 부인은 자궁암에 걸려 시한부 선고를 받아서 죽기 전에 친아들을 꼭 만나고 싶어 했다. 그동안 억지로 떨어져 지내던 유키오를 다시 만나자 타 버리기 직전이었던 그녀의 생명이 다시 불붙은 것처럼 보였다. 그녀는 유키오에게 집안과 회사를 상속하기 위해 필사적으로 뛰었다. 효과도 없는 항암 치료를 거부하고 끝까지 아들 옆에 붙어서 하루하루를 소중히 살았다. 선생도 그런 아내를 옆에서 지지했다.

유키오에게 변화가 생긴 건 그때부터였다. 가토를 다시 만났을 때만 해도 나처럼 좌절하고 무기력증에 빠진 것처럼 보였다. 나카무라 유지라는 자기 자신을 버렸을 때 이미 인간으로서 뿌리까지 뽑혀 버린 것 같았다. 그러지 않으면 완전히 다른 사람이 되는 계획을 실행에 옮길 수도 없었을 것이다. 그렇게 텅 비어 있던 그가 난바 저택에서 한때의 부모와 함께 사는 동안 그는 난바 유키오라는 사람이 되기 위해 온 힘을 쏟았다. 무엇이 그를 그렇게 안달 나게 하는지 나는 이해할 수 없었다.

처음에는 단순히 죽음을 눈앞에 둔 가요코 부인의 바람을 들어주려는 것이라고만 해석했다. 1년도 안 될 기간에 그녀가 원하는 아들을 연기해 주려는 것이라고 생각했다.

"우리는 지금 한 사람을 살리고 있는 거야"라고 가토는 말했다. "어때. 보람 있지?"

그런 진심도 아닌 말을 그가 무작정 따랐을 리도 없다.

유키오는 아마 가요코 부인이 세상을 뜨면 난바 씨에게 사실대로 털어놓고 저택을 떠날 계획이었을 것이다. 그사이에 가토에게서 도망칠 방법이 생길 수도 있었다. 그러나 부인이 사망한 뒤에도 유키오는 난바 저택에 계속 머물렀고 회사 경영에도 진지하게 임했다. 물론 유키오에게는 그리 어렵지 않은 일이었을 것이다. 머리가 좋고 타고난 노력파라 그만한 성과를 내는 것은 지금까지의 삶을 놓고 봐도 무난했다. 오히려 남자로서 그런 가치 있는 기회가 주어진 것이 자랑스러웠을 수도 있다. 가요코 부인이 바란 것처럼 그는 집안의 대를 이을 어엿한 큰아들이 되었다.

난바 선생은 아내를 떠나보낸 후에도 전처럼 아들에게 모든 것을 맡겼다. 그리고 놀랍게도 유키오는 선생과 계속 함께 사는 길을 선택했다. 오직 부인만을 위해 아들을 연기한 유키오는 형태가 바뀐 자기 자신을 받아들였다.

지쿠호에 있을 때 그의 옆에는 괴팍한 마스 할머니밖에 없었다. 가족 사이의 정 같은 것은 모르고 살았다. 그러다가 죄를 저지르고 나와 함께 도피길에 올랐다. 그는 오랫동안 자신이 있을 곳과 정체성을 지니지 못했다. 무사시노에서 비로소 자신이 있을 곳을 찾았다고 해도 내가 그를 비난할 수는 없었다. 배려 깊고 욕심이 없는 데다가 청렴한 난바 선생에게 진실을 털어놓을 용기도 없었다. 유키오는 가토를 원망하지도 않고 자신의 모든 감정을 죽인 채 그저 물 흐르는 대로 살아가는 길을 선택했다.

가토로서는 모든 게 계획대로 된 셈이었다. 유키오를 난바 집안에 들이는 데 성공했고 막대한 신뢰까지 거머쥔 그는 그동안 일하던 법률 사무소를 그만두고 독립했다. 난바 선생이 관여하지 않는 난바테크는 유키오, 더 나아가 가토의 생각대로 되는 회사였다. 가토는 난바테크의 고문 변호사가 되었다. 그에게는 끊임없이 변화하는 사회에 진출하기 위한 확고한 발판이 필요했다.

사법 연수원을 막 나온 젊은 변호사는 일이 없는 법이다. 우선 평범한 법률 사무소에 들어가 잡일을 도맡아 해야 한다. 보스 밑에서 10년, 15년 동안 경험을 쌓으며 인정받아야 비로소 독립해 사무소를 개업하는 흐름이었다. 그러나 가토는 그런 오랜 과정을 단번에 건너뛰고 싶어 했다. 오랫동안 남 밑에 있는 것을 그는 참지 못했다. 그러려면 견실한 기업의 고문 변호사가 되는 게 가장 빠른 길이었다. 정기적인 고문료 수입은 안정된 사무소 운영을 뒷받침했다. 가토 요시히코 변호사 사무소는 아마 법으로 정해진 액수를 뛰어넘는 고문료를 난바테크에서 받았을 것이다.

그로부터 몇 년이 지나 유키오는 난바테크의 대표 이사 사장으로 취임했고 회사 주식도 상장을 이뤘다. 그리고 그때 세상에는 광란의 시대가 도래해 있었다. 주가가 오르는 징후가 보이면 개인 투자자들이 머니 게임에 우르르 몰려들었다. 땅값이 심상치 않았고 투기 움직임도 보였다. 가토 같은 사람에게는 그야말로 재미있어서 어쩔 줄 모르는 시대가 찾아왔다고 생각했다. 그는 돈에만 집착하는 바보가 아니었다. 치밀한 계획을 세워 다른 사람을 조종하고 지배하는 것을 즐겼다. 모든 것이 그의 계획대로 잘 굴러가느냐 굴러가지 않느냐에 따라 가슴 뛰는 흥분을 맛보고, 흥분이 가시면 가차 없이 내팽개쳤다. 그런 게임에 몰두하려면 난바테크와 유키오가 필요했다.

버블이란 자산 가치가 이론적 가치를 뛰어넘어 큰 폭으로 상승하는 것이라고 나중에 배웠지만, 그것은 정확히 가토의 삶 그 자체였다. 실체 없는 것을 허구로 굳히고 분칠해 과장되게 전시한다. 그리고 사람들이 그것에 달려드는 모습을 냉정하게 지켜보다가 순식간에 산산조각 낸다. 인간의 감정조차 그를 흥분시키는 자원에 지나지 않았다. 그러나 무엇보다 가토의 가장 무서운 점은 냉정하면서도 비정한 인간처럼 보이지 않게끔 그야말로 교묘하게 자신을 연출하는 것이었다. 가토는 친절하면서도 공명정대한 동시에 실력이 뛰어나지만 정의감이 더 강한 변호사처럼 자기 자신을 꾸몄다. 전혀 다른 정반대의 자신을 연기하는 데 능했고, 그것을 즐겼다.

난바테크에 유키오를 보내 자기 마음대로 할 수 있게 된 가토는 세무사와 회계사, 노무사까지 끼고 회사를 조종했다. 고가네이 공장과 함께 있던 본사를 도심지로 옮겼다. 연구소에 다니는 선생을 회사 경영에서 멀어지게 할 목적이었다. 가토는 투자와 부동산 부문을 신설해 섬유 업계의 중진인 난바테크를 완전히 다른 회사로 탈바꿈했다.

똑똑한 유키오는 물론 가토의 본질을 꿰뚫고 있었을 것이다. 선생을 찾아가 가토가 난바테크와 난바 가를 그저 이용할 뿐이라고 조언할 수도 있었다. 그러나 유키오는 아무것도 하지 않았다. 그는 선생의 아들을 계속 연기하며 그저 담담히 자신에게 주어진 직무를 다했다.

나는 그의 조용한 체념과 안도를 옆에서 초연하게 지켜볼 수밖에 없었다. 버림받은 기분이었고 한때는 그를 시기하기도 했다. 다른 인격을 손에 넣은 유키오. 그가 나를 두고 혼자 '또 하나의 세상'으로 가 버렸다는 고통스러운 번민에 휩싸였다.

이름의 읽는 법을 바꾼 것만으로 만족하지 못했다. 그런 내 마음을 꿰뚫어 본 사람이 가토였다. 나는 잊고 있었다. 그 자식이 얼마나 다른 사람의 약점을 잘 파악하고 그것을 교묘하게 이용하는지를. 그는 유키오를 바라보는 나의 복잡한 감정을 역이용해 나를 자신에게 끌어당기려 했다. 나에게 그와 유키오가 들어간 난바 저택 근처에 있을 수 있도록 가토 변호사 사무소에서 일하라고 했다. 당시 고독에 사로잡혀 있었던 나는 그 제안에 응했다. 유키오와의 접점이 사라지면 혼자서 끝없이 떠돌 것만 같은 기분이었다.

변호사 사무소에서 대단한 일은 주어지지 않았다. 그저 가토 뒤를 따라다닐 뿐이지만 깜짝 놀랄 만큼 높은 급여를 받았다. 그는 내가 거주할 아파트를 마련해 주었고 월세를 사무소 경비로 처리했다. 가토에게는 훌륭한 집안에서 태어난 아름다운 아내와 두 딸이 있었다. 사무소에 있는 그의 책상 위에는 서로 바짝 달라붙어서 찍은 가족사진도 있었다.

"가토 변호사 사무소를 톱클래스로 끌어올리는 게 내 꿈이야. 고객이 일류라면 수임료도 일류. 그런 곳에서 내 비서로 일하는데 몸에 걸치는 것들도 일류가 아니면 아주 곤란하지."

가토는 나를 고급 부티크 숍에 데려가 옷과 가방, 신발까지 직원이 추천하는 모든 것을 자신의 카드로 직접 샀다. 처음부터 불안했다. 다음 날 그 옷을 입고 출근한 나를 가토는 꼼꼼히 체크하고 "괜찮군"이라고 평가했다. 그러더니 "하지만……" 하고 손가락으로 내 턱을 들고 "이 점은 마음에 안 드네"라고 했다.

그때 나는 이미 가토에게 종속된 노예에 지나지 않았다. 두 팔과 두 다리를 조종당하는 꼭두각시 인형. 사무소 사람들은 나를 가토의 숨겨진 애인 정도로 인식했다.

결국 고용주의 지시로 나는 성형외과를 찾아가 점을 뺐다.

"혹시 다른 고치고 싶은 곳은 없습니까?"

성형외과 의사는 내 얼굴을 보기 좋게 이것저것 시뮬레이션해서 보여 줬다. 그때 나는 아마 마음이 병들어 있었을 것이다. 아름다워지고 싶지는 않았다. 그저 다른 사람이 되고 싶었다. 오랫동안 잊고 있던 감정이 끓어오르는 것을 느꼈다. 열일곱 살 때 동경하던 또 하나의 세상. 그곳에서 사는 여대생들. 자유와 청춘을 만끽하고 마음 내킬 때 극빈층 마을을 방문해 불쌍한 아이들을 진심으로 동정한다. 그때는 어떻게든 아이들의 삶을 개선시키려 노력하지만 원래의 삶으로 돌아가면 밝게 웃으며 대학 수업을 듣고 아르바이트를 하고 데이트를 즐긴다.

나는 의사를 향해 소리쳤다.

"쌍꺼풀을 만들어 주세요. 이 광대뼈도 싫어요. 깎아 주세요!"

순진무구했던 구리모토 교코 씨의 얼굴이 불현듯 머릿속에 떠올랐다. 교코 씨는 왜 교코 씨이고 나는 왜 나일까를 떠올렸던 나날들.

그러나 나도 결국 교코 씨처럼 가토의 노리개에 불과했다.

가토는 뭔가에 홀린 사람처럼 얼굴을 고친 나를 재미있어하며 모든 비용을 대 주었다. 뒤이어 눈 앞트임 시술과 치열 교정도 받았다. 유키오는 괴로운 듯 보였지만 나를 방관하기만 했다. 우리는 자각한 것이다. 우리 두 사람의 몸에 인간의 피부를 뒤집어쓴 가토라는 괴물의 손톱이 깊숙이 박혔다는 것을. 가토는 나를 농락하며 더없는 희열을 느끼는 듯했다. 어느 날에는 내가 사는 곳을 찾아와 내가 저지른 죄상을 낱낱이 읊기도 했다.

"네가 아버지를 죽여 달라고 유키오에게 부탁했지? 그러니 녀석도 결심했겠지. 참 죄 많은 여자야. 혼자 알아서 하면 됐을 텐데."

"다케조는 유키오의 친아버지였지. 다케조 본인한테 들었어. 너희는 둘 다 친아버지를 죽인 셈이야. 형법에서 존속 살해가 사라져서 다행 아닌가?"

"일산화탄소 중독증인 아버지 때문에 고생했다지? 그렇다고 죽이고 싶을 정도로 미워했나?"

"네 어머니는 어디론가 떠나 버렸다더군. 다케조의 구애를 받고 오히려 좋아했을지도 몰라."

그는 온갖 말로 나를 괴롭혔다. 온몸이 비치는 거울 앞에 나를 알몸으로 세우고 변해 버린 너 자신에 만족하느냐 묻고 다음으로 고치고 싶은 곳을 억지로 말하게 했다. 말로 희롱할 때도 있고 침대에 눕혀서 강제로 나를 범할 때도 있었다. 그는 여자를 범하는 행위 자체보다 상대가 겁먹고 용서를 구하는 모습을 보고 싶어 했다.

시간이 갈수록 학대는 정도가 심해졌다. 내가 저항하지 않고 고분고분 따르면 재미가 없는지 연이어 행동을 바꿨다. 어느 날 그는 녹슨 비수를 서류 가방에서 꺼냈다. 내가 숨도 제대로 못 쉬고 당황하는 모습을 보며 즐긴 이후에는 이건 폭력단 관계자에게 입수한 물건이지 유키오의 비수가 아니라고 했다. 그리고 나를 침대에 쓰러뜨리고 얼굴 옆에 비수를 꽂아 둔 채로 나를 범했다. 극한의 희열에 몸을 맡기다가 열이 식으면 다시 돌아갔다. 사랑하는 처자식이 기다리는 집으로.

이제는 가토 같은 인간을 한마디로 표현하는 단어를 알고 있다. 그는 전형적인 사이코패스였다. 지적이고 두뇌회전이 빠르며 늘 자신만만하다. 공포와 죄책감, 공감 능력이 결여돼 있다. 타인의 감정에 관심이 없는 주제에 감수성이 풍부한 척을 한다.

결국 내 정신은 버티지 못하고 붕괴 직전까지 갔다. 밤중에 가토가 돌아가면 나는 유키오에게 도움을 구했다. 그는 뭘 하든 내가 전화를 걸면 곧장 우리 집에 달려와서 나를 꼭 안으며 "괜찮아"라고 해 주었다. 그 이상은 없었지만 그걸로 충분했다. 유키오의 가슴속에 똬리를 튼 번뇌와 비탄을 느끼고 안도의 한숨을 내쉬었다. 일종의 의식처럼 느껴지는 행위를 반복하며 이런 벌을 받는 게 타당하다고도 생각했다. 우리는 거칠고 황량하기 짝이 없는 슬픔을 온몸에 두른 채로 함께 살아갔다.

하코를 처음 만난 건 아슬아슬하게 균형을 지켜 가던 생활이 그나마 안정됐을 무렵이었다.

◆

도둑 까마귀가 날아가는 쪽을 보다 보면 둥지 위치를 대략 알 수 있다. 파란 바다와 푸른 숲에 녹아들지 않는 밝은색 털실을 입에 물고 있는 덕에 검은 새를 눈으로 좇는 게 그리 어렵지 않았다. 그들이 살아가는 둥지는 유즈키 뒤쪽의 그리 깊지 않은 숲속에 있음을 알게 됐다. 거기까지 가자 둥지의 정확한 위치를 파악하고 싶었다.

복도에서 와타나베 씨를 만났을 때 망원경을 사 와 달라고 부탁했다.

"새를 관찰하려고요" 라고 하자 그는 "버드 워칭 말인가요?" 하고 되물었다.

"뭐 그렇게까지 대단한 건 아니고요."

와타나베 씨에게 까마귀가 털실을 가져간다는 이야기를 전하며 둥지를 찾고 싶다고 했다. 그러자 와타나베 씨도 흥미가 동한 듯했다.

"까마귀뿐만 아니라 저 숲에는 수많은 새가 둥지를 지어서 번식하죠." 와타나베 씨는 몇몇 새의 이름을 들었다. "박새의 둥지 재료도 다채로워서 재밌어요. 짐승의 털이나 잘게 잘린 나무껍질을 물어 와 둥지에 깔기도 하거든요. 솜이나 털실을 깔 때도 있고 딱따구리의 옛 둥지를 그대로 사용하는 경우도 있답니다."

"어머, 정말이에요?"

어수룩해 보이지만 의외로 아는 게 많은 남자였다.

"그러니 배율 높은 망원경이 좋을 거예요. 평범한 버드 워칭보다 더."

와타나베 씨는 곧장 망원경을 사다 주었다. 사용법을 잘 모르는 내게 초점 맞추는 법을 정중히 가르쳐 줬다. 도중에 다모토 씨가 방에 들어와서 덩달아 망원경을 구경하고 있을 때 또 베란다에 까마귀가 날아와서 밖에 놓아둔 털실 장식으로 부리를 뻗었다. 우리 세 사람이 숨죽이고 지켜보고 있자 까마귀는 털실 꽃장식을 부리로 콕콕 쪼더니 파란색과 녹색 꽃을 치우고 그 아래에서 노란색 꽃을 집어 꺼냈다.

"저것 보세요. 저 수컷은 차가운 색을 싫어해요. 암컷은 파스텔컬러를 좋아하죠. 둥지 안은 분명 멋진 색으로 장식돼 있을 거예요."

"까마귀는 인간보다 시각이 예민하죠. 적외선 영역까지 감지하는 시세포가 있어서요. 사람의 눈에는 일곱 가지 색으로 보이는 무지개가 까마귀에게는 열네 가지 색으로 보인다고 합니다."

우리가 대화를 나누고 있을 때 수컷 까마귀는 노란 꽃장식을 입에 물고 날아갔다.

"그런데 까마귀는 노란색을 싫어하지 않나? 우리 동네 쓰레기 봉지가 노란색이거든. 까마귀가 쪼지 못하게 일부러 그런 색으로 했다고 들었는데."

다모토 씨가 끼어들어 물었다.

"그건 까마귀가 노란색을 싫어해서가 아니라 적외선을 차단하는 특수한 안료를 넣기 쉬운 색이 노란색이라서입니다. 적외선을 차단하는 안료를 넣으면 까마귀는 쓰레기 봉지 안에 먹을 게 있는지 알아보지 못하게 되죠."

"어머, 잘 아네."

다모토 씨가 감탄했다. 나는 망원경으로 까마귀를 추적했지만 곧장 놓치고 말았다. 어차피 시간은 많으니 안달 낼 필요는 없다.

"부인은 버드 워칭에 남편분은 낚시라니, 두 분 다 즐거우시겠어요."

다모토 씨가 침대 시트를 갈며 말하자 와타나베 씨도 그녀를 도왔다.

"남편은 보트 위에서 낮잠만 자는데요 뭘. 낚시는 안 해요. 가가 씨의 남편분이 권해서 바다에 같이 나가게 됐지만 계속 그러고만 있어요."

"그래요? 항상 함께 선창에 내려가시길래 낚시에 열중하시는 줄 알았어요. 그런데 보트 위에서 파도에 몸을 맡긴 채로 낮잠을 자도 좋을 것 같아요."

다모토 씨는 진심인지 아닌지 모를 말을 했다. 나는 해가 질 때까지 망원경을 무릎 위에 놓고 기다렸지만 그날은 까마귀가 오지 않았다.

◆

가토는 개인 사무소를 톱클래스 사무소로 만들겠다고 한 호언장담을 착실히 실현해 갔다. 그 시절 비싼 계약료를 내며 고문 변호사를 쓰는 기업은 수없이 많았다. 실제로는 회사 경영에 대해 잘 모르는 변호사가 대부분이지만 명망 있는 변호사가 고문 변호사로 있으면서 회사의 간판 노릇을 했다. 그때는 그런 시대였다.

가토는 물론 실무에도 능했다. 기업 법무 분야를 폭넓게 다루며 경영과 마케팅 전문가, 세무사, 회계사, 변리사 등과 함께 기업 경영에 관한 종합적인 컨설팅을 맡았다. 지금으로서는 별로 특별할 게 없지만 당시에는 혁신적이었다. 그의 사무소는 세무, 재산, 인사, 노무, 지적 재산권, 법무까지 모두 소화하는 것으로 평판이 높았다. 고문 변호사가 되어 달라는 기업이 줄을 섰고 고문료로 얻는 수입도 막대했을 것이다. 나는 가토 옆에 있는 비서로서 그런 사정을 모두 알게 되었다.

감정이 일절 없으니 어정쩡한 사안에 좌우되지 않는 사이코패스는 성공한 인생을 살 확률도 높다고 어떤 책에서 읽었다. 기업의 최고 책임자나 변호사, 외과 의사, 언론사 관계자 중에도 사이코패스는 섞여 있다. 갈고 닦인 지성, 대담함, 비정함, 카리스마, 집중력 같은 능력은 그들에게 부와 권력, 지위를 안기는 동시에 그들을 사회의 상류층에 안착시켰다. 가정이 있어도 늘 고독하고 정을 느끼지 못하지만 그런 것 때문에 힘들어하지 않는다. 가토의 가족에 대해서는 잘 몰랐지만 사랑이 넘치는 남편과 아버지상을 연기하는 그의 모습은 쉽게 상상할 수 있었다. 그는 감정을 기계적으로 처리하면서 나를 볼 때만큼은 섬뜩한 눈빛으로 봤다. 포식자 또는 파충류 같은 눈빛이었다. 눈을 극단적으로 적게 깜빡이며 똑바로 쳐다보는 것이 바로 사이코패스의 특징이다.

어느 정도 지위를 쌓아 올린 가토는 난바테크의 자금력을 발판 삼아 성장력이 있어 보이는 회사들을 하나둘 거둬들였다. 자금 조달력이 부족한 회사에 자금을 지원하고 융자 조건에 주식 양도를 집어넣으면 자금이 급한 상대는 일단 제안을 받아들인다. 그러다가 아직 경영이 안정되지 않는 동안에 언뜻 융자를 회수할 것처럼 하며 조건 이행을 요구했다. 가토는 그런 일도 합법적으로 해내는 수완을 지녔다.

난바테크는 얼마 안 돼 많은 자회사를 거느린 다각 경영 회사로 변모했다. 유키오는 이름뿐인 사장이지만 그래도 그 나름대로 사업을 전개해 나갔다. 고가네이에 있는 공장 일에는 간섭하지 않고 착실히 기존 제조업을 지켰다. 그의 의붓아버지인 난바 선생의 연구소가 있는 공장을 성역처럼 생각했을지도 모른다. 당시 공장 근처에 있는 고가네이 컨트리클럽의 회원권은 억 단위 금액으로 거래됐다. 유키오의 유일한 삶의 지표는 자신이 난바 선생의 아들인 것이었다.

가토 요시히코 변호사 사무소는 가토가 바라는 대로 일류 사무소가 되었다. 그는 자신의 사무소와 가장 큰 고객사인 난바테크를 켕길 것이 없는 투명한 회사로 연출했다. 당시에는 기업이 뒤에서 몰래 일을 받는 유령 회사나 조직을 만들거나 그런 조직과 유착하는 경우가 비일비재했지만 난바테크의 부동산과 투자 부문은 건전하게 운영됐다. 자세한 건 몰라도 어쨌든 회사가 잘 돌아가고 있다는 것만은 알 수 있었다. 머리 좋은 가토에게 공과 사를 구분하는 것 역시 간단했을 것이다.

1986년 도쿄 도심지 지가 상승률은 무려 70퍼센트에 달했다. 가토 같은 사람이 있는 곳에는 원하지 않아도 저절로 돈이 굴러 들어왔다. 가토는 도심지의 억 단위 아파트로 집을 이사하고 벤츠를 타고 다니며 몸에 고가의 명품을 둘렀지만 당시 흔하게 보이던 버블기 신사 같은 눈에 띄는 화려함은 싫어했다. 파텍 필립이나 피아제 같은 명품 손목시계를 절대 차지 않았다.

그런 것들은 그의 자기 연출 방향에서 벗어나 있었다.

그의 변호사 활동은 주로 기업의 사업 투자나 주주 총회 대책, 결산서와 각종 경리 업무, 사업 계획, 인사, 노무 등 기업 경영에 필요한 업무를 대행하는 것이었다. 연대하는 각 분야의 전문가들을 브레인 삼아 광범위한 지원을 할 수 있었다. 정치인의 선거법 위반이나 뇌물 수수 사건, 기업의 경제 거래 관련 분쟁도 특기였는데 하나같이 막대한 보수를 받는 일들이었다. 또 재기가 불가능한 회사의 민사 재생과 빠른 부도 처리를 통해 회사의 명운까지 자유자재로 조종했다.

당시 변호사 중에는 매일 밤 긴자에서 술을 마시거나 별장, 크루즈, 경주마 등을 소유한 사람이 많았다. 그리고 그런 이들에게는 수상한 소개업자나 사건 관계자가 찾아오곤 했다. 가토는 그런 쪽에도 빠삭했다. 그는 어둠의 사회와 교류하는 법을 하나부터 열까지 파악하고 있었다. 수많은 버블기 신사가 신세를 망치는 것을 곁눈질하며 자신만의 냉정함과 강인함을 무기로 살아남았다.

가토는 어쩌면 그 광란의 시대가 일찍 종언을 맞이할 것 또한 알고 있었을지 모른다. 공교롭게도 그것을 직접 두 눈으로 보지는 못했지만 말이다.

직업소개소에는 변호사 사무소 일 때문에 자료를 받으러 가면서 처음 발을 들였다. 별생각 없이 심심풀이로 구인표 몇 장을 훑어봤다. 도쿄에 처음 왔을 때 좋아하는 공부를 할 수 있게 되어서 하늘을 나는 것처럼 기뻤던 게 떠올랐다. 그 기억은 나를 안에서부터 뒤흔들었다. 가토에게 지배당하고 유키오에게 매달리면서도 나는 가끔 우에노의 직업소개소를 찾았다. 수많은 구인표를 열심히 살피며 마법처럼 내가 있을 곳이 나타나 주기를 바랐다. 결국 좋은 직장은 찾지 못했지만, 나는 그곳에서 하코를 만났다.

하코가 다쓰야와 함께 난바 저택에 온 뒤로도 나는 가토를 따라 진다이지를 찾았다. 평범한 아이들과는 다른 다쓰야를 데리고 하코와 함께 무사시노를 걸으며 조금씩 바뀌어 갔다. 직업소개소도 점차 멀리하게 됐다.

도쿄에 온 이래로 또래 친구를 만드는 건 포기하고 살았다. 그럴 자격이 없다고 믿었다. 얼굴과 이름을 바꾼 나는 다른 사람과 속을 터놓는 일에 마지막 남은 힘을 쥐어짜 냈다. 유키오가 아닌 다른 이와의 접촉은 내게 신선한 경험이었다.

가토 변호사 사무소를 다니면서 바라본 이 사회는 버블 때문에 극채색으로 현란하게 뒤바뀌는, 돈과 욕망으로 점철된 곳이었다. 그런 허구의 세계가 무시무시했다. 그러나 하코는 달랐다. 그녀는 서른다섯 살의 나와 체격이 비슷했다. 파마기 없는 생머리에 베이지색 옷이 잘 어울리는 몸, 가늘고 길게 뻗은 팔다리. 항상 다른 사람과 눈을 잘 마주치지 못하는 모습. 직업소개소에서 처음 만났을 때는 왠지 미덥지 못한 인상이었지만 난바 저택 안에서는 열심히 돌아다니며 속이 시원할 정도로 집안일을 척척 해냈다.

하코의 존재와 무사시노의 자연이 희미한 광기에 지배되어 가는 나를 현실 세계로 되돌려 주었다. 알고 지낸 지 얼마 되지 않았을 때 나는 하코에게 성형수술을 받은 것을 고백했다. 그때는 다른 누구보다 나 자신이 놀랐다.

하코가 난바 저택의 가정부가 되기 전까지는 그 집안사람들에게 이렇다 할 관심이 없었다. 가토의 의뢰인 중 한 명 정도의 느낌이었다. 유키오가 스스로를 속여서 들어간 곳이기에 깊이 엮이고 싶지 않았다. 어쩌다가 유키오와의 깊고 불길한 관계가 들통날까 봐 두려웠다. 세상을 뜬 가요코 부인과 난바 선생, 나이 든 가정부 후지와라 씨와도 겉으로만 교류했다. 특히 후지와라 씨는 유키오의 어린 시절 친구라는 내게 경계심을 품었는지 유키오와 접촉할 때 늘 신경을 기울였다. 그러나 평소에는 서먹서먹한 척해도 가토에게 농락당한 날에는 반드시 한밤중에 유키오를 부르느라 나는 항상 뒤가 켕겼다.

유키오와 나 모두 난바테크와 변호사 사무소에서 일하고 난 뒤부터는 금전적으로 부족함이 없었다. 먹을 것과 입을 것에도 자유로웠다. 그러나 필요 이상 돈을 쓰지는 않았다. 원하는 물건 따위 없었다. 유키오가 다쓰야에게 세발자전거를 사 줬다는 이야기를 들었을 때는 웃음이 나왔다. 하코와 함께 있을 때 가끔 자연스럽게 미소 짓는 나 자신을 보며 당황했다.

나는 오랫동안 유키오와 불행한 운명으로 이어져 왔다. 우리는 팽팽한 실로 엮여 있었다. 그리고 가토를 만난 이후부터는 늘 위축된 채로 가토가 시키는 대로 살아갈 수밖에 없었다. 온건하고 평화로우면서 충실한 삶 같은 건 바랄 수 없고, 그런 것들로부터 거리를 둬야 한다고 생각했다. 쓰디쓴 음료를 삼키는 것처럼.

조카를 거둬서 키우는 하코는 복잡한 감정을 떠안은 채로 고민하고 있었다. 허약함과 교활함, 속 좁음, 우매함을 부끄러워하는 모습이 인간적이면서 해맑았다. "죄송합니다"와 "미안"이 입버릇이었던 하코는 이 세상을 조심스럽게 살아가는 여자였다. 조금 더 가슴 펴고 살아도 된다고 해 주고 싶었다. 이제는 돌이킬 수 없는 길을 선택한 사람으로서 그런다고 인간의 길을 벗어나는 건 아니라고 조언하고 싶었다.

하코에게는 착실하고 순조로운 삶으로 돌아갈 길이 아직 남아 있었다. 처음에는 하코에게서 과거의 나 자신을 발견하고 그저 충동적으로 구원의 손길을 뻗었다. 그러다 점차 나와 똑같은 날에 태어난 이 박복한 여자를 나와 겹쳐 보며 왠지 모를 오기가 생겼다.

하지만 그조차도 오만한 생각이라는 것을 깨달았다. 하코와 가까워질수록 안도하는 나 자신을 느꼈다. 방공호 같은 무사시노에서의 삶에 적응해 가는 하코를 보고 있으면 완고한 내 마음이 조금씩 풀려 갔다. 한 번도 접해 보지 못한 신기한 경험이었다. 그녀에게 배운 손가락 뜨개를 하고 있을 때, 쓸데없는 잡담을 나누며 나란히 걸을 때, 허구로 굳어져 버린 나조차도 이 순간만큼은 하코라는 친구가 옆에 있는 행복한 사람인 것만 같았다. 내가 하코에게 주는 것보다 하코에게서 받는 게 더 많다고 생각했다.

"당신은 하코 씨 덕분에 구원받았군요."

어느 날 난바 선생이 내게 그런 말을 해서 소스라치게 놀랐다. 선생은 아무렇지 않게 진리를 입에 담는 사람이었다.

나와 유키오, 가토 세 사람이 꽁꽁 엮인 채 옴짝달싹 못하는 인간관계 속에 난바 선생과 하코가 비집고 들어와 완만한 움직임이 생겨난 것이다. 온몸에 힘을 집어넣고 항상 최악의 상황에 대비하며 살아온 나는 하코와 지내는 동안만큼은 어리석은 갑옷을 벗어 던졌다.

하코는 유키오도 변하게 했다. 그는 하코에게 다쓰야의 아버지 역할을 부탁받았다고 했다. 하코가 유키오에게 연심 비슷한 감정을 품고 있다는 것은 곧장 깨달았다. 그녀는 숨기고 싶었겠지만 표정과 태도 곳곳에서 감정이 묻어났다. 유키오는 가요코 부인이 살아 있을 때 온 힘을 다해 그녀의 아들이 되려고 한 것처럼 이번에는 또다시 다쓰야의 아버지가 되는 일에 마음이 홀린 듯했다. 나카무라 유지에서 난바 유키오로 거듭난 순간 그는 텅 빈 그릇이 되었을지도 모른다. 누군가를 위해 어떤 역할을 맡는 것을 자신의 숙명으로 삼은 걸까.

하코와 유키오가 맺어지는 순간을 상상했다. 유키오는 다쓰야의 진짜 아버지가 되고, 두 사람의 바람이 이뤄진다. 그러나 한편으로는 암담한 기분이 들었다. 유키오는 절대 그것을 바라지 않을 것이고 애당초 여자와 맺어질 수도 없기 때문이다. 그가 평생 가정을 꾸리지 못할 것이라는 잔혹한 현실을 새삼 곱씹었다. 유키오를 그렇게 만든 사람은 바로 나다. 하물며 가토에게 지배당하는 나는 유키오의 도움이 필요했다. 이보다 더 죄 깊은 여자가 있을까.

날카로운 후각을 지닌 가토는 하코의 갈등도 쉽게 냄새를 맡았다.

가토가 연구소에 가는 선생을 태운 벤츠를 운전할 때였다.

성산 아래 내리막길에서 숲에서 뛰어나오는 하코를 발견했다.

창백한 얼굴에 몹시 겁먹은 듯 보였지만 그녀는 벤츠를 보자마자 곧장 몸을 숨겼다. 선생은 무슨 일인지 걱정해 일부러 조금 떨어진 곳에 가서 차에서 내렸다. 다쓰야가 보이지 않는 것도 신경 쓰였다고 한다. 선생은 기다리지 않아도 된다고 했지만 가토는 그곳에 잠시 차를 대고 있었다. 그리고 비틀거리며 언덕길을 오르는 하코를 백미러로 지켜봤다.

"아니, 그건 아니야." 선생이 병원에 입원한 이후 가토는 유키오에게 사정을 듣고 곧장 단언했다. "그 여자는 숲속에 다쓰야를 버리고 왔어. 숲에서 길을 잃으면 아이가 얼어 죽을 수 있다는 걸 알면서도. 그게 아니라면 왜 숲에서 혼자 나왔지? 왜 곧장 저택으로 도망쳤지? 그 가정부는 자기 삶의 걸림돌을 없애고 싶었던 거야. 억지로 떠맡게 된 아이를 말이야. 난바 선생은 그걸 알아채고 다쓰야를 찾으러 간 거고."

나와 유키오는 둘 다 말없이 있었다. 가토의 말이 절반은 옳다고 인정했다. 장애를 가진 다쓰야와 이미 세상을 뜬 여동생 사이에서 줄곧 갈등하던 하코가 충동적으로 저지른 행동을 누가 비난할 수 있을까. 그러나 거기에 이르기까지 하코가 느꼈을 심정을 이 남자는 절대 이해하지 못한다. 이 감정이 없는 사이코패스는.

"유쾌하지 않나? 꼭 헨젤과 그레텔 같군. 의붓어머니에 의해 숲속에 버려진 아이."

가토는 노래하듯 말했다. 그는 사냥감을 노리는 육식 동물처럼 다른 사람의 약점을 정확히 포착했다. 그것을 가장 잘 아는 사람이 나이기에 구역질이 일었다.
"아무튼 숲에서 그 꼬맹이를 찾는 동안 난바 선생은 발작을 일으켰어. 그 멍청한 가정부 때문에 하마터면 소중한 고객을 잃을 뻔했군."
"그게 아니야……." 유키오가 힘없이 반론했다. "선생님은 썩은 나무 안에 들어갔다가 협심증 발작을 일으켰어. 희귀한 점균을 발견하고 흥분하셔서 자신이 폐소 공포증이 있다는 것을 잠시 잊었을 뿐. 다쓰야 때문이 아니야."
"폐소 공포증이라고?"
"그래. 선생님은 반성하셨어. 자기는 좁은 곳에 갇히면 발작을 일으키고 마는데 거기 들어갔다고."
가토는 흥, 하고 코웃음을 쳤다.

◆

까마귀에게는 간간이 털실 장식을 주었다. 한꺼번에 많이 줘서 둥지가 완성돼 버리면 이후로는 내 방 베란다를 찾지 않을 테니까. 밝은색 꽃장식을 하나씩 놓아뒀고 까마귀는 부지런히 그것을 가지러 왔다. 일을 마치고 날아가는 까마귀를 나는 망원경으로 좇았다.
일주일이 지나 마침내 까마귀들의 둥지를 찾았다. 숲 입구의 오동나무 위에 있었다. 초여름에 연보라색 통 모양 꽃을 피우는 교목이다. 보금자리로 오동나무를 택한 쪽은 암컷일지 모른다. 그들은 아직 꽃이 피지 않은 녹색 잎사귀 안쪽의 갈라진 나뭇가지 사이에서 남몰래 살아가고 있었다. 한 번 발견하니 원할 때마다 가서 관찰할 수 있었다. 둥지 바깥쪽은 작은 나뭇가지로 지었지만 망원경 배율을 높이자 그 안에서 주황색 털실 끝부분이 삐져나온 것이 보였다. 둥지 안에 깔린 털실 장식일 텐데 장식들의 크기가 작아서 아직 한참 부족할 것이다.

털실 장식을 베란다에 꺼내 놓지 않으면 베란다에 날아와 마치 털실을 보채듯 목을 뻗을 때가 있었다. 가끔은 부리로 난간을 툭툭 치며 재촉하기도 했다. 그런 행동을 보고 남편이 놀라자 나는 그 이유를 설명했다. 암컷 까마귀라서 분홍색 털실 장식을 하나 꺼내 주자 까마귀는 곧장 그것을 입에 물고 날아갔고, 남편에게 망원경을 건네니 그는 열심히 까마귀를 눈으로 좇았다. 망원경을 눈에 갖다 댄 그의 옆얼굴을 멍하니 바라봤다. 세월이 흘러서 그런지 오른쪽 눈 옆 상처가 이제는 별로 무서워 보이지 않았다. 나이에 걸맞게 늘어진 피부 틈 사이에 섞여 있다.

"저 아이는 알을 낳을 자리를 만드는 데 내 털실 장식을 쓰고 있어."

말없이 둥지를 바라보던 남편에게 나는 약간 의기양양하게 말했다.

"주황색이나 노란색, 아니면 하늘색이나 분홍색. 늘 그런 색 털실만 가져가. 신기하지?"

"구로는……." 남편은 내 말을 자르는 것처럼 입을 열었다. "구로는 반짝거리는 것들을 좋아해서 자주 모았지."

그는 천천히 망원경에서 눈을 떼며 나를 봤다.

"기억해?"

"응."

하코 이야기가 나오기 전에 나는 짧게 대답했다. 남편이 또다시 망원경으로 숲을 관찰하기 시작했고 우리는 저마다 상념에 잠겼다.

구로는 나를 싫어했다. 까마귀가 날아다니는 방에 들어가는 것을 내가 싫어한 탓이다. 영리한 새는 인간을 가릴 줄 알았다. 한번은 내가 마시던 커피 잔에 병뚜껑을 떨어뜨리는 바람에 커피가 튀어 흰색 블라우스를 못 쓰게 된 적이 있다. 사람을 골리기까지 하는 똑똑한 새였다.

와타나베 씨는 임시 직원 상태 그대로 여전히 열심히 일하고 있다. 잡일부터 입욕 보조까지 소화할 만큼 스킬이 늘었다. 시마모리 씨도 끈기 있게 와타나베 씨를 가르쳐 주었다.

"간노 씨, 목욕하실 시간이에요."

복도를 걷는데 와타나베 씨가 노인 한 명에게 말을 걸고 있었다. 복도 소파에 앉아 휴식 중인, 다리가 불편한 노인을 일으켜 세우려 애쓰고 있다. 소파에서 보행기로 옮기려는 것이다. 몸집이 퉁퉁한 노인은 와타나베 씨에게 다가가려다가 자세가 무너져서 그대로 그의 티셔츠를 붙잡은 채 앞으로 쓰러졌다. 꽉 붙잡고 놓아 주지 않아서 와타나베 씨의 티셔츠 뒤쪽이 벗겨질 것처럼 위로 올라갔다.

멀리서 그 모습을 본 시마모리 씨가 "꺅!" 하고 소리쳤다. 잠깐 어쩔 줄 몰라 하는 것 같더니 마음을 가라앉히고 뛰어왔다. 간노 씨는 아슬아슬한 찰나에 시마모리 씨의 도움으로 넘어지지는 않았지만 벽에 머리를 세게 부딪치고 말았다.

"죄, 죄송합니다."

와타나베 씨가 보행기를 가져가며 사과했다. 노인은 휴우, 하고 한숨을 내쉬더니 "아프잖아, 인마! 네가 날 때렸지?" 하고 큰소리로 외쳤다. 약간 치매기가 있는 노인이었다. 나는 와타나베 씨가 날 알아보기 전에 지팡이를 짚고 그 자리를 벗어났다. 시마모리 씨가 나를 따라와 귓속말을 했다.

"아직 몸이 불편한 분들을 대하는 데 익숙하지 않은 것 같아요. 그래도 열심히 하니 조금 전 일은 그냥 모르는 척해 주세요."

"네. 괜찮아요. 하다 보면 더 익숙해지겠죠."

남편에게도 그날의 일은 말하지 않았다.

◆

성산 숲속에 다쓰야를 버려두고 온 사건 이후 가토는 하코에게 흥미를 품었다. 그녀가 마음속에 감춰 두고 있던 뒤틀린 감정을 눈치챘기 때문이다. 부모를 여의고 말을 잃어버린 다쓰야는 고집스럽고 다루기 까다로운 아이였다. 어쩔 수 없이 거두기는 했지만 하코는 조카를 힘겨워했다. 이모로서의 사랑과 정 속에 교묘하게 숨긴 다쓰야를 향한 고민, 분노, 혐오, 때로는 살의로까지 바뀌는 감정을 가토는 탐지했다. 그것은 그를 살찌우는 영양분이었다. 유키오와 내가 저지른 죄를 폭로했을 때처럼 콧노래라도 흥얼거릴 것처럼 즐거워했다.

나중에 알게 된 사실이지만 그 무렵 하코에게 빚 독촉업자가 찾아온 적이 있다고 한다. 불행하게도 하필이면 그 자리에 가토가 함께 있었다. 하코가 다중 채무자라는 것은 나도 어렴풋하게나마 눈치채고 있었다. 여동생 부부가 수상한 사람들에게 돈을 빌릴 때 보증을 선 탓에 하코가 진퇴양난에 빠져서 도피 중이라는 것을 먼저 알아낸 사람은 가토였다.

당시 이자 금리는 대략 70퍼센트 정도였다고 한다. 출자법으로 상한 금리가 29.2퍼센트로 제한된 지금으로서는 상상할 수도 없는 고금리지만 사채업자라면 그보다 더 높게 받았을 것이다. 가토는 선생과 유키오 몰래 하코의 채무를 전부 정리해 주었다.

하코는 내게 아무 말도 하지 않았다. 자기 자신이 부끄럽고 진실이 알려지는 상황이 두려웠던 게 분명하다. 바보 같은 하코. 그런다고 내가 하코를 깔보거나 비난할 일은 결코 없었을 텐데. 다케조에게 돈을 빌릴 때는 1년 이자가 원금을 뛰어넘는 수준이었다.

그러나 서글프게도 우리는 그런 것까지는 서로에게 털어놓지 못하고 비극적인 결말을 맞이하고 말았다. 사소한 착각과 마음의 엇갈림, 오해가 그런 상황을 초래한 것이다. 이제는 아무리 한탄해 봐야 돌이킬 수 없다.

가토는 하코에게 합법적인 방식으로 화해를 성립시켰다고 했겠지만 실상은 그렇지 않다. 겉으로 내세우는 것과 달리 가토는 반사회적 세력과 깊이 연관돼 있었다. 베테랑 변호사가 일 처리를 할 때는 불법적인 조직의 힘이 꼭 필요했다. 그는 비은행계 금융 기관의 대리인이 되어 경영 상태가 순탄치 않은 회사에서 미수금을 회수하는 일에 능했다. 부도 채권을 회수할 때는 겉으로는 화해를 가장하지만 뒤에서는 정리업자가 움직인다. 큰손들에게 주가를 매점당한 회사의 의뢰로 그들을 떼어 놓을 수 있는 것도 다 그런 쪽으로 도가 텄기 때문이었다.

가토는 어쩌면 그런 것들을 다케조에게 배웠을지 모른다. 약삭빠르게 일 처리를 하기 위한 필요악. 야쿠자들의 유령 회사에서 받는 고문료도 연 1억이 넘었으니 하코를 공포에 떨게 한 고리대금업자와 뒤에서 거래하는 건 식은 죽 먹기였을 것이다.

그는 그렇게 하코의 마음속에 매끄럽게 파고들었다. 세상 물정 모르는 순진한 하코가 가토에게 감사하며 그에게 의지하게 됐어도 비난할 수 없다. 가토는 오래전 구리모토 교코를 농락했듯 무서운 촉수를 뻗어 하코를 옭아맸다.

그러나 기만은 때때로 자신의 발목을 잡기도 한다. 그는 하코의 마음을 가지고 노는 데 지나치게 몰두했다. 다쓰야를 향한 복잡한 심경을 더 크게 흔들기 위해 하코에게 다쓰야를 양자로 보내자고 제안한 것이다. 고민하던 하코는 그 이야기를 내게도 털어놓았다. 하코에게서 조카를 떨어뜨리려는 계획의 진짜 목적을 깨닫고 나는 등줄기가 서늘해졌다.

가토는 내 대역을 찾은 것이다. 머릿속에서 경종이 울려 퍼졌다. 가토는 나를 농락하는 것에 이미 질려 있었다. 그리고 새로운 사냥감을 발견했다. 신선한 선홍빛 고기를 찢어발겨 뚝뚝 떨어지는 피를 즐길 수 있는 군침 도는 사냥감. 나는 그때 모든 것을 솔직히 털어놓고 하코에게 충고해야 했다. 그러나 유일한 친구가 충격을 받고 내게서 멀어질 수도 있다는 생각에 끝까지 망설이고 말았다.

난바 선생 쪽이 훨씬 힘이 되었다. 선생은 처음부터 가토 변호사에게 의구심을 품고 있었다. 한때 교육자로 활동한 선생은 하코의 고민과 걱정도 눈치챘다. 하코는 망설이면서도 최대한 다쓰야를 똑바로 마주 보고자 노력했고, 그런 하코를 옆에서 지켜 주던 선생은 마침내 행동을 개시했다. 가토 변호사 사무소의 뒤를 캐고 나선 것이다. 의심의 눈으로 보면 그가 고문 변호사로서 난바테크에 들어와 회사를 마음대로 조종하고 있다는 것도 금세 깨달았을 것이다.

그 과정에서 유키오를 처음 찾아낸 탐정 사무소 직원들과 가토가 지금도 긴밀한 관계라는 것을 선생은 알게 됐다. 가토는 시키는 일은 무엇이든 하던 불법 일보 직전의 탐정 사무소를 해체하고 그들을 자신의 변호사 사무소로 데려와 온갖 잡일과 뒤처리를 시켰다. 그들은 더러운 일을 도맡아 하면서 두둑한 보수를 챙겼을 것이다. 더 면밀히 조사하면 그 탐정 사무소의 대표가 현재 난바테크 비서실장 자리에 올랐다는 사실도 밝혀질 터였다.

가토는 초조해했다. 무엇보다 선생은 난바테크의 대주주였다. 난바테크와 같은 중견, 중소 규모의 상장사에서는 창업주 일가와 대주주의 의향이 경영 판단에 크게 반영된다. 선생은 앞으로 얼마 되지 않아 난바테크가 섬유 업계에서 밀려나고 버블 위에서 춤추는 유령 회사로 추락하리라고 예상했다. 그해 주주 총회에서 선생의 의견에 따르는 오래된 주주들이 회계 감사에 의문을 제기하며 새 감사 법인을 들이자고 제안했다. 새로운 감사 법인에 감사 업무와 부정 조사를 맡기면 가토는 몹시 난처한 상황에 빠질 수밖에 없었다.

"이거 큰일이군."

늘 자신만만해하던 가토가 입술을 깨물며 말했다. 그는 유키오와 내 앞에서 불안한 것처럼 사무소 소장실 안을 이리저리 걸어 다녔다. 가토가 무엇보다 두려워한 것은 생면부지 타인인 유키오를 난바 집안의 후계자로 만들었다는 사실이 선생에게 들통 나는 상황이었다. 모든 일은 거기서부터 시작했다. 조만간 가토가 난바 집안과 난바테크를 속여서 철저히 이용해 먹었다는 것까지 밝혀질 테고, 그러면 가토 변호사 사무소는 끝이다. 그가 지금껏 저질러 온 악행을 고려하면 변호사 자격은 박탈, 자칫하면 고소당해 재판까지 받을 것이다. 그동안 쌓아 올린 지위와 명성을 모조리 잃고 체포될 가능성이 컸다.

“어쩔 수 없어. 처음부터 다른 사람이 된다는 것 자체가 말도 안 되는 발상이었으니까.”

어느덧 회사 경영자다운 품격을 지니게 된 유키오는 침착함을 잃지 않았다.

“이봐.” 지배하고 조종해야 할 사람들에 의해 오히려 궁지에 몰린 상황. 가토가 가장 질색하는 것이었다. “네가 그런 말 할 자격이 있을까? 난 언제든 네가 살인범이라는 걸 증명할 수 있어.”

유키오는 입을 다물었다. 그때는 이미 다케조를 죽인 일은 공소 시효가 만료됐다. 파멸을 순순히 받아들이고 이제는 이런 엉망진창인 상황의 종국을 맞이해야 한다고 나 역시 생각했다. 그러나 입을 다문 유키오를 보면서 그 생각이 흔들렸다. 놀랍게도 유키오는 주저하며, 겁먹어 있었다.

그에게 지켜 주고 싶은 소중한 존재가 생겼다는 것을 깨달았다. 하코와 다쓰야다. 의붓아버지인 선생과, 특히 하코에게 자신의 과거가 밝혀지는 상황을 두려워하는 것이다. 그는 이제는 정말로 하코를 사랑하고 둘이 함께 다쓰야를 키우려 하고 있다. 그 사실을 나는 묵묵히 받아들였다.

이제 우리는 각자 다른 길을 걸어야 한다. 나는 어떻게든 유키오에게 가족을 선물하고 싶었다. 지금까지 나를 위해 살아 준 유키오를 향한 최소한의 속죄였다.

“제기랄. 그때 심장 발작으로 뒈졌어야 하는데.”

가토는 넋을 잃고 독설을 내뱉었다. 감정에 좌우되지 않는 이 남자에게 실은 이것이 바로 약점 아닐까. 선과 악, 사랑, 공포, 근심, 기쁨, 고민을 무엇 하나 이해하지 못하는 사이코패스는 다른 사람이 다양한 감정 때문에 마음이 흔들리는 상황을 이해하지 못한다. 그저 스릴과 혼란만을 즐길 뿐이다. 겉으로는 성공한 것처럼 보이지만 속으로는 어떤 속임수와 부정행위에도 죄책감을 느끼지 못하는 사람. 그는 불행 그 자체다. 나는 그것을 깨닫지 못한 사악한 엘리트를 싸늘한 눈빛으로 바라봤다. 이제 더 이상 그가 두렵지 않았다.

상황은 점점 더 가토에게 안 좋게 돌아갔다. 난바테크 산하에는 어느새 수많은 자회사와 관계사가 줄지어 있었다. 주로 주식 교환으로 손아귀에 넣거나 큰손들에게 휘둘리는 회사들을 인수했다. 이들은 가공 순환 거래에 쓰이거나 유령 회사로써 내부자 거래나 상장 조종 등을 통해 부정한 이익을 얻을 목적으로 활용되기도 했다. 자세한 사정은 모르지만 당시 은행과 비은행계 금융 회사에서 흘러들어 오는 돈을 투기나 토지 전매 자금으로 유용했을 것이다. 재테크에 따른 영업 외 이익이라고 하면 듣기에는 그럴싸하지만 무계획적인 자금 유용과 변제 가망성이 없는 관계사에 대한 융자금이 터무니없는 액수였다. 난바테크는 감사 법인을 들이는 방향으로 움직였고 선생이 그 모든 것을 주도면밀하게 이끌었다.

가토는 선생에게 아첨하며 상황을 살폈지만 포커페이스인 선생에게서는 아무것도 알아낼 수 없었다.

"그 너구리 같은 영감탱이!"

초조해진 가토는 내 앞에서 선생과 그의 의도대로 움직이는 사람들을 비난했다. 칼끝은 내게도 향했다. 내 방에 와서 나를 모욕하고 말과 행동으로 농락하며 자책에 시달리는 나를 울부짖게 하는 것으로 그는 자신의 분노를 가라앉혔다. 그렇게 해서 하코를 향한 관심이 조금이나마 식으면 괜찮다고 생각해 나 역시 다소 연기 섞인 반응을 보이며 가토가 마음대로 하게 내버려 두었다. 그러나 주변 상황이 더욱 악화함에 따라 그의 가학적인 행동은 점차 도를 넘기 시작했다.

그날 밤 가토는 유독 길길이 날뛰었다.

"유키오는 왜 네가 이 지경에 처해 있는 걸 모르는 척하지?"

그는 내 위에 올라탄 채로 말했다. 그러더니 거대한 가위를 가져와 내 실크 잠옷을 갈기갈기 찢었다. 반짝이는 하얀 실크가 침대와 바닥으로 눈처럼 흩날렸다.

"알잖아요. 유키오와 나는 당신에게 맞서지 못한다는 걸. 당신은 그걸 이용해서 지금껏 당신 마음대로 해 왔어요. 얼마나 재밌으셨을까요."

내 이런 말이 가토를 더욱 기분 좋게 했다. 몇 년간 그를 접하며 익힌 스킬이었다.

"너희는 운명 공동체야. 앞으로도 절대 떨어질 수 없지. 서로를 평생 감시하며 살아야 해."

가토는 그야말로 즐거운 것처럼 웃었다. 그러나 지금까지 보이던 여유가 이제는 사라졌음을 깨달았다. 가토의 최후는 곧 우리의 최후를 의미하지만 이 남자가 파멸을 맞이하는 모습을 상상하는 것만이 나를 지탱했다. 아마도 유키오와 나는 단죄를 받아 무사시노를 떠나게 될 것이다. 선생과 하코, 다쓰야와도 헤어져야 한다. 각오는 이미 돼 있었다.

"내가 돌아가면 네가 유키오를 부른다는 걸 알고 있어." 가토는 차가운 목소리로 내뱉었다. "내 손에 더럽혀진 몸을 정화하려는 건가?"

가위를 손에 든 가토는 내 오른쪽 눈 바로 옆에 날을 갖다 대고 고개를 돌리지 못하게 거칠게 턱을 붙들었다. 눈에 찔릴 정도로 가까이 가위를 갖다 붙이더니 눈꼬리 옆으로 날을 향한다. 차가운 금속 끝부분이 내 오른쪽 눈 바로 옆 살갗을 찔렀다.

"다케조를 찔러 죽이는 건 보통 일이 아니었을 거야." 마음의 준비를 했는데도 전율할 수밖에 없었다. 순식간에 무시무시한 과거가 나를 덮쳤다. "그 영감은 닳고 닳은 악당이었으니까. 자기 밑에서 일하던 광부들을 벌레처럼 여겼지. 그의 무용담을 들으면 늘 가슴이 두근거렸어."

다케조도 가토와 같은 부류의 인간이었을 것이다. 약한 상대에게서 모든 것을 빼앗아 상대를 절망과 한탄의 구렁텅이에 빠뜨리고 병마와 신경 쇠약으로 목숨을 잃어도 양심의 가책 따위 느끼지 않았다. 아니, 오히려 그런 행위를 통해 더없는 희열을 느꼈다. 가위 끝이 내 피부를 스친다. 다케조를 칼로 찌르고 또 찌르는 유키오의 영상이 닫힌 눈꺼풀 안쪽에 떠올랐다. 살기 어린 유키오의 얼굴. 다케조가 뿌리친 피투성이 비수가 눈 옆을 찢는다. 움직임을 멈춘 다케조와 그를 내려다보는 유키오. 아니, 유우다. 자기 아버지를 찔러 죽인 열일곱 살의 유우.

나는 마침내 참지 못하고 나직이 비명을 질렀다.

"하하. 이제야 떠올랐나? 그리운 네 고향이."

가토는 나를 엎드리게 하고 머리카락을 움켜쥐었다. 귓가에서 버석버석하는 소리가 들렸다. 잘린 내 머리카락이 실크 조각 위로 떨어졌다. 가위를 바닥에 내던지는 소리. 가토는 뒤에서 나를 범했다.

"어때? 유키오는 이렇게 하나? 아니면 이렇게?"

가토는 유키오가 여자를 안지 못한다는 것을 몰랐다. 그것만은 들키고 싶지 않아서 나는 "아니에요. 유키오는 더 자상해요" 하고 거짓말을 했다. 감정이 격해진 가토는 더 강도 높게 나를 괴롭혔다. 문득 내 머릿속에 다케조에게 괴롭힘을 당하는 유우 어머니의 모습이 떠올랐다. 힘을 자랑하며 여자를 자기 밑에 깔아뭉개고 무참한 행위들을 일삼았을 것이다.

"그만하세요! 그만!"

그렇게 애원하는 사람은 다케조 밑에 깔려 있는 가련한 여자일까, 아니면 나일까. 여자는 결국 목을 맨다. 낳은 지 얼마 안 된 자식 바로 옆에서. 탯줄이 달린 채 있는 갓난아기가 힘없이 울고 있다. 그 영상에 나는 정신이 아득해졌다.

"그만하세요. 부탁이니까……."

그렇게 중얼거린 사람은 나였다. 등 뒤에서 일을 마친 가토가 머리카락이 잘려 초라해진 내 머리를 쓰다듬었다.

그리고 속삭였다.

"자, 이제 유키오에게 위로받도록 해."

그는 축 늘어진 나를 남겨 두고 돌아갔다. 조금 전까지 보이던 광기를 완전히 떨쳐 내고 애차인 벤츠를 타고 아무것도 모르는 아내와 자식이 있는 곳으로 떠났다. 나는 유키오를 부르지 않고서는 견딜 수 없었다.

난바 선생이 세상을 떴다는 소식을 듣게 된 건 그다음 날이었다.

선생은 잠들어 있는 동안 심장 발작을 일으켰다고 했다. 선생에게는 협심증이라는 지병이 있었으니 예상할 수도 있던 사태였다. 하코도 항상 선생의 몸 상태에 신경을 기울였다. 전에 숲속에서 발작을 일으켰을 때는 약을 챙겨 오지 않은 탓에 위험천만한 상황에 빠졌고 그날 이후 하코는 늘 꼼꼼하게 약을 챙겼다. 그럼에도 불구하고 선생의 최후는 허무했다.

하코는 그 전날부터 다쓰야와 함께 여름 캠프를 떠나 있었다. 저택에는 선생과 유키오가 남아 있어야 했다. 그러나 사실은 달랐다. 가토가 돌아간 이후 그날도 나는 유키오를 불렀다. 따라서 선생은 당시 집에 혼자 있었고 마침 그럴 때 발작을 일으키고 말았다.

하필 내가 없을 때 이런 일이 일어나고 말았다며 자책하는 하코를 위로해 주었다. 유키오까지 없었다는 사실은 털어놓을 수 없었다. 만약 누군가가 집에 있었다면 선생의 위기를 눈치챌 수 있었을까. 그렇다면 책임은 유키오를 집에 불렀던 내게 있다. 평소보다 가혹했던 가토의 괴롭힘에 비명을 지르며 밤중에 유키오에게 전화를 걸었다. 유키오와 하코의 마음을 모두 아는데도 그런 선택을 내리는 나 자신이 혐오스러웠지만 그러지 않고서는 배길 수 없었다. 유키오는 들쭉날쭉하게 잘린 내 머리를 보며 눈을 부릅뜨고 나를 꼭 안아 주었다. 내 몸의 떨림은 좀처럼 멎지 않았다. 유키오가 돌아간 시간은 새벽 3시가 넘을 무렵이었다. 죄 깊은 우리의 슬픈 의식이 선생의 목숨마저 앗아가 버린 걸까.

다음 날 아침 일찍 미용실에 뛰어가서 머리를 단발로 잘랐다. 변호사 사무소에 도착한 시간은 이미 출근 시간이 훌쩍 지난 이후였지만 아무도 나를 뭐라고 하지 않았다. 내가 직책만 비서일 뿐 실상은 가토의 노리개라는 소문은 이미 사무소 안에 암묵적으로 퍼져 있었다. 이후 난바 저택에서 연락을 받고 나와 가토는 진다이지로 향했다.

사람들의 슬픔을 뒤로하고 경야 의식과 장례식이 순조롭게 진행됐다. 나는 애써 사무적으로 사람들을 대하려고 노심초사했다. 한 번 마음이 움직이면 한없이 흔들릴 것 같았다. 그러나 하코 앞에서는 그러면 안 됐다. 고용주이자 누구보다 자신을 잘 이해해 주었던 난바 선생을 잃은 친구 옆에는 누군가가 있어 줘야 했다. 그래도 처음 만났을 때에 비하면 하코는 굳세진 느낌이었다.

나도 하코처럼 굳세져야 한다고 생각했다. 절대로 하코가 가토의 희생양이 되게 할 수 없었다. 하코에게 친절히 접근하던 가토는 또다시 게임을 시작할 속셈이었다. 오래전 유키오와 내게 그랬던 것처럼 서두르지 않고 천천히 발톱을 세우며 공격하다가 숨통이 끊기기 직전에 자기 것으로 만드는 수법이다. 난바테크 안에서 흔들리던 가토의 지위는 선생이 세상을 뜨자 다시 안정되기 시작했다. 그에게 또다시 여유가 피어났다. 선생이 공들여서 그를 궁지에 몰아넣었지만 파멸은 면한 것이다. 답답했다. 나는 우선 가토의 본성을 하코에게 알려야겠다고 마음먹었다.

그 무렵 하코는 가토에게 모든 것을 의지했다. 선생을 잃은 이후로는 더욱 그랬다. 가토를 유능하면서도 친절하고 정의감이 강한 변호사라고 믿었다. 신뢰하는 그가 제안한 다쓰야의 양자 이야기를 받아들일지 말지 고민하고 있었다.

나는 하코를 처음 만났을 때의 기분을 되새겼다. 이 사람을 꼭 구하고 싶다. 반드시 행복하게 해 주고 싶다. 이제는 그럴 자격이 없는 나 자신을 위해서라도.

장례식이 끝나고 이틀이 지난 날, 가토와 나는 다시 난바 저택을 찾았다. 유키오까지 셋이서 분담해 장례식 참석자 명단을 확인하고 조의금을 정리했다. 하코는 겉으로는 침착해 보였다. 선생이 사라진 저택 안에서 조금 쓸쓸해 보이기는 하지만 평소와 같은 리듬을 되찾은 것처럼 보였다. 다쓰야도 그날부터 다시 복지원에 보낸다고 했다. 오후에는 은행에 조의금을 맡기고 선생의 사망과 관련된 각종 절차를 처리하기 위해 유키오와 함께 가토의 벤츠를 타고 저택을 나갔다.

성산의 내리막길을 내려갈 때 뒷좌석 아랫부분에서 갑자기 나방 같은 것이 나타나 차 안을 날아다녔다. 가토가 혀를 차고 차를 세운 다음 창문을 내렸지만 날개 끝부분이 검은 갈색 나방은 차 안을 어지러이 날아다니며 밖에 나가지 않았다. 뒷좌석에 앉은 유키오가 손가락으로 나방 날개를 붙잡고 빤히 관찰하다가 밖으로 내보냈다. 나방은 더듬이를 이리저리 움직이며 나무숲 쪽으로 사라졌다. 가토는 창문을 다시 닫고 차를 출발했다.

그날 밤 유키오가 내게 전화를 걸어 왔다. 평소에 내가 거는 일은 있어도 유키오가 먼저 전화를 걸어 오는 경우는 거의 없었다. 놀라는 내게 유키오는 평소와 다른 흥분한 목소리로 말했다.

"그 자식이야. 가토. 그 자식이 아버지를 죽였어."

◆

"혹시 알고 있어?" 가가 씨가 비젠야키* 찻잔을 내려놓고 나를 향

* 일본 중세시대부터 만들어진 전통 도자기. 검붉은 색상으로 유명하다.

해 몸을 뻗었다. “와타나베 씨, 대학원에서 생물학을 전공했대.”

“아.”

나는 커피 잔을 들었다. 내가 별로 놀라지 않아서 가가 씨는 불만스러운 듯했다.

“그래서 전 세계를 돌아다니며 자연 보호 활동을 했대. 그, 요즘 열대 우림이나 산호초 같은 게 엄청난 속도로 사라지고 있다는 거 알지? 인간들이 생산 활동을 한다고 정글을 없애고 바다를 메워서 그렇다지. 아, 그래. 지구 온난화도 마찬가지야. 북극의 빙산이 녹아서 수면이 상승한다고…….”

“와타나베 씨에게 들은 이야기예요?”

“아니.”

가가 씨는 손을 들어 사토미 씨에게 신호를 보냈다. 사토미 씨가 주전자를 들고 다가와서 가가 씨의 찻잔에 뜨거운 엽차를 따라 주었다.

“사토미 씨. 내 말이 맞지? 와타나베 씨가 그동안 훌륭한 활동을 해 왔다는 거.”

“맞아요!” 아무래도 정보 제공자가 사토미 씨인 듯했다. “처음에는 대학 연구실에서 환경 파괴를 조사했대요. 그러다가 이 세계의 현실이 너무도 비참하다는 것을 깨닫고 행동에 제약이 있는 학교를 벗어나 자연 보호 활동에 몰두했다고 해요.”

“그 보호 활동에 돈이 많이 드는데 자금 사정이 좋지 않아서 이렇게 틈날 때마다 아르바이트를 해서 근근이 돈을 모으고 있나 봐.”

가가 씨가 덧붙였다. 바로 얼마 전까지만 해도 부랑자 같은 백패커라며 와타나베 씨를 무시한 것은 어느새 잊고 그를 두둔하고 있다.

"단순히 아름다운 자연을 후세에 전하려는 활동은 아니라고 해요. 자연 환경을 정비해 거기서 살아가는 생물이 멸종되지 않도록 지켜 주는 건 인류에게도 의미 있는 일이라고 하더라고요. 아마존 정글이나 태평양 바닷속 산호초, 사람이 살지 않는 고지대 등에는 희귀 생물이 많고 연구도 진행 중인데, 아직 밝혀지지 않은 그런 미세 생물들이 멸종해 가는 걸 가만히 지켜볼 수가 없었다고……."

"어머. 언제 그런 이야기까지 들은 거야? 사토미 씨, 와타나베 씨한테 푹 빠진 것 아니야?"

가가 씨는 자기도 관심이 많은 주제에 시치미를 떼며 눈을 휘둥그레 떴다.

"멋지잖아요. 와타나베 씨는 지구 환경을 수호하는 활동을 하고 있어요. 여기서 일하는 것도 그 일환이라고 생각하면 응원해 주고 싶어져요."

"사토미 씨. 꼭 지금 당장에라도 와타나베 씨를 따라서 아마존으로 떠나고픈 사람 같네요."

내가 그렇게 놀리듯 말하자 그녀는 망설임 없이 "맞아요! 정말 그러고 싶어요"라고 대답했다.

"그래서 저, 이미 고백했어요. 좋아한다고요. 함께 돈을 모아서 자연 보호 활동을 하면 좋을 것 같다며 다음에 어디 갈 때는 저도 데려가 달라고 했어요."

가가 씨는 하마터면 마시던 차를 뿜을 뻔했다. 사토미 씨가 얼마 전 결혼하고 싶다는 말을 꺼낸 것도 와타나베 씨를 의식한 말이었을까.

"정말이야?"

간신히 차를 집어삼킨 가가 씨가 어이없어하는 표정으로 물었다.

"네. 진심을 담아 고백했는데."

"거절당했어?"

사토미 씨는 천진난만한 표정으로 고개를 끄덕였다.

"이미 약혼자가 있대요. 자연 보호 활동을 하면서 만난 캐나다인이라고 하더라고요. 다음 달에 캐나다에 가서 같이 살 예정이래요."

"이런, 이런."

"벌써부터 쓸쓸해요. 와타나베 씨가 사라진다고 생각하니."

사토미 씨는 고백을 거절당한 건 아무렇지 않다는 듯이 미소 지었다.

"정말 임시 직원들 질이 날이 갈수록 떨어지네."

사토미 씨가 다른 곳으로 향하자 가가 씨는 또다시 평소의 독설을 내뱉었다. 와타나베 씨를 언뜻 다시 본 것 같지만 다음 달에 그만둔다는 이야기를 듣고 끈기 없는 요즘 젊은이들을 비판하는 것이다.

“이제 우리는 생각지도 못한 곳에서 세상이 돌아가고 있는 것 같아요.”

나의 핀트가 어긋난 대답에 가가 씨는 입가를 내리며 인상을 썼다. 나는 무의식중에 왼쪽 허벅지를 손으로 쓸었다. 최근 들어 통증이 더 심해졌다. 진통제도 잘 듣지 않는다. 언제까지 이 통증을 참을 수 있을까.

숲 쪽에서 까마귀 울음소리가 들렸다.

◆

유키오는 가토가 난바 선생을 죽였다는 주장을 굽히지 않았다. 근거로는 벤츠 안을 날아다니던 그 갈색 나방을 들었다.

“그건 멧누에나방이야. 지금 우리 정원 뽕밭에 그 나방이 많아. 이 주변에는 뽕밭 자체가 드물기도 하지만 멧누에나방이 번성하는 곳은 이곳뿐이라고 마지마 씨가 알려 줬어.”

“그래서?”

“난 뜬금없이 가토의 차 안에서 왜 그게 나왔는지를 계속 떠올려 봤어. 해답은 하나야. 그 자식은 아버지가 돌아가신 날 밤에 이 집을 찾았어.”

그때 뽕밭 옆에 벤츠를 세웠고 차 문이 열려 있을 때 뽕나무에 붙어 있던 멧누에나방 고치가 차 안으로 떨어졌을 거라고 했다. 유키오는 그날 벤츠 뒷좌석 밑에서 마른 뽕잎과 성충이 탈피한

녹색 고치를 주웠다. 나는 최대한 평정심을 가장하며 물었다.

"그걸로 뭘 알 수 있는데?"

"그 자식은 그날 뽕밭 옆에 벤츠를 세워서 숨겼어. 집 문 쪽에서는 보이지 않도록. 이해하겠어? 지면에 벤츠 타이어 자국이 남아 있는 것도 확인했어. 전날 비가 내려서 지면이 물러졌지? 전날 저녁까지만 해도 타이어 자국 같은 건 없었어."

나는 입을 다물었다. 가토의 벤츠는 특별한 타이어를 달았다. 그 특징 있는 타이어 모양에 대해서는 나도 알고 있었다. 타이어를 교환할 때 같은 제품을 주문할 정도로 그는 신경을 기울였다.

"집 문은 잠겨 있었지만 여벌 열쇠를 만드는 건 그 자식에게 일도 아니었을 거야. 아버지는 열쇠를 집 안 아무 곳에나 뒀다가 자주 찾으러 다녔잖아. 잃어버린 적도 몇 번 있어. 그리고 창문을 활짝 열고 주무실 때도 가끔 있었고."

유키오는 점차 흥분하기 시작했다. 머릿속에서 생각을 빠르게 정리했다. 선생이 세상을 뜬 날 선생은 혼자였다. 하코와 다쓰야는 여름 캠프를 떠나서 집에 없었고 유키오는 밤늦게 내가 불렀다. 그 사실이 줄곧 마음에 걸렸다. 왜 하필 선생은 혼자 남은 날 밤에 세상을 떴을까. 이 모든 게 가토가 꾸민 짓이다? 나를 실컷 괴롭히면 내가 견디지 못하고 유키오를 부르리라는 것을 그는 꿰뚫고 있었다. 그래서 그날 밤 하코와 다쓰야가 저택에 없을 때 유키오도 집을 비우도록 여느 때보다 더 나를 무자비하게 괴롭혔다. 나는 머리 위에 살짝 손을 얹었다. 가토가 내 머리카락을 자른 것도 그날이 처음이었다.

온몸의 털이 주뼛 서는 느낌이었다. 선생만 사라지면 가토의 죄가 세상에 드러날 일도 없다. 실제로 선생이 제안한 난바테크의 새 감사 법인은 들어오지 못했다. 유키오가 가짜라는 것과 그 계획을 세운 사람이 신뢰해 마지않던 고문 변호사라는 사실 또한 폭로되지 않았다.

"하지만 어떻게? 집에 몰래 들어간다고 해도 어떻게 선생님을 죽였다는 거야?" 내 목소리가 조금씩 떨렸다. "선생님은 틀림없는 협심증 발작으로 사망했어. 그건 경찰과 의사도 똑똑히 확인했잖아."

"아버지가 폐소 공포증인 것을 이용했을 거야. 숲속에서 발작을 일으킨 이후 우리가 나눈 대화를 통해 가토도 그걸 알게 됐어."

하코가 숲속에 다쓰야를 두고 나왔던 그날 일을 설명할 때 유키오는 선생이 좁은 곳에 갇히면 발작을 일으킨다는 사실을 무심코 털어놓았다. 그러나 나는 그의 추론을 부정했다.

"선생님은 천장을 바라보는 자세로 돌아가셨어. 확실해. 그건 좁은 곳에 갇히지 않았다는 뜻이야."

입으로 내뱉는 말과는 정반대로 나도 유키오의 의혹에 조금씩 동조하고 있었다.

"다른 사람도 아닌 가토야. 무슨 짓이든 했겠지. 아버지를 죽이는 일 따위 그에게는 별일도 아니었을 게 분명해."

바로 얼마 전 선생이 숲속에서 심장 발작으로 죽지 않은 것을 한

탄하던 가토의 말이 머릿속에서 뱅글뱅글 맴돌았다.

“그러지 않았다면 녀석이 왜 혼자 있는 아버지를 찾아갔겠어? 그것도 심야에. 아무리 생각해도 부자연스럽잖아. 그 녀석의 야망에 아버지는 훼방꾼에 불과했어.”

내가 건 전화를 받고 유키오가 암흑 속에서 집을 나간다. 그 모습을 집 정문과 조금 떨어진 곳에서 가만히 지켜보는 가토. 조용히 벤츠를 움직여서 천천히 저택 부지에 들어가 항상 대는 주차 공간이 아닌 더 안쪽에 있는 뽕밭 옆에 차를 세운다. 뽕나무에 벤츠가 가려지자 소리 죽여 차 문을 열고 차에서 내린다. 아래로 늘어진 뽕나무 나뭇가지가 차 문에 낄 것 같다. 가토가 나뭇가지를 손으로 치우자 잎사귀 한 장이 차 뒷좌석 쪽으로 날아간다. 멧누에나방의 고치를 감싼 둥근 잎사귀가. 그 후 몰래 집 안에 들어가는 가토.

선생은 깊이 잠들어 있었을 것이다. 이불 위에서 잠든 선생을 깨우지 않고 좁은 공간 안에 집어넣을 수는 없다. 몸을 움직이면 선생도 눈을 뜨고 만다. 수면제를 먹인다? 약을 써서 언제 눈뜰지 모르는 상태라면 너무 불확실하다. 수화기를 사이에 두고 나와 유키오는 침묵했다. 그러나 유키오가 하는 말이 맞는다고 본능이 알렸다. 그 괴물은 지금까지 그야말로 손쉽게 장애물들을 제거해 왔다. 오래전 다케조가 비참한 노동 여건을 개선해 달라고 호소한 광부를 벌레처럼 죽였듯이.

“믿을게…….” 나는 낮은 목소리로 말했다. 벤츠 안에서 성충이 된 멧누에나방은 가토의 무시무시한 범죄를 고발했다. "네 추리가 맞는 것 같아. 가토는 하코를 노리고 있어. 다쓰야를 양자로 보낼 계획을 세운 것도 그래서야. 나와……." 나는 목이 메었다. "가토는 나와 똑같이 하코를 천천히 괴롭힐 생각일 거야. 그 자식의 새로운 놀이가 시작됐어."

유키오는 입을 다물었다. 깊은 어둠 속에서 우리는 서로의 숨소리만을 들었다. 선생이 죽은 날 집을 비운 자신을 질책하던 하코를 나는 "한 지붕 아래에 있던 유키오도 눈치채지 못했으니까"라고 하며 위로했다. 내가 유키오를 불러서 선생 혼자 남았다는 것은 털어놓을 수 없었다. 선생을 죽인 사람은 가토일지 모르지만 거기에 가담한 사람은 나다. 숨이 점점 가빠졌다. 얼마나 죄를 더 저질러야 끝난다는 말인가. 우리는 과연 어디에 도달할까. 그동안 성형수술을 여러 번 받았지만 지금 나는 분명 가장 추한 얼굴을 하고 있을 것이다.

"그렇게 내버려 둘 수 없어."

오랜 침묵 끝에 유키오는 그 말을 마지막으로 전화를 끊었다.

하코는 마침내 다쓰야를 다른 곳에 보내기로 결심한 듯 보였다. 가토의 계획은 착착 진행되고 있었다. 안타깝고 초조했다. 어떻게 해야 가토에게서 하코를 구할 수 있을지 궁리했다.

나는 유키오에게 말했다. 하코는 널 사랑한다고. 그러니 하코와 결혼하라고. 다쓰야의 아버지가 되는 것을 너도 원하지 않느냐고 했다. 유키오와 하코가 부부가 된다면 가토도 쉽게 손을 뻗지는 못할 것이었다.

그토록 괴로워 보이는 유키오의 얼굴을 보는 건 처음이었다. 그도 하코를 진심으로 사랑하고 있음을 깨달았다. 그러나 그는 여자와 관계를 맺을 수 없다. 그런 신체적 결합이 극히 당연한 행복을 멀어지게 했다.

"그건 네가 생각하는 것만큼 중요한 일이 아닐지 몰라. 하코라면 이해해 줄 테고, 부부가 그게 전부는 아니니까."

그렇게 말하면서도 속으로는 내가 뭘 알까를 떠올렸다. 유키오는 자기 자신을 벌하고 있다. 다케조를 흉기로 찔렀을 때, 내 아버지의 마지막 숨통을 끊었을 때, 나와 도망치기로 마음먹었을 때 그는 이미 절대로 자기 자신을 용서하지 않겠다고 결심했다. 몸은 그 결심에 따라 기능을 멈췄다. 딱 한 번 유키오와 살결을 맞댔을 때 하늘에 걸려 있던 하얀 보름달이 떠올라 나도 모르게 눈시울이 뜨거워졌다.

"괜찮아. 더 좋은 방법이 있어. 확실한 방법을 떠올렸어."

유키오는 그렇게 말하고 이후 내 말에는 귀 기울이지 않았다. 하코에게는 결혼은 할 수 없다고 하고 다쓰야를 양자로 보내는 선택에 극구 반대하며 자기가 어떻게든 해 보겠다고 말했다고 한다.

유키오는 대체 무슨 생각을 하는 걸까. 또다시 무서운 행동에 나서려는 건 아닐까. 하코는 다쓰야를 다른 곳에 보내고 난바 저택도 떠나려 하고 한다. 모든 것이 하나의 방향으로 단숨에 휩쓸려 갈 것 같은 느낌이 들었다. 어차피 파멸할 거라면 얼른 그렇게 돼 주기를 바랐다.

그러나 하코만은 행복하게 만들어야 한다. 그것을 바라며 그날 직업소개소에서도 처음 말을 붙이지 않았는가. 허나 현실에서는 정반대로 내가 하코에게 구원받았다.

이제 와서 가토의 손에 하코를 넘길 수는 없다. 나의 단 한 명뿐인 친구를.

유키오와 나는 모두 긴장에 휩싸여 있었고, 그것을 가토가 놓칠 리 없었다.

"뭘 꾸미고 있지?"

그는 나를 찾아와 그렇게 캐물었다. 선생이 소유하고 있던 주식을 전부 유키오에게 물려주는 것으로 그는 또다시 자신의 페이스를 되찾았다. 우리 두 사람은 가토의 도구에 불과했다. 그때 내가 할 수 있는 일이라고는 방패가 되어 하코를 지키는 것뿐이었다.

가토가 던지는 말의 돌팔매를 맞았다. 그날 밤 그는 집요하게 오직 말로써 나를 괴롭혔다.

"넌 고향과 형제를 모두 내팽개치면서까지 이런 삶을 손에 넣고 싶었나? 그 녀석들은 널 어떻게 생각할까? 저주하지 않으면 다행이겠지."

"네 여동생은 어머니를 닮아서 너와 달리 외모가 예뻤지. 네가 성형수술을 받은 것도 그래서인가? 아름다워지면 어머니에게 사랑받을 수 있을 거라 생각했나?"

“겉모습을 바꿔도 너는 너야. 살인범에다가 절도범. 그렇게 무서운 어린아이가 겉모습만 성장했을 뿐.”

“다케조 자식은 딱하게도 온몸이 비틀린 채로 작은 구멍 속에 파묻혔더군. 네 아비도 성불하지는 못했을걸.”

이 남자는 어떻게 이렇게 남이 아파서 건들지 않았으면 하는 부분만을 찾아서 파고드는 걸까. 가토는 내게 손가락 하나 대지 않았는데 나는 누더기처럼 갈기갈기 찢어졌다. 모르는 사이에 눈물이 줄줄 흘렀고 화장이 지워져서 엉망이 된 얼굴이 검은 창문에 비쳤다.

“이 괴물 같은 얼굴에 돈을 얼마를 처발랐는지 알아?”

가토가 내 턱을 붙잡고 즐거운 것처럼 웃었다. 그리고 10대의 내가 얼마나 추했는지, 얼마나 분노로 가득 찬 표정을 짓고 다녔는지를 일일이 설명하는 것으로 모자라 내가 가슴속 깊숙한 곳에 숨겨 두고 있던 리쓰코를 향한 질투까지 언급했다. 상대가 괴로워하는 모습을 보며 쾌감을 느끼는 남자는 밤새도록 몇 시간이나 그렇게 나를 조롱하며 가지고 놀았다. 가토가 의기양양하게 집을 떠나자마자 나는 침대에 쓰러졌다.

그의 말은 전부 사실이다. 나는 아버지를 죽였다. 그렇게 보내는 게 내 육친을 향한 마지막 자비라며 스스로 정당화했지만 아버지는 역시 나를 원망할 것이다.

생전 난바 선생이 했던 말은 하나같이 옳고 마음속을 깊숙이 파고들었지만, 하나는 틀렸다. 지쿠호를 떠날 때 내가 온가강에서 목격한 빛의 구체는 모기붙이 따위가 아니다. 당시는 11월이라 모기붙이가 살 수 없는 시기였다. 그때 내가 본 것은 두말할 것 없는 아버지의 도깨비불이었다. 나는 아버지의 원한에 쫓기듯 지쿠호를 떠났다. 두 번 다시 돌아갈 마음이 없고, 돌아갈 수도 없다. 내 업보는 깊고 깊다.

허약한 나는 또다시 수화기를 집어 들었다. 유키오의 방에서 벨소리가 울린다. 수화기를 손에 쥔 채로 끝없이 눈물을 흘렸다. 조용히 수화기가 올라간다. 잔뜩 위축돼 있던 몸에서 순식간에 힘이 빠진다. 유키오의 이름을 부른다. 몇 번을 몇 번을 반복해서 부른 이름. 내게는 특별한 이름.

"유키오……. 얼른 와 줘. 부탁이야……."

유키오는 대답하지 않는다. 내 말을 듣고 놀라는 듯한 기운이 수화기를 통해서 전해진다. 이번에는 내가 소리 없는 비명을 질렀다. 유키오가 아니다. 지금 이 수화기를 든 사람은, 하코다. 단숨에 머릿속이 혼란스러워졌다. 무슨 말이라도 해야 하는 걸까. 하지만 뭐라고?

그리고 얼마 되지 않아 수화기에서는 뚜, 하는 소리만 들렸다.

그날 이후 하코의 얼굴을 봤을 때 마음이 몹시 괴로웠다. 그러나 설마 그날이 하코와의 마지막 날이 될 줄은 꿈에도 생각지 못했다.

별다른 것 없는 평범한 날이었다. 유키오가 선생의 유품을 정리하고 싶다고 해서 가토와 나는 진다이지로 향했다. 하코의 표정에서는 아무것도 읽을 수 없었다. 그래서 나도 평정심을 가장했지만 하코에게 건넬 말을 단 하나도 지니지 못한 상태였다.

하코는 내게 배신당했다고 여길까. 그야 당연할 것이다. 하코의 마음을 알고 있었으면서, 평소에는 응원하는 것처럼 말했으면서 뒤로는 밤중에 남몰래 유키오를 불렀으니까. 하코가 밤에 유키오를 부르는 사람이 누군지 아느냐고 물었을 때 나는 시치미를 뗐다. 도무지 입이 떨어지지 않았다. 유키오와 나의 20년에 걸친 관계를 다른 사람은 이해하기 어려울 테니까.

오직 그 생각에만 정신이 팔려 유키오가 일을 벌이기 전까지 그의 변화를 눈치채지 못했다. 아니, 그날 유키오는 평소보다 더 담담하고 평온해 보였다. 지금 다시 떠올리면 그때 이미 마음을 굳혔을 것이다. 망설임 없이 가토를 죽이기로.

작업을 거의 마쳐서 가토가 먼저 돌아가게 됐다. 유키오는 내게 남아서 하코와 조금 더 있다가 가도록 권했다. 셋이 있으면 앞으로의 일에 대해 더 솔직하게 터놓고 상의할 수 있을 거라고 해서 순순히 받아들였다. 그것은 나를 벤츠에 태우지 않게 하려는 계획이었다. 브레이크가 들지 않도록 가토의 벤츠에 유키오가 미리 손을 써 둔 것이었다. 그리고 그가 확실히 죽음에 이르고, 자신이 차에 손을 댄 것을 감추기 위해 사고 이후에는 가솔린에 불이 붙어 타오르도록 했다. 자동차 정비에 정통한 유키오에게는 간단한 일이었을 것이다.

완벽한 사고로 연출해 우리를 오랫동안 괴롭혀 온 사이코패스를 세상에서 없앨 수 있었다. 그러나 유키오가 그런 결심을 내린 것은 우리를 위해서가 아니다. 가토의 굴레에서 벗어나고 싶었다면 이미 오래전에 행동에 나섰을 것이다. 우리는 껍데기와 재회할 때부터 우리의 운명을 순순히 받아들이기로 했다. 우리는 절대 안온하게 살아가서는 안 되고, 이 모든 것은 사전에 우리를 위해 마련된 합당한 결말이라고 생각했다. 고통에 몸을 맡기는 것으로 안도감마저 느꼈다. 그러니, 그러니 유키오가 가토에게 살의를 품은 것은 오직 하코를 위해서였다. 그녀를 우리의 숙명에 휘말리게 해서는 안 됐다.

계획과 달리 하코가 출발 직전 벤츠에 올라탔을 때 유키오는 혼비백산했다. 설마 그런 일이 일어날 줄은 절대 예상하지 못했을 것이다. 벤츠가 출발한 후 주차 공간 콘크리트 위에 남은 기름 자국을 보고 비로소 모든 것을 깨달았다.

그러나 이미 늦었다. 유키오가 쫓아갔지만 벤츠는 커브길을 다 돌지도 못하고 벼랑에서 추락해 불길에 휩싸였다. 가토와 함께 하코는 목숨을 잃었다.

그날 이후 유키오는 자신이 살아 있는 것을 용서하지 못하고 있다.

◆

남편은 줄곧 바다를 바라보고 있다. 잔잔한 바다는 수평선 부근이 뿌옇게 흐려져 있다. 나는 그의 뒷모습을 보고 있다. 회사 경영자로서는 아직 젊은 축에 속하는 남자의 뒷모습은 몹시 나이 들어 보였다.

이 사람은, 하고 떠올렸다. 이 사람은 생전 보지도 못한 어머니의 원수를 갚기 위해 친아버지를 죽였다. 다음으로 의붓아버지를 죽였다고 믿고 가토를 말살했다. 이 사람에게 친족이란 무엇일까. 혈연관계 같은 것과는 무관한 삶을 살았고, 비록 가짜이기는 해도 의지할 만한 가족을 얻었다고 생각한 찰나에 또다시 그것을 잃었다. 그래서 이 사람은 더는 새로운 가족을 원하지 않았다. 하코와 다쓰야와 함께 만들 수 있었을 조촐한 가족을, 잃기도 전부터 거부했다.

가족에 얽힌 감정은 복잡하고 성가시다. 차라리 그런 굴레로부터 완전히 자유로워진다면 인간은 더 강건하게 살아갈 수 있을지도 모른다. 감정이 없는 사이코패스처럼.

쿠키 상자 안에 잠들어 있는 신문 기사. 가토 요시히코와 이시카와 기미가 뜻밖의 사고로 사망했다는 기사. 그 기사가 처음 보도되었 때 나는 하코를 끌어들이고 말았다는 양심의 가책 때문에 괴로워하면서도 한편으로 비겁한 생각에 사로잡혀 있었다. 그 기사를 보고 내가 죽었다고 알게 된 가족 중 누군가가 내게 연락을 해주지 않을까 기대했다. 리쓰코, 아키오, 또는 마사오가. 아니, 그렇지 않다.

나는 여전히 행방불명 상태인 어머니가 기사를 읽어 주기를 바랐다. 그토록 원망해 온 어머니를 만나고 싶었다. 그러나 물론 그런 기적은 일어나지 않았다. 지역 신문에 실린 작은 교통사고 기사를 어디 있는지도 모를 어머니가 읽을 리 없었다. 아수라의 길에 들어선 자로서 그런 인간다운 기대를 품어서는 안 되는 것이었다.

우리가 혼인신고를 한 이후 어느 섬유 업계 신문에 부부로서 함께 사진이 실린 적이 있다. 지금껏 그런 상황은 최대한 피해 왔지만 결국 끝까지 거절하지 못하고 응하고 말았다. 섬유 업계에서 활약하는 경영자와 그 아내의 이야기를 다룬 기사로, 지난 호에 실렸던 경영자가 남편을 추천했다고 했다. 몇 번이나 거절했는데도 한때 신세를 진 사람이어서 어쩔 수 없이 수락하고 말았다. 내가 공개적으로 얼굴을 드러낸 것은 그때가 처음이자 마지막이었다. 사원 몇몇과 함께 꾸려 가는 작은 업계 신문이었으니 그리 많은 사람들이 기사를 접하지는 않았을 것이다. 카메라맨은 필요할 때마다 프리랜서를 고용한다고 했다.

우리를 찾아온 사람은 기자 한 명과 카메라맨 한 명이었다. 그 카메라맨의 얼굴을 처음 봤을 때 나는 소스라치게 놀라 순간 숨이 멎었다. 다키모토 씨였다. 지쿠호에서 헤어진 후 20여 년이 흘렀다. 기자가 남편을 인터뷰하는 동안 다키모토 씨는 여러 번 셔터를 눌렀다. 몇 가지 질문은 내게도 향했지만 나는 무례할 만큼 짧은 대답으로만 응했다. 마지막에 남편과 나란히 서서 사진을 찍을 때 렌즈 너머로 우리를 보던 다키모토 씨는 카메라를 내리며 우리에게 물었다.

"혹시 저희, 전에 어디선가 만난 적이 있나요?"

"아뇨. 처음 뵌 것 같은데요."

남편은 그야말로 침착한 목소리로 대답했다. 지쿠호의 폐광 마을에 살던 시절 남편은 다키모토 씨와 별로 교류하지 않았다. 그와 자주 만난 사람은 나다. 그러나 내 얼굴은 이미 완전히 다른 사람이 돼 있었다. 목소리로 들키지 않게끔 되도록 입을 열지 않았다.

"그렇군요. 죄송합니다."

다키모토 씨는 나란히 선 우리를 보며 다시 한번 셔터를 눌렀다. 설마 눈앞에 있는 사람이 오래전 자신의 사진집 〈지쿠호의 비가〉에 찍힌 중학생 두 명일 줄은 꿈에도 생각지 못할 것이다. 그가 마지막으로 찍은 버력산 사진이 남편의 살인을 증명하는 사진이 되었고, 껍데기가 그것을 폭로했다는 것도.

작은 업계 신문에서 일을 받아 근근이 살아가는 듯한 다키모토 씨는 우리에게 더 이상 묻지 않고 기자와 함께 사라졌다. 그날 이후 다시는 다키모토 씨를 만나지 못했다.

이제 곧 해가 진다. 빨갛게 부풀어 오른 태양이 수평선을 향해 내려오고 있었다.

"자, 이제 돌아갈게."

남편도 핏물처럼 붉게 물든 바다를 보기가 고통스러울 것이다. 그는 다리 아래에 둔 작은 보스턴백을 집어 들었고, 나는 가볍게 고개를 끄덕였다. 지팡이를 가져오는 내게 그냥 있어도 된다고 손짓하고 남편은 문을 향해 걸어갔다.

"유우야!"

뒷모습을 향해 던진 말을 듣고 남편은 흠칫하며 멈춰 섰다.

"우리의 마지막은 어떻게 될 거 같노?"

남편은 순간 나를 돌아볼 뻔했지만 어깨를 크게 들썩이며 숨을 한 번 내쉬고 말없이 문을 열고 나갔다. 남편을 '유우'라고 부른 건 이미 40년도 더 되었고 지쿠호 사투리를 쓴 건 그보다 더 오래전이다. 오랫동안 스스로 금해 온 규칙을 깨고 말았다. 이유는 나도 알 수 없었다.

언젠가 나는 그에게 우리가 어떡해야 지쿠호에서 탈출할 수 있을지를 물었다. 이후 이곳저곳을 도망쳐 다니다가 이곳 이즈 땅을 찾았다. 그때 바라던 곳에 우리는 와 있는 걸까. 수많은 이들을 죽음에 이르게 하고, 친한 사람을 속이며 그동안 얼마나 많은 죄를 저질러 왔는가. 지금은 이름마저 버리고 다른 사람이 되어 있다.

하코를 처음 만났던 날 직업소개소 직원이 우리의 이름을 착각하는 바람에 "사람 이름을 기호 같은 걸로만 생각하시죠?"라고 되물었던 오래전 기억이 떠올랐다.

뒤돌아보니 붉은 석양이 창문 가득 아름답게 빛나고 있었다.

다음 주에도 남편은 나를 찾아왔다. 그에게 남은 유일한 임무다. 내 옆에서 저주받은 운명에 함께 몸을 맡기는 것.

이제는 별로 말을 주고받지도 않는다. 남편은 구름 한 점 없는 맑은 하늘 아래의 바다를 가만히 바라보다가 잠시 후 후미를 향해 내려갔다. 가가 씨의 남편이 요즘 이곳을 찾지 않아서 남편은 혼자 보트에 올라가 조촐한 잠을 청했다. 오늘 같은 날은 기분 좋을 것이다. 남편에게 작은 즐거움을 선사해 준 가가 씨에게 감사했다. 그리고 와타나베 씨에게도. 그는 비바람이 부는 날에는 바다에서 보트를 끌어 올려 창고에 보관해 놓고 있다가 주말이 되면 남편을 위해 다시 선창에 연결해 주었다.

남편은 이제 보트 위에서 시간을 보낼 것이다. 좋은 공기를 마시고 바다 내음을 맡으며 기분 좋은 흔들림에 몸을 맡기는 동안만이라도 모쪼록 좋은 꿈을 꿀 수 있기를 나는 기원했다.

지팡이를 짚고 일어섰다. 왼쪽 고관절 부분이 찌릿해서 얼굴을 찌푸렸다. 의사에게는 별로 아프지 않다고 거짓말을 했지만 조만간 다모토 씨가 알아챌지도 모른다. 그러나 지금에 와서는 아무리 기운을 쥐어짜 내도 수술 같은 것을 받을 수는 없다.

이대로 좋다. 이 몸, 이 상태 그대로 사라질 때까지 살아가자고 마음먹었다.

느릿느릿 방을 나가 엘리베이터에 올랐다. 사흘 전 아리무라 씨가 죽었다. 입주자가 사망하면 유즈키에서는 작은 송별회를 연다. 희망자만 참석할 수 있고 종교와는 무관한 의식이다. 레크리에이션 룸에서 열리는 송별회에 참석하기로 했다. 가장 앞쪽에 작은 사진과 차분한 색조의 꽃으로 장식한 제단이 있고 그 앞에 의자 몇십 개가 나란히 놓여 있다. 나는 맨 뒷자리에 조용히 앉았다.

아리무라 씨는 작년 겨울 여기서 함께 손가락 뜨개를 배운 지 얼마 되지 않아 몸 상태가 나빠져서 유즈키와 연계된 병원에 입원했다. 그 뒤로 한 번도 퇴원하지 못하고 그대로 세상을 떴다. 여기서 죽음은 일상이다. 모두가 특별할 것 없이 그것을 받아들인다. 의자에 앉은 이들은 머지않아 자신에게도 찾아올 죽음에 친밀감이나 구원 같은 것을 찾고 있는지도 모른다. 그런 집단 안에 있는 것은 나를 조금이나마 안락하게 했다.

소장이 제단 앞에서 아리무라 씨의 평소 성품과 간단한 소개말을 낭독했다. 그녀는 1985년 일어난 일본항공기 추락 사고로 딸을 잃었다. "매년 8월 12일에 오스타카야마산에 있는 위령비를 찾는 게 아리무라 씨가 살아가는 버팀목이었습니다"라고 소장은 말했다. 그러나 최근 몇 년간은 몸이 좋지 않아서 그조차 할 수 없게 되었는데 작년은 추락 사고가 일어난 지 30년째 되는 해여서 꼭 가고 싶다며 아들 부부를 따라 다녀왔다고 했다.

"30년째를 맞이하며 비로소 마음을 정리하신 것처럼 보였지요. 오스타카야마산에서 돌아오신 이후부터는 밝고 쾌활하게 지내셨습니다."

누군가가 코를 훌쩍이는 소리가 들렸다.

일본항공기 사고가 일어난 지 30년이 되는 해라는 뉴스는 TV에서도 여러 번 나왔다. 성대한 위령제가 열렸고 유족과 일본항공

사원, 지역 주민들이 그날을 애도했다. 단독기 사고로는 세계 최다인 520명이 목숨을 잃은 그야말로 끔찍한 사고였다. 매년 사고가 일어난 날이 다가오면 사람들의 기억을 환기시키는 뉴스가 꼭 나온다. 절대 잊을 수 없고 두 번 다시 같은 사고가 일어나서는 안 된다며 호소했다. 그것은 옳은 동시에 중요한 일이기도 하다.

그러나 그 사망자 수에 필적할 정도의 희생자를 낸 탄광 사고가 과거 자주 일어났다는 이야기는 이제 그 누구도 입에 올리지 않는다. 1963년 일어난 미쓰이미이케미카와 탄광 탄진 폭발 사고 때는 458명의 사망자가 나왔다. 살아남은 이들은 일산화탄소 중독증 환자가 되어 죽음에 버금가는 고통에 시달렸고 내 아버지도 그중 한 명이었다. 1965년에는 미쓰이야마노 탄광에서 가스 폭발 사고가 일어났다. 희생자는 237명. 지하 갱도에서 일어난 탄광 사고로 수많은 이들이 한꺼번에 사망했지만 그런 일은 아무도 기억하지 않는다.

일본항공기 사고보다 고작 4년 전 일어난 호쿠탄유바리 탄광의 가스 유출 사고 때는 갱내 화재를 진화하려는 광부들을 그대로 남겨 두고 갱도에 물을 쏟아부었다. 갱도를 수몰시키는 방법은 살 수 있는 사람도 전부 내팽개치는 것이었다. 지하에 있던 광부들은 불길과 물길로 목숨을 잃었다. 마지막 시신을 찾은 건 사고가 일어난 지 반년이 흘러서였고 최종 사망자 수는 93명을 기록했다. 이후 나라에서 석탄 에너지 정책을 전환하자 땅 밑에서 일어난 사고들은 모조리 역사의 그늘 속으로 사라졌다.

어차피 이제는 옛날 일이다. 나는 이런 사정에도 분노할 힘을 잃고 말았다.

입주자 중 아리무라 씨와 친했던 사람들이 생전 그녀와 얽힌 추억담을 이야기했다. 성격이 온화하고 누구에게나 따뜻한 사람이었으니 많은 이들이 입을 열었다. 나는 말없이 그들의 이야기에 귀를 기울였다. 마지막으로 모두 함께 아리무라 씨를 위해서 묵념했다.

방에 돌아간 건 한 시간이 흐른 뒤였다. 남편은 아직 돌아오지 않았다. 창문에서 후미 쪽을 내려다봤다. 날씨가 좋아서 맞은편 모래밭을 걷는 사람들이 드문드문 보였다. 시선을 바로 앞에 있는 벼랑으로 향한다. 남편은 아직 보트 위에 있는 걸까. 베란다에 나가 손을 이마에 갖다 대고 벼랑 너머에서 남편이 계단을 올라오는지 확인하고 있을 때 선명한 색상이 눈에 튀어들어 왔다. 벼랑 위에 있는 감탕나무 가지에 뭔지 모를 밝은색 덩어리가 걸려 있었다. 주황색과 노란색이 섞인 푹신해 보이는 섬유 뭉치다. 어느 방에서 바람에 날아간 뭔가가 저기 걸렸구나 생각했다. 스카프 아니면 얇은 카디건 종류일까. 바람이 다시 불면 바다에 떨어질지도 모른다.

방 안에 들어가려고 등을 돌렸을 때 순간 검은 그림자 같은 것이 쓱 하고 날아왔다. 까마귀였다. 까마귀는 색이 선명한 그 섬유 뭉치 옆 나뭇가지에 앉았다. 머릿속이 번뜩여서 나는 재빨리 방에 들어가 망원경을 가져왔다. 까마귀가 부리로 열심히 쪼고 있는 그것은, 내가 손가락 뜨개로 만든 장식이었다. 그것도 수컷 까마귀가 좋아하는 주황색과 노란색 꽃장식. 열 개 정도가 뭉쳐 있는 듯했다. 망원경에서 눈을 떼고 생각에 잠겼다. 베란다를 둘러본다. 저걸 여기 뒀다가 잊어버린 걸까. 그러다가 바람을 타고 저런 곳까지 날아가 버렸나. 아니, 그럴 리는 없다. 뜨개 장식은 까마귀에게 조금씩 줄 요량으로 방 안에다가 모아 두었다.

다시 한번 방에 들어가 손가락 뜨개물을 넣어 둔 상자를 확인했다. 안에는 꽃장식이 잔뜩 들어 있었다. 까마귀 부부가 좋아하는 주황색과 노란색, 분홍색과 파란색 털실로 가득 차 있다. 이 안에 들어 있던 것이 조금 사라졌어도 알아채지 못할 정도로 많았다. 그때 날갯짓 소리가 들려서 밖을 보니 까마귀가 마침내 털실 꽃장식을 나뭇가지에서 떼어내는 데 성공해 날아가고 있었다. 이보다 더한 행운이 있을까. 저 수컷 까마귀는 한꺼번에 많은 둥지 재료를 손에 넣었다.

그러나 까마귀는 날아가다가 갑자기 그 섬유 뭉치를 아래로 떨어뜨려 버렸다. 털실만 뭉쳐 있다고는 생각되지 않을 만큼 무게가 있었던 것처럼 보였다. 속에 다른 뭔가가 함께 들어 있는지 뭉치는 일직선으로 아래로 떨어졌다. 까마귀는 서둘러 벼랑 끝에 떨어진 그 둥지 재료를 찾으러 갔고, 나는 또다시 망원경을 눈에 갖다 댔다. 까마귀는 신중하게 털실을 누르고 서서 털실 뭉치에서 삐져나온 끈을 부리로 조금씩 잡아당기고 있다. 끈의 끝부분은 벼랑 아래로 늘어진 것처럼 보였다. 까마귀는 그러다가 단번에 자세를 낮춰 몸에 힘을 집어넣더니 곧장 날개를 펼쳤다. 이번에야말로 떨어뜨리지 않겠다는 기개가 엿보였다. 나는 살며시 미소 지었다. 밝은색 꽃장식을 저토록 원하는구나. 분명 산란기가 다가온 암컷 까마귀에게 잔소리를 들었을 것이다. 둥지를 계속 관찰하다 보면 새끼를 키우는 까마귀 부부의 모습과 보금자리를 떠나는 어린 까마귀를 볼 수 있을지도 모른다.

하늘로 솟구친 까마귀는 둥근 털실 뭉치를 두 발의 발톱으로 꽉 붙들고 있었다. 그 밑에 가는 끈이 아래로 늘어져 있어서 그런지 까마귀는 날기가 힘들어 보였다. 저건 뭘까. 흔들거리는 끈의 끝부분에 뭔가가 묶여 있지만 망원경의 좁은 시야 안에서는 잘 보이지 않았다. 육안으로 확인하려 했지만 까마귀는 이미 멀리 날아가 버려서 뭔가 반짝거리는 물건이 끈에 매달려 있다는 것 외에는 알 수 없었다. 그대로 까마귀는 암컷이 기다리는 오동나무 쪽으로 사라졌다.

남편이 익사체로 발견된 건 그날 저녁이었다. 평소보다 더 불길한 붉은빛으로 물드는 바다를 보고 있는 동안 가슴이 두근거리기 시작했다. 지금껏 남편이 이렇게 늦게까지 바다에 있었던 적이 없었다. 다모토 씨에게 상황을 확인해 달라고 부탁했다. 벼랑의 돌계단을 황급히 뛰어 올라오는 다모토 씨를 보고 분명 무슨 일이 일어났다고 직감했다.

남편이 누워 있던 보트의 공기가 빠져 버렸다고 했다. 바다에 떨어진 남편은 그대로 옷을 입은 채로 후미의 투명한 바닷물 속으로 가라앉았다. 곧장 구조해서 의사가 심폐 소생술을 했지만 이미 늦은 상태였다. 그는 두 번 다시 숨 쉬지 않았다. 사고사로 추정했지만 보트에는 날카로운 뭔가가 스치고 지나간 흔적이 있었다. 그곳으로 공기가 샌 것이다. 순식간에 긴장감이 흘렀다. 누군가가 고의로 보트 속 공기를 빼려 한 것으로 생각할 수밖에 없었다. 경찰이 수사를 시작했고 남편의 시신은 대학병원에서 부검을 거친 후 익사가 확실하다는 견해가 나왔다. 알코올과 수면제, 신경 안정제 등의 약물 반응은 나오지 않았다.

"부인." 담당 형사 두 명이 유즈키에 있는 내 방을 찾아왔다. "혹시 남편분께서 누군가의 원한을 사거나 한 적이 있습니까?"

"아뇨."

"그럼 스스로 목숨을 끊으실 만한 일이라도?"

"없습니다."

실제로는 그 두 가지 모두 대답은 '예'였다. 남편은 속죄할 수 없는 죄를 과거에 저질렀고 그 때문에 삶에 집착하지 않았다. 그러나 여기서 그런 이야기를 할 수는 없었다. 형사는 서로 눈짓을 교환하더니 나이 많은 형사가 이맛살을 찌푸린 채로 생각에 잠겼다. 또 한 명은 가볍게 헛기침을 했다. 사고가 아닌 누군가가 계획한 사건으로 의심하는 듯하지만 상황이 도무지 이해되지 않았다. 남편이 죽은 시간대에 선창으로 내려가는 벼랑 돌계단에 다가간 사람은 없었다. 유즈키 주변을 촬영하는 방범 카메라 중 한

대가 돌계단 아랫부분을 찍고 있었는데 저녁에 다모토 씨가 조심스레 확인하러 가기 전까지 남편 외에는 아무도 찍히지 않았다. 건너편 모래사장 카메라에는 벼랑 아래 선창이 작게 찍혔고 남편이 탄 보트는 아무 전조도 없이 가라앉는 것처럼 보였다고 한다.

누군가가 벼랑 위에서 칼 같은 것을 던져서 보트에 구멍을 낸 걸까. 그러나 그런 수상한 사람은 벼랑 위는 물론 선창에도 찍히지 않았고 애초에 날붙이 따위도 발견되지 않았다. 경찰의 잠수부대가 바닷속을 샅샅이 살폈지만 공기 빠진 고무보트 외에는 아무것도 나오지 않았다.

남편의 장례식은 회사장으로 치러졌다. 난바테크의 총무과가 모든 절차를 밟았고 나는 그저 상주 석에 가만히 앉아 있기만 했다. 몸 상태가 좋지 않다는 이유로 상주 인사도 다른 사람에게 대독을 부탁했다. 남편은 난바 유키오로서 진다이지에 있는 난바가 묘에 묻혔다. 큼지막한 비석 아래에 담긴 뼈가 실은 난바 집안과 아무 연도 없는 나카무라 유지의 뼈라는 것은 그 누구도 알지 못한다. 유골함을 묻을 때 나는 속으로 난바 선생과 부인에게 사죄했다.

남편은 자기가 언제 은퇴해도 상관없게끔 후계자를 이미 정해 놓고 있었다. 그래서 회사 내부적으로 이렇다 할 혼란은 일어나지 않았다. 신문 기사에는 난바테크의 사장이 보트를 타다가 익사했다고만 실렸다. 경찰이 사고사로 최종 결론 내렸는지는 아직 모른다. 남편이 사망한 직후 요양원 입주자와 직원 모두의 소재를 확인했다고 하지만 그렇게 해서 뭔가 성과를 올렸다는 이야기도 듣지 못했다. 평화로운 고급 노인 요양원 유즈키는 여론을 신경 쓰느라 일찍이 사건을 수습한 듯했다. 직원들에게도 신신당부했는지 모두 평소와 똑같이 요양원이 돌아갈 수 있게 노력하는 모습을 보였다.

가가 씨는 하야미 씨를 비롯한 다른 입주자들이 뒤에서 주고받는 억측을 하나하나 내게 알려 줬지만 내가 건성으로 대답해서 대화가 오래가지 못했다. 다모토 씨와 시마모리 씨, 와타나베 씨 등 친한 직원들은 남몰래 나를 신경 써 주었다.

"이럴 때 그만두게 되어 죄송합니다."

와타나베 씨는 나를 찾아와 면목 없다는 듯이 말했다.

"아뇨. 저야말로 시끄럽게 해서 죄송하죠. 와타나베 씨에게도 폐를 끼쳤네요."

와타나베 씨 역시 경찰 조사를 받았을 것이다. 그는 그날 오후 어느 입주자의 부탁으로 쇼핑을 하러 갔었다고 들었다. 이곳을 떠나기 직전에 좋지 않은 기억을 심어 준 것 같았다.

"와타나베 씨. 결혼하시죠? 축하드려요."

"아, 사토미 씨가 말씀하셨나 보네요. 네. 여기서 일하면서 마음의 정리를 끝냈습니다. 당분간 일본에 돌아오지 않겠지만 그래도 제가 하고 싶은 일을 하려고요."

"좋은 파트너를 만나셨군요."

그러자 와타나베 씨는 약간 당황 섞인 미소를 지어 보였다.

가가 씨의 남편이 찾아왔다. 내 방에 있는 작은 불단 앞에서 손을 맞대며 그는 늦게 찾아온 것을 사과했다.

"이런 일이 일어날 줄 알았다면 낚시 같은 걸 권하지 말 걸 그랬습니다. 고무보트를 산 게 탈이었네요."

"아뇨. 그렇게 생각하지 마세요." 나는 서둘러 부인했다. "남편은 보트 위에 있는 걸 아주 좋아했답니다. 평소에는 볼 수 없는 모습이었죠. 남편은 자기가 직접 나서서 뭔가를 즐기는 게 없었어요. 항상 일만 하던 사람이었으니까요. 그러니 그렇게 생각하지 않으셔도 돼요. 두 분께는 정말로 감사하고 있습니다."

진심이었다. 최근 나는 자주 어떤 몽상을 떠올렸다. 남편이 벼랑 아래 보트에 누워 있는 모습. 보트 옆을 때리는 파도 소리. 코를 간질이는 바다 냄새. 고개를 살짝 들어 수평선을 보면 멀리서 나아가는 대형 여객선과 화물선이 꿈결처럼 떠오른다. 그것들을 바라보며 손을 뻗어 바닷물을 만졌을지도 모른다. 끝없이 펼쳐진 파란 하늘과 투명한 물 사이에 있는 남편. 지금껏 끊임없이 자신을 질책해 온 남편의 짧은 평안이었을 것이다.

"어떻게 돌아가셨는지 아직 자세한 건 밝혀지지 않았죠?"

가가 씨 남편의 말이 나를 다시 현실에 돌아오게 했다.

"네."

"부인." 그는 괴로운 것처럼 얼굴을 찌푸리며 말했다. "저…… 혹시 부인은 아셨습니까? 남편분이 수영을 못 한다는 것을."

"수영을 못 한다?"

나는 앵무새처럼 되물었다. 경찰에게도 그 질문을 들었을 때 수영은 할 줄 알았겠지만 잘하지는 못했을 거라고 대답했다. 갑작스럽게 옷을 입은 상태로 바다에 떨어졌으니 순간적인 충격 때문에 익사했을 가능성이 크다고만 생각했지 남편이 수영을 전혀 못 했을 줄은 몰랐다. 우리가 대화할 때도 그런 이야기는 나온 적이 없었다.

"남편분은 수영을 못 한다고 했습니다. 제게 정확히 그렇게 말씀하셨죠. 그래서 미안하지만 후미의 한복판까지 나가서 함께 낚시를 즐길 수는 없을 것 같다고……."

남편은 처음 가가 씨의 남편과 낚시를 하러 갈 때 바다는 보기만 하는 것이 좋고 육지에서 떨어지기는 싫다고 했다. 그는 정말로 수영을 못했던 걸까. 가가 씨의 남편과 그런 대화를 나눴다는 것도 몰랐다.

"그래서 저 역시 억지로 데려가지 않은 겁니다. 남편분은 늘 선창에 묶인 보트에서 저를 기다렸죠."

그리고 그 기분 좋은 흔들림에 홀려서 보트 위에서 가만히 누워 있기를 즐겼다. 절대 먼바다에는 나가지 않았다.

"아내에게 이상한 점이 있다고는 들었습니다." 가가 씨의 남편은 망설이다가 다시 말을 이었다. "보트에 구멍이 나서 바다에 잠기기 시작하면 누구든 눈치채고 바로 몸을 일으켰겠죠. 아무리 수영을 못 해도 익사라니요. 선창이 바로 옆에 있고 보트도 그렇게 급속도로 물에 가라앉지는 않았을 겁니다."

내 남편이 왜 그대로 물에 빠져 목숨을 잃었는지 도무지 이해되지 않는다며 그는 목소리를 높였다.

"혹시 남편분은 스스로 목숨을 끊으려고 하셨던 게 아닐까요? 저는 왠지 그런 생각이 듭니다. 구멍을 어떻게 뚫으셨는지는 모르겠습니다만."

그러더니 그는 자신의 말에 깜짝 놀란 것처럼 곧장 "죄송합니다. 이런 말을 하려고 찾아뵌 건 아닌데" 하고 고개를 숙였다.

가가 씨의 남편은 그 뒤로도 자기 말이 너무 심했다면서 내게 연신 사과하고 돌아갔다.

우리가 태어나고 자란 열악한 환경에서는 수영을 배울 수 없었던 게 당연하다. 나도 그렇게 잘하는 편은 아니다. 오랫동안 옆에 있었는데도 남편이 수영을 못 한다는 것을 모르고 있었다. 가가 씨 남편의 말이 옳다. 만약 스스로 목숨을 던질 마음이 없었다면 보트가 찢어지는 것 정도로 익사하지는 않았을 것이다. 크기가 큰 대형 보트이니 공기가 완전히 빠질 때까지는 시간도 걸렸다. 가가 씨의 남편은 보트가 왜 찢어졌는지 모르겠다고 했다. 그러나 나는 알고 있다.

베란다에 나가서 망원경을 눈에 갖다 댔다. 숲 입구에 있는 오동나무에 초점을 맞추자 까마귀 둥지가 보였다. 마음에 드는 털실을 모아서 만든 둥지. 까마귀는 이미 알을 낳았을까. 둥지 안에 있는 암컷 까마귀가 보였다. 그리고 나뭇가지로 만든 둥지 바깥쪽에 뭔지 모를 끈 같은 게 아래로 늘어져 있다. 그 끈의 끝부분으로 렌즈를 향한다. 반짝거리는 것이 매달려 있다. 배율을 높여 그 빛나는 물체를 더 확대해 봤다.

칼이었다. 끝이 날카로운, 아웃도어용품으로 쓰일 법한 무겁고 두꺼운 칼. 바람이 불어 끈이 흔들리자 칼도 같이 흔들렸다.

남편이 죽은 날 주황색과 노란색 꽃장식 뭉치가 벼랑 위 감탕나무 가지에 엮여 있었고 그 털실 덩어리 아래에는 끈에 묶인 칼이 있었다. 까마귀가 털실 뭉치를 발견해 부리로 쪼다 보면 느슨해진 끈이 아래로 떨어져 바로 밑에 있는 보트를 찢는다. 그리고 까마귀가 그 뭉치를 들고 사라지면 칼도 함께 회수되고 만다. 높이가 십여 미터가 넘는 오동나무 위 까마귀 둥지 같은 곳은 그 누구도 신경 쓰지 않는다. 그것은 영원히 저곳에 매달려 있을 것이다. 빛나는 물건을 좋아하는 까마귀에게는 꽤 좋은 전리품이다.

가가 씨 남편의 추리가 옳을지 모른다. 남편이 자살했다는 추리. 수영을 하지 못하던 그는 일부러 바닷물 속에 자기 몸을 가라앉혔을까. 그 계획을 떠올린 사람은 남편이었을까. 내가 짠 털실 뭉치를 갖고 나갈 수 있는 사람도, 까마귀의 습성을 알고 있었던 사람도 남편이었다. 꼼짝하지 않고 맑은 물 아래로 서서히 잠기는 남편의 모습을 떠올린다. 만약 그가 나보다 먼저 죽음을 택한 게 밝혀지면 나는 큰 충격 때문에 다시 딛고 일어서지 못할 것이 분명하다. 그것을 걱정해서 이런 공들인 방법을 쓴 걸까. 수영을 못 하는 사람이 찢어진 보트와 함께 가라앉은 단순 사고로 위장하기 위해?

남편이 이미 오랫동안 살아 있는 것 자체에 고통을 느낀다는 것은 알았다. 그가 오직 나를 위해 지금껏 살아왔다는 것도. 남편은 끝내 결심하고 말았고 그 등을 떠민 사람은 바로 나다. 나는 얼마 전 그의 뒷모습에 대고 "유우야"라고 불렀다. 그것이 팽팽해져 있던 남편의 마음속 가느다란 실을 끊어 버린 것이다.

"바보. 난 당신이 수영을 못 하는 걸 몰랐어."

나는 아무도 없는 허공을 향해 중얼거렸다.

외톨이가 되었다. 오랜 세월 이런 상황을 가장 두려워했다. 그러나 실제로 맞이하니 생각보다는 견딜 만하다는 것을 깨달았다.

오랫동안 남편은 죽음에 매료된 채로 살아왔다. 그것을 옆에서 말린 사람은 나다. 현재 그는 평온 속에 있다. 죽음을 맞이한 얼굴은 더없이 평화로웠다. 눈 옆 상처도 이제는 그리 눈에 띄지 않았다. 오직 그것만이 내게는 위로이자 구원이었다. 조금 더 일찍 남편을 자유롭게 풀어 줘야 했다는 생각마저 들었다. 자다가 밤중에 가위에 눌릴 일도 이제는 없다.

경찰은 이번 일을 사고사로 종결한 듯했다. 나도 이제 하나하나 마음의 정리를 해 나가야 한다. 사고 30년째 되는 해에 오스타카야마산에 간 아리무라 씨처럼. 그러지 않으면 앞으로 나아갈 수도 없다.

나란히 걷는 시마모리 씨와 와타나베 씨를 복도에서 만났다. 시마모리 씨는 이번 달 말에 와타나베 씨가 일을 그만두는 것을 아쉬워했다.

"아까워요. 이제야 좀 일에 익숙해지는가 싶었는데."

"와타나베 씨는 하고 싶은 일이 따로 있다고 해요. 시마모리 씨."

와타나베 씨가 외국에서 자연 보호 활동을 한다는 것은 시마모리 씨도 알고 있었다.

"네. 말릴 수는 없겠지만……."

최근 치매가 진행돼 일상 대화를 영어로만 하게 된 노인에게 와타나베 씨가 좋은 말 상대가 돼 주었다고 한다. 예전에 외교관으로 일했다는 노인이었다.

"와타나베 씨. 영어뿐만 아니라 프랑스어, 스페인어도 할 줄 안다면서요? 처음 알았어요."

"아, 프랑스어는 그렇다 해도 스페인어는 그냥 더듬거리는 수준입니다. 부모님이 오랫동안 외국 생활을 하셔서 자연히 터득했을 뿐이에요."

"와! 대단해요!" 시마모리 씨는 호들갑스럽게 놀랐다. "그럼 전 세계를 돌아다니며 일할 때도 문제가 없겠어요. 부모님은 무슨 일을 하셨어요?"

"아버지는 종합 상사에 근무하셨습니다. 어머니는 전업주부시고요. 선입견 같은 게 없어서 이디를 가도 그 나라의 문화나 풍습에 금세 적응하는 분들이시죠. 성격도 낙천적이고 느긋하시고."

그때 요양 보호 팀장이 옆을 지나갔다. 시마모리 씨와 와타나베 씨는 일하는 도중 잡담을 나누는 게 찔렸는지 내게 가볍게 고개를 숙이고 걷기 시작했다.

"훌륭하신 부모님이네요!"

"네. 항상 감사하고 있죠. 친부모님은 아니지만요. 가족이 없는 저를 거둬 주셨습니다. 사랑과 관심을 쏟아 절 키워 주셨어요."

"그렇구나."

멀어져 가는 두 사람의 대화를 들으며 나는 살롱으로 향했다.

"저기, 그거 알아?"

의자에 앉자마자 가가 씨가 내게 말을 걸었다.

◆

와타나베 씨는 그로부터 엿새가 지나 굳이 시간을 내어 내게 인사를 하러 왔다.

"오늘이 마지막 날입니다. 그동안 신세 많이 졌습니다."

"아뇨. 신세를 진 사람은 저죠."

나는 와타나베 씨가 사 온 망원경을 무릎 위에 얹었다. 까마귀는 요즘 알을 품는 시기인지 수컷과 암컷이 번갈아 가며 둥지를 지켰다.

와타나베 씨에게 손님용 소파에 앉으라고 권하자 그는 순순히 소파에 앉았다.

"전 여기 있을게요. 낮은 소파에 앉아 있으면 다시 일어날 때 힘들어서."

좌판이 높은 의자에 엉덩이를 살짝 걸쳤다. 그래도 고관절이 찌릿해 얼굴을 찌푸리고 말았다.

"많이 아프세요?"

와타나베 씨가 다가와 의자에 앉으려는 나를 도왔다.

"괜찮아요. 수술하고 싶지 않으니 참을 수밖에."

"통증을 참는 게 수월하지는 않을 텐데요."

그는 다리 윗부분을 손으로 쓰다듬는 나를 침통한 얼굴로 바라봤다.

"요새는 통증 완화 효과가 뛰어난 혁신적인 약들이 잇달아 나오고 있다고는 하더군요. 저와 결혼하는 캐나다인 여자 친구는." 와타나베 씨는 다시 소파에 앉으며 말했다. "유기 화학자입니다."

"유기 화학자?"

"네. 현대 의학의 불치병을 치료할 자연 유래 성분을 찾아 돌아다니죠." 와타나베 씨가 눈을 반짝였다. "아마존 원시 부족의 셔먼은 정글에서 채취한 식물과 동물의 분비물로 약을 만들고 병을 낫게 한다고 합니다. 여자 친구가 속한 팀은 그 마법 같은 치료법에 주목했고……."

"어머, 그렇군요."

"시대착오적이고 황당무계하다고 생각하시죠?"

와타나베 씨는 얼굴을 살짝 붉혔다.

"그렇지 않아요." 나는 조금 흥미가 동했다.

"화학 합성 약품들이 개발된 이후에도 약품 원료의 공급원은 자연계에 의지하는 경우가 많죠. 실제로 전 세계의 제약 회사가 아마존 정글에 뜨거운 관심을 보이고 있습니다. 제 여자 친구는 원시 부족의 셔먼과 함께 정글을 돌아다니며 신약 성분을 발견하는 일에 몰두 중이고요."

"그렇게 두 분이 알게 되셨군요."

"네. 저는 생물학을 배운 덕분에 지금껏 자연환경을 보전하는 활동을 해 왔습니다. 그래서 여자 친구와……." 와타나베 씨는 목소리에 힘을 실었다. "자연 유래 진통제라면 부작용도 적어서 난바 씨 같은 분께도 분명 도움이 될 거예요."

"그렇겠죠. 이제는 좋아지지 않아도 되니 이 통증만 잡아 줘도 참 좋겠어요."

"하지만 인류에게 유용한 약을 제공하는 식물과 동물들은 연구 속도로 따라잡을 수 없을 만큼 빠르게 개체 수가 줄고 있습니다. 환경 파괴 때문에 우리가 모르는 사이 의료계에 기적을 부를 생물들이 지금도 멸종되고 있죠. 여자 친구는 그런 상황을 굉장히 아쉬워합니다. 뛰어난 항암제나 진통제, 알츠하이머 치료제를 만들 기회를 놓치고 있다고요."

그 순간, 내 머릿속에서 뭔가가 철컥하고 끼워 맞춰지는 소리가 들렸다. 과거에서 날아 온 직소 퍼즐의 한 조각.

난바 선생은 곧잘 세상 모든 것들이 서로 이어져 각자를 떠받치고 있다고 했다. 문득 그의 목소리를 듣고 싶었다. 부드러우면서도 살짝 쉰, 온화한 목소리.

"아, 계속 저 혼자 떠들었네요." 와타나베 씨는 몸을 일으켰다. "아무튼 앞으로도 모쪼록 건강 잘 챙기시기를 바랍니다."

그는 깊숙이 고개를 숙였다.

"와타나베 씨는 살아 있는 생물들을 진정 사랑하시는 것 같네요. 지금 하는 일은 단지 자연을 지킬 뿐만 아니라 인류에게도 유익하겠죠."

"그렇게 말씀해 주시니 고맙습니다."

나는 와타나베 씨의 얼굴을 빤히 쳐다봤다.

"당신은……." 이런 것을 물을 자격이 내게 없다는 걸 알지만 묻지 않을 수 없었다. "행복했나요?"

"네. 대단히." 와타나베 씨는 망설임 없이 대답했다. "그럼 전 이만 실례하겠습니다."

등을 돌린 그에게 매달리듯 나는 말했다.

"당신의 행동이 옳았어요."

그러자 와타나베 씨는 천천히 고개를 돌렸다. 나를 지그시 바라본다.

"정말이에요. 하지만, 왜? 당신은 왜 내 남편을 죽였죠?"

"어리석은 자의 독입니다."

어리석은 자의 독. 무슨 뜻일까. 그는 또박또박하게 그렇게 말했다.

◆

그 공들인 계획을 실행할 수 있었던 사람은 남편 외에 한 명 더 있었다.

내 방에 드나들며 털실 장식을 가져갈 수 있었던 사람. 까마귀의 습성에 대해 잘 알고 오래전 구로를 키웠던 사람.

내 눈앞에는 그 가능성이 줄곧 제시돼 있었다. 그런데도 내 머리는 그것을 인정하기를 거부했다.

와타나베 씨의 배낭에는 달마 모양을 한 방울이 달려 있었다. 수많은 키홀더, 스트랩과 함께. 오래전 내가 진다이지에서 사 준 것이다.

언젠가 와타나베 씨가 입주자를 돌보고 있을 때 몸을 휘청거리던 노인이 옷을 잡아당겨서 티셔츠가 올라간 일이 있었다. 시마모리 씨가 멀리서 그것을 보고 "꺅!" 하고 소리를 질렀다. 그의 등을 뒤덮은 켈로이드 화상 자국을 본 것이다.

다쓰야의 등이 끔찍한 화상 자국으로 가득하다는 것을 처음 알게 된 것은 하코가 죽고 난 이후였다. 하코가 무의식중에 옷 위에서 다쓰야의 등을 쓰다듬었던 것도 그래서였구나 하고 이해했다.

나는 그때 진행 중이던 다쓰야의 양자 결연을 무자비하게 강행했다. 하코의 이름을 입에 담았던 다쓰야는 놀라울 정도로 빠르게 말을 되찾고 있었다. 언젠가 이 아이는 나를 규탄할 것이다. 나를 손가락질하며 "이 사람은 가가와 요코가 아닙니다! 이 사람 때문에 하코 이모가 죽었어요!"라고 외칠 것으로 믿었다.

나중에 남편을 통해 다쓰야가 훌륭한 집안에 입양됐다는 소식을 들었다. 종합 상사에 다니는 회사원 부부의 가정이라는 것은 몰랐다. 실어증이던 아이는 여러 언어를 능수능란하게 구사할 수 있게 되었고 살아 있는 생물에 흥미를 품고 대학원에서 연구하다가 좋은 반려자까지 만나게 되었다.

내가 말없이 건넨 망원경을 와타나베 씨는 손을 뻗어서 받아 들었다. 베란다에 나가 까마귀 둥지를 지그시 바라본다. 둥지 아래 끈에 매달린 칼을 보고 내가 모든 것을 깨달았다고 알게 될 것이다.

그는 조용히 방에 돌아와 망원경을 보조 탁자 위에 올려놓았다. 감정이 전혀 읽히지 않는 불박이창 같은 눈동자로 나를 본다.

그의 마음속 심연을 들여다볼 용기가 내게는 없었다.

"당신의 행동이 옳았어요." 나는 다시 한번 말했다. "그 사람은 살아가는 것을 괴로워했으니까요."

와타나베 씨는 그 말에 대답하지 않았다. 그때 다섯 살이던 아이는 하코를 죽인 사람이 내 남편이라는 것을 알고 있었다. 사고 직후 내 품 안에서 남편의 비통한 고백을 들었다.

이 세상은 전부 이어져 있다. 무엇 하나 쓸데없는 것은 없다. 난바 선생의 가르침에 따랐는지, 아니면 자신의 신념에 기반했는지는 모르지만 그 역시 매듭지어야 했을 것이다. 과거의 자신과 결별하고 새로운 삶을 걸어 나가기 위한 일단락.

'어리석은 자의 독'이라는 수수께끼 같은 말은 혹시 그것을 의미하는 게 아닐까. 알 수 없다.

남편은 보트를 찢을 칼이 감탕나무 가지에서 떨어졌을 때 자신의 운명을 기꺼이 받아들이기로 했다. 당황하거나 저항하지 않고 그저 조용히 그것을 인정했다.

오랫동안 고대해 온 인생의 수지타산을 맞추는 순간이 왔다며 안도의 한숨을 내쉬었을 것이다. 그는 마침내 종착점에 도달했다.

계획을 꾸민 사람은 와타나베 씨. 말없이 그 계획에 따른 사람은 남편.

와타나베 씨에게는 또렷한 살의가 있었다. 어째서인지 그는 남편이 수영을 못 하는 것을 알고 있었다. 감탕나무에 털실 장식을 매달고 칼이 떨어질 정확한 위치를 가늠해 보트를 바다에 띄운 다음, 정작 자신은 다른 볼일이 있다며 유즈키를 나갔다. 아무도 그를 의심하지 않았다. 이대로 성공하면 완전 범죄다.

도박이었을지 모른다. 만약 일이 어긋나면 다시 돌아와 자신이 설치한 것들을 정리하면 그만이지만 그래도 살의가 있었다는 사실에는 변함이 없다.

와타나베 씨에게는 살의였을 수 있지만, 남편에게는 구원이자 복음이었다. 와타나베 씨는 남편을 오랜 고통으로부터 해방시켜 주었다. 환자를 고통에서 구하는 자연 유래의 진통제처럼.

모든 것이 마땅히 향해야 할 곳으로 향했다는 느낌이 들었다.

나는 그에게 감사해야 하고 그 마음을 전하고 싶었지만 적당한 말이 없었다. 나와 남편의 길고도 깊은 관계를 설명할 말은 단 하나도 지니지 못했다.

와타나베 씨는 다시 한번 고개를 깊숙이 숙이고 문을 향해 걸어갔다.

"안녕, 다쓰야."

순간 발걸음을 멈춘 와타나베 씨는 고개를 절반만 내 쪽으로 돌리고 대답했다.

"안녕히 계세요, 노조미 씨."

옮긴이의 말

시대의 빛과 어둠에 사로잡힌 어리석은 자들의 이야기

1985년 도쿄 우에노의 직업소개소에서 우연한 계기로 만난 두 여자가 있습니다. 그녀들의 이름은 가가와 요코와 이시카와 기미. 요코는 사업 실패로 거액의 빚을 떠안고 자살한 동생의 아들 다쓰야를 맡아서 키우며 힘겨운 삶을 살고 있습니다. 동생의 빚 보증 때문에 사채업자들에게서 시달림을 당하고 어머니를 여윈 것으로 모자라 설상가상으로 조카 다쓰야는 부모의 사망 이후 충격 때문에 말문을 닫아 버립니다. 그렇게 절망이라는 이름의 장벽에 사방이 가로막혀 항상 위축된 채 살아가는 요코 앞에 나타난 기미. 변호사 비서로 일하는 그녀는 요코와 달리 당당하고 자기주장이 강하며 화려한 분위기를 자아내는 여성입니다. 두 사람은 서로 닮은 구석이라고는 없어 보이지만 시간이 갈수록 서서히 마음을 열어 가며 친해지게 되고, 기미는 요코에게 녹음에 둘러싸인 산 위 대저택의 더부살이 가정부 일을 소개해 줍니다. 그 전까지 요코가 살던 서민 마을과 달리 평화롭고 한가로운 그 저

택에는 교사로 일하다가 정년 퇴임한 온화한 성품의 집안의 당주 난바 선생과 그의 아들이자 섬유 회사 난바테크를 이끄는 젊은 사장 유키오 씨가 살고 있습니다. 무사시노의 대자연을 체현해 낸 것처럼 드넓은 포용력과 따스한 인품으로 다쓰야에게 삶의 자세를 가르쳐 주는 난바 선생. 과묵하지만 성실한 성격으로 다쓰야의 아버지 역할까지 맡아 주려는 유키오 씨. 난바 집안의 고문 변호사로서 요코의 위법적인 채무를 정리해 주는 정의감 가득한 변호사 가토. 어느새 세상에서 둘도 없는 친구가 된 기미. 요코는 그곳에서 비로소 그동안 잊고 지낸 '행복'이란 것을 조금씩 되찾고 삶의 진정한 새 출발을 위해 조심스레 한 걸음씩 내딛기 시작합니다. 그러던 어느 날, 모든 일이 잘 풀릴 것처럼 보이던 요코의 삶에 잔잔한 작은 파문 하나가 생기고, 파문은 순식간에 거대한 파도가 되어 모든 이들을 집어삼킵니다. 돌이킬 수 없는 인간의 죄, 업보, 그로 인해 파생돼 버린 비극. 이들에게는 과연 무슨 일이 있었던 걸까요. 그리고 그들이 휩쓸려 버린 시대의 파도는 그들을 어디로 데려갈까요.

우사미 마코토는 국내에는 아직 그리 널리 알려지지 않았지만 현재 일본 미스터리 소설계에서 가장 활발하게 활동하는 작가 중 한 명입니다. 1957년생 여성 작가인 그는 2007년 첫 작품《룸비니의 아이》로 일본 미디어팩토리 출판사가 주최하는 '제1회 유령 괴담 문학상'을 수상하며 화려하게 데뷔합니다. 이후《일곱 색의 동

화》, 《들어가지 않는 숲》 등 호러 색이 강한 작품을 연이어 내놓으며 유명 작가 교고쿠 나쓰히코의 절찬을 받는 등의 두각을 드러내던 작가는 2009년 돌연 작가로서 휴식기를 갖게 됩니다. 그리고 그로부터 7년이 지난 2016년에 다시 나타나 그전까지 작풍과는 사뭇 다른 호러와 심리 서스펜스, 미스터리적인 재미와 휴먼 드라마를 훌륭하게 융합한 작품을 세상에 내놓았고, 해당 작품은 1년 후 일본 미스터리 소설계에서 가장 명망 있는 '제70회 일본 추리작가 협회상'을 수상하며 우사미 마코토를 단숨에 인기 작가의 반열에 오르게 합니다. 바로 《어리석은 자의 독》입니다. 이후 작가는 호러와 미스터리의 경계를 자유롭게 넘나들며 2020년 현재까지 5년간 무려 열두 작품을 써 내면서 왕성하게 활동하고 있고 그중 2019년 발표한 《전망탑의 라푼젤》로 야마모토 슈고로상 후보에 오르는 등 그야말로 작가로서 전성기를 구가하고 있습니다. 특히 주목해야 할 점은 '우사미 마코토류流'라고 칭해야 할 만큼 확고하게 자리 잡은 그녀만의 독특한 작풍입니다. 호러 일변도에서 벗어나 인간의 어두운 정념과 뒤틀린 심리에서 파생되는 미스터리와 비극, 끈질길 정도로 치밀한 등장인물의 심리 묘사, 촘촘한 자료 조사를 바탕으로 한 생생한 배경 기술, 그리고 그 안에서 언뜻언뜻 얼굴을 들이미는 기이한 존재에 대한 표현이 바로 그것입니다. 늘 어딘가 불안하고, 애달프고, 정적인 분위기를 지닌 작품이 많지만 그 속에서는 부글부글 끓어오르는 에너지를 내포하여 힘 있게 독자를 끌고 가는 것이 특징입니다. 정중하게

쌓아 올려 가는 이야기에 나도 모르게 집중하면서도 작품을 읽다가 어느 순간 불현듯 그 힘에 압도돼 잠시 책장을 덮고 탄식하게 만들곤 합니다.

《어리석은 자의 독》은 그런 우사미 마코토류의 정수라고 할 만한 작품입니다. 이 작품을 떠받치는 힘은 바로 '시대의 조류'입니다. 작품은 1960년대부터 2010년대까지 무려 50년의 시점을 관통하며 등장인물들의 일대기를 다룹니다. 세상과 시대의 거대한 흐름 앞에서 인간은 종종 무력함을 느낄 때가 있습니다. 아무리 열심히 살고 발버둥을 쳐도 내가 어찌할 수 없는 세월의 거센 파도는 인간을 선택의 기로에 내몰고 그 선택은 누군가를 최고의 지위에 올리기도, 범죄자로 전락시키기도 합니다. 《어리석은 자의 독》은 일본의 근현대사를 관통하며 시대의 빛과 어둠에 사로잡힌 이들이 그때그때 내린 나름의 최선의 선택, 그리고 그로 인해 어쩔 수 없이 맞이하게 되는 비극적인 상황을 농밀하고도 무게감 있는 인간 드라마로 그려낸 작품입니다. 연륜 있는 작가이기에 더욱 탁월하게 묘사할 수 있는 인간의 삶과 업보에 관한 이야기는 전체적으로 범죄 소설의 형식을 빌렸지만 시점時點과 시점視點을 능수능란하게 전환하며 독자의 미스리드를 유도하거나 초반부터 촘촘히 포개 놓은 복선을 마지막까지 완전하고도 깔끔하게 회수하는 미스터리 소설만의 재미도 빼놓지 않았습니다.

번역하는 사람으로서 작품이 지닌 무게, 처절한 상황 묘사, 사투리 표현 등으로 기술적으로든 감정적으로든 작업하기가 수월하지만은 않은 작품이었습니다. 그러나 퇴고를 마치고 이렇게 후기를 쓰면서 또 한 명의 걸출한 작가를 독자 여러분께 소개한다는 생각에 보람을 느낍니다. 작가 우사미 마코토는 최근에 한 인터뷰에서 호러든 미스터리든 오로지 '인간을 향한 관심'이 작품을 쓰게 하는 힘이라고 밝힌 바 있습니다. 관록 있는 작가가 앞으로도 펼쳐 나갈 미스터리 소설의 틀에 담긴 인간에 대한 이야기, 아름답고 처연하면서도 무시무시한 힘으로 가득 찬 우사미 마코토만의 작품 세계를 여러분께 꾸준히 소개할 수 있기를 기원해 봅니다.

2020년 겨울

이연승

어리석은 자의 독

초판1쇄 발행 2020년 12월24일
초판2쇄 발행 2022년 1월 7일

지은이 우사미 마코토 **옮긴이** 이연승
책임편집 민현주 **디자인** 강수정 **제작** 송승욱 **발행인** 송호준

발행처 블루홀식스 **출판등록** 2016년 4월 5일 제 2016-000100호
주소 경기도 파주시 회동길 483-1 **전화** 031-955-9777 **팩스** 031-955-9779
이메일 blueholesix@naver.com

ISBN 979-11-89571-39-9 03830

• 이 도서의 국립중앙도서관 출판예정도서목록(CIP)은 서지정보유통지원시스템 홈페이지(http://seoji.nl.go.kr)와 국가자료종합목록 구축시스템(http://kolis-net.nl.go.kr)에서 이용하실 수 있습니다.(CIP제어번호 : CIP2020052161)

• 책값은 뒤표지에 있습니다. 잘못된 책은 구입하신 곳에서 교환해 드립니다.